天地生死劫

卢汉文
作　品

CFP 中国电影出版社

图书在版编目（CIP）数据

天地生死劫：全 2 册 / 卢汉文著．-- 北京：中国电影出版社，2017.8
ISBN 978-7-106-04774-0

Ⅰ．①天… Ⅱ．①卢… Ⅲ．①科学幻想小说—中国—当代 Ⅳ．① I247.5

中国版本图书馆 CIP 数据核字（2017）第 191213 号

责任编辑：纵华跃
封面设计：胡金霞
版式设计：李多胜
责任校对：汪丽容
责任印制：庞敬峰

天地生死劫：全 2 册
卢汉文 著

出版发行 中国电影出版社（北京北三环东路 22 号） 邮编 100013
电话：64296664（总编室） 64216278（发行部）
64296742（读者服务部）
E-mail:cfpygb@126.com

经　　销 新华书店
印　　刷 三河市京兰印务有限公司
版　　次 2017 年 8 月第 1 版 2020 年 1 月第 2 次印刷
规　　格 开本 /170×240 毫米 1/16
印张 /43 字数 /650 千字
书　　号 ISBN 978-7-106-04774-0/I·1184
定　　价 125.00 元（全两册）

目录

CONTENTS

第十章　西番国探密

第一集

火山城堡颜色绚丽的堡体，在青绿的群山环抱中，像一颗巨大醒目的彩珠。卫星摄像仪一次又一次经过头顶，一次又一次拍下了它壮丽的身姿。

地窖里存储的黄金条越来越多，乔尼·阿莱斯分队的人却越来越显出烦躁。每天的日常事务，无非食物搜集，城堡守卫，黄金生产，只需要一个支队就足够，另外两个支队除了砍柴伐木，供给燃料，无事可做。

为了不至于涣散懈怠，火山堡营地每日都进行早练。他们需要翻山越岭，徒步穿行在沟壑林间，往返跑上近十公里行程才告结束。阿莱斯分队共有近二十名文职人员，有科学家、语言学家、工程师、机械师、政要，甚至商人，在地球人类显赫一时的人中，唯独没有影视歌体四类明星登陆，曾经风光无限的明星们，只获得了极少极少的加入舰队的名额，而登陆概率则为零。严酷的登陆生活还没有他们表演的舞台。大概，生存永远都重于娱乐。这些非军事但是携带武装的文职人，都自愿加入了早练的行列，只是时间和强度没有军人那样的限制，可以随他们各自身体和心情状况而任意改变。

山中的日子是清寂的，这种清寂却又暗藏着一分不安和期盼。整整二十多个阿喜日过去，西番国（即巴拉比王国）那边丝毫没有动静，仿佛他们根本就不知道，在他们的国土上，出现了令人惊讶的外星生物。

是否，西番国被天外来客轻而易举夺取了火山堡的威风吓破了胆，不敢轻举妄动，或者，他们本不把地球人的所作所为当作一回事，因为他们的国土太宽，而人口过少，被占领一块无关紧要的山岭野地，不足以让他们兴师动众，再或者，西番国正在酝酿着一场规模空前的抗击外来入侵者的战争，因为举动巨大，所以准备日长。

究竟是什么原因呢？乔尼·阿莱斯上校决定弄个清楚，主动出击，免得暗中被西番国算计了还蒙在鼓里。同时，上校也为城堡中军人们表现出的不耐烦心怀担忧。

没事的时候，精力过剩的军人们最喜欢对着岩石和巨木，用激光枪烧蚀着雕刻着玩。他们鲁莽的行动使炎热的密林中不时会窜起一股青烟。

也有好静的那类人，刨平几块木板拼接成棋盘，自做了几副国际象棋，闲着的时候王后国王较量一番。旁边也有观棋不语的，更有叫嚷的嘘哨的，所以常常弄得一场棋局混乱不堪，那场景倒更像中国象棋在街头巷尾茶馆酒铺里的热闹对抗，下棋的棋主常被旁观的人左右着头脑，而弄得莫衷一是，昏招连连。

有个虔诚的基督教徒想让军人进行祈祷，来平静那颗骚动的心，他的提议被阿莱斯上校和同样做事干脆的顾问傅立叶·伽罗瓦博士断然拒绝。他们认为，用一种单一的信仰来统一众多的灵魂，是不合时宜的，反而容易引发公开矛盾。

酒类在城堡的地窖中储藏着不少，但是断然不敢发放出来饮用，除非是隔上几天，每人定量的饮尽自己有限的那份。

于是，精壮汉子们的体劲，更多的发泄在较量手劲中，拿对手的手腕当作运动器械。可是没过多久，彼此之间谁谁力气怎样也清楚了，更扫兴的是，他们找不到可以打赌的物品来猜测输赢结果，自然兴趣大减。

后面几件事，阿莱斯上校尚且任其行事，但是拿着激光枪没事到处刻画，有一次差点惹起了山林大火，有一次则不幸放纵了方向，将对面山中一个巡逻队员射伤了，真是危险万分。于是，上校对队中下了禁令，严禁再用激光枪对树木山岩烧刻。

体格健壮的军人一点一点的旺盛精力，便开始乱窜起来，寻找着突破口，像地幔中的高压熔岩流，不断冲撞着挤压地壳，力图从最薄弱的地方挤出一个缝隙来，喷射而出。阿莱斯上校担忧的，正是这个。

星光灿烂之时，第二分队即阿莱斯分队会议在收拾干净的餐桌边进行。会议上特意开启了几瓶酒。这种城堡地窖内储藏的酒，香味浓郁，用野岭中一种小型多汁水果酿成，酒精度却低，比不上烈酒，和白兰地相差无几，呈淡绿色，其味道比起那种琥珀般金黄色，在荷兰语中称作“烧焦的葡萄酒”的白兰地来，也是毫不逊色，虽然呈淡绿色，一样的晶莹剔透，高贵典雅。

拉耶维奇·聂莫夫中校把它戏称为“掺了伏特加的雪碧”，但是中校舍不得像喝啤酒那样大口大口的牛饮，只有那么一点啊。他欲罢不能，欲吞还留的奇怪表情引起了与会人员的一致讪笑。思维敏捷的加罗瓦博士戏称，俄罗斯大熊抓住了两只小蜜蜂，欲尝鲜时也就是这个模样。

与会的人包括全部的支队长和副队长，通讯官和首席顾问。他们各自一方围着餐桌，或靠或倚，神态怡然，简直就像一群贵族显要，在一座古旧却坚固、恬静的欧洲城堡中度假一样。

八支油烛环绕着餐室墙体而布置，挂在墙上。正八边形餐桌，这是一张每边长都超过一米的宽大餐桌，中间还立着一支硕大明亮的油烛。烛架用阿喜星上特有的质地细腻坚硬，如黄花梨一般的木材，精工制作而成。烛架顶端，配以镀银饰件，造型简洁优美。多支蜡烛四面一照，轻轻摇曳的烛光将餐室映得亮堂堂。

阿莱斯上校一脸刮得精光，精神很好，这是他的一贯仪表。即使坐着，上校也显得比别人高出半个头。旁边的伽罗瓦博士，吸着摘自山中生长的植物晒干自做成的烟叶。这种烟叶，是队里的农学植物学专家，在考察城堡附近植物种类及物用时发现并制作的。烟味很淡，因此阿莱斯上校宽容地默许了博士此刻吸烟的自由。他曲起手指节，敲敲桌子，示意闲适漫聊或遐思的部下们，会议开始了。

“现在可以确认，往北一百多公里的湖边城堡，是为遏制火山城堡山匪势力的，湖滨城堡辖制着南方，而且，似乎整个西番国的南方，都处于土匪和官军的势力均衡中，谁也无法完全占尽上风。

嗯，说到湖滨城堡，它扼守住了火山城堡通向平原和繁华要地的去路，是镇守南方的一个要塞。在西番国南部，难以看见再有超过湖滨城堡规模的要塞。这就是卫星摄像告诉我们的一点基本信息。

我们替他们消灭了一伙占山为王的强盗，因此，即使西番国（即巴拉比王国）不会感激我们，也断然不想轻易地来进攻。报复没能成为理由。这是我个人的看法。”

“我也赞同。”伽罗瓦博士插嘴道。

“是这样吧，毕竟，阿喜星上的人口太少了，生命才是最宝贵的。

但是，最近，发现有小股的西番人，意图接近城堡来窥视我们。当然，还不能确认这些人的身份，究竟是附近乡民呢，还是官军的侦察队，或者是逃散的盗匪一伙，不甘死心，蠢蠢欲动，也未可知。在我们着两个城堡之间，有四个小镇，或者应该叫做村庄更合适一些，每个镇上，大的有约千多人。这是目前已经查知的，附近人口最多的聚集地了。但是依然没有确切的证据证明，西番人完全没有戒备或者没有打算准备进攻我们。这就是目前我们的处境。

火山城堡里的各项工作很顺利，可以说已经稳定下来了。所以，各位需要提出建议是，下一步，我们分队该怎么办？是静守待变，保持现状，还是主动与西番国人友好接触，建立联系。据了解，穆姆托分队已经走在前面了，他们通过公平的交换而获得炮船，接下来就要开始巡游番离岛。”说到这里，阿莱斯故意停住了。

“穆姆托上校，他是要在番离岛上建立穆姆托帝国吧。我个人认为，任务分派一开始就有些不公平。穆姆托分队可以自由的征战，而无重任约束，我们却是以守为主，干着工厂和仓储业的事。”姆贝拉少校不满地说。

见没有人阻止他，且都认真听他发言，皮肤黝黑，一头浅短的卷毛的甘奈·姆贝拉少校受到鼓舞，继续说下去。

“根据目前的形势，应该主动地和西番人联系，交往。不管是邀请，还是俘获吧，火山城堡中，要响起西番国人的说话声音。掌握了西番国的语言，才能知敌于先，察人于细。只想依靠语言学家们，闭门造车式的，来彻底破译并掌握西番人语言，有些艰难。根据语言学家们的进展报告来看，说到文字，还有可能在最近初步完成破译；提起语言，恐怕无声的文字，对语言的帮助不大，呵呵，徒劳无益。还是必须与西番国人交谈，交流才行。”姆贝拉少校第一次发言就一连说了许多，显然关于这个问题他已经思考过很多了。

“主动的？与西番国人交流？怎样交往？”阿莱斯盯着少校问，但是他模样，不是为难，更像是启发姆贝拉少校继续大胆想象下去。

“如果消极等待，西番国人也许暗中集聚好了进攻的力量，突然进袭，那将如何抵抗。虽然卫星摄像轮流扫描这块地面，轮流扫描，但并不总是置阿喜人于密切的，时时刻刻的监视之中。一个疏忽就会万劫不复。上校以为我的话有错的么？”

姆贝拉说过后，像中小学生做完作业一般，略带紧张，望着阿莱斯上校，等着订正。

“交流——很高兴姆贝拉少校使用了这个词语。很高兴少校是出于理性，而不是出于仇恨。掌握主动，是我们的军事原则。但是，在我们面对阿喜人的对抗和戒备中，甚至美军通常所谓的九大军事原则，常常都有些落伍，或者说，不尽适应了。也许我们需要在与阿喜人遘和之后，再由一个军事理论天才，像富勒为拿破仑总结出进攻、机动、奇袭、集中、保护五大战争原则一样，写出新的战争教科书。”

阿莱斯上校顿了一顿，又说，“那就请诸位再次思考一下，我们该如何掌握主动呢？希望能具体地说，畅所欲言。”

“首先，应该让军士们有事可做，活动活动，他们憋得有点慌。”聂莫夫中校接上嘴道。看到两个支队长都发表了看法，两个副队长，姆贝拉支队的劳里·约翰逊中校，和聂莫夫支队的尼古拉·克里沁中校，也紧接着表示赞同。他们对山中单调枯燥的生活深有体会，提出应该有所改变了。通讯官乔治·科比奥少校点头表示同意。

只有脾气暴躁的阿莱斯支队队副罗依·曼特中校没有发言，仔细思考不是他所长，他两只拳头一上一下捶在餐桌上，却没有声音。他说："行动，行动。"

"我们讨论的具体目标是——如何行动呢？不要一定理解成军事行动。"

伽罗瓦博士说。眼看着决议就要形成，而行动计划的结果未知，伽罗瓦博士极不愿意改变目前的平静状态，追问道。他是反对冒险的，尤其对姆贝拉少校轻视智慧学者们的言语，深为不满。

"利用我们的侦察技术优势，潜入西番国人的村庄，去了解他们的情况，以及对我们的反应态度，或者干脆抓几个西番国人来，当然我们会优待的，——这样可以吗？"

姆贝拉支队的副队长劳里·约翰逊中校说，他比姆贝拉支队长的军衔更高，承袭了姆贝拉少校的直率，因此说完这番话后才略感紧张的加了一句征询的话。

约翰逊中校的提议让所有人看见了一条明晰的路，但是正因为这样，大家都没有立即表态。

阿莱斯上校略一思索，应答约翰逊中校的话说："那这样吧，我们对是否潜入村庄进行举手表决。现在，同意约翰逊中校提出，潜入西番国人村镇的建议的人，请举手。"

"包括，可以抓西番人作俘虏的建议吗？"伽罗瓦博士问。

"不，仅仅是指潜入村庄。抓俘虏的事另议。科比奥少校是举手同意吗？好，各位请放下。我弃权。六票赞成，一票反对，一票弃权。好，建议通过！"

阿莱斯上校慢慢地却是清晰地说。

伽罗瓦博士是唯一反对的人，但是实在拿不出什么理由再去反驳，或者说反驳无效。即使他报告给舰队总部，也根本无法阻止军人们自行其是。他能够从某些程度上减轻军人的自大心理，使他们稍稍收敛一点，谨慎一些而不要冒下什么风险就算是成功了。伽罗瓦博士心中总是憋着一股气，这股气由于不经意间，遭受到姆贝拉少校的轻视而更加旺盛。他认为，如果当初，第一支登陆部队，由他来做总顾问，制约加和正夫上校的话，可能会为以后减少许多麻烦，然而历史不能重演一次。

因此，伽罗瓦博士顺着阿莱斯上校刚才的话说："既然如此，我保留意见。请潜入村庄的人注意隐蔽，慎重第一，平和第一，绝对不要和西番国人发生什么直接冲突，一定要珍惜目前所获得的安宁境遇。我们很快就会解密西番语言和文字的。请相信。"

姆贝拉少校待博士话一停，站起身来立即请缨。

"姆贝拉支队，请求侦察任务。"

伽罗瓦博士满心不悦，狠狠地抽了两口烟，将烟雾吐出来缭绕在眼前，他故意对姆贝拉的英武积极视而不见。

阿莱斯上校见没有人再提出异议，便答应了。

他说："作为队长，你只能指挥，而不可亲身历险。记住伽罗瓦博士的郑重吩咐了吗？"

"是的。历险？那是外表看起来的样儿吧。侦察，这会有什么危险呢，甚至这种危险，比系着保险绳的蹦极跳还要小得多。但是我遵命！"

姆贝拉少校心花怒放，言语更显得多起来，他郑重作出了保证。

"我们以十日为限。无论你们支队有没有达到目标，十日之后，都将由聂莫夫中校他们替换。"阿莱上校手掌在桌面上画了一个圈表示不可再作商榷的决定。

"是，遵命。"姆贝拉少校和副队长约翰逊中校都肃然而立，以手触额，敬了一个军礼。

"那我们呢？"罗依·曼特中校急着问。

"继续做黄金公司的生产领班，别去计较高管白领的薪酬。"阿莱斯上校微笑着说，"我的忠实助手，可信赖的朋友，等轮到我们支队的时候，一定会把所有机会都让给中校的。"

“不要冒失，静待机会。”伽罗瓦博士最后再次对姆贝拉嘱咐。

第二集

经过两日近六十公里的行程，姆贝拉少校终于带领自己支队的九个人靠近了离火山堡最近的一个小镇。

一路上，他们几乎没有看见过阿喜人。为了慎重起见，他们总是借助于卫星通信器，将卫星拍摄到的一路情形仔细对照，以避开可能有阿喜人居住的地方，事实上这很少。在旷野大山中，极为零星的散户中间，有足够的空间允许他们顺利通过而不被阿喜人发现。两台红外线侦探器，保证在夜晚，任何接近他们临时驻扎地段的动物都会被早早发现。

阿莱斯上校没有说错，阿喜人真是太少了，每一个国度都那么辽阔，他们拥有足够的土地和资源来享受生命的快乐，为什么不能容忍一支来自外星系的落难游客部落寄栖呢？

姆贝拉少校和约翰逊中校轮流用各自的望远镜观察四周，停停走走，避免不慎落入一个未知的生存陷阱。第二日的傍晚，开始偶尔的看见的人户，终于，一个小镇出现了。他们潜藏在临近的高岗上，远远地注视着镇上的动静。

事实证明他们真是多虑了，镇上一点也没有异常的迹象。

“等待夜神的降临吧。再过两个来小时，我们才可以行动了，黑夜的帷幕将会给我们莫大的帮助。中校，你带两个人，待会进入镇子执行任务，我们在镇外接应。用过晚餐就去。”姆贝拉少校说。

“少校看来有确定的目标了？”副队长约翰逊中校明知故问。

“镇郊外，那座独立的院子，花园围抱，看见了吧，应该是一个比较容易的目标吧。我看到一个阿喜女人，走进了一间有粉红色窗子的房间。房间外面是宽阔的草坪，左侧还有树木，这应该是后院，四周清静，再没有多余的人打扰。很好的机遇呀。”

“粉红的窗子，我的确看见了，这窗子的颜色真实奇特。而且，这户人家从院落的大小和建筑装饰来看，还应该是相当富裕的人家。我只看出了这些情况。可是，少校凭什么说看见的是女人呢？”约翰逊中校拿着望远镜，顶着半边脸，使它变成一个奇怪的图形，他似笑非笑盯着姆贝拉。

姆贝拉一时里竟没有反应过来，终于他猛地朝约翰逊中校胸前砸了一拳，落拳却轻，后者纹丝不动。

少校笑着道：“中校这里，若要和她比较的话，凸得可就差了点，弄个海绵塞进去，顶起来，或者可以比一比，然而苹果更坚硬一些，形状也好看。你该准备一大筐苹果的，中校，哈哈。”

众人忍不住都大笑起来。

姆贝拉忽然食指按在唇上轻嘘一声，立即鸦雀无声。少校和中校四下看看，又各自举起望远镜瞧瞧，方放下心来。

“你，杰克逊上尉，还有你，加里中尉。”姆贝拉点了两个军人的名说，“随同中校进镇去，时间不超过三个小时。接应暗号是三声间断的‘咕咕’。”

夜色降临后，众人吃过随身携带的肉脯干粮，又找了点水喝，排成一条线悄悄走下了山岗，借着夜色掩护，靠近了小镇。

在镇外一片较密，但是面积不大的树林里，姆贝拉少校等人停下了。约翰逊中校三人悄悄的，顺利地潜入了小镇边上那座独立的院子中。他们翻过只有齐腰高的常绿植物围成的栅栏。从大树到窗台，近十米的距离，他们嗖的一下就越过了，身手的确已经恢复了军人应有的敏捷，再也不是刚从飞船上降落时的那般迟钝了。

夜视镜虽然还没有清晰到能够使他们完全看清阿喜人的脸，但是面前活动的人却能看得十分清楚。等到屋外，四周，彻底的没有人活动的时候，约翰逊中校他们接近了粉红色外窗，脸也凑近了窗户。

“房里面有人，至少两个人。”约翰逊中校把声音压得很低。

“四周这么安静，想要悄无声息的把两个人都弄走，恐怕难吧？”杰克逊上尉面露难色。

“谁说一定要带走人？没有这个必须吧。听听，阿喜人他们在说些什么吧，这也能回去交差的。”加里中尉说。

他们的声带都没有振动，要贴近了耳朵才能听见彼此话音。

“嘘，里面动静大起来了。”

约翰逊中校往窗子里瞅，可是窗上装有大约是玻璃一类的隔挡物，屋内还有窗帘遮住。这使得启用夜视镜上内置红外发光二极管，来照射屋内目标也近乎不可能。屋里又没有亮灯，夜视镜成了摆设，三人的眼睛几乎都没有用了。

“这两人似乎正做爱呢。噫，噫，哇，好热烈，受不了啦。”约翰逊中校说。他的耳朵贴在窗玻璃上。

“是吗？那真是太有趣。哎，换一下。”杰克逊上尉也凑了过去，约翰逊中校一回头，恰巧两人头上的夜视镜“砰”的碰在了一起。

突然，四周静寂无声。

约翰逊中校简直听见了自己的怦怦心跳，这种巨大的声音让他恨不得将心脏揪出来扔了才好。所幸，房子里面的人对外边动静尚无任何察觉。他们摸索着退后几步，离开了窗台，又干脆退回了常绿植物构成的篱笆边上的大树下，蹲下了。夜视镜也重新戴好了。

“我们得考虑是否就此结束任务了，或者，另外寻一个对象。”约翰逊中校说，由于这里已经远离有人的屋子，话声也大了起来。他想打退堂鼓，又不甘心，毕竟是第一次这么接近阿喜人。可是，现在，约翰逊中校浑身就似要燃烧起来一样。他心里产生了另外的打算。

“我可以反对吗？好不容易得到的唯一的机会，怎能轻易放弃呢。荣耀就在眼前。我们可以向少校请示一下。”

杰克逊上尉反而不愿意了，他鼓动起约翰逊中校来。中校也觉得就此收兵的念头草率了点，因此思索着不说话了。

“我们可以到别的房间看看，有没有单个的人睡觉。这里还有六七间房呢。上帝见谅，我可没有偷窥癖。”加里中尉提议。

“粉红色窗户的屋子在最外边，深入里面，万一惊动了院里的人，恐怕不好脱身。不能伤害阿喜人是死命令。这里的阿喜人可比不得火山堡的蟊贼。”约翰逊中校考虑得十分周全。

“是有些为难，俘虏阿喜人，只是暂时激怒阿喜人，倘若闯入村庄，还打死了人，以后就麻烦大了。这真不是城堡里的强盗山匪，阿莱斯上校绝对禁止蛮干的。”杰克逊上尉既然反对撤离，也只有硬着头皮想办法，“要不，按加里中尉的建议试试。”

“好了，真是太受阿莱斯上校的影响，什么都要来个民主表决。”约翰逊突然不耐烦起来，他才是这次行动的指挥官，他镇定下来说，“加里中尉往里面去探看，我们在外面望风。弄清楚情况后，我们再进去。记住，使用通话器联系时，千万小声些。发现不对劲，别迟疑，立即撤离。”

加里中尉整理了一下夜视镜和通话器，打开了通话器远程发射开关，这样，就是在远处的姆贝拉少校，也能和他们直接通话。

加里中尉像狸猫一样，一纵一越，就到了墙根。顺着墙走，往前倒一个拐，才到前院，他们其实是在整个院子的后面。

中尉暂时停下，他仔细察听前院的动静。

四周很静，仿佛一切都在安宁中沉睡了。加里中尉放心地直起了身子，他可以行动了，继续深入前院。

突然，“咣”的一声，什么金属之类的物体猛然相撞，像是锣响一样。中尉不由得惊得一抖索。

紧接着，四下了都有了剧烈的响动，不断有响亮的金属敲击声，夹着阿喜人的叫喊声。阿喜人的叫声听起来尖锐刺耳，一下子，这里好像四周都被包围住了。

在开普敦南面的戴尔岛潜水时，突然面对一群大白鲨，那种紧张也就是如此。约翰逊中校心跳一下子达到了一百二十。他急忙下令。

这时候，加里中尉耳中只听得约翰逊中校叫道：“快回来，快。”

加里中尉确实被猛然而来的物体撞击声和人群的嘈杂声音震得懵了，中校的呼叫唤醒了他，他也不管是否被人发现，几步纵越沿着来路跳回大树下。

三人会合，迅速翻出了植物墙栅栏。

好险，火光四起，先是几个，接着十几个阿喜人很快围住了后院，那道美丽的植物矮墙被踩出了一个缺口。他们举着火把，将粉红窗户的房子照得通红。

这群人叫喊着，将手中的棍棒，往地面上一下一下有节奏地击打着，并不出院落来追赶，也不冲进房里去，只是围着房子叫嚷，好像等待着什么。

约翰逊中校等人已经离得很远，还看得见火光，听得见叫声，然而他们一点也不知道究竟发生了什么，当然也听不明白阿喜人叫嚷些什么。

“是你们发生了意外吗？”当叫喊声隐约传来，姆贝拉少校也察觉了这边的变故，问道。

“又好像不是，阿喜人闹嚷起来了，搞不清原因。不过，我们已经逃出来了。”

两分钟过后，约翰逊中校和姆贝拉少校会合了。他俩爬上一棵大树，跨在上面，继续想看看镇里到底发生了什么。由于火炬很多，他们取掉了夜视镜，仅用望远镜就行了。

树叶在眼前晃来晃去，但即使没有它的干扰，少校和中校两人也无法弄清，突如其来的惊动是为何故。他们看见，一个显得很有威望的阿喜人被簇拥着到了现场，接着另一个阿喜人和他对话。过了一会儿，几个人拥入粉红色窗户的房间，从里面揪出来两个人，其中一个，正是姆贝拉少校先前称之为女人的那人。她浅浅的头发弄得很乱，支棱着还来不及梳理，衣衫零乱，面色苍白，像獴一样可爱的尖尖小嘴紧闭着。他们接着看见了几个人朝向另外一个被救出来的人问话。

那个显得具有威望的人，是镇里的镇长，刚才与他讲话的那人，却是房主人。镇长问被抓的男子道：“有人说，还看见有一个人跑掉了，他是你的同伙吗？”

被从房间里抓出来的人，是名叫哈尼的青年男子，他正与恋人莫娜在闺房里幽会。原来，凡是未出嫁的巴拉比王国（即地球人称的西番国）的女孩，其闺房窗户涂成粉红色以行区别和警示，除父亲之外的成年男子，不能随意闯入闺房，否则将受到鞭刑。

巴拉比王国对两性性爱之事约束极严，凡是未婚男女发生性行为被发现，将身受石刑。通奸者亦然。石刑是将受刑者吊入四五米深的干井中，由镇里指定的施刑者往井中抛下近似阿喜人头大小，棱角分明的石块，数量是一百块

（八进制一百块，按十进制算应该是六十四块），女子减半受刑。其中一个人也可以挺身而出，代替另一人独立受刑，数量是两者受刑石块之和。那干井虽说不是太深，可是施刑者将石块抛起一米多高落下，下坠之势也甚是猛，井里狭窄，仅有一人身长来宽，难以躲避格挡。受刑之人不多时便遍体鳞伤，纵然挨到最后，也是面目全非，鲜血淋淋，体质弱者会难以救治，甚至当场毙命。

"我没有什么同伙。"哈尼即沮丧又紧张，但是还是坦然地说。

显然，哈尼是被他的情敌盯上了，因妒生恨，因恨成仇，暗中跟踪后，设伏捉奸，又向镇长报告，突然袭击，才抓住了哈尼和莫娜私自幽会。一群捉奸的人冲入房内，正遇上哈尼收拾好衣着后准备离开，因此，哈尼此刻的衣着还算规整。唯有莫娜才像刚从睡眠中惊醒来一般，衣着不整，神态惊惶。

男主人，莫娜的父亲揣摩着事态的发展，显然，意图报复的那人，并没有抓住确切的证据，来证明哈尼和莫娜败坏两性伦常。他轻轻地说，仿佛一股风就会吹走他的勇气，他说："真的跑掉了一个同伙吗？不要提犯罪者隐瞒。我去检查一下，看家里丢了什么东西没有。"

可怜的男主人，他只想尽力保住女儿的清誉和性命。

如果是偷盗罪，那么按律是要砍掉窃贼的一只手的全部手指，第二次抓获则要砍掉另外的全部手指，第三次则要砍掉两只手，使盗贼再也无法偷盗。莫娜父亲暗藏着希望，这个痴情的青年能够为爱情牺牲自己，承认盗窃。

"阿叔不要遮掩了，他是在莫娜的房间里被抓到的。"因妒生仇的男子说，马上便有同道而来的几人附和证实。

"小侄，我并没有定他什么罪行，正如你也不能定论一样。要知道巴拉比王国严格遵守先王及当朝定下的法律，要有证据和供认，来确定罪人的罪行，以及应该受到何种惩罚。或许他走错了房间也未可知。"

"阿叔富冠一镇，家中藏金埋银，自然令人向往而生觊觎之心。但是，哈尼兄弟难道连粉红色的窗户都看不清楚吗。阿叔的后院亮亮堂堂，谁经过绿墙，转头望上一眼，都能看见粉红色的窗户，这不是一天两天的事情了，又怎么会走错门呢。"

旁边，一个看起来是因妒生仇的男子的智囊人物，针锋相对，寸步不让说。他们必置仇人于死地而后快。因为如果是盗窃未逞的话，按照惯例，遇窃的主人可以开恩特赦盗窃者，偷盗者只需要向村里公众事业捐献一定财物作为惩罚性赔偿，然后砍掉一根手指就够了，那样的惩罚显得太轻，意气用事的报复者难以解恨。

复仇者显然应该想到，若一定要确证偷奸罪，而非盗窃，这样一来，莫娜势必也要一起受刑，花容俱损。可是，事已至此，他也不愿娶一个不贞洁的人，得不到的东西，宁可狠着心把它毁掉。

复仇者有备而来，莫娜的父亲显得束手无策，他唯一尚存的希望就是有人出来指证，的确看见另外有人逃走了，虽然不知道逃走的人是谁。然后，哈尼再一口咬定是偷盗罪，同伙已经先行逃走，剩下他一个人充当替罪羊。镇长刚才的讯问作为旁证，他们是可以逃过一劫的。这样也有一个连莫娜的父亲自己也无法弄清的问题，难道真的有一个人逃走了吗？真的有另外一个意欲盗窃者。唉！

可是，众目睽睽之下，他如何向哈尼表示心中的意思呢？哈尼显然对闺房外面发生的事情一无所知。

莫娜父亲摇摇头说："的确我也说不清楚，谁能够清楚的证明呢，事实究竟是什么呢？要是能抓住逃走的那个人，可能事情就简单多了。"他故意重复镇长的话，一下将难题回敬给了仇恨者。

"如果今晚不能确定什么罪行，就带到镇衙门去，慢慢审个水落石出。"镇长见一时不能定罪，发话道。

一提到受审，哈尼便想起了那些令神鬼都惊魂丧胆的酷刑，倘若镇上的到过现场的多数人，都认定是奸淫罪，那么，镇长便会不得到实招决不罢休，那时，受尽了屈辱拷打，到头来，还是免不了一场石刑。最熬不过的，是莫娜将会受到双重的刑罚，拷问和石刑。从现场来看，复仇有备而来，自己难逃罪责。

罢了，哈尼一咬牙。

"阿叔请原谅小侄一时糊涂，做下错事，我的确犯了偷奸罪。"

莫娜的父亲一下子目瞪口呆。他妄图用自己的财力，来疏通镇衙门，和讨好镇上道德长老会的希望，彻底破灭了。复仇者幸灾乐祸，莫娜惶惑无主。

镇长尖溜溜的声音穿进了在场每个人的耳朵，也穿透了莫娜的心。

“镇民哈尼，你需要再次将你的话重复一遍，不得反悔更改。”

“我承认，我犯了偷奸罪。”哈尼此刻心一横，反而昂起了头。

一旁的书记员立即记录下了这句话。书记员寻找印泥盒的时候却找不见，罪犯招认的记录需要犯人按上左手掌印作为证据，可是，书记员也是临时跑来看热闹的，除了记录簿顺带是放在衣服里外，哪里带着这么多东西呢。

复仇者的智囊人物冷冷地说，“这么多人都听着呢，说得清清楚楚，难道明日还能反悔。就是明日再按掌印也不迟。”

镇长认可了这话。

“小伙子，你即招了，也不再审你。关监十日（即十进制八日）后施刑，希望你能在这十日中能上达天听，恳求宽宥，获得国王特赦。”

如获得镇上道德长老会一致同意，可例外获得关监二十日（即十进制十六日）的更多期限，但是，显然，哈尼是没有此打算了。复仇者不会让自己有更多机会的。

镇长四下一看，竟然还没有衙役赶来。复仇者的同伙们一望会意，一拥而上，拿出绳子要绑哈尼和莫娜。哈尼一摆手说：“慢。我有一个正当的请求。”

“年轻人，但说无妨。”

“我要将所有罪孽一人承担，这根本就是我的罪，我一个人的罪。请放了莫娜小姐。”

所有的人一时都被哈尼无所畏惧的举动惊住了。如果两人共承石刑，还有一定机会逃脱死神的魔掌，一人承受两人之量，机会十分渺茫。而且，计算方法是，谁代替受刑，就按照谁的性别，核定石头量。所以，若哈尼单独受刑，则是二百块残忍无情的石头。即或侥幸捡条性命，恐怕也是残废终生。

“你可想好了。一言既出，再难收回。”

“我已经想好了，这是郑重的决定，也是最后决定。”

镇长点点头，书记员立刻又记录下了一笔。

“请放了莫娜小姐。”

“放了？按规矩是不可以的。莫娜小姐虽然不受石刑，也要暂且收监。你受刑之日，莫娜小姐还要陪刑，观刑，以儆效尤。如果你抵抗不了石刑，不幸夭亡，那后事可不该由衙门来管，莫娜小姐还有很多事情要做呢。”镇长有条有款的说。

绑缚哈尼的时候，莫娜倒入了父亲的怀中，泪水湿透了父亲的肩衣。此刻，倍受感动的不仅是莫娜，她的父亲也是几乎要迸出了泪来，他强忍着，只在眼角偷偷溜出两颗泪花。他深深后悔竭力阻止女儿和哈尼的爱情，没想到竟差点葬送了女儿。哎，谁叫自己是镇上首富，总爱瞧不起只有几分慷慨意气，却别无长物的年轻人呢。

这一切情景，姆贝拉少校和约翰逊中校都从望远镜里看见了，但是他们仍然不明白，究竟发生和将要继续发生什么事，既听不见，听见了也弄不清楚。可是，哈尼被捆上带走的情景，他们都明白，这个年轻人将要面临一场灾难了。至于莫娜，她也被带走了，为什么和哈尼的处境又不一样呢，他们可是一对相爱的人呀？

约翰逊中校一回想起听房的情景还不禁热血沸腾。至此，他才感到，下身有些湿漉漉的不舒服，中校臊得脸发热，不由自主地夹紧了腿。

“可能是，我们惊动了村民，被他们发现了，追出来，谁知误打误撞，却害了这对年轻人。”约翰逊中校结巴着说。

“中校为此感到歉疚吗？那你可有事干了。继续关注吧，我们距离回营还有八天时间呢。别把机会让给聂莫夫中校。但愿幸运之神成全中校做一次救苦救难的英雄，假如上帝真的站在约翰逊中校这边的话。”姆贝拉少校说，接着他下令队伍从镇子边撤离。

第三集

姆贝拉少校使用卫星电话和阿莱斯上校通话，他公开而且肯定地提出了准备解救那对恋人的要求，这需要侦察队不断进入镇子去探听。如果机缘凑巧，他们解救那对恋人后能与他们成为朋友，一旦顺利进行交流，那么，与西番国的正式修书表和，也就指日可待了。

“解救一对西番恋人？”伽罗瓦博士被姆贝拉少校的大胆想法惊住了。

“情况太模糊了，的确难以决定。”阿莱斯上校少见地皱着眉头。

“这奥茨颂的鸵鸟小子，真是长着一个鸵鸟脑袋。自作主张，他什么时候才算完。仗着老子的名望，和总部的同情，他才能够做支队长的，可是，如今狂妄到谁都不放在眼里，除了你这个上校队长之外。”

“呵呵，博士，肤色不代表智慧，生气解决不了问题。”

“可是那错乱的卷卷毛，也绝不是大脑皮层褶皱的扩展。”

“博士先生，恐怕我们，还是得答应姆贝拉少校的请求。值得冒这个险。”

“如果弄巧成拙，反而会激怒西番国人。想想，可不要与地主之国度的社会公义作对。我们是无权评价别人之社会公义的。”

“可这也是一个天赐良机。嗯，容我们再想想。”

经过再三考虑，阿莱斯上校同意姆贝拉少校权宜从事。

过后的一连几日，姆贝拉少校他们都隐藏在距离小镇五六公里的山岗上，使用望远镜不间断的观察镇里的动静。夜晚，则留下三人轮流观察外，其余的人戴上夜视镜去狩猎那些夜晚出来活动的类似于啮齿动物的小家伙们，作为来日的主食，在悄无声息的激光枪和视夜如昼的夜视镜相互配合下，夜间狩猎变成了一件比较容易的有趣活动。

可是约翰逊中校对猎获不感兴趣，现在他最急迫的愿望就是，尽早知道那两个被押解走的阿喜恋人的确切消息，他们将受到何种惩罚，假如相爱偷情也要遭受惩罚的话。善良仁慈的约翰逊中校，他总是心怀愧疚。

夜里，他和加里中尉曾经两次再次进入了镇子，这一次他们很小心，再不敢造次。为了尽量掩饰地球人的身态形貌，他们还做了两个面具，进入镇子时戴上。寻找颜料可是抠尽了心思，最后不得不将一件迷彩服拆开来，蒙在面具上。乍一看，头大眼圆，五颜六色，突然撞见，真的还得吓一跳呢。

他们尽管精心策划，细致侦察，却依然是一无所获，无功而返，有时虽然听见了叽叽咕咕的阿喜人说话，可与非洲丛林中最偏僻的土著语言没什么区别。越想听懂一些，越觉得糊涂，努力捕捉到的一些显得重复的语句，记住了，正要分析一下大概意思，立即又被搅混了，头脑里如一团糨糊，只引起一阵心头发紧。

这时候，两个勇敢而热心的军人才明白，他们的确还不具备语言学家的天赋，也没有经过长期训练形成的洞察语言的能力。

姆贝拉少校当然知道，成日在山岗上瞭望镇里有些冒险，要是镇子里的人突然有事要朝这个方向来，他们这么多人一时间难以躲避，难免会暴露。

不过，他作了最坏的打算，必要的时候，直接和西番国人面对面，他注意到镇里的人并没有什么高强火力的武器，由于武力上的绝对优势，他放心不小。

当然，少校也无从知晓此处的阿喜人对外来者的态度和警戒强度。值得庆幸的是，西番国人从来没有想到要向镇子四周侦察搜寻一番，尤其是树林丛密的这个山岗。由于阿喜星上人口太少，也只居住在平坦肥沃，水草丰盛的地方，荒无人烟的地方比比皆是，而且荒野里极少有单门独户的人家，因此离镇不远的山岗上，竟然成了一个安静安全的地方，至少在目前这几日中是这样。

一天又一天过去，没有任何异常，平静得叫人发疯。

约翰逊中校猜想，那两个青年男女可能身陷囹圄，很长一段时间出不来了，或者受到一阵鞭笞后放归回家，只是他们没见到而已。那样的话，中校反而觉得没有什么内疚了。毕竟从另一个角度考虑，那也只是有伤风化的小事而已。

的确应该是一桩小事，地球人甚至根本不认为偷情是什么丢脸的事。当战神阿瑞斯和美神阿佛洛狄忒偷情时，阿佛洛狄忒的合法丈夫，火神赫淮斯托斯从太阳神阿波罗那里知道了这一丑事，火神怒火中烧，想出了报复的办法，立即打制了一个钢丝网袋。阿瑞斯和阿佛洛狄忒猝不及防，赤身裸体被鱼一样网住了。气得要命的赫淮斯托斯终于出了一口气，他把殿门全部打开，大声召唤希腊众神来看。众神看到阿瑞斯和阿佛洛狄忒被网在一起不能动弹，都惊讶不已，放声大笑。他们当中有的对火神的机敏表示钦佩。有些神却对阿瑞斯表示羡慕，还说如果能和漂亮的女神在一起，他们也甘愿被网住让人一睹为快。这样想着想着，约翰逊中校便觉得这件事已经过去了。

只是，他们还得另觅机会抓住一个西番国人回去才行，空手而归无论如何都说不过去。

然而整整八日过去了，始终没有什么好机会，甚至镇子里的阿喜人突然变得谨慎起来，好像在防备着别人似的，很少单独行动。约翰逊中校不甘心就此而回，磨着支队长姆贝拉少校向阿莱斯上校请求，终于得到了两天的延长时间。

一早，露水还未干，约翰逊中校积极活动起来。他将全部的太阳能电池板一一排列起来，检查它们的存电和充电状态。在隐秘的空旷处安置好这些电池板之后，拨开昨夜留下来的火堆，加点柴弄燃了，开始为早餐加热。他自觉自愿地做着这些事，仿佛感到好运气就要来临。

“嗨，中校，你的诚心有良好的回报了。”姆贝拉少校从树上滑下来，对正举着军刀割肉的约翰逊中校说。

“尽管是谎言，但是善意的谎言还是值得一听。”中校咬住一块肉嚼起来，嘴角一下子便冒出一股油渍来。早餐开始了，旁边四处都响着嘁嘁喳喳的咀嚼声，姆贝拉少校的话便没有几人去听。

姆贝拉少校反倒不急了。他将望远镜有意地挂在树枝上，伸个懒腰，蹲下来一边用匕首割肉，一边说，“那个女人的头发和男人的一样短，真看不出来有什么两样，不过，女人的肤色明显要浅色一点。”

约翰逊中校坐不住了。他噌地站起来，爬到树上，举起望远镜往山下看，满手油渍，把镜身都弄得滑溜溜的也顾不得了。

镜头中，果然出现了一群西番人，他们从镇子里出来，往西边一块长着矮树林的山上走，那里正是镇子里的公共墓地，荒凉冷清，草深及膝。有一条不大的公路蜿蜒着伸向山上。

这行人中，约翰逊一眼就瞧见了那个男青年哈尼，他不由得一阵激动，感谢上帝，终于等到机会了。

“这么早，出来，啊，干什么？”

“也许是要赶时辰吧。”

“时辰，什么是时辰？”

“我也是听说的，听父亲说过。一天中，气运一周，其中的每个时间里，适宜干不同的事情。一旦错过了，就会不吉利。好像，地球上有些国家是很讲究这个的，吉日良辰。”

哈尼被绑着，旁边紧跟着显然是押解他的两个人。走在最前面的一个西番人高高举着一个木杆，杆上系着一条深褐色宽布带，正像阿喜人头发的颜色，不过布带上绣着图案，还镶着白色的边，因此轮廓分明，无论在什么样的背景中几乎都瞧得见。

一辆两头牛鹿拉着的木板车上，载着一大堆石块。石块大小均匀一致，显然是经过精心挑选的。木板车走得比较慢，车夫一点也不急着催赶。

举着布带的人，嘴里不停地念着，还一步三晃，左右跳着，像信奉道教的人于送丧时招魂似的，他跳动的节奏和他们一行人的步伐相差无几。当然，约翰逊中校只看得见那翕动的嘴，听不见一点声息。

一个监刑官模样的人跟在车的后面，从他特意与众不同的衣饰上看，中校作出了这个猜想。旁边两个亦步亦趋的，穿着一样制服类服装的，可能是侍者或者衙役之类。再后面，跟着五六个像平常所见普通镇民打扮的人。

但是，约翰逊中校最感兴趣的，是走在最后，被另外一个可能还是女人的搀扶着走路的西番女孩。中校太熟悉了，那个可怜的被当场捉住的女孩子，她尖尖的小巧的嘴甚至一点都没有了红润的感觉，远比那天晚上更加苍白，或许要归于现在是白天，光线太亮的缘故。她看起来步履有些蹒跚，衣着还算整洁，精神却极端绝望颓丧。

“他们往墓地去究竟要干什么？”约翰逊中校立即将此疑问与姆贝拉少校交流。

少校不敢立即回答约翰逊中校。看情形，显然是对那对青年男女不利的。如若是鞭笞之类的惩罚，在公堂上便可施刑。如果说是在公堂外公审公判，以求震慑效应，那肯定会有大群围观者，可是现在跟从观望的人没有几个，而且犯得着出镇子来走这么远么？

公墓地，处死，姆贝拉少校脑中突然跳出这个念头，不由得一阵心跳。

“那块墓地很少有人去的。墓地？看来西番人定是把这种事看得很重，中校认为呢？”

“哎，那我们岂不害死了这对恋人。要不是我们惊动了镇子里的人，这对苦命鸳鸯怎会当场被捉呢。哦上帝，给我智慧之眼，看清楚这事的实质吧，愿罪孽在萌生之初就消弭。我们必须去救他们。”

“中校能肯定吗，他们需要解救吗？”

“怎么能够完全肯定，但是假如我们一直相隔这么远，隔岸观火，万一发生什么事，想要行动都来不及了。人头落地只是瞬间的事。”约翰逊中校下意识的联想到了斩首的刑罚，因此更加急迫。

“中校是说，要劫狱，那罪行可不小。哦，我是说，这给西番人的震动一定很大，肯定轰动全国。”

“是劫法场，不是劫狱。迫在眉睫，不得已而为之。”

“好。”姆贝拉少校点头说，此刻，恻隐之心压过了作为领队的责任和慎重，“于今之计，中校可带两人前去，暗中跟随，相机行事，不到万不得已时候千万不要露面。我们仍然在这里等候接应你们，这里可守可撤，又便于隐藏，是最好的地点，不敢随便丢了。”

杰克逊上尉与加里中尉立即要求领命同行，姆贝拉少校略一思索答应了。三人检查了装备，戴上了面具，从山岗上沿着西番人的去向，和一行西番人成两条线。这两条线在悄无声息的接近，最后在坟岗上相交了。

草很深，身后不远就是低矮浓密的灌木丛，随便一蹲就隐藏了起来，西番国人万万没有想到，近在咫尺便有外星人潜伏。他们自顾自行动着。一片稍显平坦开阔的洼地，中间有一口干井。西番人便在那里停下了。约翰逊中校轻轻拨开眼前的草茎，一切正好尽收眼底。

监刑官和道德长老会的两人在随车携带来的木椅上坐下。木板车推到了离井口三四米远的地方。其余的人便围着监刑官，看着行事。两个差役将哈尼松了绑，褪去了衣服，只穿了一条短裤，赤身裸体，带到井边，由绳子吊着送到了井里。这时候，莫娜的眼睛都瞪圆了，嘴唇紧紧咬着。

“啊，中校，难道他们竟要将那男子活埋在井里吗？”加里中尉紧张地问。

他没有望远镜，不能像约翰逊中校那样把许多细节看得很清楚。

“那样的话，井就只能用一次了。你看这井好像是多次使用过一样，不是新挖的，旁边没有新土啊。啊上帝，他们开始行动了。”约翰逊中校突然屏住了呼吸。

差役从车下拿起石块，抛过头顶，直落井中，他们做得很有节奏，也很慢，仿佛要确认上块石头已经落地，才开始扔出第二块。每块都是抛起高过头顶一些，非常标准。扔了几块之后，井中传出了一声惨叫，这当然是哈尼被砸中而难以忍受疼痛发出的声音。

“这真是残酷的惩罚，他们要砸死他。那车石头全部砸完，恐怕没命了。”约翰逊中校吃惊地说。

“啊。我们马上去救。”加里中尉不假思索地说。

“马上去救吗？”约翰逊中校有些吃惊，毕竟最后决定的是他，那么责任也无可推卸的得由他来肩负，事到临头，他迟疑了一下说。

“还能有别的办法吗？”杰克逊上尉也跟着一句，言下之意却是赞同加里中尉。

说话间，又传来一声惨叫，这次比上次清晰一些，因此三人不由得都起了害冷似的鸡皮疙瘩。忍受酷刑的时候，大声喊叫的确比咬牙坚持更能挨过煎熬。

“快拿主意吧。我们戴了面具去。”加里中尉催促着。

“好，我们先策划一下，一时半刻还死不了人。我们用烟雾炸弹，希望能吓跑西番人。从左边绕过去，将他们往来的路上赶。不要轻易开枪伤害人。杰克逊上尉在这里，等候接应我们。都明白了吗？”

“是，长官。”

三分钟过去了，井里依然不时传出惨叫声，已经有些微弱。车上的石头才扔了一小半。

莫娜幸得有两个女人在旁边搀扶着，才没有倒下去，可是泪水已经模糊了两眼，她在不断的发着抖，等待着苦难的结束。

第一块石头从头顶坠下时，哈尼头脑十分清醒，看得很清楚。石头比他的脑袋略小。他一手护着头，一手瞄准石头来向，石头刚一接触到手掌，他顺势向下缓劲，接住了石块，虽然手掌心还是被石块的棱角划开了一道很轻浅的口子。干井完全能够容得他转身甚至恰恰能躲避，他觉得自己应该会继续有此好运气。

念头刚刚闪过，两块石头接踵而至，这下他难以同时判断怎样躲避了，井宽和身高相当，约一米五六十厘米模样，也的确无法全躲得开。他胡乱伸手接住了一块，另一块，来不及瞅准再接了，只得信手一挡撞开，石块狠狠地砸在掌根处，砸了一个深紫色的肉坑。

一阵钻心的疼，血也渗了出来。

第四块，他恰恰躲过，石头砰的掉在脚边的干井底，溅起了灰尘。第五块，他紧贴着井壁，然而还是没能躲过，肚子还没有完全收起，石头已经“嚓”的擦过，顿时一道血口子，火辣辣的疼。

第六块从他指缝间掉下去，由肩膀滚落至地。第七块砸在井壁上弹回撞上了肋骨。八块，九块，十块，都被堪堪用手别开，手背上又增添了一道血口子。中间时间出现了停顿，不知下一块石头什么时候自天而降。哈尼不得不始终将手举着，以防石块突然而至。石头下落之势很猛，他不得不用尽全力才能挡开。此刻，哈尼已经有些手发酸，心发紧。

厄难在最害怕的时候到来。算起来这可能是第十三（十进制的十一）或者第十四块石头了。

一百加上五十（十进制六十四加上三十二），哦，应该是一百加上一百（六十四加上六十四），他哈尼可是个堂堂正正的男人。两百块，绝不会多一块，哈尼一直在仔细地数着，数算着灾难的一点一点过去。

可是逐渐的，哈尼也开始模糊起来了，到底是过了十五（十进制十三）还是十六（十进制十四）块呢。

突然，一块石头瞬间就落到了头顶，他看见一块黑影的时候，就知道是石头落下来了，可是反应偏偏还是慢了半点。石头擦着他本能地挥动着的手臂直落下来。

“嗡——”哈尼的头猛然遭受一击，此刻他有些茫然，偏了一步，没有跌倒。当血从他捂着的指缝间流出时，他才感觉到近乎晕眩的头疼。又一块石头掉下来了，他双手紧紧抱着头，听凭石头砸在手臂上，恰巧是石头的钝面，手一阵发麻，跟着小手臂青了一大块。另一阵剧痛弥漫开来，哈尼不由得大叫了一声。

叫声过后，停顿了大约二十多秒钟，两块石头又跟着掉下来了。有一块明明已经托住了，正待拨开，手却一软，石头连手一起压在了头顶上，指节仿佛都砸碎掉了。

哈尼大大喘了口气，才没有晕倒。

也不知又过了几块石头，哈尼身上已经血迹斑斑。由于不断的失血，疼痛，用力，再加上紧张绝望，哈尼感到自己快要崩溃了。他不想再去注意从头顶急速坠落的石头，而是想坐下来，抱住头，听凭死神的召唤和命运的最终安排。能不能活着出井，只能看神是不是还垂青自己了，就像爱神的垂青使他获得了莫娜的爱情一样。

他应该心满意足去坦然面对厄难，哪怕是最可怕的死亡。

大约应该是五十来（十进制三十多）块石头了，过了自己石刑的一半了。又一块，砸在他光光的肩膀上，骨头好像都砸碎了，手一阵发麻，难以抬举。虽然对疼痛已经开始麻木了，可这一下剧痛来得很猛，反而令他清醒了些。

不能放弃，不能。哈尼大叫了一声。

似乎是顺应着他的叫声，大地也为之剧烈一震。

第四集

哈尼好一阵才平静下来，感到刚才的确是有震动的感觉。石头雨停止了，井外似乎有乱糟糟的声音。他摇着头，努力听着，却两耳嗡嗡，神智昏迷，听力和视力都模糊了起来。

的确，石头再也没有下落了。完了吗，不，不会。哈尼甩甩头，辨别着井上的声音，很杂乱，难以清晰的辨出一个有实际意义的音来。

突然又是一阵震动，是，是震动，这次哈尼再也没有弄错，接着，嘈杂声更大了，夹杂着尖叫声，然后声音渐渐小了下来。

井外究竟发生了什么事呢。难道国王的御旨到了，可是哈尼知道，他无法让国王特赦自己，他只是一个犯了错误的平凡青年。短短的十天（十进制为八天），只够从镇上到国都的来回路程，哪里一到都城就能见到国王，并且立即让国王作出特赦的旨意呢。更边远的地方，即使乘坐最快的蒸汽机车，连一个往返的时间都不太够，即使是宽容的二十天（十进制十六天）也难以如愿。所以在绝大多数人看来，一旦遭遇石刑，想借希望于特赦简直是异想天开。

但是刑罚怎么会突然停止了呢？即使哈尼极希望活下去，但是也要明明白白的活才行，他不愿接受耻辱的活，——如果男子接受阉割宫刑的话，是可以取代石刑的，那需要由亲属代理提出要求，而且要付出一笔不小的钱捐给镇里的公益事业。

在巴拉比王国里，阉人是比死人更加没有价值的受鄙视的东西。

不管咋样，反正石头是暂时没有往下掉了。哈尼浑身乏力，索性坐了下来。全身都发出刺痛，还有脑子里糨糊一样的钝痛，一阵一阵的如海浪涌来，在安静的时候疼痛愈加明显。

他咬牙忍着，靠着冰冷的井壁，听着自己粗重的气息。

莫娜呢，莫娜在哪里，是她恳求停刑的吗？他宁愿死去，也不愿让真诚的爱情蒙羞，他希望莫娜能够和他一样勇敢，但愿她温柔的心不要因为难以承受残酷的折磨而变得脆弱。

这样想着，偶尔也抬头向上望一望，不知过了多久。忽然，井口出现了影子，没错，是人影，他看见了，差点激动得大叫，他看见莫娜正向井中张望。接着，莫娜不知与谁说了几句，便有一根绳子吊了下来。

哈尼彻底糊涂了。莫娜到底做了些什么，此刻他怎能就上井呢。不过按照惯例，如果石刑行刑中途因故停止的话，以后只能接着未完成的石块数目进行，他可以养好伤后重新以十足的精神应付，这对他来说实在有利。

哈尼努力撑起身子，将绳子缠在腰间，勉强系紧了。井上的人开始用力往上拉。

监刑官多年没有监督过石刑了，镇长去年年底才受到郡上表彰，捧回个什么“良民风化奖”。镇守湖滨城堡的大将军，国王的弟弟比克亲王，亲手颁给镇长一座镀金的国花奖品，又由郡守给镇长挂的彩条绶带。这些奖励着实令南海郡所有一百〇二镇的镇长们羡慕不已。全郡仅有两个镇长获此殊荣。

这该是多么好的一个镇子啊，全毁了，被一个鲁蛮的小青年。监刑官不断和身边的两位镇上道德会长老交谈着，叹息着人性的堕落。井中的惨叫也令他身上发冷噤。

正说着，忽然一声剧烈的爆炸声响，监刑官竟然从椅子上跳了起来，一会儿看见两位长老正盯着他，便张口结舌道，“怵惕之心，怵惕之心，人皆有之。”

哪知长老们看的并不是他，而是他身后几十米远的地方。他们张着嘴，甚至哆嗦着。

所有人的眼光都被一团正四散的烟雾吸引过去，白色烟雾从一个圆不溜秋的黑色铁蛋中喷出来，笼罩起比两间屋子还要大的地盘，而且面积越来越宽。

突然，烟雾朦胧中，现出两个高大的身影来，怒目圆睁，头大如轮，脸上五颜六色的分外狰狞。衣服，如果那也叫衣服的话，和他们硕大的脸一样颜色，花花绿绿的像搭了些草叶在身上。如若不是这些怪物是站着的，混在树林或深草丛中还当真难以发现。

巴拉比王国从来没有见过如此之样的怪物。这怪物疑为传说中的神鬼，即镇守墓地和村庄之外四野的缥缈山神。巴拉比国人听说过，但是口口相传的山神好像又不应该是这副模样。

神鬼手中拿着形状奇特的神器，他们低沉地吼着，威胁着，面目狰狞，仿佛对这群西番人不怀好意。他们举起来神器对准木板车，神器里牵出一条隐隐约约的蓝线，车子立即“滋滋”地冒出青烟，一会儿竟然燃了起来。这边的西番人都吓呆了，不知如何是好。竟然没有想到拿出武器来抵抗，事实上，他们也没有任何有效的武器。

更着急的，其实是面具下面的约翰逊中校和加里中尉。为了制造吓人的声势，他们爆炸了一颗手雷，同时再扔出烟幕弹，看到西番人被吓蒙了不知逃跑，他们反而感到难办了。

中校他们也不敢贸然攻击西番人，以免露出真相来。他们费力地向前跨出了两步，以更近的距离和进袭的姿态威胁着西番人，两人摇晃着硕大的头，摇晃着手中可怕的神器，发出低沉吓人的吼声。

那个看起来是监刑官的首要人物大叫了一声，可能是撤退的信号吧，西番人闻声，立即争先恐后沿来路逃跑。

巨神的大手又举起来了，五指箕张，像是想要抓住什么。这次有个大胆的行刑手回头看了一眼，恰好看清了那只举起的手略显怪异，仔细一数，手上明明白白长着五根手指。

这肯定不是同类呀，怎会善待异己呢，难怪如此凶狠。行刑手嘴里叽里咕噜嚷着，不断向同伴传递恐怖气氛。

西番人跑得更快了，连回头的机会和勇气都完全丧失，向着镇子的方向自顾自地狂奔。

约翰逊中校举着爆炸手雷和烟雾手雷，再次扔了出去。他故意动作缓慢，让西番人觉得要对付这些神鬼，只要跑得足够快就可以了。

爆炸，再次腾起烟雾。当烟雾逐渐的淡下去时，已经瞧不见西番人的身影了。他们拐过了山岗，正惊惶不定地朝镇子那边继续一路狂逃。

“这下安静了。”约翰逊中校终于开口说话。

他们卸下笨重的面具，扔在地上，正打算到井边去看，却突然，两人都一下定住了。

因为，一双清澈的眼睛，阿喜人的眼睛，西番少女的眼睛，清澈而满是迷惑，正盯着他们瞧。

在其他西番人忙着逃命之时，莫娜没有跟着逃跑，她挂念着井下那个肯为她付出哪怕是生命代价的情人。真诚的爱情战胜了惊惶恐惧。

大约对峙了十多秒钟，约翰逊才明白这个西番少女是谁，也猜到了她没有逃跑的原因。

“嗨！”他举起手摇晃两下，笑着打招呼。

莫娜半惊半惧后退了一步，没有答话，继续注视着他们的行动。

“要向她表明我们没有恶意。”

加里中尉说，也举起手晃起来，见没什么效果，一脸尴尬地望着中校。

约翰逊中校指指井口，头一偏，说道：“过去看看，井下那人怎么样了？”

他的话莫娜当然无法听明白，不过对井下人的关心显然开始打消了她的戒惧之意。她点点头。

加里中尉已从监刑官的座椅旁找到了绳子，举起来摇着，示意莫娜到井边去。至此，西番少女莫娜已经相信，面前这些陌生而奇特的神鬼的确是来拯救她们的了。

她可爱的尖嘴动了，虽然对于中校和中尉来说，这些语言还是一串没有什么意义的声音。

“求求你们救救哈尼，我的丈夫。”莫娜说。

她竟然将哈尼称作她的丈夫。

加里中尉挠着头，约翰逊中校点着头，虽然他们什么也听不懂。

接下来的事情，哈尼也跟着一一经历了。

“我们救了那两个青年，正准备过来。”约翰逊中校接通了卫星电话。

“祝贺你，中校。没有被西番人看穿吗？”

“看穿？他们连人影都看不见了，早被吓跑了。”约翰逊回想起西番人，尤其是那个威风凛凛的监刑官仓皇逃命的样儿，便觉得自己演了一出好戏，比在百老汇的剧场里演一出《猫》还要过瘾，这是真实而充满冒险的刺激。他忍不住哈哈起来。

笑是智慧生物的共同语言。哈尼也想解脱似的轻笑，还有对天外来客的惊笑，但是他动不了。哈尼动与不动，都感觉到疼痛难当。只是，一旦动一下，伤口裂开，不仅疼，还要流血。

披在身上的毛巾——如果他不幸死亡的话，这毛巾便是他的裹尸布了，——像是和伤口粘连在了一起一样，稍有动作便疼痛难忍，可他还是和约翰逊中校一起笑了起来。对于解救自己于危难中的恩人，岂能无所表示呢？

无论解救自己的是神是鬼，总之一点都不可怕，比起恶意跟踪自己的情敌来，这些高大神奇的神，或者鬼们，还可亲近得多呢。按照规矩，任何因非受刑者自己刻意安排的行动造成刑罚中断，都是天意而必须得到尊重，他可以养好伤等待下一次补刑了。

尤其令他欣慰的是，莫娜勇敢而真挚的爱情，得到了最彻底的证明。运气好的话，他几乎还可以减免掉补刑的很多石块了，因为行刑者实在拿不出证据说明他还需要受多少石刑，而他却可以理直气壮的坚持说只剩下五块石头，不，只剩有两块。还装在车上的石块，统统扔到井里好了，哦，留下两块，才说得过去。

哈尼不是无赖，也不想做无赖，但是为了莫娜的爱情，做什么都可以。

他立即对莫娜说了这个想法。莫娜开心笑了两声，开始往井里扔石头。

约翰逊中校和加里中尉，这时候，杰克逊上尉也闻声过来了。他们虽然对莫娜的行为一知半解，却都积极地跟着丢起石头来。

为了有一个良好健壮的身体，陪着心上人度过以后的日子，哈尼认为，这可算不得无赖。

第五集

约翰逊中校费了好大的劲，才让哈尼和莫娜明白，他们必须跟这些魔怪一样的天外来客一起走。

哈尼想，现在即刻回到镇里，镇上的人们或许会把自己看作魔鬼附身，会把灾难带给全镇的人，他的处境将会非常危险，还有可能立即被处死。如此说来，不如跟随这些不知何方来的神圣一路同去，暂渡难关，想来他们对自己没有什么恶意。

其实，还有比受刑处死更大的厄运吗，两相比较，暂时跟从陌生的神鬼们应该更安全。哈尼把这个意思吃力的向莫娜说明。

连续，巨大的变故，莫娜已经失去了主张。唉，女人在危急时刻总是更容易迷失方向，她完全听从哈尼的决定，能够看着哈尼奇迹般逃离石刑，已经令她很满足了，至于未来怎样，还是相信车到山前必有路吧。

约翰逊中校看到哈尼点头表示愿意跟从，非常高兴。他没忘记介绍自己，中校捂着自己的胸口，说：“我，劳里·约翰逊。”他重复了这个动作和这句话三次。

哈尼一时里没有弄清楚，急得连身上的疼痛都忘记了，跟着中校重复着说“约翰逊”，又惶惑地摇着头。

这次，中校改用手指着自己，不断称呼着姓。哈尼忽然醒悟了，也指着自己说，“我，哈尼。哈尼。”

“哈尼？哈尼？哈尼！哈哈哈，你叫哈尼？原来你叫哈尼。”

听约翰逊中校说出哈尼一词，哈尼便点起头来，露出了微笑，可是这一笑，反而牵动了伤口，于是脸上呈现出痛楚的表情。莫娜一见，忙扶着哈尼，为他擦汗，脸上满是关切。

为哈尼的伤口稍作处理，他们便踏上了归程。姆贝拉少校惊喜异常地迎接他们。当听到哈尼因为与恋人私会而受到石刑处罚时，姆贝拉少校不屑一顾说道：“这样的话，西番人应该让从没犯过罪的人扔出第一块石头。”

随后，他们踏上了回火山城堡之路。

由于已经熟悉路径加上回归心切，姆贝拉少校一行比出发时少用半日回到了火山堡。哈尼和莫娜这对恋人的到来，给火山堡带来了十二分的惊喜。人人都争着去看活生生的西番人，听他们叽里咕噜说些听不懂的话。要不是伽罗瓦博士及时阻止，兴奋的人们甚至还想去抚摸抚摸宠物般可爱的西番人。

严重的外伤，和长途跋涉的疲劳，哈尼已经精疲力竭，靠着莫娜寸步不离的照顾和精神支持，哈尼才没有倒下。两个队医紧急会诊，为哈尼做了内科，外科尽可能详尽的检查及医治。

“这个西番青年至少需要静养三日才能脱离危险的伤害，他失血较多，体力透支过度，对内脏都造成了一定损害。出于谨慎的考虑，我们暂时无法为他输血。”

阿莱斯上校立即张贴告示颁布命令，三日严禁任何人靠近哈尼的住房打扰。这对青年像贵宾一样被严密地保护了起来。

听姆贝拉少校陪着约翰逊中校汇报整个事情经过时，队里顾问伽罗瓦博士也在场。他所担心的事终于发生了。

这群年轻莽撞的军人，终于在另外一个国家里，再次破坏了原始国民原有的平静与传统，把自己暴露在敌视的目光中。解救一个受刑犯，无论如何都是胆大妄为，西番国人会因此将这些外星人看作是他们制度和生活的敌人。博士严肃的脸上明显地写着对姆贝拉少校的不满，最终承担责任的不仅是姆贝拉一个支队，而是整个分队，他作为首席顾问未能尽责阻止，难辞其咎。

“如果说攻占火山城堡，西番国还能看作是消灭了他们如肘之瘤的山匪蟊贼，而宽容地放任，使我们拥有这么多平静的日子。那么这次，事情完全不同了，西番国断然不会威胁到他们的国家了还坐视不管。如果西番国举国之力来攻，请问姆贝拉少校该如何是好。”

姆贝拉万万没有想到博士会这样责备他，他还等待赞美声呢。阿莱斯上校来不及缓和气氛，博士和少校的对峙不可避免地展开了。

“如果西番国是一个民主国家，他们还该要讨论这些刑罚是否有存在的合理必要呢，然后再来一个全民公决，决定是否要进攻火山城堡，哪能如此说来就来。况且火山城堡易守难攻，要不然，还轮不到我们来占领，早就该是西番国内的平安辖区了。他们奈何不了一群山匪，还敢轻易举兵攻打火山堡吗？”

尽管言词不尽达意，姆贝拉少校还是尽力回答了博士的问题。

博士哼哼的冷笑，他觉得少校的解释完全缺乏正确的假设，因而不值得一辩。以他的持重周全来看，姆贝拉少校哪里是什么雷厉风行，果敢勇为的劫法场的英雄，简直是一个无知的莽汉。他说：“姆贝拉少校倘若做了西番国的首相，这番话倒是有保证的。”

伽罗瓦博士轻蔑的态度激怒了姆贝拉，他将激光枪解下重重地放在桌子上。这张八边形餐桌见证了许多次会议，唯独这次充满着怨恨、蔑视，对立和不宁，也是参会人数最少的一次。

姆贝拉少校用指头敲着桌面：“这枪真遗憾没能握在伽罗瓦博士手里，否则它该是多么了不起的权杖。委屈了博士没去指挥这次行动，只有在事后指手画脚挑这挑那。不过，如果是伽罗瓦博士指挥行动的话，除了出去旅游一番，照一些风光风景照片回来，博士还能有什么收获呢？”

伽罗瓦博士顿时瞪圆了眼，鼻子里冒出很粗的气，一时间却没有想出很有力的话来批驳。约翰逊中校偏着头暗自畅快。

阿莱斯上校严厉的眼光射向了姆贝拉少校，少校顿时感到有千根细针刺得他极不舒服，也许激光射在肉体上就是那种感受。

“作为军人，你怎么能轻易放下自己的武器。真是幼稚的言论。举动也一样幼稚。”阿莱斯上校指责说，他扫视了一遍屋里的三人，接着说道：

“博士的担忧是正确的，目前，我们的确需要密切注意西番人的动向，早作准备，未雨绸缪。西番人很有可能借此事端大举进攻。但是，需要强调的是，争论已经发生的事情是否妥当是毫无价值的。塞翁失马，焉知祸福。事急从权，一时间也难说对错。大家都想想，今后该怎么做吧。这一次，潘克先生可得有事干了。”

阿莱斯说的潘克先生，是联合国资深翻译专家，能流畅地说十三国语言。上校不偏不倚的话，阻止了伽罗瓦博士继续深究解救哈尼莫娜事件的得失。

姆贝拉趁此机会脱身，说：“我去安排一下队中事务，得提防那些好事者对哈尼莫娜有什么不利举动。上校认为有必要派遣一支侦察队控制城堡周围几个要点吗？”

“从卫星摄像图上看，只有距离两百多公里之外的一个湖边城堡，城堡中有可能驻扎大量军队。少校的建议及时而恰当。你去安排你支队中的事情吧。我会派人去监视通往湖边城堡的路的，还要通知通讯部，密切注意这个方向上的任何动静。少校在镇子附近看到了通往湖滨城堡的大路吗？”

“有两条大路，还不清楚通往哪里，应该有一条通向水堡吧。把卫星图连接起来，仔细对照一遍就清楚了。镇子的位置现在是非常明白的。”

“嗯，很好。”

“那我先走了。”

“刚刚回来，很劳累了，少校可以先去休息一下。其他事不急的。”

“谢谢上校。”姆贝拉吁出一口气。上校丝毫没有责备他的意思，他感到了很轻松。约翰逊中校跟着也离开了。

伽罗瓦博士眼睁睁看着姆贝拉少校两人轻易地推脱了责任，总有些愤愤不平，接下来的处境会怎样，着实使他忧心忡忡。他暗中认为阿莱斯上校过于偏袒纵容部下，希望上校能像接受禁止乱用激光枪四处烧刻的建议而下达禁令一样，接受他的建议。

他刚要说话，上校率先开了口。

“我认为有必要改换一个会议地点，队中的某些机密越少人知道越好。再不能把餐室当作会议室了，博士另外再找一个更隐秘安静的屋子作为会议室吧。我办公室旁边有一间就挺不错，博士找个人布置一下。”

上校一停下，伽罗瓦博士就急着要发表看法，哪知阿莱斯上校紧接着又说：“还有，如果博士能够协助潘克先生破译并学会说西番语言，那再好不过了。目前而言，这是一件又重要，又急迫的大事。希望博士不要推辞。”

博士刚刚点头承认这事很重要，阿莱斯便要离开了。他一边整理着衣服和装备——其实在火山堡中，上校的装备也就是一部系在左肩上的卫星电话和胸前随时挂着的望远镜而已，激光枪不出外是不携带的，除非是岗哨——使自己看起来跟更精神一些，一边往外走。

“我要去检查一下队中情况，看看出现了什么新的没有，等我想好后再颁布一条命令。博士也帮着考虑一下有什么疏漏的地方提醒我。紧要时候可不能出什么纰漏。还有，博士通知一下通讯部的全体人员到新的会议室开会。”

“我会立即去做。”伽罗瓦博士话音未落时，上校已经拐过墙角不见了。

阿莱斯上校难道故意在躲避自己吗？伽罗瓦博士心存疑惑，他决定跟随上校去，看看上校究竟有什么行动。

第六集

阿莱斯上校先去看望哈尼。在服用了医生配的药后，哈尼已经睡着了，而且睡得很沉。上校当然知道是某类镇静剂的作用，充足的睡眠对哈尼迅速恢复身体大有帮助，而且可以忘记身上的痛楚。

潘克翻译一直在向莫娜解释着一切，比画着，力图让莫娜更明白一些，他们的一切行为都是为了哈尼早日康复。莫娜瘦小的身躯有时简直好像被靠得很近的潘克包住了，过于宽大而不合身的迷彩服几乎是将她包裹在里面。

负责后勤的人故意让莫娜穿上迷彩服，目的是培养她对地球人的亲近感。她身上散发出的洗浴剂香气和少女奇特的体香混在一起，弄得潘克先生鼻子老痒痒。潘克先生很乐意在此芬芳的氛围中不厌其烦的讲解地球人语言，他只使用了标准的美式英语。

莫娜此时仍旧是惶恐多于疑惑，担忧多于惧怕。不过，莫娜终于还是知道了面前这个高大的，蓝色眼珠，皮肤白里透着红，又窜出一些短而细软的发着金光刺毛来的怪人，名字叫“旁克”，而且知道了怎样说话可以要得一杯水来喝。

“旁克”那长着五根指头的大大的手掌，几乎抵得上自己的两只，但是拍在自己的肩头上时，明显感到力度柔和，没有半点威胁的感觉，反而使莫娜有些暖暖的亲切感。

莫娜渐渐地平静下来。

阿莱斯上校对两位医生和潘克先生所做的事非常满意。他想：这么多人类中最优秀的人聚集在一起，要能够把他们团结起来倾力合作，需要怎样一种胸怀呢？啊，上帝，巴别塔。

上校离开医疗室后，用卫星电话打给了姆贝拉少校。少校忐忑不安地想：莫非上校要在事后批评自己的错误么？他认为上校的话是能够接受的，因此虽然心里有点不安，还是坦然地等着上校过来。

此刻他正处在通向黄金窟的半路中，每天凌晨时刻，便有前日制造好的一盒金条送过来，藏入城堡最牢靠最隐秘的地下室，这里是必经之路。

山中，到处是高大参天树叶浓密的树木，沿路则多是较矮的一些灌木。姆贝拉少校故意在半路上停下了，等着上校过来。

阿莱斯上校看到姆贝拉少校的背影时不禁暗暗笑了，离少校还有好几步就叫道：“少校只有一个人，是散步吗？”

“约翰逊中校和几个军尉出去打猎了。有几个人在休息。”

“约翰逊中校也应该恢复一下体力了，又出去打猎。”

“总比在堡内看到博士青黑的脸强吧。”

阿莱斯上校拍拍少校的肩膀，说：“应该允许博士有自己的看法吧。”

“上校也想来指责我是吧？的确，有时，功绩是容易让人寻找到漏洞而攻击的。如果阳光太强刺了眼，那便是阳光的罪。”姆贝拉少校满怀戒备，不无讥讽道。

“如果阳光刺了眼，那是直视阳光的人应该遭受的责罚，过于自恃而轻率，上帝总是公正的。”阿莱斯上校接上话说下去，“我来是想讲讲给你本杰明·富兰克林的故事。”

“讲故事？阿莱斯上校雅兴不浅。我必须听吗？这是谈心，还是命令？”

阿莱斯上校眼角扫到了伽罗瓦博士正从浓密的灌木丛边走过来，而姆贝拉少校骄傲地望着前方没有发现，机会太好了，他也假装没有看见博士，故意提高了声音道：

“哎，说说故事解解闷吧，长久不活动，连我都有些憋不住了。事情开始是这样的，本杰明·富兰克林曾经奇怪的察觉到他正在不断失去一些朋友。他开始意识他不断和人发生争执，就是和人相处不好。”上校直入主题。

好，伽罗瓦博士停下了，并且隐身在不远处的灌木丛后边。阿莱斯眼角瞟到了这一情景。

“富兰克林？那是你们国家的伟人，上校是要卖弄历史呢，还是要借题发挥？”

“伟人是不分国家民族的，是人类珍贵的遗产，他理所当然应该受到各个国家的尊重。请听下去，有一天，大概是新年到了，大家都在制订新年计划。富兰克林坐下来，开出一张清单，清单上有他自己所有让人讨厌的性格特点。他把它们一一列出来，再对这些特点进行编排，把最有害的一个放在清单的第一位，然后依次排下来，害处最小的排在最后。他决定要一个一个改掉这些讨厌的性格特点。每次他发现自己已经成功地改掉里一个坏毛病的时候，就把这个毛病从清单上划掉，直到把清单上所有的坏毛病划掉为止。最终，他成了全美国人格最完美的人之一。每个人都尊敬他，崇拜他。当殖民地需要法国帮助的时候，美国人将富兰克林派到了法国去。法国人也是那样喜欢富兰克林，以至于他要什么他们就给他什么。今天，如果你去翻一翻关于性格塑造的所有书籍，几乎都找得到富兰克林的名字。性格并非只是老天爷和父母给的，人人都有权选择。”

“真不明白上校这通话什么意思。上校可以到大学里去做心理学教授，而我，若按照上校的教诲行事，是不是也可能成为纳尔逊·曼德拉。”姆贝拉少校依然不回头，但是语气已经比较平静了。

“真的那样想，那再好不过了。舰队第一支登陆队伍，由令尊担任队中总顾问，难道不正是看中令尊的人品秉性么。只可惜，时不我予，事业未竟。你是他的儿子，子承父业，恰如其分。”

这时，伽罗瓦博士已经悄悄离开。

“嗯，哦，上校的意思，我已经有些明白了，我知道该怎么做。”

“有一点你没有明白，我并没有要求你怎么做。”

晚餐后，姆贝拉少校亲自向伽罗瓦博士诚恳地道歉，那时，队中高级人员都还没有离开餐室。让姆贝拉惊讶且开心的事情是，博士称自己也正要为奚落责备少校的事道歉呢，只是少校做事总是比别人快上一步，就像当机立断救了哈尼莫娜一样，他还是落后了。

说完，两人都会意而笑。其他人也随着自在地笑。约翰逊中校趁机取笑姆贝拉少校说，要是追求一个漂亮女人，少校事事都先人一步，他们只有干望的份了。不过即使追不上，听房也是有趣的事，那时只要求少校别把窗门关得太死，像偷情的哈尼一样。

这段话一边说着一边便有爽朗的，或放纵的笑声震动着餐室，使人直觉得餐室太小了，容纳不下汉子们的热情。笑不出来的只有潘克先生，他突然被推到了一个重要而显眼的位置，就像在联合国宽敞无比的大会议厅中，他不是随人而语的翻译，而是突然成了万众瞩目的发言者。潘克先生必须迅速破译西番国语言，他感到了无比的压力。

第七集

湖滨城堡内，比克亲王像正要结婚的新郎，既紧张又兴奋。

这天，接到南边一个小镇驰报，在对一个伤风败俗的年轻人施以石刑时，遇上亘古未见的奇异神物。监刑官赶到湖边城堡，向亲王陈述了这一怪事。

监刑官不辞辛苦，远道而来，他抓住了觐见接近亲王的机会，平时这样的机会可是不多。但是他仿佛神魂被吓散了还没能完全归位，结结巴巴的陈述惹起了堡内议事厅中文臣武将的哂笑，碍着亲王在场，大家才不敢放肆的大笑。

监刑官的座驾，是一匹不起眼的六肢牛鹿所拉的车，它吐着白沫勉强把着急的主人马不停蹄的驮到了湖滨城堡后，就再也走不动了，四腿瘫软在地，站不起来，只有两只细而短的前肢不时拍一拍地面，好像饥饿难耐，要抓一点草料吃的样子。

比克亲王可不像多数部下那样，将监刑官所报之事看做是捕风捉影，夸大其词的小事。他挥挥手让侍卫带监刑官下去歇息。那头长途奔跑过于疲劳，只剩下半条命的牛鹿，比克亲王叫人杀了犒军，亲王为此补偿给监刑官两头牛鹿，还赐给受到惊吓的镇民两头牛鹿，十枚金币作为压惊安慰之物。

监刑官心满意足地离开了装饰简单，但是坚实隐蔽的堡内议事大厅。

为了辨明所谓的神鬼究竟是何物，众人争执起来。监刑官所描述的神鬼显然与近来传闻的攻占了火山城堡赶走山匪的怪人不太一样，这些头大如轮的东西是什么？或者是监刑官为了增加耸人听闻的效果，故意夸大了描述，也未可知。

作为湖边城堡的最高统帅，肩负着缉防巴拉比王国南方沿海一带四个郡的重任，比克亲王很少离开过自己的岗位。从毕喜共和国传过来的天魔画像，十分逼真，再加上特使默卧儿从毕喜国回来后将所见所闻绘声绘色的描述，比克亲王虽然从未见过所谓天魔，却已经有了对天魔比较清晰的印象。

什么冒出浓烟的迷弹，听不见声音就将木头烧毁的神器，完全和天魔在毕喜国所使用的武器一模一样。监刑官的描述真是太离谱，还不知手下有多少官员这样靠吹吹牛就混得像模像样呢。文弱寡识的镇民疑神疑鬼情有可原，但是武士宁愿亲身面对凶狠的野兽和强大的敌人，也不相信魔鬼的谣言。

“我相信所谓的神鬼就是天魔。叫他们外星人更好。”比克亲王使用了最近由国中学者研究后提出的词语，一锤定音，中止了争论。他豪情满怀，觉得是该行动的时候了。

其实当火山堡刚被攻下，四处沸沸扬扬流传着天魔的传言时，国王莫桑就督促过比克亲王领兵前往，一探究竟，并趁机从山匪手中夺回火山堡。比克亲王趁机上书说城堡中兵力不足，请国王加发军饷并扩招新兵。

这样一来，反倒将了莫桑国王一军。国王无奈之下，答应了王弟的要求，不过对出兵的日期作了限定，必须按时出兵。

比克亲王手下统帅的兵士由两千多名（十进制）猛然增加到三千多名。他仍旧以招募新兵需要时间为借口，将出兵之日尽量拖延。现在，眼看出兵之日只剩下十来日了，天降机遇，南方小镇竟然出现了神鬼劫法场的事。机会到了。

亲王指使书吏按照他自己的理解写了一封信给莫桑国王，并附加上了监刑官的笔录，无非是强调如今南方之势变得益加复杂，攻克火山城堡需要更多的辎重武器，尤其是大火力的火炮，以及刚制造出来正式投入使用的转盘机枪，它可以连发的威力让打一枪填一次子弹的长杆火枪相形见绌。目前这群自天而降的外星人远非骚扰为主的盗匪可比，他们总像长耳鼠一样机灵狡猾，而且神出鬼没，竟然轻易地将火山城堡攻下了，其狡猾和强大可见一斑。

莫桑国王即位以来，曾两次派兵攻打火山城堡。由于高山密林不便重型火炮运输，加上火山城堡易守难攻，久攻不下之际，别处盗匪更是猖獗骚扰，甚至公开进犯内地，扬言进逼首都，因此两次进攻火山堡，都不得不提前撤兵，无功而返。事情便一直拖延下来。

目前情况紧急的是，外星人似乎并不满足已经攻占的城堡，和附近连绵山岭的广大地区，而是蠢蠢欲动，不断试探，竟然已经将势力扩大到有人居住的繁华地区了，是可忍孰不可忍。面对如此强大的敌人，只有添兵增饷，增加武器装备，方可一战。

写好这封信，比克亲王派了最可靠的亲信，乘坐着特选的精壮牛鹿拖车，直奔罗伊都城而去。又另外写了一封信给南海郡守，要他即刻征集粮草和运送粮草的车辆，并令其他三郡协助南海郡。南海郡府在湖滨城堡北面七八公里，郡守一贯对亲王唯唯诺诺，善表忠心，深得亲王信任。

比克亲王的信使到达京都罗伊城，进入王宫时，国王莫桑正和他的三个妻子，首相哈叶，一起饮酒作乐。柔和的管乐声弥漫在宽敞的，镶着黑色的地砖，四周没有墙遮挡的偏殿中缭绕，一根根浅灰色石柱被薰香和淡绿色果酒的气味包围着，仿佛也被寻欢作乐的气氛迷醉了。

一个小巧玲珑的女优扭着小小的臀，和着节拍跳起一种节奏鲜明而节律轻缓的宫廷舞蹈，动作舒缓，幅度不大，姿势颇为撩人。莫桑国王的一个侧妻距离国王比较近，举着酒杯向国王敬酒。

按照巴拉比王国遗留下来的祖规，国王可以有三个妻子，亲王，大将军，首相等一级高级官僚只能有两个妻子，普通中下官吏和黎民百姓一样，只能有一个妻子，不过在特定的日子里，他们可以放纵四日，到官署管辖的娼寮中尽欢，娼寮中的女子，多半是轻罪犯或者罪犯的牵连人。

而在前一个王朝中，妻子数目对应着上述三个级别，分别是五个，三个和两个，最后一个国王正是死在互相使诈擅权，明争暗斗的某个妻子的鸩酒中，因此本朝正是要吸取这个教训，减少了妻妾数量，制定了严格的伦理条例，努力克己复礼，以求万世基业，这个影响也波及民间。

女优由殿侍总管招手停舞，施礼后退下了。

莫桑国王听完比克亲王信使的陈述，又阅读了亲王的亲笔书信，和监刑官的亲口笔录。阅读中，国王脸色时青时黄，变了两次。首相哈叶尚不知国王如何看待此报，暂且一言不发。

“啊哟，如今，事大了，天魔竟然主动侵犯我朝领土王权，在众目睽睽之下从法场抢走了人，这还了得。”

“竟然有这等事，那，陛下意欲何为呢？”

“亲王弟弟要求再次增兵加饷，才肯出兵清剿天魔。不是首相出的主意，奏请比克亲王外出京都，驻扎水堡镇守南方的吗？如今他倒越闹越大，得寸进尺，借题发挥。首相怎么反来问我要主意。”国王莫桑发着牢骚道。

哈叶首相对莫桑国王优柔寡断缺少主见的脾性十分了解，并不急着回答，耐心地等着国王说完，才缓缓道："难道亲王真的又在信中提出了更多要求。"

"你自己不会看么？"莫桑国王将书信扔给了哈叶。

此刻，见国王有要事与首相商量，三个王妻都悄悄地离开了大殿。按照惯例，后戚不得参与政事。

哈叶首相一边看信一边竟信口念了出来，国王更加烦恼。看完信后，哈叶偏着头，思忖良久，方开口道："陛下忧的是外星人，还是比克亲王？"

"外星人堪忧，比克更堪忧，这个比克，真不是个省油的灯。他有近万（八进制一万等于十进制 8 的四次方即 4096）的兵力了。"

国王莫桑从即位起，便深深忌惮着比克这个弟弟。首相哈叶出了个主意，让比克亲王南镇水堡，其实就是要将他远远调离京都，以免变生肘腋间。虽然暂时把身边的威胁解除了，但也同时失去了对比克亲王的控制。

可是，自从外星人攻占了火山城堡以来，比克不仅没有听命出征，反而借机壮大自己的势力。如今水堡的兵力快要赶上京畿的兵力了，如果比克再获得国民的支持，（比克亲王似乎一直都很受国民崇敬爱戴）那么莫桑的王位岂不岌岌可危？

莫桑国王无法掩饰自己的担忧。

"那就让我为国王分解忧愁吧。"首相哈叶起身去洗净了手，吩咐侍从将酒具餐具撤下。

哈叶首相分析了外星人的战斗力和武器，得出火山城堡的匪贼被打跑只是由于他们一时轻敌猝不及防的结论。他继续分析道：毕喜国人也同外星人交过手，结果毕喜国却是全歼来敌，而且只动用了不多的兵力，先遣队统帅克弥尔不等大军到来，就在"先祇洞"中全歼敌人，完成荣耀的事业。外星人善打的是游走战，且狡猾残忍。这类人往往不肯轻易冒险牺牲，主要是保存自己而已。因此他们对王都不太可能构成威胁。但是，外星人若缠上了比克亲王的话，亲王就没那么容易脱身了，磨蹭上个十年二十年都可能没有干净利落的结局。

"有外星人这个难缠的魔鬼，国王反倒可以放心了。比克亲王想脱身都难。”哈叶首相说。

“依首相之言，亲王提出增饷和加派重型火枪火炮，还有新型转盘枪的要求，是该答应了。”

“要征讨火山堡，缺少了重型火炮恐怕真的不行。转盘枪在其次，无关紧要，因为据我所知，外星人人数很少。不过，比克亲王的要求，当在合理之中，不好推却。只有先将外来敌人打散，才能让他们逃离，再与亲王游走作战，陷入长期对峙纠缠中。比克亲王若不征讨火上堡，外来敌人反倒趁机乐得自在逍遥，也不会去惹亲王。这样一比算，进攻火山堡很有必要。”

“那这，岂不，先是放虎归山，现在又要为虎添翼。”莫桑国王十分不乐意。

“陛下何不从京畿部队中抽调五百人，前往水堡协助亲王守堡，再命令亲王派遣自己的军队进攻火山堡。先消除他继续招兵的愿望，再趁机安插自己人，那样岂不一举两得。”

莫桑国王仔细揣摩首相的话以后终于明白了意思，他“咩咩”地笑起来，发出像山羊一样的声音，手指并在一起拍着，表示十分欣赏首相的主意。

“那，派谁领兵去协助王弟守堡呢？”

“当然是机灵的，能充分领会陛下心意，而且善于见机行事之人。”哈叶凑近了国王的耳朵，悄声说起来。

国王莫桑听完后又拍起手指来，像山羊一样的笑声更加响亮了。

第八集

几日过去了，潘克先生已经能关于简单的生活情景用语，和哈尼、莫娜进行交流。

由于哈尼更多的时候是躺在床上休养，因此能够四下走动的莫娜与潘克先生进行语言交流探索的时候要多得多。除了隐秘的地窖和黄金生产处不让莫娜参观外，火山城堡任何一处都可以让莫娜到达。潘克先生则形影不离，紧紧跟随，从不断的言语对话中捕捉明确的语言信息。

娇小的西番女孩莫娜在高大的潘克先生面前像一只被豢养的可爱宠物。第一天里，莫娜还存留着一分恐惧和戒备之心。在她看来，个个神鬼都孔武吓人，现在，她知道他们不是神鬼，而是流传得沸沸扬扬的天魔，——天人了，按镇子里一个公学老师严格的叫法，应该叫作外星人。她一向崇拜镇子里那个知识渊博能够写非常多的巴拉比文字的老师，现在，自己居住的星球上真的出现第三种能够说话的动物种类。那个老师是多么的睿智过人啊。

对于六肢南人，镇子里的一些人见过，他们虽然和外星人一样高大，但是绝对没有这么威力巨大的神器，而且这些能够使用神器的动物明明只长着四肢，和他们更加接近一些。莫娜看出外星人对她没有恶意，又解救了哈尼并为他疗伤，因此渐渐的产生了亲切友好的感觉。

令潘克先生大为惊讶的是，当他脑子中对于某句话忽然醒悟，对应上了城堡中留存的文字资料上的某些文字符号时，他兴冲冲跑到静室里去找哈尼，意图让哈尼试着写出来好去对应查找，这时候，哈尼多半会搔搔头，让莫娜来完成这件事。

潘克先生来回往返找哈尼的路算是白走了。而莫娜也总是比较圆满地满足了潘克先生的心愿。莫娜显得比哈尼接受过更多更好的教育。这让潘克先生十分茫然。在地球上，潘克先生到过许多地方，见识渊博，自然地将西番国当作西亚和非洲一带的情景来看，认为阿喜人对雌性天生持一种轻视的态度，认为文化之类的东西总是离得女性要更远一些。

他错误的旧有观念使他迷惑了整整两日，经历许多挫折才豁然醒悟：地球在五十多万亿公里之外呢，看看山，看看树，纵然形状相像，但这里是阿喜星，可不是南亚的深山丛林。在阿喜星上，女人受到更多的看重，虽然体力及武装战争之类的活，还是男人承担。

自伽罗瓦博士和姆贝拉少校和解之后，队中重新进入了融洽的状态。人人都因为哈尼和莫娜的到来，看到新的变化而满怀着欣喜的期望，因此不再像从前那样的烦躁，变得更加有耐心。许多人学习吹奏西番人留下来的管乐器，摆弄自制的国际象棋，等等，来打发工作之余大量的时间，等待着肯定会到来的激动人心的那一天。

这段时间里，只有阿莱斯上校，伽罗瓦博士和通讯官三人，忧虑一日日加重起来。卫星摄像显示，西番人有一支部队从遥远的都城向水堡开过来，这支部队大约有三四百人，前头是两辆少见的蒸汽机车，跟着是上百辆装满辎重的牛鹿车。（徐豹分队首先给这种动物命名，所有的地球人就都跟着这么叫了。）外表明显的约十架大炮，伸着长长的炮管，可能是远距大炮。

这么多辎重运来，又有人员调动，十有八九是要用来对付占据了火山城堡的外来人。湖滨城堡只是一个集结点。看来，一场恶战不可避免的将要到来。这个消息被严密的封锁起来，连聂莫夫中校和姆贝拉少校都不知道，尤其是后者，上校担心他的急躁脾气，年少轻狂，恐怕难以将此秘密保留上一天，一旦大军将到的消息泄露出去，只会徒然引起城堡中的紧张。

为了避免意外冲突，阿莱斯上校连派兵出去半路阻截西番人，延缓他们的进兵速度的打算都没有，他深深明白，这样做的效果微乎其微，反而会更加激起西番人的斗志。最好是不要战争，他唯有暗中祈祷，祈望着潘克先生早日破解掌握西番语言，以便和西番国提出要求建立起友好和平的关系，那正是地球人最高的愿望。地窖中储藏的黄金，已经多得能够拿得出手来结交西番人了。这也是非常有利的条件之一。

第九集

比克亲王坐在第一辆蒸汽机车中，一身戎装，精神抖擞，旁边两员副将表情严肃。

为了更好扩大眼界，冒气的烟囱设计在车尾，一团白气便像招摇着的旗帜，引领着后面的部队前进。另外三辆机车拖着三门长炮筒火炮，火炮上裹着严密的结实的炮套，以防随时都可能降临的雨水。更多的辎重则由二十多辆牛鹿车拉着逶迤前进。大部队的更多粮草，则由南海郡守负责调集，从各地陆续运往前线。

亲王率领着属下近两千人，约占湖滨城堡原有总兵力的一半，开赴火山城堡。能不能在人数上占优，亲王心中也没有完全的底，道听途说当不得真，更不用说采用什么妙计战术进攻火山城堡了，因为这一次的敌人完全摸不着底。但是亲王相信一句话，车到山前必有路。

亲王手下招安了一个从火山城堡中逃出来的山匪，从他口中略略知道了一些。对于外星人悄无声息就能烧燃木材的神奇武器，以及那个似乎刀枪不入的铁人，亲王心中暗怀惮惧，他久经沙场，明白此次出征，稍有不慎，漫说取胜而归，就是性命前程，也可能一朝尽失。兄长莫桑国王派兵协守湖滨城堡，比克亲王焉能不知其深意，一旦饮辱大败而归，水堡就此将会被接管，而自己面临着的，可能就是撤职降爵，甚至削去爵位，从此一蹶不振。

尽管内心忧郁不已，比克亲王脸上一点也看不到沮丧畏怯。大部队走得比较慢，一路上风平浪静，没有任何袭击。三天之后，到了报信的监刑官所在的那个镇子。当地人听说大军到此，甚感安慰，纷纷出来迎接，一扫这些日子以来风声鹤唳的忧惧。

大军驻扎在镇外，镇子里却十分热闹。比克亲王打算在此休整一天，先多了解一些情况，再向火山堡进发，顶多两天，便可到达。

观察了镇子的情形，综合了近来搜集到的所有情况，比克亲王认为，尽管对外星人还是捉摸不透，但是在人数上自己还是占有很大优势的，攻克火山堡胜算很大。如果能够招安南部沿海一带散据各处的游匪，即使进攻火山堡无功而返，假如莫桑国王翻脸无情，也可占据此镇作为中心，联合掌控附近地区，南面称王。依国王派遣来协助水堡防守的兵力来看，当不足以全占水堡，自己手下的部将仍可夺回水堡，只是那样的话，湖滨城堡将成为北抗王军的前线据点。

私下里主意打定，他召来最信任的幕僚惹巴。惹巴出谋划策总是全面周到，高瞻远瞩，善用奇兵，很得亲王信赖。从亲王领兵之日起，惹巴便跟随左右，已经有五年多了。惹巴进了主帅营帐，亲王起身相迎。惹巴连忙还礼，之后并不立刻说话，等着比克亲王发话。

“依惹巴君看来，我们将怎样进军火山堡，用何种方式进攻呢？”亲王问道。

“从目前形势而言，殿下难道要忙着攻取火山堡吗？”

“嘻——不去攻取火山城堡，我们劳师动众来干什么？”比克亲王故意问道。

“这么说来，殿下是胸有成竹了，敢问殿下的主意安在？”

“嗨，奇怪，叫惹巴君来就是要听听你的高见，怎么反问起我来了，该不是惹巴君已经江郎才尽，没有谋划的本事了吧。我手下可不养无用之人。”

惹巴嘿嘿一笑，挺直了身子说：“请恕臣下直言，殿下目前并不打算立即进攻火山堡。”

比克沉默了一会儿，似摇头又似点头。这个惹巴，真像肚子里的寄生虫，什么都瞒不了他。

他欠欠身子，“请君详尽道来。”

“目前可以说是到了一个危急存亡的关头。”

“哦，爱卿有些危言耸听了吧，可不要扰乱军心。”

“此时并无他人，臣不尽心竭力进言，怎算是对殿下的忠诚。”惹巴扫视了一下营帐，营帐内只有他俩，外面有守卫的侍卫在走动，单薄的帐篷并不能保证声音不会被营帐外的人听到。

惹巴放低了声音说：“殿下这次出军，不进驻镇内而扎营在野外，并且三令五申部下不准扰民，可不是要做出爱民如子的榜样吗？”

“呔，这什么话？难道勤政爱民只是一个幌子。”

“微臣言语有失，请殿下原谅。殿下大度能容，志向高远，我才能直言。进，实在危险重重，这些外星来敌果然并非善类，阴险莫测，其实胜算难定，纵然取得火山堡，也难保日后不来处处纠缠；退，于情理上无可解释之处，大军一动，岂能无功而返，恰被国王堵住退路，回师无策。”

“大胆，你敢挑拨我和国王兄之间关系。”

“承蒙殿下厚爱，食君之禄，为君分忧而已。这个小镇可作为日后根据地，殿下正是应该在此获得民心之支持啊。依我看来，敌暗我明，短期之内，是不可能进攻火山堡的。殿下可一方面在本镇做些善举，又作出准备进军的姿势来，暗中却派熟悉路径之人潜近火山堡，打探虚实，再作定夺不迟。另一方面，先前收编的火山堡流匪，不是还有几人颇有才能可用吗。派他们出去联系南方诸路流匪，实行招安，转为官军。他们一者有了名正言顺的归宿，二者还可帮助盟友报一箭之仇，还落得个共同抵抗外侮的好名声，何乐而不为。等聚集了这帮人马，让他们做前锋攻打火山堡，则无论成败，殿下先已立于不败之地了。就算攻堡不克，也说明敌人是多么强大，罪不在人。只要殿下还保存有足够的实力，即使是国王内心欲罢不能，也只有眼睁睁放过这一次机会。至于以后的事么，还是车到山前再看路吧。”

比克亲王微笑着，既然隐瞒不了就干脆不再隐瞒了。于是他传令，召集镇上的名人长老及各级官员，向他们阐述了想为镇上办一些善事的想法，具体地说，就是新建一个医院，医官将从水堡里派来，以后将定期轮换，还要在镇子中心建立一个公共广场，一个剧院，战事完结以后，还要留下一百名士兵驻守，在镇外修建一个城堡，攘匪安民。

镇民们听完，纷纷称颂不迭。谋士惹巴趁机进言，将此镇改名为比克镇，此话一出，立即引起众人一片附和。会上，比克亲王立即安排人手着手开展建设广场确定医院地址等事。暗中，几个原来属于火山堡后来投靠了亲王的山匪悍将，领取密命，四路出发，各自联系招安各路流窜的强盗土匪去了。

第十集

大军到达比克镇的消息，早已传遍了火山城堡，因为事情紧急，需要备战，阿莱斯上校不再隐瞒情况。堡内唯一不知道此事的人是哈尼和莫娜。

依大军行进速度，除开轻装简行的突击队外，阿莱斯上校估计即使大军马不停蹄开过来，围住火山堡，至少也在三天之后。他们还有充足时间安排。最高军事会议召开了，堡内所有重要人物均参加了会议。

阿莱斯上校在会上谈了最坏打算，假如城堡守不住的话，他们需要暂时撤离城堡，以避免人员大量伤亡，将来还可以夺回或者要回城堡。从卫星摄像上看，这次西番国——据潘克先生说，现在应该叫巴拉比王国了——大军还调来了长管大炮，射程远，威力大，真的是势在必得。

“我们要放弃火山堡？”

“是的，各位，存在这种可能。”

黄金工厂已经停止生产，所有黄金深深埋入地窖土层中。最危险的地方最安全，巴拉比王国的人也许不会想到，在本来就是储藏贵重物品的地方，更深的地下还隐藏着一个更大的秘密。

最令人头疼的是，那笨重又需要固定位置不变的卫星天线怎么处理，如果带上行军实在太过于沉重，但是如果就此交给巴拉比人，那等于少了一双眼睛，再也无法利用卫星摄像来观察敌情了，剩下的就只有卫星电话，红外线探测器，望远镜等等。但是高视点多方位广角度的卫星摄像，其作用是不可替代的。同时放弃的还有一些将来可能用得到的测量仪器。当然要放弃的还包括城堡里舒适的生活，众多而广泛的生活用具。

“为什么我们不主动出击，去伏击骚扰敌人，使他们不敢轻易进军呢，在晚上出击，凭着夜视镜的优势，狙杀敌人，足可以把巴拉比人吓破胆。”姆贝拉少校说出了与众不同的想法。

阿莱斯上校眼前一亮，但随即那光就暗淡下去。

伽罗瓦博士摇起头反驳说，“大军是不能靠吓唬来逼退的。吓得住一时吓不住长久。狙杀，那样简直就是断了退路，连与巴拉比王国修书求和的可能都没有了。万万不可。”

“伏击，此法的确不可取。以礼相待，退避三舍，才是正理。”

阿莱斯上校终于确定了原则，那就是能守则守，不能守住就退入深山密林中打游击，主动去激怒巴拉比人是不明智的，大战在即，再寄希望于潘克先生及时准确破译巴拉比语言，从而修书求和，不太现实，但是时间会给他们带来很多机会的。哈尼身为罪人，也难以成为沟通的桥梁。

经此一论，大家也觉得只有阿莱斯上校的方法才是可行的周全之策，举手表决通过了决议。对于目前行动，上校作了周到安排，警戒放哨的，掩埋黄金伪装地点的，探寻撤退路线和安全方法的，甚至必须带走的食粮和装备的整理，都一一落到了位。

会议室转移过后，处在一个隐秘的位置。具体任务有了一个大概的分派后，上校让众人再思考一下，看有什么遗漏的地方没有。

“集思广益。一个人的思考总是有限的。”他说。

不宽的屋子里顿时静下来。舍不得，也要舍，安适的日子不复存在了。决定命运之前的短暂时刻总是安静却紧张的。

忽然，外面隐隐约约有吵嚷的声音，而且越来越大越大，越来越近，那声音向会议室这边迅速移动过来了。众人心中顿时一紧。

阿莱斯上校坐不住了，站起来想去问问卫兵，外边是怎么一回事。刚走了两步，突然，闯进一个人来，叫嚷着，挥舞着白色的浴巾。吃了一惊之后仔细一看，却是潘克先生。

潘克先生赤条条毫无遮盖，浑身湿淋淋的，大约是刚洗过澡还没有擦干身子吧。白色的浴巾是巴拉比人编织的毛巾，比较短小，不足以遮住潘克先生高大的身体。

潘克先生冲进来后，抓住阿莱斯上校的手臂，使劲摇晃着，大声叫着，人们终于听清楚了，潘克先生叫的是“我知道了！我知道了！”

“你知道什么了？”阿莱斯上校努力镇定，但是声音还是不免有些发抖。

“我知道巴拉比人的语言了。我能说巴拉比人的语言了。”潘克先生激动地说。

所有人都大喜过望。阿莱斯上校攥着潘克先生的手臂，让他坐下来慢慢说。他又叫人出去拿了潘克先生的衣服来。

伽罗瓦博士及时抓住了从潘克先生肩膀上掉下来的毛巾，替他擦起光光的身体上的水珠来，一边笑着说：“阿基米德在突然发现了浮力定律时，就是这般模样。人在紧张思考后，处于一个轻松环境真是容易奇思妙想，豁然顿悟啊。”

潘克先生喝了一口水，开始安静下来，于是将自己参透巴拉比语言文字的情况简要说了一遍。

“如果是要写一封措辞准确的书信，还要多少时间？”阿莱斯上校问。

“不能完全确定，通宵达旦地干的话，四五天吧，但是不能完全说得清。一定要保证措辞准确，莫娜姑娘会给我不小帮助。”潘克先生谨慎地说。

众人开始帮着潘克先生穿上衣服。

“四五天，从镇上到火山堡，轻骑部队一天两天就赶到了。希望巴拉比人这几天不要忙着进攻。上帝保佑！”伽罗瓦博士忧心忡忡地说，他情不自禁地在胸前划了一个十字。

“上帝是与我们同在的。”阿莱斯上校平静地微笑着，他的情绪感染了屋子里的每一个人，仿佛希望就像阳光一样照亮了心里。

这时候，一个中尉，阿莱斯上校一眼看出他不是门口的卫兵，进来报告说：“莫娜小姐被吓着了，正哭着呢，像小羊羔一样叫着，怪可怜的。”

大家都拿眼光看潘克先生，潘克先生不好意思的朝自己身上瞧瞧，这时候的他已经衣着完整了。

他说：“可能真的吓着莫娜小姐了，在跑出浴室门不远就碰见了她。待会儿我向她解释一下。我能够和他们简单对话了。”

“那也要有两个人陪着你一起去才行，别又再次吓着了小姑娘莫娜。”阿莱斯上校一本正经地说，屋子里的人实在再也忍不住了，哄堂大笑起来。

第十一集

一个好消息，一个坏消息，先听哪一个呢？比克亲王选择了先听好的。良好的心情足以对抗不良信息的侵蚀。

好消息是，才过了四天，已经回传了重要消息，有三处流匪愿意接受招安，且正在集结待命，不出十日，当可前来与亲王的主力军汇合。这些匪众加起来七八百人，无疑是一支强大的不可忽视的力量，亲王自己的主力军也不过是两千来人而已。

坏消息呢，比克亲王挥手阻止了报子，让他先下去休息，自己猜猜，还能有什么抵得过上面好消息的呢。

他在营帐里一边喝着酒，一边让谋士惹巴说说坏消息的可能性以及影响大小，怎样去应对这些坏的方面。

这可实在有点为难了惹巴，现在，他是亲王身边最受宠信的人，因此反而谁也帮不了他。其他两个谋士喝着闷酒，说些恭维的话来为亲王解闷。他们也害怕亲王用这种难题来故意难为他们。

将领们一个也不在。他们要么在各自的军营里休息，要么领队正搬运石料木材，亲王准备将目前镇子外大军驻扎营地的地方建成一个堡垒，名字就叫比克堡，这是他将来重要的基地，甚至可以和湖滨城堡相抗衡，等到建成之后，又击溃了目前最感头疼且一无所知的外星人，那时，他便再也不惧怕来自兄长莫桑国王的猜忌和威胁了。

大军出征不能携带家眷，又不便召民间女陪酒娱乐，以免让国王抓住把柄趁机处分，亲王的确感到了烦闷，三个谋士便成了消遣的最好对象。亲王出难题了。看着最聪明的军师绞尽脑汁，比克亲王着实有些开心。

惹巴愁眉苦脸，搜尽脑汁去猜想那个坏消息是什么？

正沉闷间，侍卫进来报告说镇长有事求见。比克亲王传令晋见，镇长一入帐，比克亲王先挥手止住他说话，问他所报的是好消息还是坏消息。镇长摸不着头脑，一脸尴尬，帐内的人忍不住偷偷地笑。

亲王也撑不下去了，只得叫镇长直说了来。

惹巴突然开口说道："先来的消息还未曾报告，后来的倒乱了顺序，应该叫前面的先说才是。"

比克亲王点点头："事分先后，不可逾越，这果然是我定下的规矩。你们能够悉心遵守，忠心可鉴。"

接着原来的报信官重新被传召进来。惹巴顿时松了一口气，他终于可以免去猜谜之苦了。

"启禀殿下，探路的三路人马只回来了两路，那一路的两个探子，据说是被敌方擒获去了。不过看情形好像没有受伤。"

亲王大惊失色，站起来问道："被擒获，是亲眼所见？有没有受伤？"

所有的谋士，包括惹巴在内，都万万没有想到会是这样一个坏消息。

“是逃回来的侦探说的。他们用望远镜看见了。好像敌人有充分的准备，事先知道我们要往哪里去，一直守候在哪里。鸟儿投入了罗网再也飞不回来了。”

比克亲王有些发懵。

要真是这样，己方一举一动都在别人的掌握之中，这场战役就不好打了。

惹巴趁机进言道：“敌人仿佛有千里眼顺风耳一样的神奇巫术一样，正是跟传说中相吻合，所以极不好对付。”

“依你之言，便该怎样？”亲王略带气恼地问。

“兵贵神速。即使敌人能觉察我们的行动，但是反应不过来也是无济于事。毕喜国就是出其不意迅速发兵，才完成围歼入侵者的。如果等到援兵聚齐才去进攻，恐怕敌人的防范会更加周密，而且，我们的兵力布置也会通过被俘的人泄露出去的。不能再等了。”

“说得很对！”比克亲王断然下了决心。他留下两百名士兵协守比克镇，继续兴建比克堡，同时留下话去，吩咐正在赶来的各路援军直接开往火山城堡。自己亲率大军，第二日一早，沿着宽敞但是并不平坦的大路向火山堡进发了。

大队伍行进得比较慢，沿途行军声声震四岭。有时，队伍是在两山夹峙的狭道中穿行。此时，用兵老道的比克亲王便不由得想到，假如在山上埋下一支伏兵，以对方神奇的预知预晓能力而言，肯定会给大部队造成很大麻烦，但是何以一路走来都很平静呢？

愈是这样，亲王愈不敢大意，吩咐部队保持着紧密整齐的队形，不要离得太开，拉得太长，同时始终保持前队一百多人探路在前，与后队紧密联系着。

如此一来，走在前面的不得不随时停下来等候大部队。那沉重的大炮在机车的牵引下行驶得非常艰难。这些大路虽还保持着足够的宽度，但是由于少有大队人马开过，加上近几年匪患，行人稀少，商人们也走的是另外一条通向海港的大道，几乎欠缺修整，路面的崎岖不平便可想而知了。磕磕碰碰的，有时还要停下来修整路面以便让机车通过。

整整四天过去，大队人马才开到火山堡的山下，往山中走还有十多公里才能到达城堡，然而已经没有大路可行了。

“我们已经故意招摇着来了，难道山上城堡中的敌人会无动于衷吗？他们是怎样准备打这一战的呢？快跑啊，傻子，别等我们来攻。”

亲王忐忑不安地想。真希望那群外星人望风而逃就好了。本来他的目的也就是将敌人吓跑四散而已，夺回城堡就算是大功告成，歼灭敌人，那是他不能够想象的，他直觉到自己并没有毕喜国首领，特别是先遣队统帅克弥儿那样好的运气。克弥儿是温温儿的家臣，而温温儿现在是毕喜国第一公民、贵族议员、军队统帅。亲王与温温儿的私交是不错的。

当晚在山下扎营住下，晚餐开饭时放了几声餐时炮。只要有机会，比克亲王就把声势弄得很大。

晚饭后，他召集所有谋士和部将商议明天攻堡的策略。看来那最远射程的大炮一时间无法弄上山去，只有暂且安置在山下大营里，也许能够瞄准火山堡。一些较轻的短程火炮将由人肩拉背扛运上山去。

面对着火山堡地图，比克亲王只制定了一条进攻路线，而将其余几个方向放开。惹巴一看就明白，亲王没有打算真刀真枪与外星人打上一场，他留出了足够多的逃跑的路，逼跑外星人，夺回城堡才是亲王的真意。在这崇山峻岭中，要真正围歼狡猾的敌人真是谈何容易呢？况且敌人还拥有先知先觉的超越本事。惹巴佩服起亲王的老谋深算来，那个蜗蛰在都城里享受酒乐，只知猜忌的国王，哪里能和比克亲王相提并论呢，自己真的没有投靠错主子。

出于真挚的忠诚，惹巴谋士竭尽全力为亲王谋划。一场布置缜密的战争，看来，将要在青翠的山岭中展开了。

第十二集

潮湿的雾气还没有被阳光晒热，兵营里已经喧闹起来。比克亲王对营地里热闹烦嚣的气氛很满意，他让号兵吹响嘹亮的起床号声，山谷里四下回应。

听着传得很远的铜号声，他上唇边浅浅的几根灰色长胡子动了动，仿佛嗅到了胜利的气息，其实空气中到处飘散着早餐的气味，这种气味会引起了动物身体上的冲动和渴望，亲王将它当成胜利的象征。

侍卫替他披上绿色长斗蓬，因为早晨还有一些凉意。亲王带着望远镜走出了帐篷，惹巴等一众谋士和将领已经等候在帐外了，正悄声交谈着。

早餐食物的气味更浓了。亲王清清嗓子说：“等将士们用过早餐，就出发，进军的礼炮准备好了么？一定要最最响亮的十炮。”

“只等殿下一声令下。”惹巴趋前一步说。

亲王满意点点头，准备转身进帐用餐。突然，传令官大声疾呼叫着跑了过来，他跑得很激动，一颠一颠的。深绿色单薄的军衣被风鼓了起来，更显得他身材瘦小。

“报——告。探子回来了，还——带回来一个，陌生女子？”传令官喘着气说。

人人都睁大了眼睛，似乎要看清说话的传令官是不是精神正常。亲王率先问道：“是——失踪了的那两个探子吗？”

“是，——只有一个回来。还有一个年轻女子。”

“传！”亲王一转身，斗蓬扬起一股风。

“且慢。殿下，请听我一说。”惹巴抢着说。

比克亲王又扬起了一股风：“怎么啦？”

“传见当然要传见。可否先传探子再传年轻女子，而且要他们进营时慢慢而行，不可太接近殿下。同时，让卫兵站成两列，让他们从队列中穿行而过。敌人太过于捉摸不透，简直亘古未闻，小心为妙。”

比克亲王想了一下后微微一笑。“此言甚当。立即叫卫兵列队，按惹巴军师的吩咐执行。”

探子在整齐的持枪队列中穿过，枪头的刺刀泛着可怕的寒光。这时候，巴纳德星的光亮还没能彻底展示出它的灿烂来，但是已经能把淡淡的影子投在尚且有些湿漉的地上，某个没被踩过的地方偶尔还能瞧见一滴晶莹露珠。

影子落在地上。探子的影子和列队卫兵的影子，随时都要重叠在一起，那刺刀的尖也仿佛顶在腰上了，有时戳在头上。探子战战兢兢来到了距离比克亲王还有十步来远的地方，被喝令停下。

严厉的发令者是探子的上司将军，比克亲王非常信赖的右将军。他正为派出去的探子被俘又被放回恼怒不已。

“怎么只有你一个人。”将军厉声问，他想得到另外一个探子已经殉职的回答，于是稍待亲王了解一些情况后，就可将面前这个懦弱求生的可耻败类斩了。对比着另外一个探子的英勇不屈，同伙的他应该感到羞耻并感谢将军的赐死才对。

“他在城堡中。”

将军恨不得立即一枪毙了那个还敢答话的家伙。

“他还活着?”比克亲王问

“是的，尊贵的殿下。地球人托我带来一封信，面呈殿下亲启。”探子说话都有些哆嗦，在右将军凌厉的眼神下连头都抬不起来。

比克亲王不由得朝惹巴望了一眼。

惹巴会心一笑，问道：“信呢，给我。”

“信在莫娜那里，她还在营门处。”

比克亲王一摇手：“传！”

莫娜娇小的身体穿过枪队，步伐因紧张而略显呆滞。她手中捧着一个精致的黑色光亮的木匣，木匣宽大而显得沉甸甸的。她严肃庄重的神情显明了身负着重要使命。

在距离比探子曾经站立过的更远的地方，莫娜被叫住了。

她吃力地捧着匣子递出来，很慢地说：“阿莱斯上校托我向比克亲王殿下送上礼物，以及一封书信。”

“没有说是要殿下亲启吗?”谋士中的一个已经猜出了比克亲王与惹巴谋士的判断，敌人居然想用接近亲王行刺的办法来阻止大军，意图逃过劫难，真是轻浮浅薄的计谋，于是他抢在前头讥讽道。

“没有。”莫娜如实回答。

这次轮到惹巴笑了。他与右将军耳语几句，右将军点着头。两人说完，右将军跨了出来，手一伸道：“拿来。”

莫娜迟疑了一下，看着比克亲王点了头，才将木匣递于右将军，两只眼睛兀自停留在右将军身上，一脸的期待。

右将军屏住气，向着远离亲王的方向走了几步。背对着亲王，这样将军和亲王之间就有一道肉体的障碍。他打开了木匣。

仿佛一道光闪过，没错，是金光。木匣里盛放着一只纯金铸造的乌鹏，巴拉比人崇敬的神鸟。亲王军中有一些旗子上，便绣着张翅欲飞的乌鹏。那巨大而宽阔的、光溜溜没有一根羽毛的肉翅，表明了它是如何与众多的飞行动物不一般。

此刻，巴纳德星像一个金色圆盘，悬于空中，映射着金乌鹏，熠熠生辉。

每一双眼睛，都被金乌鹏，被相映生辉的景象吸引住了，连亲王也惊异不已。与其他人不同的是，亲王不是惊异于这只纯金乌鹏的昂贵价值，而是惊异居然匣子里装着这么一个意想不到的结果。

“木匣里还有一封信，是写给尊贵的殿下的。”莫娜说，她渐渐恢复了平静，因此话说得口齿清晰，容易听明白。

右将军依言而行，一只手托着匣子，将金乌鹏拨开，果然从匣子里拿出一封用紫色丝绢包裹着的信来，包裹的方式采用的是标准的致尊贵一方的样式。金色和紫色，正是王族最喜爱的颜色，看来火山城堡中的外星人颇为重视礼节，想得十分周到，而且似乎对巴拉比国的风俗礼仪都很了解。

此时，比克亲王心中交织着好几种复杂的感受。他吩咐右将军把信呈上来。

信是潘克先生起草并用巴拉比文字书写的，虽然措辞还不是十分准确，但比克亲王很快读完并明白了大意。

信中先说地球人来自遥远的太阳系，来自和阿喜星几乎一样的地球。这段言语较短。接着，又解释了解救哈尼莫娜纯属误会，而不是什么故意冒犯巴拉比国的俗例国规，攻占火山堡则是因为堡中的山贼先抢劫了他们，其实消灭山匪也许是帮助了巴拉比国的安全呢，谨此献上礼物以示歉意，希望亲王能接受并将友好和平之意转达巴拉比国王。将来，他们愿意为占领火山堡作出充足的补偿。

亲王沉思着，不仅不能确定是否休战讲和，接受礼贡，就是要不要将此信内容发布公开，都拿不定主意。

众谋士和将军都不知信上写的什么，将会发生什么事情，呆呆地等着。

最后，亲王到底还是决定了，吩咐将莫娜和探子带下去休息，全军早餐后原地休整待命。他将三个最高级别的将领和几个谋士叫进了营帐，商榷大事。

信件传到了惹巴手中，他细声细气的将信念了一遍，对于其中重要的地方放慢语速重复了一次，直到确信每个人都听清楚了。

“是接受求和，还是准备进攻，各位可以说说自己的看法。”亲王眼睛扫视过一遍营内。

“不可求和，外星人害怕我们进攻，才出此和策。”右将军率先发言。

“可是进攻也会造成很大损失。”一个谋士说，“况且我们真的对外星人了解太少。”

自从有了外星人降落阿喜星以来，各种纷纷纭纭的传说莫衷一是。有的将外星人说的神乎其是，有的说成是凶恶残忍的魔鬼，而据阿喜国全歼外星人的真实结果来看，似乎战争的结果又难以预料，可以说胜算不小。只是对方主动求和的态度反而让亲王一战定辉煌的慷慨之心动摇起来。听着手下不同的意见，亲王更加举棋不定，渐渐的允和的念头似乎占了上风。

“昨日不是传来毕喜国的消息吗？首席公民，共和国元帅温温儿已经派遣将领也罕率舰队南征作战，剿灭外来人，结果未知。这是我国默卧儿特使送来的消息，千真万确。如果我们首先议和，恐怕回引起其他诸多国家不满，而成为众矢之的。况且敌人之心难测，也许是缓兵之计。但若是战——”

说到这里，惹巴谋士停下了，思虑良久才说，“战，当然我们有必胜的信心，即使这样，还是有些孟浪。”

“依你之言，又当如何？”亲王一时情急，竟使用了一个平等的语词，用这种称呼法在毕喜国是正确的，但是在巴拉比王国却乱了朝廷伦规。

“依微臣看来，”惹巴不受干扰地一板一眼地说，“可以议而不定，等待诸方结果。一方面将此信和礼物金乌鹏送进王都罗伊城，请国王定旨。对外星人，便推说兹事体大，不敢擅自作主，已呈报国王。这样一来当可稳住外星人，使他们不至于轻举妄动，借此时间，我军也可更加了解对方一些。来日方长，不愁大功不成，毕竟种种迹象表明，我军人数几乎是对方十倍以上。”

“好一个议而不定。”亲王赞许说，他转而面向右将军，“与外星人交往通信的事，就有劳将军了。那个探子轻车熟路，机灵可人，可担此任，但那个年轻的女子不可放走了。惹巴卿立即修书与外星人，稳住他们。给国王陛下的信，本王亲自起书。”

说完，比克亲王不由得瞟了一眼距离身旁不远处，那个锃亮的木匣。

第十一章　番离岛海战

第一集

幼发底格河河口异常宽阔，仿佛是亚马逊河的再现。往内陆延伸的是一片亿万斯年形成的冲积平原。卫星测量的初步结果是，这片平原约五万平方公里。第一分队的总指挥莱昂多·穆姆托上校则认为，卫星测量过于机械的把一些低矮的山丘，当作丘陵对待而从平原的面积中剔除出去了，据他的估计平原面积应该在十万多平方公里才比较正确。

何况，越过这些低矮的丘陵相隔之外，是更为广阔的一望无际的大平原，连同丘陵在内，达三十万平方公里以上，钟情于这个河口是理所当然。

穆姆托上校个给这条河取名幼发底格河，其用意不言而喻，但是舰队总部并不为命名某个地名而干涉登陆首领的权利，概以默认为然。

率先表示不满的反而是穆姆托上校本人，他对将拥有五百多万平方公里广袤土地番离岛称作岛耿耿于怀，它应该叫做大陆，叫番离洲才对。

"我们将拥有这片土地。"

站在凯旋号炮船的船艏，遥望着内陆无边无际的平原，苍茫的大地沉静广阔，海面上波光跳跃闪闪烁烁，清风徐来，这是何等壮阔的场景。穆姆托上校对着卫星电话说，也就是对着整个哥伦布太空舰队说这句话。

自从痛歼了一个番离大陆土著部落以后，穆姆托上校豪气干云。听见上校的豪言壮语，霍普·克里司令委婉的提醒上校要以温和的正当的方法取得土地的权利。

"我们肯定将拥有这片广袤的土地。这是安拉赐予的。"穆姆托上校坚定地重复了一遍。

旗舰布鲁诺号太空星际飞船的总指挥室里，一干人士面面相觑。

飞船主管罗宾逊·帕欧卡将军嘀咕道："难道上校打算做番离岛的第一任总督么？"

"岂仅如此，他是想做番离洲的首任哈里发。"舰队总顾问，双颅人希格里&斯诺半讥半讽。

克里仔细地分析起穆姆托队中的情形来，根据现在穆姆托分队几个高级将领在阿喜星上的所作所为来看，罗贝尔上校热情胜过智慧，密罗辛中校崇拜又兼温善，他们都成了穆姆托上校狂热的追随者，顾问埃芬博格瞻前顾后，生性平和，八面玲珑，是个好好先生，没有谁能够牵制穆姆托上校。

是的，穆姆托上校无论想做什么，都不会遭遇反对，而舰队在太空中，鞭长莫及。

见克里将军陷入沉思中，希斯知道他在寻求制约穆姆托上校的办法。他自己也在冥思苦想，却无良方。希腊美人奥特丽送来咖啡，克里接过后，含着吸管，却突然退了出来。

"以后每天只送一次咖啡就行了。"克里说。

奥特丽委屈地应了一声。

双颅人希斯立即猜到，克里是联想到了可能登陆阿喜星的日子还很漫长，一切都要从俭而行。这时候，希斯脑中像闪电一样蹦出一线光芒。

“在番离岛上展示我们力量，可以有效打击北方大陆诸国的优势心理，相对来说，由于番离岛土著文明程度很低的原因，付出的代价也要小得多。初战胜利和地主的优越感，会使北方大陆那些国家的首脑们骄傲地，恣意地射出战争之箭。”

“什么？”帕欧卡吃惊地问。

“真是绝妙的策划。”克里细细一想，称赞道，“在番离岛的大胆行为不会真正激怒北人。那么，按希斯先生的策略，顺水推舟，命令穆姆托上校以舰队的名义征服番离岛，是恰当的。”

“同时，也让上校重新领会到，他的权力是谁赋予的。上校必须在舰队的名义下行事。”希斯接上说。

帕欧卡将军听到此处，豁然醒悟，方会心一笑。

和亚马逊号飞船及恒河号飞船主管商量一阵后，舰队总司令霍普·克里对着话筒说：

“我命令你，你们，哥伦布舰队先遣一分队指挥官穆姆托上校，支队长罗贝尔上校，密罗辛中校，奉行勇敢的英雄精神，播洒人类之崇高思想，击败一切敢于觊觎和冒犯神武之师的敌人，不论他来自哪个国家，哪个地区。”

克里将军铿锵有力的话转成电波传到了阿喜星的地面上。

之后，亚马逊号，恒河号飞船分别向罗贝尔上校和密罗辛中校发出了同样的命令。受令者全部在一起，旁边还有首席顾问埃芬博格院长，通过地面接收仪的喇叭播放，他们都共同清晰地听到了这道命令。

穆姆托上校不由得并拢双脚，庄严地行了一个军礼。

河口海岸四周陆地多是平缓的沙滩，和长着齐腰身杂草的泥地，有些矮小的树木一直延伸到海水中，如红树林一般，很难找到一个停泊的地方，除非炮船肯陷在沙泥中搁浅。这样的话，假如飓风袭来，一无遮挡，炮船会在剧烈的颠簸中陷入危难。

风几乎停了，海面上，水渍斑斑已经颜色变深的白色大帆垂着，像几只干瘪的乳房，毫无生气。两边各十六支褐色大桨上下翻飞，激起了一片片白色水花，凯旋号炮船在河口处逡巡着，八架望远镜奋力地搜索着海岸。

他们终于在河口西面十多公里的地方找到一个岬湾。这里三面环山，一面临海，海上的飓风将会平息在峡湾之内。这片岬湾显然不是河水冲积的杰作，它那某些地方高耸出海平面二三十米乃至三四十米笔直的黑色巉岩形象地说明了这点，它是海底火山喷发而形成的火山岛礁，最后和日渐扩张的冲积平原连在了一起。两边山崖夹着一条三公里多长平缓的海滩，白色的海滩发出迷人的光辉，吸引着远道而来的客人。

“嗨，安拉的赐予，黑崖海滩，我们的港湾就在这里，我们的荣耀将从这里四散出去，照耀番离大陆。”穆姆托上校叫着，已近似于咆哮。

炮船驶进了岬湾中，一点点移向海滩。此刻，船行驶的非常慢，船艄的人紧张地一次又一次测量着海水的深度，和炮船的吃水深度比较着，用超声仪器检测着可能隐藏着的坚硬无比的礁石。

终于，船在一阵反桨的作用下渐渐停下了。测量的人向上校报告说已经不能再前进了，这里海滩的坡度比较大，正是修建泊位的好地方，只需建一条三十多米长的栈桥便可连接陆海。

粗砾的哗哗声响起来，铁链滑落，锚锭投入了海中。

两只舢板从左舷放下来。每只上面都坐着四个人，穆姆托上校和罗贝尔上校各自乘坐在一只上。他们指挥着将舢板划上了海滩。穆姆托上校率先跳入海水中，海水淹没了小腿。

这时候，另外两只舢板也从左舷上放下来了，原来的两只剩下一个划了回去。一批批的人，一件件的器具，陆续都上了平缓的滩涂。这里相当安全，即使是最大潮的时候也淹不到，由于没有大质量的卫星产生引潮力，阿喜星上的海潮涨落潮差不大。

物件堆在滩涂上，有的还需要拼装成大件。穆姆托上校留下了密罗辛中校等四人在大船上，其余的人有的架设带来的备用卫星天线，有的则开始准备午餐的材料，对船上带来的食物不满意的，则开始寻找更加可口的食物如海中生物以备用餐。

穆姆托上校与罗贝尔上校一道，来不及弄干鞋内的水，便起身深入内陆，去寻找适合的营地基地。

临时营地燃起照明的篝火时，穆姆托上校和罗贝尔上校才回来。那时，罗贝尔支队副队长莫宁中校，正在为两位迟来的首领翻烤着一腿从草丛里猎获的长毛动物的肉。不远处的木盆里，盛着煮好的菜汤，植物学家和动物学家已经将番离岛上可食之物和味美之物弄得比较清楚了，这里的生物种类和象龟营地相差无几。

黄色的火光映出莫宁中校额上的汗珠，晶晶亮亮的。

那些不知名的动物迟疑地望着侵入他们领地的外来者，或许还想探头探脑的测试一下来犯者的力量呢，最后被强烈的激光烧倒时，也没弄明白奇形怪状的入侵者来自何方，再后就变成了一块块烧烤着的肉。如果它们像人类一样具有警戒之心的话，大可以借助强健的身体奔跑于密密的草丛而脱身的，好奇葬送了它们的性命。

“这是一个开阔的，无险可守的地带。”穆姆托上校一边解下身上吊着的各种物件，一边说。

“我倒有个建议，就是这个滩涂往里再走两百多米，便是比较好的营地地址。不必再多费神。我是经过仔细观看后向上校建议的。”

莫宁中校说道，他用匕首割下一块烤好的肉，木签穿了递给穆姆托上校，又开始为罗贝尔上校割另一块。

一个中尉拿着木头削成的瓢为两位上校送来了淡水。几个军士用塑料口袋从三四公里之外的河口取来了一些淡水，这些口袋原本是飞船上分批装盛各类仪器用的，有的破了几个洞，扎好后却派上了新的用场。

烤肉流着油，鲜香扑鼻，水却冷而清，破坏了良好的口感。而菜汤太油，冷了不好喝，刚刚放近火堆加热。穆姆托嚼着烤肉说出了他对如此配套的食物的看法，“一流的烤肉，加上末流的饮料，真是最难忘的口味。还是汤好喝一点吧。喂，汤里加了土耳其香料吗？”

罗贝尔上校也附和着说笑，一不留意间，水洒进了燃烧着的火堆旁，在热灰里滋滋的响。

通讯官阿仆杜拉上尉大约听见了穆姆托上校回队了，也过来，闻着烤肉实在太香，虽然已经用过餐了，还是忍不住要了一块，嚼着对上校说：“你的卫星电话怎么啦，联系不上了？”

穆姆托上校显得怪不好意思地说：“过一条水沟的时候不慎摔了一下，卫星电话落入水中。不知还能不能修好。”

每个队里只有五部卫星电话，三个队长加上通讯官和首席顾问。象龟营地留下一部，通讯官那里必不可少，密罗辛中校守在船上有一部，埃芬博格院长拥有一部，所以他们出去时只带了唯一一部卫星电话，才引起了阿仆杜拉上尉的一番问话。

“象龟营地截获了北阿喜人的一份电报，可能是毕喜国的，说有十艘战船已经出发，目标可能是找到我们并打败。战事就要来了。”阿仆杜拉上尉汇报说。

“电报可信吗？他们是来消灭敌人，还是请客的？唔，北阿喜人已经发明了电报。嗬嗬，这个对手越来越有趣了。也罕头儿一定为和我们交换炮船懊悔不迭。十艘炮船？好，我们就在岸上等着他吧。”

穆姆托上校轻蔑地说。

“地球人智慧的火焰会烧尽他们主人的骄傲自负的。”罗贝尔上校说。

“备用天线装好了么？”穆姆托上校问。

“没有安装，等待着营地地址选好之后再装，只有这套天线了，得小心一些。”阿仆杜拉上尉如实回答。

火堆里又吱吱地响起来，还在火堆旁翻转烤架的莫宁中校甚至头上都感到了掉下来水滴的浸润。他不乐意了，站起来说：

“拜托了，只有火上加油，哪有往火里加水的。你们急躁的热情把水甩得到处都是。”

“什么呀？胡说八道。”罗贝尔上校斥责部下道。

莫宁中校正要辩解，前面极远处忽然一亮，又立即熄灭了，接着有更多的水滴掉在了他头上。

他猛然醒悟了，突然叫道：“哎呀不好，下雨了！”

仿佛为了回应他，唰唰的雨声立刻响亮起来。营地里顿时一片忙乱，所有的人行动起来，纷纷将重要的物件往扎好的营帐里搬。埃芬博格院长的督促起作用了，营帐建得十分牢固，风大起来，帐篷扑扑作响，但是稳固安然。

雷声也传了过来，很远，很沉闷。闪电已不那么躲躲闪闪，而是明明白白的照耀起大地来，一道道瞬间光亮照出了穿来穿去的人影。

穆姆托上校一边往帐篷里跑，一边掉头对通讯官阿仆杜拉上尉说："还得给你加一个任务，天气预报。"

"上校，那做不了，除非再安置几颗气象卫星，到处建立观察测试点，还要由舰队总部进行数据处理分析，再行告知我们。"

阿仆杜拉上尉一五一十认真解释起来。

"你——都快要长出一根猪尾巴了。"

开个玩笑都当真，上校本想骂一声猪猡的，改口成了一句委婉的话，但是随即他后悔了，他用了一句最不该使用的词语。

冒渎了真主的罪恶感深深地扼住了他的头脑，使穆姆托上校整夜都难以入眠。

"真主，万能的安拉，请把一切惩罚都降临到我的头上吧。由我一人承受。"

失眠的时候，上校不断地祈祷，甚至嘴里漏出了很小的声音。这一夜里，看看将要睡着，又突然惊醒，穆姆托噩梦不断。巴纳德星沉重地，努力地蹦出海平线，将熹微洒在深远辽阔的海面上时，蒙胧睡意才包围了穆姆托上校。

第二集

穆姆托上校在迷迷糊糊的睡梦中被叫醒，通讯官阿仆杜拉上尉急急忙忙告诉了他一个心惊肉跳的消息，象龟营地失去联系了，舰队总部也与象龟营地联系不上。

除非象龟营地的卫星接收器和卫星电话同时都损坏了，才会与总部断绝音信，而这有可能吗？如果营地的所有人都出了意外，当然也会音断信绝，这难道真的可能吗？

穆姆托上校与总部通了电话，始终得不出个所以然来。

“是不是，我们应该回去一趟，看看营地究竟出了什么事。”队中顾问丹尼·埃芬博格院长也闻讯过来了。

这时候穆姆托上校刚好来得及完全穿好衣服。

“这边的营地还没有开始修建，往返一次象龟营地至少要六七天呢，还要风顺劲强才行。不顺利的话，就要十天以上。院长的建议行得通吗？”穆姆托话中流露出一些忧郁，犹豫着道。

“可是，有很多装备，包括登陆飞船，都还在那边啊。丢不得啊。不回去，怎么知道泰米尔中校他们怎么样了。”埃芬博格顾问絮絮叨叨地说。

泰米尔中校是密罗辛支队队副，留守象龟营地的最高长官。

说话间，罗贝尔上校和密罗辛中校都进来了，薄薄的纳米材料做成的篷布随进出的人带动的空气时胀时瘪。人人都张望着上校，等待着穆姆托上校的决定。

“反正现在还没有开始建营地，暂且放一放，先回去看看象龟营地，耽搁不了这边的事。”

看到穆姆托迟迟不决，阿仆杜拉上尉试探着说。

“至少等一天再说。如果今天过了都还没有象龟营地的消息，明天再返航。今天再去选一下营址。罗贝尔上校和密罗辛中校往西南方向，我和院长先生往东北方向去找。有合适的地点记住通知阿仆杜拉上尉，用卫星摄像验证一下地点位置的适宜性。哦，天线还没安装是吧？”

“是，没有营地的确定位置，没有必要安装天线，将来还不是要拆了。”阿仆杜拉上尉说。

“安拉赐给我们智慧之眼，是能够识别金矿和黄石的。没有卫星的帮助，也能落实确定未来的住所。”穆姆托套上了望远镜，吩咐着，“不妨多带几个人去，尽量将地点落实了。”

“这就去吗？你还没用早餐呢。”埃芬博格顾问道。上校这才感到肚子咕噜咕噜饿得有些难受，紧张竟然令人忘记了饥饿。

昨夜，在莫宁中校错把雨滴当作穆姆托上校洒出来的水之时，远远的东边，三百多公里之外，象龟营地骤然下起了雷阵雨。

奇形怪状的枝形闪电一次又一次划破天空，可怕的惊雷隆隆地震撼着大地。偶尔的一个球形闪电，嗞嗞地响着，飘浮着，发一种怪味。个别的甚至钻进了屋里，碰到什么物体后，砰的炸开，把满屋子弄得到处是刺鼻的怪味。

留守象龟营地的首领是密罗辛支队的副队长泰米尔中校。他是一个优柔寡断的人，总要瞻前顾后，考虑周详才肯行动，而且善于忍受，品性温厚，当然也忠实淳朴。穆姆托上校或多或少是看中泰米尔中校谨慎小心这点，才委任他为象龟营地留守首领的。

负责通讯的副官吉米上尉来自亚马逊飞船。雷雨来时，泰米尔中校还未回营地，整个营地里只有吉米上尉和一名电子机械设备专家，以及一个陆军中尉守营，即使全部留守人员归营，偌大一个营盘中，也就是七人而已。

唯有的三人，忙忙慌慌地收拾着不能淋雨的东西往屋里放。屋子里的卫星监视器则被遗忘了，忠实的自个儿工作着。咔嚓的雷声不断地出现，震得人心里一颤一颤的。

吉米上尉抱着一堆衣服冲进木板屋营房，浑身都淋湿了。几乎是他跨进房门的同时，眩光一闪，眼前一黑，他忽然觉得全身一麻，似乎有电流窜过了身体，紧接着“砰”的一个响雷，雷声大得别的声音都听不见了。

吉米手中抱的衣服全掉地上了。

反应过来以后，他急步冲向卫星监视器和接收器。

电瓶储电的照明灯没有受到雷电的影响，依旧亮着。屋内似乎在哪里冒出了青烟，也散出了一种木质和塑料制品焦煳的味儿。

吉米上尉的担心被证实了。焦煳的气味是从监视器和接收器里发出来的。包括电脑在内，它们全部已经停止了运作。电缆线还把它们和屋外的卫星天线紧紧连接着，如今，电缆成了一条通向地狱的导线。刚才让他一阵心悸的就是跨步电压。

死寂，笼罩了营房。

不断的雷声，唰唰的雨声，夹着暴风狂怒的呼啸声，汇成一片巨大的动人心魄的交响乐。可是，吉米上尉充耳不闻，他下意识地抚摸着这些精密的电子仪器，发呆的眼神显示出了脑子里的混乱。

机械师和陆军中尉收拾完屋外东西都进了营房。他们已经被淋成了落汤鸡。

“刚才的雷好吓人。出什么事了？”

电缆线已经扯掉扔在了一边。吉米上尉仆在监视器上，他已经不去顾忌会不会压坏液晶显示屏了。上尉呜呜地压着声音哭了起来。

暴雨过去后，泰米尔中校才带着其余四人回营地。一进营地，他们就感受到了凄凉的气氛。中校匆匆来到放置着通信设施，也即主营房的木屋。他看到，卫星接收机被拆开了，机板摆在木桌上，像一具被解剖了的躯体，而屋内的三人都神情沮丧。

“发生什么了？”

“完了。完了。”吉米上尉话声中带着哭腔。

真不像一个军人。泰米尔中校心中不满地嘀咕着。他翻起机板来看，电路印刷板上好几处呈现焦黑，许多地方铜皮都爆裂了。

“是雷击吗？”中校明知故问，他只是想证实一下。

“是。是我的责任，忙着去收拾东西，一时疏忽了，忘记关掉电源和断开电缆。”吉米上尉迟疑一下说。

“避雷器也没起作用？”

“那——只是引雷针罢了。”吉米上尉苦笑着说，他的脸上的书生气又冒出来了，在大学里他是通讯专业的在读博士。

泰米尔中校一时里不知说什么好。

其他的队员也进来了。窃窃私语中，他们迅速地都知道发生了什么事。

吉米上尉盯着中校肩上的卫星电话。这次轮到泰米尔中校苦笑了。

他取下卫星电话，揭掉异常轻薄呈半透明的防水外套说：“真是祸不单行，电话进了水，又摔了一下，现在也不能用了。大概还能修好吧。我觉得，飞船上制造的东西，和地球上制造的，质量相差还比较远。不清楚究竟什么原因。”

吉米上尉闻言，心中愁云更浓。他十分清楚，没有资料没有配件，要想维修好进水加上摔跌的卫星电话真是谈何容易。

泰米尔中校挠挠头说道："先弄点吃的吧，把棕叶酒拿几瓶出来。哎，说起来还是我的错。吉米上尉提醒过我，赤道上的雷雨多，防不胜防的，只是还没能想到最好的办法来保护设备，没料到就出事了。是我的错。弄吃的去吧。烤一大堆鱼肉和兽肉，别弄那些粗糙的龟肉，这番离土著的神物是不该去碰的，明日把还剩余的都扔到海里去，早该扔了的。多弄点。都到厨房里去。谁都别闲着。"

带着烤肉的余香，泰米尔中校将营地全部的七人都集中在通讯室里，向全体人员通报了目前象龟营地的处境后，他请每个人都谈谈自己的想法，集思广益，共渡难关。

七人中，有五个是军人，两个文职。文职人员是机械师和顾问卡特思特博士，后者既是语言学家又精通软件编程，还对军事，历史有渊博的知识，因此，现在卡特思特博士是泰米尔中校之后象龟营地的第二号人物，被特意地委以顾问重任，不经他的同意，泰米尔中校的任何决定都可能执行不了。

现在，卡特思特博士擦擦下巴，由于缺少优质的刮胡器，他胡子生长的速度总显得有些快，而且总也刮不净，因此他最爱摸下巴，好像检测胡子能长多快似的。他问道："卫星电话是否能修好呢？"

大家的眼光聚集到吉米上尉身上，吉米上尉又转过眼去看机械师，机械师埋着头，一言不发。吉米只得说道："这就难说了。试试看吧。"

"马上动手吧。"卡特思特博士说。

吉米上尉起身和机械师一起，挪开了一张木桌上的所有东西。泰米尔中校递给他们卫星电话后，继续主持讨论会议。

吉米上尉和机械师忙碌起来。大约过了半个小时，这时候，泰米尔中校主持的集体讨论已经停止了，大家或多或少的都用期待的眼神打量着上尉两人。上尉他们终于停下了。

"能修好吗？"中校问。

"这块集成电路可能坏了。"机械师用螺丝刀指着电路板上一块 QFP 封装的黑色电子元件说。

"怎么会呢？摔坏的。"

“说不清楚，可能是进水短路造成的。”

“那就修吧——能修好吗？”卡特思特博士接过了话。

给你一大堆木柴就能做出土耳其烤全羊吗？机械师不满地想，话一到嘴边却变成了简单的两个字。

“不能！”

一阵凉气袭过在场所有人的心。

“根本没处去找这样的集成电路。只有飞船上才可能有存货。”机械师于心不忍地补充道。

“一旦失去联系，总部立即就会知道，穆姆托上校也会知道。他们会来支援我们的。大家不必惊慌。只要我们能撑过这几日就行。”泰米尔中校立即安慰说。

“说到危险，还能有什么呢？六肢番离人已经吓破了胆，我们不是一直没有见到他们的踪影了吗。尽管由于丛林里暗藏危险，我们没能深入侦察，可是附近已经没有足以构成威胁的番离部落了。可能一头四处乱窜的野兽的危险，比起这些吓得藏头缩脑的智慧动物来，还要更大吧。我们会惧怕一头哪怕凶猛得像狮子一样的野兽吗？所以，我们还有值得害怕的危险吗？”卡特思特博士笑着说，竭力安慰大家。

“前几天，在夜间有一种动物活动频繁，很靠近营地，那是什么动物？”过了一会儿，一个少校小声地提着问。

“只在屏幕上显示了红外像点，无法确定是什么动物。”吉米上尉如实回答。

“丛林中的动物太多了，有一两只靠近营地，没什么大惊小怪的。”卡特思特跟着补充。

“我们只有两台无线摄像监视仪，都用来对着海洋方面了。”

“当然，危险更有可能来自北方。毕竟八指人，特别是毕喜国人，比六肢人文明程度高得多。”

“多几台就好了，那样的话，那天晚上边可以看见夜里潜藏的动物是什么了。”

“多几台？说得简单。你知不知道星际太空飞船上资源十分有限，地球上人人都可能有的摄像机，在这里简直成了珍宝。我们整个队中也只有四台无线摄像仪。”

“潜藏活动的动物有什么可怕的，不是早就见过了吗，又不是才有的。我就用夜视镜看见过一次，像鬣蜥一样的东西，颜色花里花哨的，说不上是丑陋呢还是可爱。”

“哈哈，中尉吹过头了吧。用夜视镜能看见五颜六色花里花哨？”

众人七嘴八舌议论着。泰米尔中校渐渐地也拿定了主意。

他安定了众人，说：“目前，我们最重要的事就是发现并躲避危险，等着穆姆托上校的回援。虽然南阿喜人，那些看起来勇猛强壮的番离土著，似乎吓破了胆，没有见到他们有什么动静，暂时可能不能威胁到我们，但是，北方的威胁也不可轻视，前日我们截获的北方舰队出发的信号，可能就是一个重要的危险情报。主要是在晚上，要预防敌人的偷袭。现在，我来分配一下。队中所有分成三队，除卡特思特博士外，每晚两人轮流守夜值勤，以防不测。”

“这是一个周全的考虑，可是为什么把我撇下呢？”博士说。

“你不是职业军人，而且年纪大了，不应该那么辛苦的。”泰米尔中校说。

队中的人来自不同的国家和支队，中校又四下征询意见，众人都表示了赞同泰米尔中校的安排。

第三集

土獒的双眼在夜里如闪着幽光的两颗明珠。说它类似于犬科动物，还不如说更像猫科动物，其实它当然两者都不是。

它的两眼长在前方而不是两侧，像两颗发出晶莹光辉的球形宝石，土獒的夜视能力特别超强。蓝色，绿色，现在，象龟营地就在它前方几百米，呈现在它脑子里的景物只有这么两种颜色，但是这已经足以将象龟营地完全搜视清楚。

土獒厚实的脚掌踩在地上几乎悄无声息。这几日来，象龟营地搜索到的红外活动像点正是土獒的踪影，以及跟进的几个土著，但是，营地里的红外线分析仪器却没办法把它和其他野生丛林动物区别开来。距离探营土獒身后两百多米，是两个阿喜人的身影，他们也悄悄地随着土獒的起伏动作而侦视着象龟营地。这样一来，即使营地里的人发现有偷袭者而出来搜寻追踪，他们也有足够的时间逃跑。

他们尽量躲避着巡夜的人，小心翼翼绕着宽阔的营地整整走了半圈，临海的那边他们无法经过。番离土著轻轻地发出嘘声，那声音逼似于夜晚的虫吟，土獒听见嘘声，便低沉的狺狺几声，回来了，紧跟在两个番离人的后面，离象龟营地越来越远，像幽灵一般消失在黑夜里。

营地里的人对此毫无觉察。在往日，在显示屏上还可以看到几个离散的没有规律的红外显示点渐渐消失。这些目的明确的移动的红外点，有时也会在经验丰富的通讯官眼中暴露出智慧生物的活动迹象。但是，昨夜的雷击摧毁了一切通讯监测设备，连番离人越来越近的试探，也恍若不知了。

几公里的路程，对于土獒和健壮的番离人来说真是轻而易举。这里已是树木参天的丛林，远离象龟营地，远离海边，高大的树木比比皆是，间或夹杂着极少数曾被海岸袭来的飓风吹倒的大树。番离人发出一长一短连续的三声吟叫，一棵树上有了同样的回应，接着，挨着的另外几棵大树上也发出应声。悉悉窣窣的下树的摩擦声，和压抑着的番离人叽里咕噜的交谈声，在浓密的树叶间响起。原来他们在这里接应着冒险侦察的人。

一行番离土著大摇大摆的消失在了丛林深处，从这里开始，他们变得毫无顾忌了。他们行动周密，像是经过缜密的计划。而最近越来越近的试探，却毫无受阻的迹象。土著的信心越来越足。

距离营地四十公里之外，居住着一支番离人部落，那支侦察象龟营地的冒险者，正是从这里出去，如今又安全地回到了部落。

他们的领队，一个马一样的长脸上吊着一圈金色圆环，圆环穿过了穿过鼻子——那是象征英勇无畏或者地位崇高的饰物——的番离人，走进了一间灯火通明的草屋。

在这间草屋的四周，还辐射状建着几十间圆锥形草屋。草屋的墙壁用树木和结实的藤条绑扎而成，糊上了泥，屋顶铺着耐湿耐腐，茎秆坚韧的细草。从天空上面看下去，屋顶和杂草布满的地面几乎是同一个颜色。高大浓密的树木遮掩着番离人的丛林部落，不靠近还真难以发现。

“你们说的可是千真万确吗？”酋长问。他的马脸下吊着两个金环，颈边多出的两只小手滑稽的抚弄着一张小巧精致的弓和一柄金光闪闪的矛，一只大手则握着一柄顶端看起来像是斧头的金属权杖。

酋长眼睛虽说长在前面，可是离得开了一点，因此说话之时竟然很难弄清他是朝着谁说话。

“和也默谋士见到的，判断的一样，天魔只有七个了，住在两间屋子里。那里屋子多，他们却不用。他们一点也不能觉察到我们的行动来。啊，感谢大神，魔鬼神奇的眼瞎了。大神是站在我们这边的，怜悯并且佑助我们。”

一众人的眼光都投向了立在光线较暗角落里，被称为也默谋士的阿喜人。他居然是一个北阿喜人，矮小的身子夹在高大的南阿喜六肢土著之间确实难以注意到。现在，他却是那样引人注目。

也默谋士跨出了一步，吊在胸前的望远镜也随着晃动了两下。

“酋长当然应该相信我的忠诚和智慧，我们的大酋长，为兄弟部落报仇的时刻到了。”

“大酋长？哈哈。”酋长笑起来，声音非常雄浑，草房四壁都在随着颤动。“朋友，朋友，我们最尊贵的朋友也默，功不可没。大酋长，哈哈。”

“大酋长！大酋长！”草房里的几个番离人都叫起来，有节奏地跺着脚庆贺，又像是预祝。他们舞动着四只手，气氛热烈，简直要把并不宽敞的草屋掀翻。

第四集

平静的四天过去了。这天轮到吉米上尉和另一名来自印度旁遮普邦的少校巡夜。

尽管吉米上尉和机械师作了最大努力，除非有舰队总部的元件材料和技术资料的支持，修复卫星地面站和卫星电话都已经没有希望，但是营地里的所有人显得还是十分镇静。他们似乎已经习惯了丛林里的生活。

红外线检测器是完好的，只是无线接收器遭受雷击损坏，上尉和机械师尝试着使用电缆来进行有线传输信号，改动设备装置，他们成功了。电缆长度很有限，这样，监视距离由原来的监视半径两公里多变成了两三百米，仅限于营地四周，不过在泰米尔中校看来聊胜于无。中校着实地将吉米上尉和机械师的巧妙构想夸赞了一番。

显示器也坏了，吉米上尉设计了一个声光报警装置，材料完全从损坏的机器上拆下来。如果有什么危险动物闯入营地，报警器便会及时唤醒营地里的人。上尉和机械师费了好大的劲，才将监视角度调到最佳，使警报器不至于动不动便将营地里活动的自己人的红外信号，当作危险而胡乱报警。

营门口，近十米高的瞭望楼旁，燃起一堆篝火。营地四周用坚硬的削尖了的木棒围着。这些绵延的栅栏原来由毕喜人修建，经过后来两次加修，已经很牢固了。营门则是用铁丝绑扎的硬木做成，两棵巨木深深的插入地下，又加以两侧撑住，营门绕着巨木转动可以开阖。

营地里十多间屋子大多数空着，要知道，这里原来驻扎着几百号人。就是巡夜的人，也不可能一间间地走到。上尉和少校围着火堆，烧烤一些海里的贝壳类动物剥着吃，神态十分悠闲。

“每天都这么平平淡淡的过，我倒是希望有不知趣的野物们来尝尝烧灼的滋味呢。”

少校用木签挑着贝壳的肉，像吃牡蛎一般边吸边说，尽管缺少调料，他依然吃得津津有味。激光枪放在脚边，电压显示器上显示着满额电压。

“吃完这点，我去四下看看，就可以回屋了，不用上瞭望楼去辛苦，相信今夜也不会有什么事。”

“还是等等，我们一路去吧。”

过了一会儿，两人起身，拍拍臀部的灰，背着已经微弱的火光，戴上了夜视镜。上尉和少校首先向海边走去，很快消失不见。

藏匿在矮树丛中的酋长一声呼哨，立即从树林中冲出八个番离人来。他们两人一组，各抬着一块宽厚的木板，冲向了象龟营地的木围栏。

紧跟在后面的是一群手持弓箭和长矛的番离人，他们的四只手恰好满足能把几件武器都携带上。十来只土獒，贴着地面狺狺哼着，埋头猛窜。

瞬间就冲到了围栏边，他们将木板往围栏上一放，搭成跳板。几只土獒立即窜上垂直高度超过一人高的木板，跳进了营地里。

通讯室和居住寝室的警报器都响起来了。吉米上尉和少校也察觉了这边异常的情况。他们叫喊着冲过来，并且举起激光枪射出了两枪，可是都没有打中。

土獒以迅雷不及掩耳的速度扑向了上尉和少校。

他们来不及再向正爬上木板准备跳进来的番离人射击了，也来不及关照冲到营门边举起斧子砍着的番离人，只有手忙脚乱地对付直扑而来的土獒。一枪，两枪，三枪，间隔很短，完全达到了激光枪发射速度的极限。

“啊，嘿，嗨嗨。”吉米上尉拼命叫喊着，不用什么清晰的字词，只要叫醒同伴。

有一枪射中了一只土獒，它疼得狺狺地低声哼了一声，扑在地上，打了一个滚，这次射击不足以要它的命，它竟然翻身起来后更加凶狠地扑了过来。

上尉一惊之下，手都颤抖了。“这家伙居然不叫。”吉米上尉想道。

的确，如果在刚发起冲击之时土獒就虚张声势开始嗥叫，他们就会更早发觉，也不会让番离人轻易地冲过两百多米的开阔地带，轻易地将木板搭上顶部尖锐扎实的围栏，轻易地冲进营地里来。

当然，吉米上尉不可能知道，这些土獒被喂过了特制的哑药，声带被破坏，只能发出低沉喑哑的哼哼声，不能嗥叫，他们凶狠的本性完全发泄在无所畏惧的冲锋中。这种喂过哑药的土獒比普通土獒更加凶猛，不达目的，死不罢休。

没等上尉和少校有更多的想法，尽管有一只土獒被射倒在地，伤势极重，可能再也起不来了，但是有三只土獒已经率先窜到了他们跟前。

土獒一跃而起，那模样的确像是最凶狠的狼，不，比狼凶狠十倍。狰狞的尖牙，白森森地亮了出来，咬向上尉。

吉米上尉再也不能扣动枪了，本能地将激光枪猛地格挡上去，枪身和牙齿撞击的声音令人牙噤。

扑上来的土獒被撞落在地，吉米上尉却猛然感到小腿一阵钻心的疼，一只土獒从下面咬住了。少校也挥起激光枪打翻了一只土獒，正和另外两只周旋，七八个番离人也向这方冲了过来。更多的番离人和土獒，并不理睬这边的战斗，而是围向了居住着人的木屋，包括通讯室。

吉米上尉拔出匕首扎进了土獒的背，并将它猛力压在地上，使它不能临死之前拼命一咬，他低矮的姿势却给了另外的一只土獒可乘之机。他的手臂被咬住了，甚至上尉清楚地听见咬进骨头的咔嚓声。上尉拼尽全力一声大叫，既是因为疼痛难忍，还想借此惊醒睡着了的人们。

另一边，少校全力踢开了靠近的一只土獒，脚都麻了。他还来不及活动活动崴着了的脚，被飞来的一支箭射穿了喉咙。

泰米尔中校刚刚入睡，被铃声所惊醒。懵懂中，他不太相信真的有紧急情况出现了，但是警报铃声固执地不停，接着他听见了屋外异常的响动。

“快起床，有敌人来袭击了。”泰米尔中校一声大叫。

来不及穿衣，只一条短裤，泰米尔中校已经把激光枪抓在手里，并从木头墙壁上摘下了一颗手雷。在围歼番离部落一役中，手雷消耗殆尽，目前的手雷珍贵异常。

泰米尔中校拉开门，看到许多晃动的火球。火光中，黑压压的不知有多少高大强健的六肢番离人围了过来。

他连忙胡乱朝外射出两枪，击倒了一个番离土著。立即，几支箭飞来铮铮的扎在门上或者木壁上，还以颜色。

中校迅速蹲下，继续开枪，又射倒了一个。番离人前进的步伐停止了，更多的箭支飞来，有一支箭擦过中校的腿划出了血痕，中校感觉到了，却没有疼痛的感觉。真是好险。混乱中，几只土獒也窜了过来。

中校立刻将门推上，只留下一条缝，从刚够手宽的缝中他伸手出去，扔了一颗手雷。

手雷滚向土獒。土獒灵敏的嗅觉立即嗅到了，狺的一声，张嘴就咬。坚硬的手雷硌疼它的嘴，摇头正要甩掉，大地一震，一团火光，那只愚蠢的土獒炸得粉身碎骨，但是这却救了几个番离人和另外几只土獒的命。

番离人暂时后退了，这是也默谋士对酋长说了几句话后的结果。

一支支燃烧着的火箭射向木屋，也射向此时无人的通讯室，那里是巡夜值勤的人待的地方。箭上，绑着浸透了油的草球。不一会儿，木屋四周，有三面都插上了燃烧的火箭，渐渐的，木屋开始燃起来，处于一片明亮的火光之中。

屋里的人渐渐感到了热度。情况变化是如此之快，一向被他们轻视的番离人居然如此有条不紊的组织进攻，而且显然早就探明了营地里的布置情况，想好了对策。这是泰米尔中校等人万万没想到的，也是包括穆姆托上校和埃芬博格院长在内的人没有预料到的。

“我们必须冲出去，把窗子打开。”中校试探性地说。

“箭会射进来的。”

“做豪猪与做烤猪没什么区别。不开门窗我们怎么攻击敌人。”

“中校要我们冲出去吗。吉米上尉此时肯定已经遭了毒手了。”

“冲出去？这，也不行，陷入四面的包围中，对付了番离人，就应付不了贴地进攻的土獒。”

泰米尔中校摇头说。他自己又否定自己的念头。

烟已经漫进了屋子，有人咳嗽起来。

“都蹲下！我们从门窗的缝里射击！”卡特思特博士叫道，他也抓着一支激光枪，“挖几个洞做射击孔。”

一名中尉突然跃起，从顶开的窗子边向外乱扫一阵，居然听见了有惨叫声，有番离人中枪了。立即引来了一阵密集的箭雨，夹着呜呜响着飞来的标枪。

“他们人太多了。这样不等到消灭几个，我们都被烤焦了。”泰米尔中校还在苦苦想着对策，渴盼着哪位部下能够灵光一闪，想出妙计。

熊熊大火照亮了营地。天之魔似乎被困在屋子里，或者慑于土獒的凶猛和进攻一方的人多势众，一直不敢冲出来，一旦冲出来，也是处于亮处，正好做射击的靶子。酋长十分满意目前的战果。

“这一次我们一定会成功。”

“酋长答应我的事，也一定要兑现了。”也默谋士接上话道。

“当然。不过，留在这里不好吗，为什么一定要回国呢。除了我，你就是最有权力的人。一定要回北方故乡吗？”

“我相信酋长是言而有信的。”也默望着熊熊的火光，仿佛看见了情人和父母兄弟。

“一定会兑现诺言的。神会厌恶失去信用的欺骗者。”

随着说话声，酋长鼻子下边吊着的环晃动起来，那种轻微的磨擦给他带去了快感。

火势越来越大，不时有番离人被射中倒下。终于，有番离人喊道：“天魔翻窗要逃了！”

立即，飞箭嗖嗖，刚跳出窗外的一个被射倒了，身上像个刺猬般插了七八支箭。嘭的一声，门被踹倒，一阵致命的蓝色光芒射出来。狂扫，狂扫，四五个番离人尖嚎着，还是没躲过死神的召唤。

轰隆，轰隆，两声巨大的爆炸，大地都为之一抖。泰米尔中校众人完全暴露在火光之中。还剩下四人，如狂怒的雄狮，咆哮如雷，枪射刀刺。箭来，光去，人跃，獒扑。

刀光，矛影。鲜血四溅，那多半是贴近身的土獒被破开了胸膛，或者被扎穿了肚腹。惨烈的战斗持续了十多分钟，手雷已经爆炸完了。最后，在残剩的三只土獒四处嗅闻的狺狺哼声中，象龟营地渐渐平静下来。

毕剥毕剥的燃烧声却更大了，火焰包围了屋顶，翻腾着黄色的火舌，直向夜空窜去。

第五集

穆姆托上校在海洋上，于五十多公里之外就望见了象龟营地方向的火光光亮，一块突破于地平线上的橙黄色光斑，一种不祥的预感袭上来。

风力很微弱，即使每次十六名军士轮番换着划桨，船还是行驶得比较慢。深夜，稍稍休息了一段时间，焦急促使着人们忘记疲乏。军人又奋力划起桨来，逼迫着炮船尽快地驶向象龟营地。

天蒙蒙亮时，象龟营地终于就在眼前了。顾不得轮流坐上舢板，军士纷纷跳下了海，许多人是半游着水趟上了海岸。

象龟营地一片狼藉。

很多地方火还没有熄灭，即使熄灭了，大多地方还在冒着青烟。有三间木屋烧得只剩下几根模糊焦黑的柱子，孤零零地立着，其他屋子也被翻得凌乱不堪。番离人早已撤离了，穆姆托上校他们只找到七具无头尸体，还有两只摔在角落里没被发现带走的土獒尸体。

七具尸体排在一起准备下葬。穆姆托上校与舰队总部通了电话，总部从卫星摄像中虽然也发现象龟营地好像出事了，但是在夜晚却无法拍到清晰的照片，接到穆姆托上校传去的噩耗，总部也大吃一惊。商议一阵后，为了平息穆姆托分队的悲愤，总部授命上校可以自由行事。总部已经发现了一群番离土著的去向，可能正是那群偷袭者。

“我会用卫星电话指挥你们追击敌人。”克里将军说。

“兵力分散，轻视敌人，疏忽大意，我们几乎犯了所有的军事错误，哪怕留下力大无穷，钢筋铁骨的机器人金刚—1，都可能加强抵挡番离人的进攻，甚至吓退敌人。”

穆姆托上校被痛苦和疚悔折磨得良心不安，唠唠叨叨，自言自语。他尤其不敢面对密罗辛中校。

密罗辛中校失去了队副，心中悲痛可想而知，这一切原来本可以避免的。罗贝尔上校则狂怒不已，走来走去，口口声声要将偷袭的番离部落赶尽杀绝。只有埃芬博格院长还能保持平静，他努力地将队里重要人物召集起来，面对着残烬余灰，商议怎样行动。

“那群番离土狗里这里不远，可能他们都还没有走回部落呢。我们紧追上去，杀个片甲不留。”罗贝尔上校说。双颅顾问希斯在分析各队登陆之后的表现时，曾经对几个高级将领说过罗贝尔上校“热情胜过头脑”的评价，可惜罗贝尔上校是不会知晓的。

密罗辛中校还沉浸在部下阵亡的悲痛中，似乎充耳不闻，埃芬博格院长则耐心地等待着穆姆托上校的反应，所以也沉思而沉默，两个队副，莫宁中校和索莫斯中校，一个因为队长已经表态，一个因为队长正在思索，都沉默起来，通讯官阿仆杜拉上尉则由于制订作战计划不是自己的专业强项，也等待着上校的主意。

偌大一个营地，竟然都因这段紧张的思索，而安静下来。

“我们要立即启航，返回幼发拉底河河口。”穆姆托上校的话让所有人都吃了一惊。

“到哪里？”埃芬博格侧趋着身体，仿佛没有听清楚。

“幼发底格河口平原。那里将是未来城市之基。”

“可是我们的怒火还在熊熊燃烧。心灵还在因极度仇恨颤抖不已。”罗贝尔上校声音有些发抖。

“上校忘了，总部不是已经通知了我们吗，卫星摄像证实了泰米尔中校截获的电报是真的。北阿喜人，应该就是毕喜国，的舰队正在逼近我们。肯定来者不善，难道还指望他们来送礼物。从这里赶往番离人部落。打一场歼灭战再回来，至少要四五天。而毕喜舰队首先要进攻的地点肯定是象龟营地。那时候，强大的舰队不是刚好把我们封锁在狭窄的港湾了吗。”穆姆托边想边说，速度比较慢。

“我们的秘密武器正好派上了用场。”罗贝尔立即补话。

埃芬博格院长冷冷一笑，不过谁也没有注意到。

院长接着穆姆托上校的话说：“同归于尽并不是一个好选择，罗贝尔上校有充分的把握使我们的炮船安然无虞吗。假如被封锁港湾，局限在象龟营地里，还要同时面对多个番离土著部落的袭击，这里丛林密布，环境复杂，并不利于我们。四面受敌，处境会更加艰难的。”

“院长的看法和我一致。”穆姆托上校语调平静。

罗贝尔上校咬着唇憋住，迸不出话来。

密罗辛中校叹了一口气，说：“只能这样了。上校的看法是唯一正确的。”

“记住这个番离部落，不要让他在迁徙中逃离了我们视线。我们会回来报仇的。”穆姆托坚毅地望着前方，脸上的络腮胡多多少少遮掩了他大半的表情。

掩埋了同伴的尸体，稍作休息。凯旋号炮船鸣响了三声，炮声惊起了湾里一群栖息的海鸟，它们欧欧或者吱吱地叫着盘旋在天空，绕着炮船打转。栈桥边的海水翻滚着，拥送炮船渐渐驶出港湾。

第六集

薄雾，厚云，微风，木质炮船凯旋号在苍茫的海洋上孤零零的飘着。五张帆全扯起来了，连三角帆都展开了，炮船的速度还是快不起来。大桨像一片片鱼鳍贴在船边。不到万不得已的时候，穆姆托上校不想消耗军人们的体力。

上校和埃芬博格院长估计得完全正确。炮船驶出海湾一天之后，便发现了北阿喜人舰队的踪迹，同时，他们也发现了离开象龟营地驶向幼发拉底河口的凯旋号炮船，加足马力尾随而来。

这一下，炮船上的人心都揪紧了，暗里希望着好好的和北阿喜人较量一番，但是此刻的相遇却心中无底。如果仅从炮船上火力和规模上讲，地球人的炮船简直就是萤火虫和月亮争辉，所谓的秘密武器尚是未知数，倘若一击不中，便万劫不复，在敌人舰队的包围下如何脱身呢。以凯旋号炮船比较弱的机动性来看，甚至无法躲开对方发射的鱼雷，除非对方的鱼雷像乌龟一样动作迟缓。

沉重和焦虑压得船似乎行走得更慢了。

穆姆托上校派人每时每刻都在船楼上远眺监视敌情。战事来临，他变得谨慎而沉默，往日的豪气收敛起来，积聚着，似乎准备着好在某一个时刻爆发出来。

院长反复地问是不是应该启动大桨以加快速度。每次都被上校摇头反对而告终。其实上校心中十分清楚，即使是全部大桨全力划水，以目前的风速而言，也难在阿喜人蒸汽机船队的全力追赶下超过一天，幼发底格河口的黑崖海岸仍旧遥不可及。

战争是不可避免的了，倒不如沉着应战，保留体力，伺机而动。不知是什么原因，阿喜人的舰队却没有全力追上来，他们往凯旋号与海岸线之间穿插，明显是要防备凯旋号逃向最近的海岸。

距离越来越近，快要达到船载火炮的射程了。

“以前我看过他们的大炮口径，射程要超过我们两三百米以上。”

凯旋号船楼的最高层，楼顶宽敞，穆姆托上校目测过距离，并与测距仪核对后，放下望远镜说。

“这么说，阿喜人随时可以发动进攻，只要他们保持距离，而我们只有干瞪眼的份。”埃芬博格院长有点紧张。

“我们要向他靠近，他们又要躲了，以双方船的机动性而言，确实很难打这场战役。”密罗辛中校说这话时并没有放下望远镜。

“那就要准备发射我们的秘密武器了？”院长问。

“还早。既然阿喜人不急着进攻，我们倒想比一比耐性，最好进入河口后再战，越往河口内走情形就会对我们越有利。”

“当然。那样的话，阿喜人就只能从一个方向进攻我们了。即使炮船被毁，我们也可弃船上岸。可是，北阿喜人怎会遂我们心愿。”密罗辛中校仍然举着望远镜。

“是八艘吗？”穆姆托上校问。

“没错，的确是八艘，还有两艘到哪里去了呢。这么浓厚的云层，卫星摄像也无能为力了。”密罗辛中校扩大了搜索面，困惑地说。

“截获的电报不是说十艘吗？还有两艘呢？难道绕到我们前面去了，等着我们撞上去，好两头夹击。”院长越来越紧张，但是内心的忧虑一点也没有表现出来。

“前面哪里有船的影子啊？”密罗辛中校显得有些焦躁不安。

“说不定是潜艇呢。”通讯官阿仆杜拉上尉突然插嘴说，表达了他的直观猜想。

穆姆托上校不由得一笑。

“阿喜人用的还是蒸汽动力，没有内燃机，怎么造潜艇。”停一下他又问，“总部有新的消息吗？”

“没有，云层太厚，卫星这段时间无法监视这片海面。”

“截获的电报中，确认无误是十艘舰吗？”

“错不了。虽然说还不能很好的掌握阿喜语言文字，但是简单的数字是不会错的。是十艘。”阿仆杜拉上尉认真地说。

“阿喜人该不会假传战报，故意吓人的吧。”埃芬博格院长怀疑地说，“兵不厌诈。”

“多报两艘船会起什么吓唬作用？”阿仆杜拉上尉摇着头。

“好像有几艘舰船加快速度了，他们要追上我们。”密罗辛中校说。

炮船上的人眼看着四艘阿喜人的炮舰从左舷外驶过，那黑色的铁船皮和两舷转动的大轮子清晰可辨，在超越的那段时间，与凯旋号炮船并行了有十多分钟的时间。那些蒸汽炮船，简直是在肆无忌惮的向凯旋号示威。

罗贝尔上校按捺不住问：“要发射钠弹吗？”

“相对速度太快，角度也不对，难以击中，效果不好。我们必须一击而中。”穆姆托上校望了望后面，“后面还有四艘呢。”

他叫人放下了两张帆，反而减慢了炮船速度。一个小时过去后，阿喜人的舰船就已经远远地跑在前面，而且跑出了凯旋号木质炮船的射程。

四艘舰船转向，慢慢打横过来，挡在凯旋号炮船的前进的方向上，不过仍然保持着较远的距离。后面的四艘也追了上来，不紧不慢，对凯旋号形成了两面合围。

“真是来者不善，善者不来。想一举歼灭我们？哼——”穆姆托上校发出了少见的冷笑。

“阿喜人欺负我们射程短，炮弹少。”密罗辛心中有气，说，“这群八指蠢猪，可得尝尝地球人礼物的滋味了。我们一定很慷慨的。”

“哎，我认为阿喜佬是惧怕热情似火的激光枪，才小心翼翼保持距离的。”罗贝尔轻松的调笑，故意用活泼乐观的语言去感染全船的人。

“这么大的雾，激光枪远了还有威力吗？不过上校的语言真是优美啊。”埃芬博格故作轻松地说，“看来这些阿喜人的确已经对我们有所了解。可是他们也低估了地球人的智慧。星际飞船上也没有什么炸药，可是我们偏偏就用海水制造出来了钠弹。嘿嘿。阿喜人又靠近了。上校，还不下手吗？”

目前，八艘舰船前后围住了凯旋号，用侧舷对着凯旋号。阿喜人这样做当然是为了便于安装在舰船两侧的大炮攻击，但是对于凯旋号而言，敌方炮船很慢的速度，最大的打击面，同样也是发射化爆鱼雷——钠弹的绝好机会。

“再等等，该死的阿喜佬，还有两艘舰跑到哪里去了。”过了一会儿，穆姆托才回答院长的话。

原来，令穆姆托上校一直担心的是，没有露面的两艘敌舰，会在眼见己方船只遭受钠弹打击后，采取对应措施躲避。钠弹数量只有十二枚，哪怕浪费了一枚，都可能会留下强大的敌舰，从而给凯旋后带来灭顶之灾。上校犹豫着。

距离越来越近，已经到了几乎是凯旋号的射程之内了。突然，一颗信号弹嘘着声飞向海的上空，又拖着长长的彩色烟雾落下。

响声未落，震耳欲聋的炮声骤然响起，一发发炮弹带着尖锐的啸声，落入大海，顿时，一根根白色水柱冲天而起。

第一排炮过去后，第二排炮接踵而至，落弹点距离更近，有一发在凯旋号左舷三米来远爆炸，巨浪掀得凯旋号摇晃起来。

“发射。命令，发射！”穆姆托上校叫道。他要赶在对方还没调整发射之前，给对方一击。

四枚用火箭改装成的钠弹，从凯旋号舰艏舰艉前后分别射出，直扑前后两边，接着，又是四枚，对准它们早就瞄好的目标，劈波斩浪而去。

已经是第四排炮弹了。有一发击中了凯旋号前桅，爆炸过后，粗大的桅杆从底部折断，缓缓倒下，一发击中了舰楼二层侧面，木片碎屑四溅。埃芬博格连忙叫穆姆托上校下去躲进舱里去。穆姆托岿然不动，在他的望远镜里，他甚至看见了阿喜人在跳跃欢呼。

同时，穆姆托上校也看见了在阿喜人舰船的底部，绽开出一朵美丽的亮花。快速，精确，装有导射系统的每发钠弹都击中了各自的目标。钠氢化爆弹头自动解体，施放出无数颗金属钠颗粒。他相信有的爆破弹头甚至能够炸裂敌船薄薄的金属外壳。

海面上瞬间升腾起一阵炙热的蒸汽水雾。

钠颗粒在海面上跳跃着，比最卓越的桑巴舞高手还要更为活跃地跳着，将与海水反应后巨大的能量爆发出来，将一片氢气包裹起舰船，有些氢气刚产生出来就卜的爆炸燃烧了。钠反应热和氢燃烧热交织在一起，共同培育了无比壮观的景象。

海面上，嗤嗤的蒸气直往上蹿，组成一片白色浓雾包裹着舰船。阿喜人懵了，他们不知道发生了什么，只觉得越来越热，热得喘不过气来，就像跌入了传说中的火狱，这火狱是那般的真切，那样将肉体烤炙，受伤者发出撕心裂肺的惨叫声。在燃烧的最热的中心，温度超过了2000摄氏度。

船的正对一侧已经开始猛烈燃烧起来了。烟雾越来越浓。阿喜人一边断断续续的发射着炮弹，一边开足马力掉头逃离燃烧区域。但是不久，有两艘舰船停下了，可能是动力舱已经严重受损了。船上有阿喜人开始跳海。从远离燃烧的一侧跳下去，逃离炙热和燃烧的地狱。

“继续拉开距离。”穆姆托上校命令道。

阿喜人的舰船自救不及，已经无暇顾及追逐凯旋号了。

“注意，一颗鱼雷过来了。”

这时，凯旋号还没有逃出敌舰的包围圈。穆姆托上校在通讯官的提醒下，举着望远镜定睛一看。

一颗鱼雷慢悠悠的像一条白鳍豚游了过来。

通讯官紧张地监视着，用电脑计算着方向和速度，再把结果由穆姆托上校口中发出了命令。

“左舵，全体全力划桨。”

凯旋号扭着身子，向左边渐渐的偏开。一分钟过后，白鳍豚一样的敌方鱼雷在凯旋号右侧十多米处冲过了。

“报告，前舱进水了。”

报告使穆姆托上校瞬间松弛的心重新绷得紧紧的。“罗贝尔，罗贝尔上校，立即到位！”他紧张地呼叫着。

罗贝尔上校被授予了一个非常重要的任务，堵漏排水。

密罗辛中校则被授命指挥划桨，加紧脱离阿喜人舰队的包围。幸好，再没有鱼雷袭来。

海面上燃起了八堆熊熊大火，半侧的铁船壳烧得烫手，水浇在上面便腾起一股汽雾。其中有三艘，几乎整船都被大火包围了。它们与凯旋号的距离，也越来越远。

不久，相隔不远的时间内，海上响起了三次接连不断的剧烈无比的爆炸，有三艘炮舰的弹药库爆炸了。

第七集

残破的凯旋号炮船贴近海岸线航行。一旦船有沉没的危险的话，他们可以选择较近的海岸靠拢，弃船逃命。在海上奔波了一昼夜后，终于望见了幼发底格河口，望见了高耸的黑崖。

坚强的穆姆托上校不肯放弃最后一丝希望，率领着全队不屈不挠的直往河口航行，如今，他们的愿望终于就要达成了，凯旋号就要保住了。

风很弱，船行进得比较慢，也幸亏风弱浪小，凯旋号得以勉强挨着，撑到了这个胜利在望的时刻，稍大一些的风浪，都可能使它散架。

几条裂缝不断的进水，根本就堵不完全，只得一边堵漏一边排水，还要防备破裂的舱壁承受不了海水压力爆裂开来。

幸好船上有一架人力抽水机，加上众人的拼死努力，勉强应付过来。但是不停地轮换着划桨和排水，人人都精疲力竭，到了快要崩溃的地步。整整一昼夜中，难得有人能合上一会儿眼，危险总会在不经意之间就到来，并且随时带来灭顶之灾。

到上次登陆的黑崖海岸还有三四个钟头的航程。人人都使出了残存的最后一点力气，为生存作最后的奋争，拼着。

划呀，划呀，近了，更近了，黑色的耸立的崖壁已经清晰可见，还有千多米的距离，就要达到海滩，即使搁浅在海滩上吧，一切都应该安全了，炮船保住了。

风逐渐地增强起来，帆鼓起来了。借助这良好时机，人人都更加迫切地想到达海岸，把骨子里都已经搜尽了的力气，在这瞬间爆发出来，做着最后的冲刺。

船速神奇快了很多，在风与前进的动荡中，舵有些不易掌握了，可能是炮弹的震动损坏了连接的哪个部位。凯旋号在摇晃中前进。

前进，十米，五十米。突然，一声闷响，船身一颤，猛然停下了，渐渐向一旁歪斜着横了过去，一股巨大的水流从左前舷喷涌而入。

糟了，几乎人人都知道，船的左舷撞上了暗礁。

被撞坏的舱里涌进了海水不一会儿淹没脚脖，没过多久，海水又过了膝盖，抱着木板想冲上去把漏洞堵小一点的一个中尉被巨大的水流冲得一个踉跄。紧跟着两个勇士顶了上去。破洞瞬间就小了一大半，可是破洞周围的木板均已开裂，随时会折断。

抽水的速度再也远远跟不上海水涌进来的速度。

底舱间是互相隔开的，饶是这样，海水已经通过各个缝隙往其他舱渗进，流成了一股股小溪。

又是一颤，凯旋号左舷再次碰在暗礁上。这次碰撞轻微得多，是船控制不住方向后侧横过来后挂擦上了礁石，没有造成更多大破裂之处。可是，炮船的正确方向已经失去了，必须重新纠正过来，那又要浪费多少时间啊。穆姆托上校明显感到船身已经开始下沉得厉害。

“还能撑住多久？”下底舱检查的罗贝尔上校刚从舱门漏头，已经下到甲板上的穆姆托就急着问。

“应该能够挨到海滩上，可是船需要调整方向，很难说了。”

罗贝尔上校想了想才说，其实他完全心中无底，身为陆军上校的他，航海并不是强项。

“立即放下舢版，把卫星天线等仪器搬到舢板上。快。嗨，别磨蹭，没听明白吗？”

穆姆托对一个有些懵头懵脑的中尉吼叫着。这个中尉被晕船弄得面色苍白，四肢无力。他应该早就听见了上校的话了，只是有些力不从心。他咬住牙刚一转身，便摔倒在甲板上，脸颊被一根铁勾画拉出一道血口。

中尉立即翻身站了起来，尽管还是跌跌撞撞，但是比先前反而利索一些了。他四处大叫着传达穆姆托上校的命令，晕船和着急弄得他口齿都有点不清楚了。

命令得到了很好的执行。慌乱的情况得到控制。虽然紧张一点也没有减少，但是有条不紊的行动压制住了惊慌失措。

船一点一点下沉，海水快要淹到桨口，离炮口也越来越近了。每一次较大的晃动都有一些海水漫进去，一旦淹过桨口，不仅海水会更快的涌进来，使船迅速下沉，也会严重阻碍划桨，只有看凭借风力能不能将船挪到浅滩上。凯旋号此刻一边调整方向，一边下卸仪器，还好，船总算调过头来了。

一米，又一米，大船移动得比先前慢了。装载着仪器的舢板已经超过了它跑到前面。

每一米前进，都增加了一分希望，每一次晃动，都增加了一分危险。如果没有桨口和炮口，现在那些口子简直就是魔王的大嘴，凯旋号炮船是完全可以挨到海滩上搁浅的，那样船就有救了。

装载了太多的仪器，舢板上只有两个人，奋力划着。十多个勇士泅着水，紧跟着四只舢板游向海滩，他们是仪器设备的保护者和接应者。

穆姆托上校看看形势，只得将舱内的人全部叫上来，停止了划桨。只剩风力推动着船前行。

而漏洞能堵上钉上的，都已经做完了，剩下的那些大裂隙无法处理，只有眼看着海水不断从中间喷进舱内。抽水机还在工作，尽量延缓凯旋号下沉的速度。

他把全体人员集中在甲板上，做好下海泅渡的准备。通讯官阿仆杜拉上尉再次和密罗辛中校进到危险的舱内检查，看有没有遗漏的重要设备和器具。

“注意钠弹，千万不要让它发生任何危险。”

埃芬博格院长想起了一件重要的事情。

罗贝尔上校指挥着舢板往海滩接近，已经快要脱离危险了，即使风浪变得大起来，舢板也可以躲过风浪而安全上岸。穆姆托上校终于松了一口气。

军士们将激光枪的能量匣取了下来，包装好，准备下水。

穆姆托上校取下肩上的卫星电话，准备将它用防水袋装起来。这时候，他想了想，向罗贝尔上校打了一个电话。

“上校要上岸了吗？”

“最快的那条舢板快了，大概还有几分钟的时间吧。”

“能不能尽快回来一趟。”

“还有重要设备？遗漏了？”

“不是。这些炮弹想尽量运一些回去，可能有用的。”

“好的。我们会尽快赶来。”

凯旋号在风的作用下一点靠向海岸。十米，二十米……希望在与时间赛跑。离海滩大约有六七百米的距离。五百米，四百五十米。海水平面已经与桨口齐平，不时有起伏的波浪把海水漾进舱内。穆姆托亲自操纵着舵盘。突然，他感到船身突然减慢了速度，好像受到了什么更大的阻力。海水已经淹过桨口，大量的海水涌进了船舱，凯旋号迅速下沉，高昂的船艏低头了。

凯旋号速度减慢了许多，但是仍然往前的往海岸边挪着，每进一米，就增加一分挽救炮船的机会。

穆姆托上校命令船上所有的人立即跳海，游向海岸。他命令密罗辛中校帮助文职人员渡海，命令所有的军人都有义务帮助文职人员和体力弱者顺利登岸。

扑通，扑通，海里面顿时显得嘈杂起来。互相叫喊回应的声音，在海面上显得那么微弱，尽管叫喊的人也许用了最大力气。

现在，船上只留下穆姆托上校一个人，仍旧掌握着木质舵盘。穆姆托上校感到了手中的舵盘木料质地是多么的坚硬细腻，真是上好的木材啊，如果保留下来的话，以后可以成为一件贵重的文物了。上校一点也舍不得放手。

海水已经快淹上甲板了。轮船还在缓慢的行进，缓慢的行进。或许是风帆的作用，或许是惯性使然，总之，穆姆托上校能感觉到它在倔强的前进。

“上校，快离船。”电话里罗贝尔上校叫到，现在能与穆姆托上校通话的，也只有罗贝尔上校了，他已经回来了，没想到穆姆托上校还开着卫星电话，难道上校没打算离开吗。

“你们回来了。能登船搬运弹药吗？”

“恐怕不能。离开得迟了，轮船沉没时的巨大旋涡会将一切靠近它的物体吸入海里的。上校也要赶快离开，保持与轮船必要的距离。”

穆姆托沉默着，不屈的精神还在支撑他的身体。终于，他再次取下电话，对着说：“你们回去吧，注意接应一下泅水的人，他们有的身体已经很弱。我关机了。”

最后一个人影，跃入了大海。

凯旋号迅速下沉。

灰白色的帆不见了，褐色的横杆不见了。十多分钟后，凯旋号只有桅杆的顶部还露在海面上，一只海鸟飞来张望了一阵，最后它发现这狭窄的落脚点不是一个值得逗留的地方，拍着翅膀飞走了。

一个波浪扑来，这是一个小小的浪头，然而却将凯旋号彻底的吞没了。

所有的人都上了岸，没错，是所有的人。穆姆托上校等各队清点完人数汇报后，松了一口气。

凯旋号还能不能打捞上来修复，或许重要，或许不重要。在埃芬博格院长看来，炮船沉没，反而卸下了一个沉重负担，所以暗怀欣喜。

但是，清点人数时重新唤醒了对已经牺牲的七个勇士的怀念，因此，人人都有一种说不出的悲伤和疲倦，没精打采的。这点，穆姆托看出来了，埃芬博格也看出来了。

“十艘，十艘战舰，还有两艘在哪里？”穆姆托上校清点人数就急着要弄清的问题此刻更加烦恼着他，不由得脱口而出，等到他看见几个人都在看着他的时候，他转而去问通讯官：“上尉，真的是十艘吗？”

“没错，电文如此。”阿仆杜拉上尉十分清楚的回答。他都记不清楚这个问题回答多少遍了。

“难道阿喜人知道我们会截获他们的电报，故意迷惑我们的。”罗贝尔猜想说。

“用用你的脑子好好想想，阿喜人会那样先进么。”穆姆托嚷起来。

“电文是毕喜国人的原文还是翻译以后的。”埃芬博格突然问。

“是，应该是原文。”上尉答道。他当然不能和截获电报却已经牺牲的吉米上尉再次证实了，只得勉强回答。

“那就对了，阿喜人采用八进制，十艘船就是十进制的八艘，我们被自己的骄傲和大意欺骗了。”埃芬博格院长愧疚地说，懊恼得直叹气。

院长的话，也令在场的所有知情人面面相觑。

如果果断地早点发射钠弹，或许还能保住完好的凯旋号呢。至于阿喜人为什么不早早发射鱼雷，他想应该是阿喜人认为凯旋号处于包围之中，发射鱼雷反而有可能被对方躲过后伤到自己人，反正凯旋号的大炮是没有那么远的射程，打不到他们的，何必急呢。阿喜人错误的判断本来是留给了他们绝好机会的。

但是，现在看来，凯旋号炮船的质量真的不敢恭维，也许是一条即将报废的船，可能早就被阿喜人欺骗了，又是毕喜国那群狡猾的家伙，阴险可恶的俾格曼表亲。许多人都抱着这样的想法。

了解一切的穆姆托上校才是最懊恼的人，此刻他联想到，阿喜人刚一见面就做了一笔合算的生意，换给他们的凯旋号炮船，只是一堆打算丢弃的烧火柴而已，然而阿喜人却赚回了一堆黄金。黄金虽然不是什么稀罕物，上校却因此欠下全队的情，他把他们最心爱的纪念物全部搜刮尽了。

唉声叹气中，大家都在埋怨。穆姆托上校也意识到颓废的情绪正在感染着众人，他挺直了腰叫道：“嗨，千里朝觐难免路途坎坷，怎么这样就泄气畏缩了。起来。都起来。”

埃芬博格跟着也醒悟了，舞动着手臂，鼓足气，用充沛的力量尽力发出清晰洪亮的声音：

“嗨，地球人类的勇士们，把眼泪留到明天。我们太忙，来不及悲伤。走吧，都起来，向我们预想的未来城市之址进发。我们是城市的开拓者。纪念碑上将镌刻上我们的英名。”

听到这番鼓动的话，人们重新打起了精神，其实每个人都知道，悲伤和懈怠无助于改变此时的处境。

通讯官阿仆杜拉上尉和队里的电子工程师，在一棵树上隐蔽的地方安装了一台可以无线发射的摄像机，这台摄像机正是象龟营地里使用的，算得上是一件贵重而稀少的仪器，侵入营地的番离人没有想到还隐藏着这么一件稀罕物，竟然留下了。这样他们即使远离黑崖海滩，也能够基本上对海滩进行监视，也许阿喜人还没有死心，也不会甘心交战的惨败，还会再来进攻。

第八集

五天之后，一个新建营地初具规模。埃芬博格院长把它叫作绿橄榄营地，穆姆托上校默认了这种叫法。

绿橄榄营地距离黑崖七八公里，西边紧邻幼发底格河，南面十来公里是一片连绵不断的森林，由于水量充足，树丛浓密，树身高大。二十多米高的瞭望楼就是用四根巨木作骨架立起来的。在平坦的冲积平原上，高大的瞭望楼像一个洞察先机的巨人，为营地增添了巨大的安全感。为了避免雷击，减少雷电的威胁，卫星天线则支立在距离瞭望楼相反的方向。两个高大的物体拉开了最大的距离。

建设营地的工作轻松下来之后，密罗辛中校带领一队人回返登陆海滩。他们驾着舢板重回凯旋号沉没地点，经过费心的打捞，竟然将沉入海底的剩余四枚化爆鱼雷——钠弹，悉数打捞上岸。

他们将粗实的树木横在两只舢板上，之间相隔一米左右，绑好固定，然后派潜水员下到海底，那里的海水深二十多米，解开鱼雷的箍抱装置后，系上绳子，再拉离海底，悬在海水中，之后慢慢地极其小心地往岸边移。海滩上已经准备好了滑板和滚木。这样，四个威武的钠弹化爆鱼雷就重新回到了人类的掌握之中。

寻找可口的食物重新成为绿橄榄营地的重要工作。当密罗辛中尉坐在礁石上欣赏着他刚从海底捞上来的宝贝时，罗贝尔上校率领另外一支队伍到沿着幼发底格河去尝试他们的运气。

这里河面开阔，水流平缓。在靠近河的地方，野草不及膝盖，许多地方被水淹没。

罗贝尔上校他们的运气还不错。一群跳羚一般的食草动物察觉了有动静后，机灵地甩开它们敏捷而大步的步伐跳开了，一瞬间就把来袭的敌人抛开一大段距离。它们头上的角，剑一般可笑的向两边撑开，像是炫耀自己的威武，警示来犯之敌。它们并不认识人类是什么动物，当它们觉得距离已经足够安全的时候，便停下来，悠闲的低头吃草，看见那些站住了的陌生的不怀好意者，有的还调皮地昂起头叫两声，仿佛是嘲笑追逐者说：怎样，追不上吧。

十多支激光枪都举起来了。长久没有使用过枪，虽然没有换新的能量弹匣，激光枪的电压都是满额的。瞄准了，罗贝尔上校晃了晃头，发出一声婉转但是干脆的嘘哨。

立即，十多道死亡之光射了出去，无声无息，有的像跳羚一般的家伙中枪后，只感到浑身不由得猛地往上一弹，烧灼的痛楚随即产生，有的继续中枪，倒地失去了知觉，还没有被击倒或击晕的则原地乱跳。因为它们实在不知道该往哪个方向逃窜。

看见同伴莫名其妙的倒下或者乱叫乱跳，剩下的家伙们懵头昏脑，原地徘徊了几圈后，突然，不顾一切朝它们原来逃跑的方向撒腿狂奔。

“好了，有十多只草羚了，停止射击吧。”罗贝尔上校制止了屠杀。

“这是草羚吗？”跟随队中的博物学家米切尔教授突然说。

“像羚样一样，会吃草，叫草羚有什么不可以的呢。”

博物学家固执地说：“那会吃草的像鼠一样的小动物就该叫草鼠了，你们总是随意的乱给动物取名，地名也是这样。”他受了埃芬博格院长给营地起名的启发，认为专家更应该在这方面具有发言权和权威性，的确，他们有义务向分队决策人提供更多的建议和策略。

“那应该叫什么呢？”

“草羚也不错。上校其实取的名挺好的。”米切尔教授想了想说。

罗贝尔上校奇怪地一笑。

军士们蜂拥而上去清点战利品。一共射杀了十三只草羚，还没有断气的草羚都被匕首及时解除了痛苦。罗贝尔上校算了一下，草羚看样子有二十公斤左右，每人扛一只，还能空出几人空手而归。

“河里又会有些什么？”上校向所有的人问道。

“河水太深了。”博物学家说。

“那里，就是草长得很高的那里，看见了，对，不是有个水湾么，相信水深不了。我们去看看，说不定今晚还可以吃上烤鱼呢。”

“用什么去捉？”一名少校问。

罗贝尔举起了手中的木棍，一头正在被匕首削尖。

“瞧，单股的鱼叉。大家都去吧，超级娱乐呢。”

所有的人都暂时放弃了到手的猎获物，归拢在一起，说说笑笑跟随着罗贝尔上校去玩捕鱼。

“嗨，快来看，这是什么稀奇动物！”忽然一个军士大叫道。

顺着他所指的方向看去，一只两米来长的软体动物正贴在地上向河边爬行。它像蚯蚓一样伸缩着圆柱形的柔软身体，最奇特的是它偶尔像蚕立起前半段，这样就能够彻底看清它蠕动着的嘴。它的嘴像个巨大的蓝色圆环，柔软而丰满，伸缩着，变化着形状。

罗贝尔上校举起望远镜，看出了它时翻时缩的嘴唇上长着一些细小的刺。他将望远镜递给了博物学家：“米切尔教授也瞧瞧吧，给它取一个好听的名字。”

“蓝色，柔软的身体，应该是软体动物一类。”博物学家念叨着，忽然，有了一个确定的念头，“蓝嘴蝝，它应该叫蓝嘴蝝。”

“蓝嘴，蝝？嗯，还不错。”

“真是一个奇特的怪物，我去捉了过来。”一个军人兴致勃勃地说，一边走了过去。

“慢！”米切尔教授叫住了他，“色彩鲜艳的动物往往身含有毒，在没有弄清之前，还是暂且不要动它。”

蓝嘴蝚继续往前蠕动，最终钻进了一片草丛不见了。

“着急什么，以后你要见的怪物多得狠呢。”罗贝尔上校安慰道。

“土豢也算是怪物了，可是那样凶猛，谁敢去接触。这可不一样，多么可爱的蓝嘴蝚啊。简直可以当作宠物来饲养呢。”

脱离了蓝嘴蝚的诱惑，众人继续往前走，很快来到河滩。这里的河床比较平缓，在枯水期是一片沙地，现在应该是丰水期，往河里纵深走十几米，河水都还未能没过肩。

一个身材修长的军人故意要显示他男模特般的造型，只穿了条迷彩短裤，试探着往河中心走。河水淹过肩膀后，水流冲击着，他开始站立不稳，索性扑进河里游起来。

罗贝尔上校骂道：“蠢蛋，有鱼都被你吓跑了，还怎么捉。”

另外几个军人也都下河洗澡，罗贝尔干脆继续往上游走，很巧的是，他发现里河里的一块高地，没有被淹没，四周的河水也只有过膝深，许多草被半淹没在水中，正好可以做水生动物的藏身之地。真是捕鱼的理想地方。

几个军人，包括博物学家米切尔教授，都跟着他趟过浅滩走到高地。米切尔教授叫人往河湾中撒了许多早已准备好，带着草羚鲜血腥味的碎肉块和内脏，以吸引鱼群过来。罗贝尔等几人削着木棒等待着。

银光一闪，河中扑啦一声。罗贝尔不动声色。近了，更近了，隐约看得见游鱼的轮廓，遵从米切尔教授权威的提醒，罗贝尔上校不知道它们应不应该叫鱼。

蓦然，上校手一摆，标枪似的木棍飞插入水中。

“中了，中了。”兴奋的叫声，不断的浪花翻滚，木棍在水面上拍打着，显然是那鱼在挣扎，但是只有几下，便不动了。

罗贝尔上校的成功极大地鼓舞了人们。他们分散开来，静守在自己适宜的地点，等待着贪吃大意的游鱼游过来。

不时响起一片哗哗水声。没过多久，在场的几乎每人可以摊上两条鱼了。这些鱼身体光滑，没有鱼鳞，有的嘴角长着半拃长的胡须，一边两根，个头不小，重量在半公斤到两公斤之间。

罗贝尔上校咧开嘴唇乐呵呵的笑。

“你听见了喊声吗？”米切尔教授问，一边仔细地聆听着周围的动静。

“那是年龄和教授开了一个玩笑。”罗贝尔淡淡笑道，“教授的耳多可不像嘴巴那么严谨，听错在所难免。”

正说着，罗贝尔上校也忽然默不作声了，聚精会神的聆听起响动了。

没错，是叫声，从下游传来，而且越来越大越大。

“上校，快上岸，不要下水。”

一个中尉边叫边跑，很快就跑到上校这边了。“上校，河里有刀一样的怪物，不要下水！已经有两个人受伤了。”

人们纷纷向传来叫声的地方跑去。

游泳者的臀上，腿上，受伤的伤口果真像被锋利的锯齿状刀斫过一样，深浅不一，腿上的伤深达胫骨。

“你们看见是什么动物了吗。”罗贝尔赶过去后问。

“没看见。”

“怎么我们在上游没事。”

罗贝尔上校话音刚落，上游又有叫声传来，那里还留有几个人，打算收拾好收获的鱼后再过来。但是作为军人总是动不动大喊大叫就显得别扭了，罗贝尔上校皱起眉头。

“抓到了。哎哟！”跑来的一名上下尉，手里捧着什么东西，又被扎了手，真是欲快不能，样子滑稽极了。

“这是什么东西？”

“在河里扎人的，就是这家伙了。”

上尉捧着两拃多长一条鱼，尖木棍刺穿了它青黑的身体，木棍也折断了，留一截露在外面。创口弄得很大，看来费了不小劲才捉住。快到跟前了，那鱼一挣扎，上尉不敢强行抓它，只得放手，啪地掉在地上，它便更加猛烈的蹦跶几下才罢休。

最叫人惊奇的是，这鱼头部像一把双面锯，它的整个头占据身体长度的三分之一左右，尖利的骨板环绕扁而长的头，成锯齿状，最长的齿有一厘米多。

“澳洲锯鱼！地球上也有类似的海洋鱼类，可那是海洋。”米切尔教授说。

“这里的河水恐怕也不能完全看作淡水，也许是咸水与淡水交汇的地方才产这种鱼吧。”罗贝尔紧跟着说。

“就是它，这家伙在水里猛地左右摇摆头，乱刺乱戳，把我们当美餐。”

“澳洲锯鱼能够把别的鱼类剁碎，杀死吃掉呢，这不一样，他们是扎人，不是咬人。这类食肉鱼类可能喜欢较深的水，所以我们在上游才还没有人受伤，不过时间一长就很难说了。”米切尔教授看着罗贝尔上校，“下命令吧，不能再随意下水了。”

所有的人都已经集中了，罗贝尔上校指着地上的锯鱼，让米切尔教授分析了它的危险性，并禁止人们再下河。完事后，上校吩咐收拾好获取物准备回营，两个伤员还要急着救治。可是他们的猎获物已经拿不完了，正是由于还需要照顾伤员分散了人力。

“你肯定是在仰泳吧，不然怎么扎坏了屁股。这下你连仰睡也不行了，像乌龟一样趴着睡觉吧。”罗贝尔上校指着臀部受伤的伤员说，他有些感到气恼。

回到绿橄榄营地。穆姆托上校对罗贝尔丰盛的猎获满意，更对伤员的遭遇忧心，如果这是一个充满危险动物的地带，势必影响到它将来作为城市基地的地位。有一点穆姆托很清楚，就是作为飞船降落地而言，徐豹分队的诺亚营地具有无可超越的纬度优势。阿喜星上土地广袤，人口稀少，但是并不意味着地球人可以任意占有成片的土地随意往来。以人类的数量和制造力而言，只能集中在一个地方发展，既然与诺亚营地存在着极大的交通问题，恐怕在很长时间内，绿橄榄基地会像一个偏远的小镇一样。那样一来，穆姆托分队除了显耀战功，震慑阿喜人之外，还有什么更伟大的作用呢？上校内心强烈的愿望是，让绿橄榄营地成为地球人另外一个重要基地，和诺亚营地可以平起平坐，并且是未来城市的基础。

“象龟营地是没有锯鱼的？这么怎么会有？”他带着疑惑问道。

面前站着的有埃芬博格院长，罗贝尔上校，密罗辛中校，以及刚刚代表罗贝尔上校叙述完捕鱼经历的博物学家米切尔教授。在队中几个高级人员交谈时，其他人总是离得远远的，纪律严格。穆姆托这句话，不知问谁，场面一时间冷寂下来。

“可能，那里和这里水质不一样，这里淡水和咸水交汇，特别适合锯鱼生存。”米切尔说，随后他连自己都对刚才的解释不满意。

“应该在队中张贴告示，防止再出类似意外。这几天里，辛苦米切尔教授一下，再找一位植物学家，一位地质学家，跟着我们去把周围方圆一百公里以内的方方面面都作一个彻底的了解。钠弹没有什么可担心的吧？”穆姆托想了一下说。

“请上校放心，钠弹完全可靠，隐藏在水下近十米，海面波浪也不会对它有任何影响，虽然我们不能出海了，暂时不能出海了，可是也没谁能通过海上，从黑崖那里登陆袭击营地。”密罗辛中校回答说。

“谁会一定要从黑崖那里登陆呢，河口一带到处都是登陆点。”穆姆托故意找破绽。

“那里是最好的地点，而且，我们在那里设置了许多标志，用望远镜在海上很容易看见。相信没有谁会故意视而不见。”密罗辛中校信心十足。

“故意显露自己所在，惹火烧身？”

“就怕敌人不来放这把火呢。”

说到这里，这句话勾起了密罗辛的悲伤往事，不禁忽然默不作声了。密罗辛中校突转直下的表情，也令所有的人联想起了象龟营地覆没的命运，气氛刹那间急转直下。

埃芬博格夸张的嚷道：“嗨，肚子在奏交响曲了。该用午餐了，相信罗贝尔上校为我们带来了丰盛而美好的午餐。感谢上帝，赐我与福，上帝总是和我们在一起的。”

院长强作鼓舞的话没能带来多少欢乐，大家默默地散开了。

第九集

接下来的几天中，穆姆托上校他们有惊奇的发现。

往南去，在森林与河中间，也就是离罗贝尔上校等人遭受锯鱼袭击的地段十多公里之远，有一块200多平方公里的湿地。这里海拔在-5米到+15米之间，河道纵横，地势低洼，长着许多类似于禾本科植物和水生维管束植物的湿地植物。

大群的小型飞行动物，——博物学家米切尔教授把它们叫作河鸥，颈子更细长的则叫河鹭，虽然它们和真正鸥和鹭一类飞行鸟类在形体上有不小区别，但是并不妨碍这个名字的流行，——在这里觅食栖宿。蓝嘴蝾也在这里时常出没，行动缓慢，鱼，甲壳类，甚至鸟，都会成为它们的口中囫囵吞下之物。

三个支队长，米切尔教授，两个尉官，以及一名地理测量技师，几天中足迹踏遍了幼发底格河西岸这片方圆近一千平方公里的区域。湿地西边和西南边，是大片的森林，以及渐渐开始有了起伏的丘陵。

靠近河岸的那段，在湿地之南，却是绵延很长的矮小树林带，最窄处宽不足三公里。这些树都比较矮小，有些树甚至长年浸泡在水中，好比地球上的红树林，只是这些树木都有宽大的树叶，叶片丰润肥厚，鲜嫩多汁，倒像是为各种素食动物准备的蔬菜似的。

奇异的景象就出现在这条树林带过后的那片开阔地中。

这片开阔地除岸边还长着一些及腰的苇草类湿地植物外，往内地地势渐渐升高，海拔都超过二十米，排水良好，较为干燥，因此夹杂着丰草和树木，许多没有树木只有草的地方，有可能是人为的结果。在这里，大约近两千平方公里的地方中，穆姆托他们发现了一些番离土著部落，不仅是从卫星摄像图上发现番离六肢人活动的踪影，而且是实实在在的撞见了。

说是撞见，可能是穆姆托上校他们自己吓自己。因为这些番离人似乎根本没有察觉到一个特异的人种已经来到他们的地段。幸好望远镜让他们保持了距离，使穆姆托上校等人能够迅速藏进树林隐身。

“球，好球，是全线进攻破门还是攻防兼备。”罗贝尔上校十分兴奋，他喜欢把什么都和足球挂上钩。

“狮子凶猛，猎豹快捷，大象以重量称雄，不了解动物的特点，怎么就轻易去猎获呢？”米切尔教授首先表示不以为然。

“教授说的对，看来这边的番离人还不知道我们到来，趁此机会可以多多观察一下，了解一下这些部落规模，装备，还有他们的习俗嗜好后，再寻找机会不迟。”密罗辛中校说。

“你说的是寻找机会去进攻番离人吗？”地理测绘技师问。他既像是没有听动密罗辛中校的意思，又像是反对。

“技师以为是什么呢？”穆姆托忽然对非军方人士的话很感兴趣。

“众所周知，土著部落活动范围比较小，互相之间交流不多，甚至互为敌人。也许这里的番离人根本就与象龟营地没有联系，对我们也没有恶感，现在把他们视作敌对的一方为时过早。哦，当然，他们还没有见到我们，没有行动，难以判断。可是，我想，总是保留一条遘和的退路，是我们应该考虑的。”技师迟疑着，停停顿顿的说。

“不管怎样，我们要留在这里多一点时间。这样吧，密罗辛中校先回去，协助埃芬博格院长处理营地事务。中校可以带一名上尉回去。”穆姆托上校布置好了行动。

“我可不是懦夫，这么刺激的事情总没有我的份。”密罗辛显得有些不满。

“如果有机会，我一定首先给中校留着。请行动吧。”穆姆托果决的说，态度简直不容置疑。

密罗辛中校内心激烈的争斗着，最后，他表态了：“工程师的话有道理，希望上校慎重一点，并非番离人都是敌人。上校小心了，我们在营地等着你们的好消息。”

穆姆托等人等密罗辛中校离开后，在森林中找了一处隐秘之处暂时休息，他们打算等到天黑以后再去番离人部落打探，那样正好可以让夜视镜派上用场，而番离人没有这样好的反侦察本事的，可惜只带了两副夜视镜来，早知道运气会这么及时到来的话，就该多带一几副了。

他们吃了一些带来的干脯，和其他一些脱水干菜。肉很咸，口渴了，幸好不用到湿地里去取水，在森林中往下挖易地个深坑，只要足够深，就有地下水。虽然离海边远远的，可是这里的地下水似乎还带着能够尝出的咸涩味来，不太好喝，或者再往森林里走，多挖几个地方试试能够找到更好的淡水，可是谁都缺乏那点热情了。每人勉强饮了些，暂时缓解口渴。

夜终于降临了。没有人甘愿留下，事实上单个或者少数人留在森林里，不一定比进入番离人部落村庄更安全。

到了森林边缘，穆姆托上校用夜视镜努力辨认着方向。关于将要去的地点，在下午等待的时间里，上校已经与河口营地通话，借助卫星摄像和定位系统，明确了他们的去向和远近。侦察队里只有他和罗贝尔上校在使用夜视镜，其他则是紧跟着走。此刻，穆姆托最担心的是番离人的土獒出来乱窜，一不小心就撞上了，那可就麻烦来了。那家伙的夜视能力像草原豹，嗅觉像猎犬，敏捷像非洲猎豹，真是令人头疼的对手。

穆姆托突然觉得此刻他们的深入侦察真是胆大妄为，他不禁在心中祈祷着，希望安拉此刻没有打盹，时刻张着眼站在他们身边。

忽然，面前一阵眩光，罗贝尔上校走在最前面，差点跌了一跤，他停下，取下了夜视镜，其他人也发现了前面的火光。

“那是什么？”

在每个人都怀着的疑问和惊喜中，他们越过了一段十多米的矮树林，靠得更近了，已经没有什么高大植物的遮挡。现在他们看见火光来自前面的两堆篝火，在河滩上，一块超过十个足球场大小的地方，一群人番离人围着篝火，又唱又跳。

“番离人是在祈福禳灾吧。”米切尔教授悄悄地说。

“肯定是在举行什么仪式，我们靠近去看看，你们在这里等。”穆姆托上校顿感浑身充满劲。

的确，番离人在这里举行二十四日一次的未成年人割礼仪式。经过这次仪式后的小孩就成为大人了，可以参加捕猎，战斗，以及男子的出群交配生育。这晚将有三个番离年轻人，两男一女，举行割礼。

男子们清一色的光着身子，只在腰间围着不知是草叶还是布条做成的腰裙，太短了，连胯都遮不住，下身系着一个口袋，里面装的应该就是番离男人那话儿了。用望远镜可以看见那些口袋颜色鲜艳，各不相同，有的还画着简单的图案。

高大的番离少女，胸前四只对称的小乳房，跳动时忽上忽下，腰间密实的草裙则遮住了半个下身。

穆姆托上校正巧看到了行割礼的那一幕。上校看得心潮澎湃，一种神圣的肃穆滋生出来。那仪式虽然和曾多次见过的仪式大有区别，上校却完全能够看得懂。

“接下来他们应该进行一个庆祝仪式。”穆姆托回头悄声说道。

果然，割礼之后，番离人并没有立即离开。他们喝酒，剥开蚌壳类水生动物的壳，津津有味的吸着，又往火堆里扔一些植物的块茎，用热灰烬埋上烤熟，还串起来一条条一拃长的无鳞鱼往火上烤着。

一阵阵各种类型的烤香味混合起来随风四散，也飘向了上校他们隐身之处，引得众人胃里也翻腾起来，馋得人人都往肚子里吞着口水。

吃了很多东西以后，番离人更加活跃起来，这段时间也是偷窥的一群人最难受的时间。番离人唱起歌来，是节奏比较自由的那种歌，像是赞颂什么似的。他们高大壮实的身躯使他们具有良好的共鸣，声音既浑厚又响亮，像训练良好的意大利歌剧男中音。

一个年长的番离人起身，绕着火堆，身体一扭一跳的仿佛神秘的巫师之舞，在两个火堆中穿行了两次后才停息。更多的人跟着重复同样的动作，歌声也大起来，经过那三个刚行过割礼的少男少女面前时，都停下一会儿，手指向外翻弹着，表示祝贺。

穆姆托上校他们距离番离人大概有五六十米，由于火光的照耀，即使不用夜视镜和望远镜都能把这幅情景看清楚。他们放心的观看着番离人奇妙而神秘的仪式，因为罗贝尔上校仔细搜寻后肯定地告诉大家，这里没有番离人的土獒，或者说这块地方的番离人没有饲养土獒，不怕被发现。

忽然，河滩上变得异常安静，只有偶尔的几声虫吟。从番离人中走出来一个气宇轩昂的男子，可以看见他鼻子上两个闪光的圆环，是与众不同的地方。

穆姆托不由得心里一惊，这种装束他太记忆深刻了，在番离人中很少有人能够具有这种装扮。他在歼灭战中曾经见过那个宁死不屈的勇士，鼻子上只有一个圆环，而现在这个番离壮汉却有两个。鼻子上戴着圆环的人要么是部落中极其重要的人物，比如酋长，也可能是部落中最勇猛的人。

平心而论，即使是斗勇较力，穆姆托也没有多少把握战胜戴着一个圆环的番离人，现在这个土著居然有两个，穆姆托上校，国际军人大赛的状元，也不得不暗中佩服，心中生出一分怯意来。

戴圆环的男子四只手奇怪的舞动着，好像是在祈祷，看不清长长的马一样的脸上什么表情。他也绕着火堆走了一圈。番离人群中发出嗬嗬的声音。停下后，站出来一排壮汉，约有五六个，也做着和戴圆环者相同的动作。然后，他们都退后了，留下一个番离人站在戴圆环男子的面前。

他们又做了一些奇怪的动作后，彼此四只手交互缠在一起。另外四只更小一点的手滑稽的舞动着，碰撞着，又不肯缠在一起。他们都蹲下了一些，较着力，有时伸腿去踢对方的腿。原来，这一对番离土著在摔跤，比起格斗来，这要安全得多。

没有多长时间，戴圆环者就将对手掀翻在地，立刻爆发出一阵响亮的嗬嗬声。又出来一个，没过多久也被摔倒了。再出来一个，又被摔倒。过来很久，都没人再站出来了。

戴圆环者绕着火堆走了一圈，嗬嗬声伴随着一直不断。这可能表明他已经彻底获得了这天的胜利，再也没有挑战者了。戴圆环者呼喊着跑起来，跳入平缓而宽阔无边的幼发底格河，在其中游了一段后才上岸。又唱了一阵歌后，番离人开始喝更多的酒。闹闹嚷嚷的差不多一个多小时之后。他们簇拥着英雄和受割礼的三个番离人，又闹闹嚷嚷着离开河滩回部落村去。

“番离人的部落村离这里大概只有三四公里，我们需要更加近距离的侦察。”穆姆托说。

“要把一五四的阵形，改为二二四阵形，甚至三三四阵形。上校司职前卫就行了，我带一人去吧。只差抽腿射门了。”罗贝尔上校兴奋地说。

“番离人的土獒不那么好对付。”

“谁去不都一样吗。不过，我有种预感，这里的番离土著没有饲养土獒的习惯，他们是一个更为温和的民族。”

“大意的胡乱猜测。”穆姆托如此评价。

“还不如说是仔细观察后的初步判断。”

“不要轻敌。你们在这里接应，不要轻举妄动，我会时时与你们保持联系的。”

穆姆托不由分说将前锋的位置留给了自己，他还有个助攻的边锋。

第十集

穆姆托上校无惊无险的从番离人村庄回来同罗贝尔上校汇合了。此刻已经过了半夜，他们在森林里寻找一个比较安全的高地待下来。

这是一块奇特的地方，长着一种特别高大的树木，每棵成树都有五十米以上，树干光直，顶部才有浓密的树叶，树冠上开着一片一片的花，极似地球植物花楸。这片长着特别树木的地方，面积却不过几平方公里。

按理说在冲积平原的森林里面不应该有这样突兀的地方，所以博物学家米切尔教授怀疑，最高的那点，是人为的土坡，或者是堆土而成的祭坛，或者是大型墓葬上边的封土。有可能这些树木，也是特意种植的，类似于中国古代墓地常常种植的松柏一样。

这样一说，神秘的气氛立即弥漫开来，弄得地理测量技师等几人通宵也都没能睡好觉。这里几乎刚好处于赤道之上，即使在凌晨时也不觉得寒冷，本来劳累的人是应该睡好觉的。

第二天一早，露水滴在叶片上的声音把第一个人弄醒了，接着一个一个的醒来。

穆姆托打开卫星电话，立即收到了河口营地里埃芬博格打来问候的电话。可爱而宽和的老人，他把穆姆托上校一群人当作需要照顾的孩子了。

洗过脸后，寻了一点野果来吃，加上剩余的肉脯，谈不上饱腹，因为不敢放肆的去捕猎打鱼。忍着肚子微微的不舒服，上校一行人踏上了归程。为了不惊动番离人，他们绕道走森林里隐蔽的路，如果直接穿过比较开阔的湿地，他们至少可以少走六七公里的路程。

埃芬博格院长像迎接英雄一样迎接穆姆托上校等人的归来，他与他们每个人都亲切的拥抱，吻他们的脸颊。晚上，穆姆托上校召集队中重要人士开会商议。他首先介绍了对番离部落侦察的情况，进入番离部落村庄竟然没有遇到土獒，使上校有一种说不出的祥宁的感觉，其实这种感觉在偷看割礼仪式时就有了。

罗贝尔上校在作补充说明时绘声绘色，在他看来，要征服最近的这一个番离部落简直是易如反掌，他们也可以出一口气了，他向密罗辛中校表示一定能够让他有个满意的报仇机会。

穆姆托上校沉思着，没有立即表示想法。

埃芬博格院长却趁机抢先表态了，他说："换一个想法吧，为什么我们不可以同这里的番离人建立一种良好的关系呢。他们也许根本就不知道发生在象龟营地的战斗。"

穆姆托上校脸上有了松弛的表情，仍旧不表态。埃芬博格院长往日总是在最后才表态的，现在有了突然变化，令他有些不适应，这仿佛是对上校地位的一种挑战。

"泰米尔中校，吉米上尉，他们的血不能白流。上校最好的朋友不是还在冥狱里孤独地流泪吗。"罗贝尔上校坚持道，"而且阿喜人是背信弃义的。不管八指的北阿喜人，还是六肢的南阿喜人。"

"上校怎么作出这样的判断的呢？"密罗辛中校问。如果他对阿喜人的品性有了充分而准确的判断，那么他的态度就会明朗了，在埃芬博格院长和罗贝尔上校之间，密罗辛中校便会鲜明地站在某一边。遗憾是密罗辛中校不能明确掌握这些情况，尤其是泰米尔队副遇难更使他总想为死者做些什么事来纪念他们，安慰在天之灵，因此他很感兴趣地问。

"黄金交换了船只，却又派舰队围攻，两次偷袭象龟营地，这些还不能说明他们是狡猾而不可相信的吗？"

“如果是敌对的双方，兵不厌诈，一切都无可非议。不是这样吗。他们把我们当作了入侵者，威胁到他们，当然要尽其所能来消灭了。现在重要的是，必须完整和及时的表达出我们和平的愿望，作出一点牺牲和退让是必须的。”埃芬博格院长同样坚持道。

“那，先骗了我们的黄金做如何解释？”

“在市场贸易中，交易从来是彼此情愿的。平心而论，即使凯旋号是一艘旧船，我们也还可以说是占了便宜呢。”

埃芬博格院长原来是如此旗帜鲜明的一个人。穆姆托上校几乎要为院长的转变吃惊了，虽然他还没有确定站在哪一边。

当然，穆姆托上校不知道，在他们离开的这段时间之内，院长常常和舰队总部的顾问希斯和克里司令交谈，埃芬博格院长的态度因此变得明朗起来。院长想，接受总部指令，如果说可以把这看作是指令的话，并不意味着指令者比受令者更聪明，而是前者具有更高的职务，随之而来的拥有更大的责任和权力，这么一想，院长按照总部的指示，改变以往一贯的做法也比较容易接受，心里坦然。

所以埃芬博格院长目前不把自个儿当作好好先生模样的学院领导者，而是把目前的情况想象成学术会议上与反对者的辩论。

院长语言的闸门打开了。

在埃芬博格院长语言的洪流中，密罗辛中校也间或地表达一些对罗贝尔政策的疑问，不是反对，只是疑问，这间接地成了对院长的支持。罗贝尔上校有些招架不住了。

“难道，诸位的意思是，我们要主动地去和番离人讲和？”罗贝尔上校问。

“我们都看见那个番离人下河了。为什么，为什么他一点事都没有，虽然他只是要借此来显示他的勇敢。事实是，番离人的确安然无恙啊。这是一个可喜的信号。可以推断，或者锯鱼只在河口这个淡水海水交汇的地方存在，活动区域非常狭窄，或者土人身上涂抹了一种药物，锯鱼闻此而离开。令人欣慰。这里这么适合居住，地势开阔，物种丰富，资源蕴藏丰饶。一定要珍惜。

还有，这里和几百公里之外的丛林番离人也不一样，他们勇猛但不凶悍，所以先不要和此地番离土著发生不可调和的争斗是明智的。保持接触，见机行事，但并不就是一定主动求和。”

穆姆托上校终于开口了，而且一说起来就是长篇大论。

“营地里的事情，暂时由埃芬博格院长主理，黑崖海滩的防务和食物就有劳密罗辛中校了，莫宁中校和索莫斯中校负责协助院长进行营地的建设，一定要把它建成坚固安全的堡垒。至于和番离人打交道的事，由我和罗贝尔上校去干。我们需要米切尔教授和一个语言学家。明天就开始。”

埃芬博格院长的主张至少得到了一半以上的实现，他感到很满意，穆姆托上校的分配也显得比较合理，院长连一句建议的话都没有说就同意了。

“上校打算怎样干？”密罗辛问。

“明天就知道了，今夜我再思考一下。”

第二天，准备好了两天的食物之后，穆姆托上校和罗贝尔上校带着十余人出发了。这次，他们大摇大摆地穿过开阔的湿地，在里面猎捕飞行动物和豚鼠。这群人故意弄出很大的响动，又往森林里伐木，拖到河边准备盖房。从象龟营地里得到的斧子不像是伐木工具，更像是敲响大鼓的鼓槌。伐木声，高声唱歌，说笑，追逐打闹声，这么多，这么大的声音，想来足以让番离人察觉了。

有一次，穆姆托上校以为就将要遇见番离人了。那是他们在河滩上活动的时候，隔着一段苇草丛，前面是一段野草较少的河滩。那里，只稀稀拉拉长着一些低矮的草丛，因为这里的地形，常常被洪水淹没的缘故，这里，也是一种草蝇的天堂。上亿只，应该说根本就数不清多少只，小指头一般大小的草蝇，在这里群居，产卵。这里到处也遗留着被洪水带上河滩，却滞留在河岸上死亡的水中动物的尸体。它们正是招来草蝇聚集的重要原因。

阳光明媚，空气中飘浮着一股淡淡的腥味和腐臭味，所以每个人都不愿意靠近这个很多地方还有积水的河滩。然而，穆姆托上校的注意力，却没有放松这个地方。

忽然，一片乌云从河滩上升起来了，贴着地面盘旋着，变化着。似乎还有嗡嗡的声音。

“注意，有人过来了。”

上校叫手下立即隐藏起来。

过去了一段时间，并没有人过来。河滩上似乎也安静下来了。

“怎么回事？”疑问使穆姆托上校起身向河滩走去。

忽然，那片乌云又升起来了。上校坚定不移地走过去，他一定要看个究竟。身后，两名军人跟上了。

看见了。

成群的草蝇狂飞乱舞。他们是被三只奇怪的蜥蜴一般的动物撵飞起来的。那蜥蜴一般的大家伙有着修长的身体，后腿强健有力，飞一般在宽平的草滩上奔跑着，所到之处，激荡起一阵阵的草蝇云。

最为奇特的是，大家伙头部长着许多片半透明的宽大骨板。奔跑的时候，这些骨板全部立起来，像孔雀开屏一样，又像在身体前部撑开了一把大折扇。

它宽大的骨扇略微前倾。惊起的草蝇，如果刚好在扇蜥蜴经过的路上，刚好在骨板扫过的范围，就被高速奔跑的压力紧紧贴在骨板上。扇蜥蜴一边继续快速飞跑，一边伸出长长的柔软舌头搅来搅去，将被空气压力贴在骨扇上动弹不得的草蝇舔进了口里。

只要扇蜥蜴不停止奔跑，贴上去了的草蝇就不可能脱身，只有落入扇蜥蜴口中的命。

上校看得呵呵笑起来。

“阿喜星上的动物真是令人大开眼界。我们注定要和动物们公开的跳上一曲合作之舞。朋友们，请勿紧张，放开你们的胸怀享受奇妙的自然吧。”

上校叫道。

但是，在故意的张扬中，穆姆托也吩咐部下两点不可做的事情。一是不可去动前夜他们歇宿森林中的那块高地，如果那正好是番离人曾经用过的祭坛，或者是坟墓的封土的话，随意的亵渎恐怕会激怒番离土著。二是决不能越过森林逼近番离人的部落村庄，贸然靠近失去距离，即使没有恶意，也容易引发对方的警惕和敌视。另一方面，穆姆托上校派米切尔教授等两人使用仪器专门监视番离人的行动，并和河口营地保持着紧密的联系，通过卫星监视村庄，以防不测。

埃芬博格院长对穆姆托上校的举动深感欣慰，舰队总部更是表示赞誉，穆姆托上校踌躇满志，仿佛已经成了番离岛，不，是番离大陆的第一任总督。

和番离土著的第一次面遇，是由罗贝尔上校完成的。

那时，罗贝尔上校带着两人追赶一只离群的像跳羚一样的动物，米切尔教授把它叫作草羚的。如果猎获了它，离营而出的他们当有好几顿美餐了。罗贝尔上校想出了草羚肉的几种做法，不仅仅是烧啊烤啊，他要做出一道圣保罗风味的佳肴来。

草羚即使受了伤，还是跑得比人类更快一些，只是它不时的需要停下来休息一阵。

罗贝尔可不想射杀它，他要活捉，这样就可以喂养，而且可以喂比较长的时间，在最需要的时候再杀掉做食。因此他紧紧跟随着草羚，等着它筋疲力尽，瞅准时机也在它腿上瞄上一枪。

那草羚仿佛看穿了人类的阴谋，明白在开阔的湿地里无法逃脱跟踪追击，几个回合之后，它扭头跑向森林方向，期冀树林能够遮住敌人的视线，帮助它逃脱。

罗贝尔不由得对草羚的聪明叹服。他们叫着追了上去，希望距离不要拉得太远。森林越来越近。草羚进去了，罗贝尔上校等人也进去了。

突然，冲在最前面的罗贝尔站住了，后面紧跟上来的两人以为已经放倒了草羚，也跟着一停。

树林里突然爆发出惊叫声，“吁——哈——”

他们与正要走出森林的四个番离人面对面地碰上了，谁都来不及躲避。番离人中领头的那位发出奇怪的喊声。

想唬我？看我的。罗贝尔上校也绷直了脖子。

“吁——哈——”

这次番离人反被弄懵了。领头的那位同旁边几人交换一下脸色。接着他们一起叫起来，本来就长的颈子伸得更长。

噢——噫噫。

罗贝尔上校不甘示弱，也同样叫道：噢——噫噫。

四个番离人面面相觑，他们都举着长矛，矛尖闪着黑硅石特有的晶莹的些微光辉，但是一点也没有攻击的意思，他们也看到了罗贝尔身后站着的那两个人，这些人既不是同类，也不是曾经驾着船经过的两手八指的矮小北阿喜人。对方不知端着什么指着他们，潜在的威胁使他们不敢轻举妄动。

番离人犹豫了，互相咕噜了几句，叫喊一声，扭头就跑。

罗贝尔上校顿时哈哈大笑起来。既不追赶，也不攻击，他得意得已经非常满足了。只是这么一耽搁，草羚已经不见了踪影。很快地，番离人也钻进树林深处不见了。

回去后罗贝尔将遭遇情况一讲，在众人的呵笑中，穆姆托上校忽然产生了一个主意。

“今晚，不，明晚吧，我们也在河滩上来一个篝火仪式，庆祝在这里建设营地。”

“今天晚上为什么就不行呢？”罗贝尔有些不解地问。

“今天晚上太仓促了，番离人未必会来。”语言学家一旁说道。

穆姆托上校嘴角飘过一丝笑意。身旁能有一个及时了解自己心意并说出来的人，一切都舒心多了。

第十一集

逃走的四个番离人半个小时后收到了罗贝尔上校的礼物，草羚终于在失血和狂奔的双重打击下崩溃了，况且树林并不利于它奔跑。它仆倒在地，浑身痉挛，虽然不至于死去，却在短时间里再也站不起来，更遑论逃跑了。

起先，听见前面哗啦的响动，番离人还以为自己一方的人赶来了，或者是中了敌人的埋伏，总之心里既怕又喜，等到突然看清是草羚在挣扎这么一幅景象时，他们明白敌人根本就没有追来。

平静下来，番离土著便胆壮心稳了，他们的害怕确实没有道理，显示怯懦可不是番离人的天性，可是他们竟然被对方吓跑了。半悔半疑之间，番离人绑起草羚扛着回去。看到他们折断那些生的枝条，剥下树皮绞成粗大的绳子来捆绑草羚的熟练和灵活性，谁都不得不承认他们的确是这里的主人。他们那样地和自然熟悉相知，成为一体，每件事物就像是他们身体的延伸。

族人对于他们的遭遇大为惊讶，鼻上穿着两只圆环的那个番离人却激动不安的走来走去，他叫暴鲁库，意思是推不倒的大树，他不是酋长，但是是这个部落中最英勇的人，两只圆环便是他荣誉的标志。每次行割礼时，都有刚刚成长起来的年轻勇士借着成人仪式向他挑战，胜利者也可以挂上一只圆环成为部落中的英雄。而英雄在交配择偶，分配食物，乃至陪侍酋长时的位置等方面，都享受不同于常人的待遇，他甚至可以在本族群选择一个异性伴侣，不用在两个族群中来回奔波。

暴鲁库急不可待地等着酋长下令，他便要擎起长矛，携弓带箭，率领部落勇士们阻截敌人，决不让他们踏进部落村庄一步。

但是酋长的话让失望了，这时候酋长已经仔细观看过了草羚奇特的伤口，那伤口有点像村庄里为了分清楚是哪一部落哪一家的猎获物以便分配时所作的烙记。

酋长说：“神秘的人从何处来？神把他们像海风一样送到这里，神让他们能说和我们一样的话，神还借他们的手赐送给了我们礼物，神的印记不可轻慢忽视。不要轻易地为敌为仇，大河部落的主人有大河一样的胸怀。如果你们以后碰见这样的来客，不可冒失，要保持主人应有的热情。都记住了。”

草屋里的所有人，对酋长唯唯诺诺。

屋外响起淅淅沥沥的声音，原来下起雨来了。这场雨温和地悄悄而至，没有电闪雷鸣。

番离人陆续离开了首领的草屋，在他们各自的屋里，唰唰的雨声将轻柔地把他们送进梦乡。虽然还满怀着好奇，惊疑，和一点担忧，但是他们相信神的安排，相信酋长的判断和决定。

明天，将会有什么样的事情发生呢？酋长支起窗子，忧郁中含着期待，这么多年平静的日子，会不会在某个时刻突然被打破呢。他最上面的两只小手捻动着一串白色的珠子，那是用草原上大型动物的牙骨或者股骨磨制而成的，下面两只大手则围抱在胸前，默默念着祈福禳灾的灵语，默默看着村庄沉入寂静之中。

清早，酋长还在睡梦中，村子里的年轻人已经在草屋外等候了，他们争执的声音虽然不大，还是清晰地传入了酋长的耳朵，其实酋长早就是半睡半醒中。

酋长的住屋底层是用木头架空于地面的，主要是为了防潮，同时也产生一种居高临下的感觉。他拉开门，正在争执着的年轻人立刻闭嘴了，并且都往后退了一步，这是对尊贵地位的人必有的礼节。一阵轻微的纷扰之后，在酋长反复嘱托要铭记不得冒失的戒条后，三队人马往不同的方向出发了。

暴鲁库所在的那一支，沿着河岸顺流而下。暴鲁库相信河滩是自己的福地，在这里他似乎更有信心获得胜利，大概每次割礼都是在河边举行的，而历经十多次挑战后，暴鲁库还未有败绩，胜利更加积累了信心。

从森林边缘的高地经过时，他们特意留意了此处，但是没有任何发现。但是从这里过后不久，堆积着一些粗大木头的河岸上，地球人叫叫嚷嚷的聚集地，被他们发现了。番离人当然不知道，早在他们发现地球人之前，穆姆托上校就发现了越来越近的番离人侦察队，上校下令部下故意大声叫嚷，将番离人引了过来。

“嗨，上校，运气不错，我们的活动可以提前开始了。”

穆姆托对罗贝尔叫道。反正番离人什么也听不懂，穆姆托上校夸张的大声喊着。他还生怕躲在湿地里的深草丛中，自认为很隐秘的番离人，看不见他们的去向而回返呢。

罗贝尔上校，也包括所有的人，都明白了穆姆托上校的深意。他们更加肆无忌惮的说笑打闹，显得生机一片。

用过午餐后，他们一齐都往河边赶，而且选择了一块距离茂盛的苇草丛最近的河滩地，那里也有一段十分开阔的平地。苇草丛是为番离人准备的，开阔地则是为自己准备的。

他们分成两队，玩起五人制足球来。

足球是在动物皮革里面塞满干草绒做成的。皮革没有经过良好的鞣制，品质很差，整个球弹性也很差，但是这并不妨碍罗贝尔上校做出各种令人眼花缭乱的颠球动作来。与其说是踢足球，还不如说是大家配合着罗贝尔上校进行表演。

穆姆托上校借溜到一边擦汗的机会，拿起望远镜偷偷观察苇草丛里的动静。这一看，令上校非常兴奋，因为番离人对足球表现出很大的兴趣，目不转睛地观看。

接下来，上校知道该怎样表演了。他将望远镜交给米切尔教授，让他继续密切注视草丛中的动静。这时候，草丛距离他们活动的地方，最近处还不到两百米，穆姆托上校把距离控制得很好。

罗贝尔上校挑球过一个人头顶，获得了热烈的掌声。罗贝尔趁机做了一个射门的动作，球便飞起来，被踢得远远的，又是欢呼声过后，出现短暂的静场。

趁此机会，穆姆托叫停了足球表演。他对所有人说了一阵，要求他们配合着他，模仿进行大前天夜里见到的番离人的摔跤格斗，由他来扮演那个英雄。

“都留着点劲，别来真的。”穆姆托上校确信每个人都听明白意思了，才开始表演。

暴鲁库的血液加速流起来，按捺不住一阵一阵的激动。他拨开了挡在眼前的一些苇草，好看得更清楚一些，而不太顾忌自己可能会暴露了。实际上，在大白天中，如果存心注意的话，藏在稀疏的草丛里的番离人都会被发现，现在更不用说了。

可是，所有的地球人仿佛都沉醉在摔跤格斗中了，根本不去注意或者理睬附近有何需要警惕的地方，他们叫着嚷着，手舞足蹈，更加增添了紧张激烈的气氛。他们表演得可真投入。

暴鲁库站起来了，四只手时而捏紧，时而放松，鼻上圆环闪着金光，最高的草尖也不及他的腰，不及他腰际系着的结实的布绳，那布绳比他赤裸上身的褐色皮肤要浅色一些。在布绳下边，那个鲜艳的金黄色口袋里，装盛着硕大的阳具，皮革箭囊则斜着背在身后。

穆姆托上校轻松的摔倒两个后，动作夸张地叫嚣着，夸耀着，呼喊着勇敢的新的对手站出来，但是同时他的暗示令每个人都显露出畏怯的神情，于是穆姆托更加得意了。

米切尔教授通过短距通话器秘密地告诉他番离人的变化。

“再坚持一下，再坚持一下，番离人忍耐不住了，继续表演，对，好。”

终于，暴鲁库发出呜呜的浑厚的吼声，穆姆托得意忘形的样子激怒了他，他喊道：

“敢与我比吗？敢吗？”

暴鲁库四只手作出挑战的动作并跳出草丛，径直往河滩边走了过去。地球人那边，尽管谁都听不懂他说什么，可是都装出一副等着看好结果的模样，对于突然出现的异类反而没有表现出应该有的惊异。

藏匿在一起的番离人谁都来不及，或者谁都不能够阻止暴鲁库勇士挺身而出，无奈地只得跟着他，都从稀稀拉拉的草里站起身过来，同时也都警惕地紧握着被手磨得杆柄光滑的长矛。

两种不同星球的智慧生物，在忽然之间就这么相遇而且互相承认了存在，为了存在的荣誉而必须做出一番较量，原来想象得那样复杂的第一次面对面非敌对接触，却是如此自然简单。

穆姆托上校按捺住激动，回想着曾经看见过的番离人接受挑战的动作，模仿着也做了出来。

哦，安拉，穆姆托暗自喊道。他只有两只手怎么能完全模仿番离土著的动作呢，但愿不要弄巧成拙才行，穆姆托上校忐忑不安地想，继续着他的简单动作，因为他发现越来越近的番离人，并没有改变挑战意图。穆姆托上校的表演成功了。

暴鲁库站到了穆姆托跟前。上校发现，对手比自己还要高出半个头，大约和阿莱斯上校差不多一样高，但是比阿莱斯上校更壮实，更魁梧，手臂虽然不是十分粗大，但却几乎全是鼓绷绷的肌肉。

暴鲁库作出了一个开始的手势，穆姆托上校也还以一个相同的手势。几只手臂交互搭上了。地球人和番离土著人分站在两边，紧张地观看着格斗开始。

罗贝尔上校比穆姆托本人还要紧张。他是一个完美主义者，失败是不可容忍的，尤其是当他认为具有知识上和智慧上的巨大优势时，这种优势意识来自于文明比较产生的骄傲心理。他想很快看到结果，但又最怕看到结果。尽管穆姆托上校已经成为他崇拜的偶像，但是暴鲁库高大的身体条件，赤裸的肌肉展示，以及鼻子上两个晃动着的圆环，都无不显示出强大和不可战胜来。

暴鲁库的手掌很大，一下子就将穆姆托的手臂紧紧抓住，隔着迷彩服，从暴鲁库手上传来的力量仍然使穆姆托上校手臂发麻，几乎要失去控制。他赶快绷紧了臂上肌肉，回抓暴鲁库的手臂。他只能抓住暴鲁库的大臂，因此后者的两只小臂还在舞动着寻找可供抓握的东西来。

此刻，穆姆托迅速意识到他们的格斗是多么的不公平，别说手的数量上不对称，待会儿只要暴鲁库手臂上一出汗，赤裸裸的身子光溜溜的直打滑，他将如何把握得住呢，他却是穿着衣服的呀，每个人只有两套衣服。安拉庇佑，可千万别让着番离莽汉把衣服弄破了，虽然这纳米材料的布料异常结实。

暴鲁库从上往下压，想借助身体力量压垮穆姆托。穆姆托努力撑着，寻找一个时机打算一个倒地摔颠翻暴鲁库。

暴鲁库在抵抗穆姆托几次借力下拽后，明白了他的意图，因此每次都减力并顺势要把上校掀翻在地。这样一来，穆姆托知道对方的心思后，反而不敢大胆的使用蹬摔了。假如来一个过肩摔呢，穆姆托不清楚自己的力量是否足够将对方庞大沉重的身体扛过肩，是否速度能够快到对方还来不及下蹲稳住。稍有不慎，行动一受阻，便会将自己后背交给对方，一旦被对方从后面抱住，手臂被箍紧，那浑身使不上力，只有干挨摔的份儿了。

河滩上翻起沙砾，被踩出一片杂乱的棕黄色和褐色来。几个回合过后谁都没办法将对方摔倒，但是，穆姆托已经是在全力以赴了。他寻求速战速决，以免体力不支。

忽然，暴鲁库大吼一声，竟将穆姆托上校瞬间拉离了地面。暴鲁库腿向前一靠，顶住穆姆托的腿，腰一扭，就要将穆姆托别倒。穆姆托极为机敏的缩腿，借力蹬在暴鲁库小腿上，顺着暴鲁库使力的方向跳开一步，转了半圈后重新恢复到先前互相对峙的平衡阶段。

穆姆托如此灵活的身手削减了暴鲁库的自信，即使在力量上，暴鲁库也觉得自己并非占尽优势，他反而比穆姆托更加着急起来。他伸出小手搭上穆姆托的手臂，扭着动着就将大手换了出来，终于两只手都腾空出来。他抱住了上校的腰，上前贴上去，便要将穆姆托上校拦腰抱起来。上校好容易挣脱了两只小手的纠缠，却再也扳不开下面大手的围抱了，被暴鲁库的大手隔在外面，穆姆托有些使不上劲。机会来了，暴鲁库猛一扭腰，手劲爆发，就要将穆姆托上校搁摞在地。

穆姆托两脚发虚，离开了地面而找不到着力的地方，他急忙一手勾住暴鲁库的长脖子。

对方的粗气喷到了他脸上，贴得好近啊，就像是和一匹眼睛长在前面的马儿接吻，但是穆姆托上校并不是一个赛马选手啊，他不能忍受和马儿最近距离接触的那种亲昵。

他的右手一抓，勾住了暴鲁库两只鼻环，是两只，穆姆托上校左右一带之后拇指和中指将鼻环勾在了一起，然后在他失去平衡向一侧倾倒的时候，手也均衡用力地向下拽。

上校非常机警，力道恰到好处，他没有猛然发力，那样可能将暴鲁库的鼻翼撕开，鼻环拉掉。剧痛之下，暴鲁库两手减力了，他害怕自己的力量撕开自己的鼻子，身子也不由得跟着穆姆托的右手往下倾倒。

尽管穆姆托脚着地后及时往后退了一步，但是在顾忌到手上用力的情况下难免迟了一点，加上暴鲁库的另两只小手拉着自己的脖子，他还是没能躲开暴鲁库庞大而沉重的身体。

两人同时摔倒在地，同时心有灵犀一点通似的，手也都放开了对对方的牵制，各各护着自己撑地。暴鲁库虽然压在上面，却不敢说自己是胜利者。两人对望了一眼，对于这个结果都感到意外。

稍稍平静半刻后，两人都不约而同地笑了起来。暴鲁库翻起了上唇，露出白牙，穆姆托上校则从络腮胡遮掩的口中发出一下一下的颤动的笑声。两人爬了起来，身上都沾满了沙子。

暴鲁库的一只手肘擦破了皮，渗出鲜血，相对于他的皮肤颜色并不显眼，可是他一点都不在意，作出一个古怪的手势，表示敬服。穆姆托不知所以，也跟着还了一个相同的手势。

暴鲁库显然乐了，又做了另外一个手势，表示朋友和友好，上校依葫芦画瓢，原样奉还。他动作学得十分的相像，暴鲁库便要上前拥抱他，上校原还以为暴鲁库又要来摔第二次了呢，迟疑一下，暴鲁库已经搂住了他的肩膀，力量却很小，一边亲昵而轻柔地拍着。

穆姆托上校暗叫惭愧，连忙抱住暴鲁库的腰，他矮小得多，在对方挺立站直的时候，也只能抱住对方的腰。暴鲁库也一愣，以为上校又要开摔了，等到穆姆托上校一下一下拍着他的腰间时，他身上光溜溜的，拍打着就像按摩，十分受用，此时他才明白穆姆托是表示亲热。

忍不住，两人又颤抖着笑了起来。

排成一排围观的番离土著们，此刻发出整齐的富有节奏的吼声："噢——噢——噢噢。"

穆姆托上校手一扬，罗贝尔上校心领神会，也带着自己一帮人跟着噢噢地叫。

暴鲁库离开与己方一个头领模样的人说了几句，便回来了，他做出一个手势，见穆姆托上校没有反应，又接着做了一次。

穆姆托上校其实在紧张的猜测着暴鲁库的意思，这时候，语言学家在旁边叫起来了："上校，他在邀请你去作客呢。"

穆姆托不太相信的回头望语言学家，见他表情很坚决，便确信语言学家已经破译掌握了番离人的意思，但是他该怎样回答呢，肯定是要接受邀请的，多么好的机会啊，尤其是这样，穆姆托上校才害怕表达错误，丧失机会。

暴鲁库迟迟看不到穆姆托回应，茫然不解，他们不是什么动作都和自己一样的吗？他又一次表示了邀请。

穆姆托点头，觉得不太合适，双手又按住胸膛弯腰，也感到不对，最后，他伸出手，指着暴鲁库他们来的方向，上校相信他们的部落村庄也在那里，不断地点头，将手朝着自己一方的手挥着。

比画了很久，暴鲁库终于明白对方接受了邀请。接下来，穆姆托上校和罗贝尔上校商议了一下，决定由他带领米切尔教授，语言学家，和两名军士随同暴鲁库进村，罗贝尔上校则留在原地接应他们。送什么礼物好呢？穆姆托上校思虑良久，终于大胆的决定将望远镜送一个给番离人，他相信这样很容易获得番离人的信任。

商议完毕，穆姆托和绿橄榄营地通了电话。

第十二集

穆姆托上校五人带给番离土著部落村庄的震动是可想而知的。全村的人倾巢而出，争相伸着他们的长脖子，上下打量这群从未见过的天外来客。奇怪的是，这里的番离人只表现出好奇惊异，却没有害怕或敌意戒备，根本没有把人类当作入侵的异类或妖魔。

酋长在宽阔的野地里接待他们，其目的大约也是为了更好地满足部族人的好奇心，这里部族的人能够尽情地观看外来异族。他们的好奇心和急于满足的热情如果憋在狭窄的草屋里，足以让草屋爆棚，屋顶掀翻，酋长这样认为。

这对于这个濒临海洋，却从不出海捕食的部落的确是一件非常重大的事情，酋长让部落的人最大程度的公开感受变化。在浪费了许多必要和不必要的语言后，酋长邀请他们席地而坐共进美餐。

番离人搬出了美酒，这种酒竟然含有一股水生动物的腥味，原来番离人将一些在地球人看来稀奇古怪的水生动物，浸泡在酿造好的酒里面，密封在一个个硕大的陶瓮中，瓮盖是用耐腐的细草捆绑在平滑的石板上做成，开封了一瓮就得把它全部喝完，在重大的祭祀或庆典时候番离人总是拿出来享用。

在喝第一口酒之前，穆姆托上校把自己的望远镜送给了酋长。酋长同一个像是部落长老的人耳语几句后，先把望远镜递给了暴鲁库，暴鲁库在穆姆托上校连比带说的引导下，将望远镜放上了几乎看不出什么轮廓的鼻梁。

暴鲁库的眼中立刻出现了一个熟悉而奇妙的世界。那些高高的在天上飞翔的生灵们，都仿佛拉到了眼前。暴鲁库惊喜而激动地对酋长和长老又叫又嚷，长老和酋长先后观看了望远镜中的奇妙图像。显然，他们对这一件礼物非常满意。

作为友好的回报，在用过餐之后，酋长忙着带领穆姆托等人浏览了他们的村落，包括制造长矛和弓箭的作坊，也回赠了上校等人一些礼物，如两支制作的非常精美，柄上画有彩色花纹的矛，暴鲁库自己使用的弓，那弦是用牛鹿的筋浸制而成，暴鲁库将弦扣得嘣嘣直响来显示它的强劲韧性。

看看时间过去不短了，穆姆托表示了告辞的意思。酋长邀请他们在村落里过夜，明日还可和部族的人一起去渔猎。穆姆托上校谢过了酋长的美意，在表达谢绝的时候穆姆托上校费了好大的劲，语言学家尝试着使用了七种表达方式才终于让酋长理解。

酋长显得很失望，呜呜地嚷着。上校让米切尔教授和语言学家两人留下来，和番离土著生活在一起，他同时留下了珍贵的卫星电话。酋长又费了好大的劲才明白，转而开心起来。他最喜欢语言学家了，因为语言学家总是最先弄懂他的意思。他拉着这位地球学者的手又摇又嚷，十分亲热。

“就让文职人留下吗？”瞅准机会，随行部属问上校道。

“如果有危险，留下军人有用吗？”

穆姆托没有正面回答，但是这个回答足以使发问的军人思考并且暗中默认上校是正确的，他们没有更多的选择。

从卫星电话里，罗贝尔上校知道穆姆托上校已经平安的离开番离人部落回程了，之后就与穆姆托失去了联系。他想，啊呀，不好，此刻，上校怎会关机呢？

带着疑虑和担心，罗贝尔上校率领着四五人出去迎接穆姆托上校等人，他知道他们将要穿过那片湿地，路程会比绕道森林短得多。幸好阿喜星上的一天时间超过二十九个小时，穆姆托等人还不致摸黑赶路。

和穆姆托上校相遇的时间，比预想的迟了两个多小时。罗贝尔上校一直不停歇地往前走，忧虑越来越大。进入湿地都有一段路程后，才看见了蹒跚而行的穆姆托上校三人，两名军人吃力地架着穆姆托一步一步地挪。

在多出的这段时间内，由于穆姆托将卫星电话给了米切尔教授留在番离人的村子里了，罗贝尔却不知情，联系不上，内心已经产生了一种不祥的预感。忽然瞧见穆姆托上校的情景，便不由得心怦怦直跳。

他们三步并作两步赶到穆姆托身边，毫不顾忌到草丛中隐藏着什么危险的动物，只要避开泥潭就行。

穆姆托上校神情疲惫地同罗贝尔问好，罗贝尔没有发现穆姆托身上有什么异常，只是，穆姆托上校始终像是要睡过去的样子，他的脖子软得都快要支撑不住头了。

“发生了什么事？是番离人干的吗？”罗贝尔翻看起穆姆托上校的身体，真的没发现什么异常。

“不是。”穆姆托上校勉强摇着头，努力支撑着说下去，“忘了说一声，米切尔教授两人还留在番离人的村庄里，我让他们留下的，电话也留下了。”

“是蓝嘴蝾，路上，上校被蓝嘴蝾咬了一口。”一个上尉接着说，并且指着穆姆托的腿。

罗贝尔挽起上校的裤腿，看见了腿上的几个带血的斑点，和一个刀口。斑点很小，像被针扎的一样，但是伤口周围颜色很正常，并不见发黑或者红肿。

“难道蓝嘴蝾有毒？”罗贝尔不由得问。

两名军人你望望我，我望望你，谁也不能够准确的回答他。罗贝尔便又问，“处理过伤口了吗？”

“没有。一开始，上校用匕首划开了叮伤处，准备放出毒血，可是流出来的都是红色的鲜血。看不出有什么需要处理的。通过湿地的时候，上校走在最前面。上校一定要走在最前面。”上尉说，有些显得愧疚。

“上校总是这样。”

罗贝尔刚叹了一口气说完。穆姆托坚持着说：“别担心，可能没有毒，我只是昏昏沉沉的，很想睡觉。被叮的地方痒痒的。也许一觉醒来，就什么事都没有了。”

“那家伙软软的身体，谁想到嘴唇上却有刺。”

“好吧，上校想睡就睡吧。别操什么心。”

罗贝尔安慰着穆姆托，他让军人们轮流背着穆姆托上校往河口营地走，那里的医学专家们或许能够辨明原因找到解毒药物。路上，他继续询问了那两个跟随上校的军人。他们叙述说，蓝嘴蝶像尺蠖那样弓起身子，突然就弹过来，蓝色的大嘴包住了穆姆托上校的腿，不能说是咬，因为蓝嘴蝶根本没有牙齿，只是一种软体动物，但是它的嘴器上带有尖刺，能够叮人。没等他们赶上前，上校已经拔出匕首将蓝嘴蝶划开成两块。

“也许，蓝嘴蝶的毒液就像麻醉剂一样，上校才那样想睡觉。伤口没有红肿的迹象。”罗贝尔安慰自己说。

“先前还要厉害一点，上校眼皮都搭在一起了，又拼命睁开，他说，如果真有毒的话，恐怕一睡过去就再也醒不了啦，他要坚强地挺下去，强烈的生存意志是非常重要的。”上尉叙说起经过来。

罗贝尔上校突然站住了，强烈的生存意志，这一句话提醒了他。他迅速地与绿橄榄营地的医学专家通了电话，然后，他命令军人们唱起歌来，轮番唱，换着唱，唱得一定要让穆姆托上校听见，闹得他不能入睡，虽然唱得参差不齐。歌声就这样延续了一路，直到绿橄榄营地里的人出来接上了他们。

营地里所有和医学沾得上边的人都聚集在一起，为穆姆托上校会诊。此时，上校已经沉沉睡去，一点也不理会别人对他身体的摆弄。各种检测方法都用过了，心跳，呼吸，抽血化验。末了，负责的主治队医只好满含歉意地说：“没有什么危险的迹象。医疗诊断的仪器太少了，我们只能做到这步，实在查不出上校是中了什么毒。不过，像是一种生物麻醉剂，这种麻醉剂的药性也很强，换成一般的小动物，一天之内恐怕都醒不了。”

“等它醒来时，已经成为蓝嘴蝶腹中之物了。”埃芬博格院长接上道，“这正是蓝嘴蝶捕食的手段。据米切尔教授讲，蓝嘴蝶是将小型动物整个吞入腹中的。仁慈的上帝，请眷顾你忠实的子民。上校一觉醒来，就会什么事都烟消云散了。”

“但愿如此，上帝保佑。”

不知是谁在说这句话，它成了一种普遍的心声，在绿橄榄营地传开了。为了未来的日子，每个人都在祈祷着，这种祈祷伴随着穆姆托上校一起度过了一个即躁动又平静地期待的夜晚。

第十二章　北原奇变

第一集

一阵痉挛，把比利科夫斯基中校送入了无知无觉的世界。

当波将金号飞船值班长关掉电源，把一圈很长的，缠在比利科夫斯基中校身上多圈的电线拆掉时，中校的心脏已经停止跳动多时了。噩耗被严格保密起来，只向总部高度机密地做了呈报。

总部原来打算派遣几位专家协助波将金号调查比利科夫斯基中校自杀的原因，可是波将金号飞船委婉地拒绝了。一名强硬派将军抱怨说，他甚至不打算向总部呈报这一个恶性事件的，他们自己会很好地处理飞船内部事务，这个消息对于整个舰队不会有半点好处。

顾问希格里 & 斯诺建议克里司令接受这个事实，但是他希望波将金号飞船能够将调查结果呈送总部，他猜想心理原因是比利科夫斯基中校堕入地狱的重要因素，而这个因素可能正在侵蚀着整个舰队。

调查结果二十小时后传到了总部。调查小组在比利科夫斯基中校的起居室里翻出了中校的一些绘画作品，和一本日记。绘画中，以模仿梵高的《向日葵》，《星空》等作品最多，而日记，则记述中校自己在莫斯科一个画室里经历的回忆片段最多。

调查小组在对照中校的档案后得出结论，比利科夫斯基中校在地球上时，曾经患过冬季抑郁症，绘画是帮助预防和治疗冬季抑郁症的良好方法。现在，这种病症转化成了飞船抑郁症。比利科夫斯基中校是因为患飞船抑郁症，而选择死亡来逃离心灵上的乌云的。

这个调查结果让克里司令和希斯顾问都感到忧郁，幸好穆姆托上校有重要消息传来。总部立即向全舰队通报了穆姆托上校的战绩，并庆贺，但是隐瞒了另外一半消息。

奥特丽小姐云一样飘进了克里将军的独立办公室，其实它更应该叫做克里的起居室，狭窄的星际飞船不可能安排那么多的房间来完成各种不同的功能，因此房间多半是几种功能兼用的。

克里没有察觉到奥特丽的到来，他正埋头于一场电脑游戏之中。一个小时以前，他接到了穆姆托上校击败毕喜国的南征舰队后，却在黑崖海滩船倾沉没的确切消息。舰队的高级首领立即关于这个意外情况紧急进行了讨论。同时，严密地封存了这个消息。现在，从克里的沉浸于电脑游戏的表现来看，他应该是感到很放松的了。

正是这样，克里回到了自己办公室休息并叫了一杯咖啡。

奥特丽悄悄地靠近了克里，观看他在干什么，会这么入神。当看见克里戳着键盘按键在玩游戏后，她偷偷地发笑，仍然没有出声，跟着认真的观看起来。

全息显示屏十分逼真的再现出立体图像，克里稔熟的操作，这些都吸引住了奥特丽。克里玩的是一个建设家园的游戏，各种机械在复杂的环境中出击，动作，搬砖运木，凿地筑墙。他的手指是那样的灵活，反应敏捷，比起年轻人来，也毫不逊色。

当克里操纵的铲车突然急刹车在悬崖边停住时，奥特丽不禁叫出了声。

尖锐的叫声刺破了狭窄的办公室的宁静。克里暂停了游戏，望着忽然醒悟后举手蒙着嘴的奥特丽，她绝美的脸庞深深地震撼了克里的心灵，以至于忘记自己是在一动不动地盯着奥特丽。

红晕浮现在奥特丽的脸颊，不知是为自己的失态还是为被注视。

克里也意识到了，微微一笑以掩饰自己的窘迫，这时，他眼角的微小皱纹显出来了。他说："你，已经来了很久了吧？为什么不叫我呢？让女士没有受到招呼地等待是多么的不礼貌。"

奥特丽显然没有料到克里会这样说。作为舰队的最高长官，他完全没有必要顾及下属的殷勤服侍，他应该心安理得地接受这种照顾的。

她回答说，由于紧张和羞涩有些语无伦次："我，来了没，多久。将军很认真，将军很喜欢游戏，我就没有打扰将军。真对不起，破坏了，将军的兴致。这是，将军要的咖啡，可能已经凉了。哦，吸管飘走了，到哪里去了呢？"

"在那儿呢。我去拿吧。"克里指着门口说。

"不，我去，将军继续玩——继续工作吧。"

"工作？哈，哈哈，奥特丽小姐可真会替上级掩饰啊。不，奥特丽小姐说得对，我是在玩游戏。奥特丽丽小姐也喜欢吗，要试一试吗？"

克里一边说着，一边动身，大跨步地几乎是飞过去，他身子还是那么利落，抓住了飘浮着的吸管。奥特丽尽管也在行动，但是速度上明显落在了后面。

"真不好意思，将军。"

"再要这样，我可要真的生气了。我喝咖啡了，你去打游戏吧。"克里将吸管插进咖啡杯慢慢吸了起来。

奥特丽欲前又止，克里一直露出两只眼看着她，咖啡杯不能阻碍他的凝视。

奥特丽很拘谨地走到了电脑操作盘前。

克里点点头道："按一下暂停键就可以接着玩了。"

奥特丽依言而行。克里饮完了咖啡，也走过来看奥特丽玩游戏，他的身体随着奥特丽夸张的动作而晃动。没过多久，奥特丽操纵的割草机刹不住车，将栅栏撞开了一个大口子，割草机也翻了，轮子还不停地转，电脑显示的时间却不停留地走着，割了大半的草坪像一个蹩脚理发师理过的癞痢头。

奥特丽手忙脚乱一时不知如何处理，克里哈哈大笑着按下了暂停键。

“暂停功能是专为手脚不太敏捷的人专门设置的，没想到奥特丽小姐这么年轻，也要使用。”

奥特丽脸上的红晕重新浮现叠加在原来之上，更加楚楚动人。克里不禁叹道：“看啦，晚霞的红艳落到奥特丽小姐的脸上了。”

哪知奥特丽一抿嘴说：“我不熟练，熟悉了功能玩法后就不会翻车了。使用手柄或者操纵杆肯定会好得多。将军为什么不使用遥控手柄呢？”

“噢，的确这样。这么说，你也喜欢玩电脑游戏的了？”

“偶尔一次，但是没玩过这个。”

“你要估计割草机和各种机械的速度，提前准备，适时转弯，才不会出事。要提前转弯，喏，到这里就动手。”克里一边说一边指着屏幕。

顺着克里的提示，奥特丽开始玩第二次。克里一直在一旁指点，甚至有时干脆伸出手帮忙。到了一个游戏平缓的阶段时，奥特丽忽然停下问：“将军怎么这天这么好兴致，不是听说穆姆托分队的炮船击败了毕喜舰队么？但是，凯旋号炮船也遭受重创了吧。”

“你也知道了？是猜测的吧？”

“是呀，大家都在议论，都在说呢，没法保密的。”

“穆姆托上校给了毕喜舰队重创，取得这样的战果实属不易。可以肯定地说，以后毕喜国在出兵时，任何时候都要考虑一下后果，这正是我们要达到的目的。凯旋号炮船沉没了，哦，请记住，千万不能泄漏炮船沉没的消息，暂时不能在舰队中漏出去。虽然炮船沉没了，但是塞翁失马，焉知非福呢。从此，穆姆托上校可以安定在黑崖营地了，哦，上校把它叫作绿橄榄营地来着。不管怎样，现在我们的主要心思倒可以放在诺亚营地上了。”

“就是徐豹上校率领的分队所在地吧？”奥特丽已经完全停下了游戏，专注地问。

“你什么都知道啊？”

“飞船上每天能有多少事情啊。就这些事说来谈去还能有点新鲜味，谁不知道呢。活动范围又这样狭小，真的闷死了。要是能登上阿喜星，享受阳光，海滩，还有和风，细雨，在真正的草坪上跳舞，在清澈的湖里游泳。啊，多么美好啊！”

“是啊，在飞船这个狭窄的空间里，想吃一块新鲜的奶酪或者一份墨西哥比萨饼都不可能。”

“我更喜欢水果比萨。”

“耐心点，肯定会满足你的愿望。一定把奥特丽小姐作为第一批登陆阿喜星的人，但是要等到徐豹上校他们生产了足够的燃料后才行。所以，诺亚营地担负着我们最重要的任务。奥特丽小姐知道我最想做的是什么事情吗？”克里故意停住了。

“要我猜么？哦，会猜到的，我心里已经有了答案。将军先说出来，看与我的相不相符。”奥特丽偏着头像个顽皮的小孩。

克里不禁莞尔一笑。他脑海中浮现出他曾随着叔父参加过的一个祭拜仪式的景象。那天，清晨，叔父身穿德鲁依特教白色长袍，步履庄重，神情肃穆，和几十位同教教友一起，祭祀巨石阵，迎接太阳的升起。

“我们，都多久没有看见过真正的红霞了？美丽的万道霞光，破云而出，大地一片光明。我最想做的事情是，在宽广的草原上，踩着柔软而带着露珠的草地，呼吸着清新的空气，张开双臂，仰头而望，迎接太阳的升起。”克里说。

“好美的情景啊，没想到，真没想到。不好意思，我猜错了。为什么不能让飞船直接登陆呢。”

奥特丽有些失望，转而突发奇问。

“哦？！这个问题既简单又天真。如果星际飞船能够轻易登陆，当然一切问题都迎刃而解了。要是将地球文明全照搬复制，凭借我们巨大的力量，什么阿喜军队都不在话下，——噢，不，这种想法有些可怕，我们不是侵略者。奥特丽小姐说到了星际飞船登陆，这个上万吨的庞然大物，它既不能像航天飞机那样在大气层中飞速坠落，再像飞机一样着陆，又难以有强大的推动力让它徐徐降落，更由于它在微重力轨道上建造，其框架结构没有考虑在重力环境中的应力变化，倘若下降登陆，恐怕星际飞船自身重量都足以让它解体了。”

奥特丽惊讶的表情十分夸张，嘴中犹如含了一个鸡蛋。

“嗯哼，哈，你在骗我，这点基本常识你不可能不具备。”

奥特丽抿嘴一笑。

克里将军胸中激情汹涌起来。

“噢，还玩游戏吗，再给你介绍几个。可以痛快地玩。”

“那会耽误将军的事。我，只是来送咖啡的。”

“我，办公室的门，随时为你打开。随时恭候奥特丽小姐光临。”

克里微笑着望着奥特丽，又补充了一句。

“希望我们的天使常常降临。”

晚霞真的落在奥特丽的脸上了，绯红一片，更加娇艳动人。

第二集

第一罐液氢从简陋的土坯房了生产出来了，诺亚营地气氛变得非常热烈。徐豹上校为此特意开了一个庆功会。庆功会晚上，平地中央燃烧着的淡蓝色火焰，使用的就是刚刚生产获得的液氢燃料，科学家们以此来表达他们的欣喜之情，也顺便验证液氢的纯度，结果非常令人满意。

极为丰盛的晚餐，展示了诺亚营地的欣欣向荣，其中最叫人惊异的是味道像芒果，形状像橄榄球的，颜色金黄或者棕黄的一种水果，营地里叫它作黄果。很难叫人相信，在并非炎热的诺亚营地一带，居然有这样一种鲜美的水果。它是夏雅惠子支队队副东条巴莫少校越过趵突河后，在广阔的南部草原上侦巡时的收获。那次，他们花了整整四天四夜，时间是那样长，要不是卫星电话时刻保持着联系，会以为东条巴莫少校几人遭遇了不测。

总算不虚此行，东条巴莫少校不仅在森林中找到了这些几乎取之不尽的口味鲜美的上等水果，可以充作食粮，还发现了——露天煤矿。在森林中，有的地方，蹭开约两指厚的泥土，便能够看见优质的煤层，黑黝黝的反射着光。

不过，东条巴莫带回了黄果，却隐瞒了煤矿的消息，只有夏雅惠子队长和荒山孝郎医官知道这个秘密。

“我和本田大将刚通过话，神圣的使命时刻都在提醒我们，遵循必须的规范。到了付诸行动的时候了。”

在只有三个人的时候，荒山孝郎急迫地说出了这句话，他明白他若不先说，海军出身的东条巴莫少校就要抢在前面了，虽然他个人认为再过一段时机也不迟，但是具有更高军衔的他，决不能给陆军丢脸，凡事只要做得到，都要抢先一步。

“军士们刚刚安定下来，愿意丢掉目前舒适稳定的生活吗？”

夏雅惠子队长问。

压力和艰巨任务是最好的教练，时间不长，夏雅惠子却变得很成熟稳重了，每件事情都瞻前顾后，考虑周全。

“舒适的生活，难道这是军人的目标吗？‘如果你不把朴实作为自己的目标，你将会变得优柔颓废，轻浮无行，就会陷入各种奢侈浪费的嗜好中不能自拔。’明治天皇时的《军人敕谕》，已经给我们神圣帝国的军人制定下生活原则了，哪个军人不记得这条敕谕。夏雅惠子队长怎么还去担心这个。”

荒山孝郎医官尽管表面上毕恭毕敬，引经据典，语气却非常强硬。

“东条君的意见呢？”

“我认为，最好是在今天，在营地里一片喜庆的时候提出来。今晚不是有一个例行的队内会议么？”东条巴莫显得更加性急。

“这样吧，我先与徐豹上校私下交换一下意见，免得在会上突然提出来时，会让上校一时里应对不及，陷入进退两难的尴尬境地。”

夏雅惠子在本田大将和荒山孝郎少将、东条少校，应该还有飞船上军部的那群强硬派，天上地下的夹迫中，终于决定向徐豹，向联合舰队摊牌。

队内会议之前，徐豹一个人走到一个僻静的地点，整理一下思路，想好将要讨论的内容。鲁克院士和队副陈诚中校，在不远处说笑着关于趵突河南边草原的事情，从他们的盎然兴趣中，可以看出对南岸那边充满着向往之情，如果不是语言的缘故，不能很好地流畅交流，以及其他一些原因，他们倒是愿意和亲临草原深处的东条巴莫少校谈上一阵子。他们俩估计东条巴莫至少进入了草原八十公里以上。他们的谈笑声有时也打断了徐豹的思路，使他不得不抬起头来关注。

“不会打扰徐豹君吧？”

忽然，夏雅惠子的声音传来，而且很近，含着柔柔的意味。

“不是看到夏雅惠子中校去散步了吗，还说等着你们回来开会了呢。”

“已经回来了。有件事，想单独给上校说说。”

“哦，什么事情。”徐豹突然心头狂跳，仿佛重新回到了十年前的那爱情起伏的某一刻，“不能在会上说么？”

话一出口，徐豹真想狠狠给自己一拳。

“一件事关重大的事情。只能和徐豹君单独说。”

徐豹的心跳得更厉害了。他紧张异常，不由得牵强一笑。

“我，不愿意看到徐豹君的一时窘迫，假如，突然提出来的话，会让徐豹君一时间难以决断。我认为很短时间内是难以决策的。因此，请原谅我的冒昧先提出来让徐豹君有一个心理准备。”

夏雅惠子谦和郑重的态度愈加使徐豹弄不清她的意思。

“究竟是什么事情？”

“诺亚营地进入一个全新的稳定的阶段，因此，我才可以提出这样的要求，是我们支队的决定。”

“啊，支队的决定？”

“是的。我们支队将要渡过河去，在南面草原上建立起另外一个营地。”

徐豹大吃一惊，不知道怎样回应夏雅惠子。

“这是你个人，不，支队的决定？”

“当然不是，是与太和号飞船商议后的最后决定。”

徐豹一听此话，知道已经阻止不了夏雅惠子的独立行动，口头上还是继续说下去：

“你们，”他强调了复数形式，“你们都知晓毕喜人，已经派出舰队追击穆姆托上校的炮舰。可以设想，用不了多久，毕喜人肯定也会大举进攻这里，保卫国土是军队的天职，毕喜人不会就此罢休，放任不问的。可以说，与毕喜国的一战似乎难免，这正是我们担忧的地方。本来，诺亚营地的兵力就捉襟见肘，还要承担繁重的生产任务，再一分散，过河建营，你们支队势单力孤，无险可守。这，岂不犯了兵家大忌。”

“徐豹君该不会认为，集中我们现时的全部兵力，据守在趵突河北岸，就能守住营地吧。”

“当然，那也可能很小，只是寄希望于换得更多时间的前提下，尽量不去激怒毕喜人的前提下，能与毕喜人遣和。和平时间的长短，决定危险的大小，也将决定未来的命运。当我们在拥有充足安全的燃料后，大批人员和装备登陆，那时，即使爆发战争，我们完全可与毕喜人抗衡，不再退缩避让。”

“是的，徐豹君说得对，过河与不过河都是在赌博，其胜算决定于时间和机遇。而渡河建营，不会对毕喜人出军有任何影响，那何不多一条路走。”

这句话从专业的军事角度来讲，确实有些强词夺理，但是徐豹没有立即做半点反驳。

徐豹几乎看不到从前那个郑莹的影子了，他眼睛一直没有离开夏雅惠子，直到看得夏雅惠子避开眼光，心泛涟漪。

“不过，我还是，不想让你，孤身涉险。”徐豹边想边说，紧张的心理让他的话断断续续。

“这是，我们的决定，支队的决定。”

徐豹还想劝说什么，尽管他明白完全无益。他感到自己从来就不能够理解夏雅惠子，以及她的部队真正的想法，他们总是令人捉摸不透。

场面此刻冷下来，谁都没想好说什么，但是不约而同地似乎又都不想结束，就这样僵着。偶尔对望上一眼，又迅速避开了对方的眼光。

基弗里中校走过来了，他一直在注意着他们的行动。中校嚷道：“上校，不是说要开会么，怎么还在这里磨蹭，都等着你呢。”

徐豹歉意地笑了笑。他看到，队中需要参会的人都在往通讯室营帐里走，那里一向是他们重要聚会的地方，是诺亚营地指挥中心。再看看天色，可能不久雨就要落下来了，营帐外可不是开会的好地方。

风吹得帐篷不停地动，还嘭嘭作响。帐篷布用一种特殊纳米材料制成，虽然极薄极轻，但是柔韧异常，几乎可以防远处射来威力较小的子弹，想要撕破它简直难比登天，只是由于它的重量太轻，总免不了随风而动，容易给人一种风雨飘摇的感觉。

大家都进帐篷之后，雨开始落下来了。帐篷外呼喊着收拾东西的声音和雨声风声夹杂在一起，营地里显得十分混杂。

徐豹上校首先让通讯官谭力少校通报了其他两队的情况，以及太空舰队里的一些变化。这些消息中，最令人有震撼感的是，毕喜国的舰队正在海上追击穆姆托分队，并且极有可能在今天或明天就发生海战。

“好啊，穆姆托上校一定能洗雪耻辱。这帮阿喜蠢货，应该领教地球文明的厉害了。”

基弗里中校表白道。除鲁克院士和徐豹外，所有人都投去赞许的目光。

“嗯，暂时不谈这个，还是来看看我们营地的工作吧。诺亚基地最近一段时间将要进行的工作。”徐豹看看不断摇晃着的帐篷，说：“我们需要垒一些土屋，来代替目前的帐篷。各位知道，阿喜星北方的寒季就要到来，墙壁宽厚的土屋更能保暖。还要更多的木柴做燃料。”

“可是，据我们现在所知，阿喜星的黄道与赤道的夹角很小，因此阿喜星上四季并不分明，有什么理由说诺亚营地在寒季到来需要保暖的土屋呢？”东条巴莫少校抢先问。

徐豹当然听出东条少校暗含着的不赞同之意，而且也清楚他反对的原因，他并不深究这个原因，而是就东条的问话道：

“那么。东条少校又凭什么说毕喜国北方的寒季是暖和的呢，谁有这样的经验？未雨绸缪不对吗？难道要等到在寒风中发抖，像寒号鸟一样可怜的叫唤时，才开始修建防寒的土屋。何况，土屋不管在什么方面，都会优于目前的帐篷，看看我们现在的工厂和临时仓库，大家会相信我所言非虚。帐篷只是临时性的，应急性的居屋罢了。更何况，我们需要的屋子将会越来越多，帐篷数量是远远不够的。等大量人马登陆时，十倍的帐篷也不够。”

徐豹的回答无懈可击，关于修建土屋谁都不再发表异议。不等场面冷下来，夏雅惠子中校明确地说话了。

“好，现在，请大家听听我们支队的……”

夏雅惠子中校与其说是等待队里的支持通过，不如说是通知，一种礼节性的通知。

感到吃惊的只有基弗里中校和他的队副戈林曼少校，其他人要么是夏雅惠子本队的，早就参与了渡河建营计划的拟定，要么是与徐豹同国的人，已经暗中有过了这方面的猜测及讨论。

“我个人认为，这个决定有些草率。一旦渡河，你们支队会直接面临危险，兵力分散，无险可守，而且进犯他国边界，予人口实。毕喜人遭这么一逼迫，想要继续忍耐都无法忍受了。我看，是不是，等穆姆托上校那边战事告终，知道结果之后，才重新作出决定？”徐豹尝试着说服夏雅惠子，再次将同样的话说了第二遍。

“难道现在我们不是已经进入，或者说叫做进犯了毕喜人国土么。渡河另建营地，是最终都要走的一步，这与南海战事没有联系，没有理由要等待什么。”夏雅惠子回答。

“噢，上帝，多么奇妙的计划！夏雅惠子中校打算什么时候行动呢？”基弗里中校问，“为了表达我们的友谊，我会亲自送中校过河，并找到建营地点。”

“越早越好，明天便可以。谢谢中校，你的理解和支持已经是最好的礼物了。”

夏雅惠子礼貌地答道，语气颇为客气。她虽然对基弗里中校颇有好感，甚至有一种隐隐约约的亲切感，但是她不想让徐豹妒忌，多生事端，情感的荆棘会刺破理想的气球。

“现在这么大的雨，明天都不一定停得下来，河里也肯定会涨水的。还是过几天再说吧。我也会及时向总部汇报的。希望夏雅惠子中校耐心一点。”

徐豹几乎要恳求了，对于夏雅惠子的担忧超过了对战争的担忧。

夏雅惠子迅速地瞟了徐豹一眼，旁人难以觉察。

她脑中出现了飘摇在海上的豪华游艇，惊涛骇浪扑面而来，自己是那样的无助，全部希望都寄托在一个魁梧的身躯中。她将来也要寻求这样一种可信赖的依靠吗？还是，永远做一个高高在上，坚强冷漠，然而注定孤独的帝国天皇。

要不是东条巴莫少校坚毅的目光一直没有离开过自己，她几乎想要答应徐豹，缓一缓再去考虑渡河另建营地这个恼人的问题。

但是夏雅惠子话一出口，就又改变了。“谢谢上校的关心。如果明天真的涨水很大的话，我们肯定会推迟出发时间。”

会议是在沉闷不快中解散的。

徐豹注意到了基弗里前前后后在夏雅惠子前献殷勤，他可做得真露骨。徐豹克制着自己酸酸的妒意。

人都散了。陈诚中校等一有了机会，便凑近小声地对徐豹安慰说，“我的英语不太好，不能长篇大论的帮助上校质疑夏雅惠子队长，只恐怕越添越乱。但是谁能改变局势呢，他们深谋远虑已经不止一日了。还是及时报告总部，把这个烫手的山芋交出去吧。我走了，等着你的消息。”

他拍拍徐豹的肩膀，他的军衔没有徐豹高，但是年纪却比徐豹至少大上十岁，因此他把徐豹当作兄弟一样对待。

徐豹点点头向陈诚露出一笑，真诚的笑。等人们，除顾问鲁克院士以外，都离开通讯室之后，他立即向舰队总部通报这一事件。

克里总司令，希斯总顾问，旗舰布鲁诺飞船主管帕欧卡将军，以及舰队总部另两位高参，立即就此事会集商量。夏雅惠子中校突然而坚决的计划打乱了整个舰队的计划进程，总部措手不及。

总部终于作出了只暗中向太和号主管本田大将征询此事的决定，质问或许会引起坚决的分裂。总部要求徐豹不得将消息透露给其他分队，如果无法阻止，夏雅队长的分离建营可看作是分队里的正常派遣。

很快的，本田大将回话了，他竟然根本说不清楚这个计划，应该是登陆部队军人自作主张。不过，本田大将暗示说，他将尊重军人们的选择，而为部下的一切行为承担后果。

“狡猾的本田，玩什么游戏。尊重军人们的选择，服从于下级军人，荒唐的答复，这不还是间接的说是他们的整体策划了吗？他们的强硬态度无非是逼我们承认既成事实。好吧，倒要看看他们要玩出什么花样来。”

帕欧卡将军有些愤愤不平地嚷着，他是个心直口快的人，尤其在克里和希斯面前。

“我认为，他们的暗含意思是，先独立占有自己的土地，逐渐形成事实，逼迫舰队承认，然后建立起自己的一个独立国家。擅自脱离舰队计划行事，是这个目标的第一步。”双颅人希格里 & 斯诺说。为了照顾斯诺，希格里很久没有抽烟了，神色略显倦怠，说起话来都慢条斯理。

“不过，有一点我们仍然还不十分清楚，的确无法了解清楚。为什么日本人会产生这种奇怪的念头。分裂，独立？据说，日本的创新能力是排第一位的。这也是创新的表现吧，可是，这样的创新能说是明智的吗？”帕欧卡继续唠叨着。

“但是在他们还没有公开自己的主张之前，没有公开宣布脱离舰队之前，他们仍然是舰队的一部分，因此，我们有义务帮助他们。”克里表态了，其他人讨论一阵子后，都表示赞同。

这个命令迅速传到了阿喜星地面，传到了徐豹和分队顾问鲁克院士的耳中。具体怎样行动，总部却没有一点指示，连鲁克院士也感棘手，一筹莫展，只有聂风霜少将的话让徐豹感到了依靠和欣慰，稍稍放下了沉重的心理包袱。

少将说：“上校，坚守你的职责，以不变应万变。你会笑到最后的。我们相信你。”

大雨一直到天黑了两个多小时之后才渐渐停止。这么长的时间，这么大的降雨。徐豹暗暗祈祷河水涨得大一些，那样的话，他可以顺当的找个借口阻止夏雅惠子立即行动。他有一种直觉，夏雅惠子不仅仅是一个队长，而是在队中具有绝对影响力的人，是太和号飞船上特别重要的人物之一，真正原因他确无法猜透。

时间，时间，只要能劝说夏雅惠子，就可能解除他们独自行动的念头，但是，如今的徐豹，在夏雅惠子心中是什么分量呢？徐豹突然感到一股悸动的热气冲上来，把脸都涨得发热。他的确感到了脸颊发烧，不知鲁克院士注意到了没有。

徐豹赶紧跑出帐篷去，清凉的夜风一下子就驱除了大半热潮，他的脑袋在冷热交替中像患了疟疾似的。

“雨怎么停了。”徐豹抬起头，仰望起黑漆漆的夜空。帐篷里的亮光射出来照在他身上，他的剪影在夜的环境中格外的显眼。这一切，被一双含着柔情的眼，从远处看在了眼里。

第三集

一大早，徐豹一起床，便一个人往河边跑。搬运器材渡河，需要从渡口，也就是拴放着一只木排的那个地方过渡最好。那里水流平缓，水也较深。那里距离营地不到两公里。

满怀希望的徐豹一到趵突河边，立即傻眼了。

原来河水不仅没有上涨，反而跌得厉害，水量几乎只有平时的三分之一，连木排也搁浅在河滩上，下面是平时从未露出脸面来的，满身绿藻的河底鹅卵石。

“这，这，怎么回事。”

尽管并没有人在与徐豹对话，他还是自言自语，张口结舌，吃惊得舌头都调不转了。

难道命中注定，夏雅惠子从今天起，就要离开诺亚营地，甚至可能是，永远消失在他未来的生活之中，徐豹心中一阵虚落。是前途未卜，还是在劫难逃，徐豹又想起了在河对岸遇难的两名基弗里支队的军人，不由得万分担心起夏雅惠子的未来安危。

“徐豹上校好兴致，比我们还早。”

男人的声音从背后传来。徐豹一回头，夏雅惠子率领队副东条巴莫少校和菅谷沙子少尉也来到了趵突河边。

“你们也来了。”徐豹掩饰着满身的不自在，笑笑说。

夏雅惠子等人也被眼前的情景惊呆了，足有一段时间才回过神来。夏雅惠子低声嘟囔道：“现在，我相信了，冥冥之中，真有天意，天意难违。”

“早餐过后，我们就可以出发了。”唯一异常兴奋的是东条少校，尽管他竭力掩藏着自己的兴奋状态，可是略带颤抖的语调暴露了他的真实思想。

就算河水上涨了，又能对渡河影响多大呢？又岂能阻挡夏雅支队南进的步伐呢？徐豹忽然对自己先前幼稚的念头失笑。夏雅惠子天意难违的话，也似乎在为对徐豹上校沉重的心理进行解脱。

徐豹从鼻子里呼出了一大口气。

他举起望远镜，向河对岸，向河上游，逐一的观察。完毕后，他控制了自己波动的情绪，对着夏雅惠子说：“我会派我队中的两名专家和两名军人随你队过河，协助你们建立营地，直到营地建成。”

“诺亚营地不是也很需要人手吗。”

“我们已经渡过了最紧张困难的时刻，而现在，你们却要重走旧路了，更需要人手。还有，队里唯一的备用卫星天线和通信设备，你们也带去，我会让通讯官替你们准备好通讯仪器。不过，备用仪器是凑不够一套很齐备完整的系统，因此，有些不便之处，还需要忍受。请随时与诺亚营地保持联系。”

“嗨，上校，早上好。惠子队长好。两位好。”

正说着话间，基弗里中校也来了。看得出，他颇为关心这事，一向高傲的他向每个人都打招呼，一张英气逼人的脸霎时竟然和蔼可亲起来。

菅谷沙子的视线从这一刻起，一直没有离开过基弗里中校。

夏雅惠子趁此开起基弗里的玩笑来。“中校许诺要送我们过河的，还会履约吗。瞧，今天这光景，真是天赐良机。我们已经决定早餐以后，整队出发了。”

“啊，那我得赶紧准备一下，队中的事务还没有安排呢。不过，戈林曼少校会很好地暂时承担起重任的。我说过的话，当然会践约。我听说徐豹上校到河边来了，正是专门来向上校请示的。现在，我可以正式提出申请了。”基弗里连忙说。

徐豹看着基弗里急迫的模样，突然忍俊不禁，他便顺势爽朗的笑出来，说道：

“假如我坚持要反对，基弗里中校也会坚持申请的，是吧，我知道，一定会这样。真是精诚所至……好吧，我成全你。基弗里中校，你的申请通过了。”

基弗里又惊又喜，心花怒放。夏雅惠子却用不解的眼神盯住徐豹，足有五秒以上。

四米多长的木排被两根绳子拉着，在河中来回渡了十几趟，总算把必要的设备和夏雅惠子支队的人全部渡过了河。徐豹上校对夏雅惠子支队慷慨地给予，甚至没有考虑到诺亚营地将来如果出现意外时，所需要的设备补充从哪里来。

鲁克院士忍不住了，在一个僻静的地方叫住徐豹，很直接的抱怨他鲁莽，欠缺长远考虑和感情用事，即使同情和怜惜女人，也不应该拿诺亚营地的安全来做赠品。院士的言语中，暗含着徐豹与夏雅惠子之间，隐藏的男女情愫，已经被他觉察的意思。

徐豹耐心地听完了院士的抱怨，出乎意料地，没有任何为自己辩解的话。他整整衣服，使自己看起来更像军容严整的标准军人。

“院士有没有想到，趵突河不涨反跌是多么奇怪的一件事情么？”徐豹说。

“不要顾左右而言他，正面回答我的质疑吧，上校。我可不是一个民族主义者，也不是相信所谓奇异天象征兆的占卜家或者道士，我只是对诺亚营地的安全关心。”

“全面支持夏雅惠子支队，正是对诺亚营地真正的保护。”

“嗯？”

徐豹沉着脸，终于说出让院士既想不通，又不得不认真去思考的话，“院士不会认为毕喜国的军队，会把地球上的国度，和军队内部组成，分得一清二楚吧。如果他们派军进攻，首当其冲的是谁呢？谁将在前面抵挡战火？谁能给诺亚营地带来更多的时间，同时也就是带来更多的安全呢？”

毕喜人当然不会舍近击远，夏雅惠子支队正好能够在前面抵挡一阵，给诺亚营地足够的准备。鲁克突然觉得自己醒悟了，反应这么慢，思维如此狭窄，我是不是真的老了。院士竟然一时糊涂起来。他挠挠头，掉下了几根头发，有黑有白。

他无法回答徐豹，另找话搪塞道：“是呀，大雨之后河水不涨反降，而且跌得这么厉害，什么原因呢？”

“是不是就像院士研究过的股市，期遇大涨，大笔买进，却遭遇熊市，一直被套牢，几近崩盘。万事就是这样，真是出乎意料？”徐豹以进为守，应对了院士的责难之后，顺便说了句笑话。

“这招丢卒保车，就像摔掉坏股一样，只是那个最后接手的，注定要成为倒霉蛋。唉，战争，也是竞争，总得有牺牲者。”

徐豹心中硌登一下，鲁克院士的话击中了他内心最敏感的地方。他抽抽鼻子，迅速吸进了几股清新的空气，说：“前路未定呢。我们还是回去，和总部一起求证涨跌的答案吧。”

第四集

卫星照片给出的答案，是徐豹等人远远没有想到的。总部根据照片分析，得出结论，在趵突河的中游地段，发生了超大规模的泥石流，堵断了河流，中上游河的水源全部断绝了。现在诺亚营地河段的河水，是趵突河下游的流域来水。

原来，东西走向的趵突河，在诺亚营地东南边，注入南北走向的雪河。溯流而上，离两河交汇点三十多公里后，趵突河便进入了山区。这里地势渐渐崎岖陡峭，河道狭窄，两岸群山高耸，一直连接到北方的雪山高原，发生超大规模泥石流的地点，距离汇入雪河的河口，大约是四十多公里。

“那里，最终会形成一个堰塞湖，但是，结构散乱的乱石坝，在水位上升之后，遭受压力逐渐增加，最终又会溃坝，大量的蓄水汹涌而下，下游便会发生洪灾危险。你们必须详加考察，再制定防范方案。”总部下了指示。

“我们立即出发考察，请总部技术支援。”

鲁克院士和陈诚中校留守营地，徐豹带领戈林曼少校，三个地质及测量方面的专家，两名军人，前往趵突河山区地段探查。临走时，考虑再三，还是留下了戈林曼少校。这时的徐豹，对戈林曼少校既看重倚重，又不得不稍加防范。

趵突河穿行在平原和沼泽地之间时，沿着河岸行进还算是比较顺利，但是一旦进入山区之后，其艰难渐渐凸显。河岸有的地方山势陡峭如削，难以立足，不得不攀住岩上伸长出来的树藤攀爬过去，甚至某些地方要荡越而过，遇到光溜溜的山岩，更是危险万分，不仅难以找到可以抓攀的地方，还得防备头顶上，突然有松碎的石块滚下来。

徐豹服役时，曾听到过队中到西藏墨脱去过的老兵讲起那些路途的艰难。和现在相比，徐豹相信，墨脱之行实在算不了什么？这里，从来就没有人来过，人迹全无。但是他们没有退路，泥石流坝的潜在危险，迫使他们必须完成这次探险考察。现在不是旅游，没有退缩的可能。

在经历了几次危及生命的险情之后，第二日中午时分，他们的眼前赫然出现了一道高达四十多米的泥石大坝，它蛮横地将趵突河拦腰堵断。河道在山区中本来就狭窄，这一堵，彻底阻断了河流。

“啊，上帝。”

“泥石大坝。”

“自然的伟大创造！”

谁也没有见过如此壮观的自然造力的伟大景象，距离大坝越近，他们愈加激动。最后，攀岩登石，费尽千辛万苦，站在崎岖不平的坝顶时，众人不由得惊呼。

泥石流从北边山岭中冲出来，堆积于斯，泥石坝北高南低，最低处距河床也有三十多米高，在坝顶，最窄处也超过了二十米。一些如越野车轮胎大小的石块，横七竖八夹杂在泥石流层中，有些地方还未稳定，现出比手指还宽的裂痕，有的地方积水未干，稀泥烂淖，很不便于行走通过。

徐豹带领着队员小心谨慎的观察测量。泥石流坝的上游，已经形成了一个堰塞湖，河水目前距离坝顶还比较远。水位越往上涨，水面会越宽广，看来十天半月里，水流都难以越坝而过。

一张张从泥石流大坝各个方位近距离拍摄的清晰照片，通过卫星传到了舰队总部，也传到了诺亚营地。凡是一旁观看到照片的人，无不惊叹不已。

“无论智慧多么高妙，宇宙总以数量取胜。”老成持重的鲁克院士也被自然的力量征服了，感叹说。

“这些能量如果转化成炸弹，或者为我们控制，再也不用怕阿喜人了。”戈林曼少校也发出感慨。

“少校，年轻人，别老是想着战争。”鲁克对戈林曼的言论警觉地告诫，稍待，院士竟然神色突变，乐不可支地拍起手来，“妙啊，被我们所控制。”

在场的人，包括戈林曼少校在内，都不明白院士怎么突然转变。

“你们看，四十多米高的大坝，将来，不是一个天然的水电站吗？大坝还能增高，保守估计，应该能达到十万千瓦发电量。未来城市的能量。”

这时候，通讯室里聚集了许多人员，除了有事在身的外，营地里几乎闲着的人都被吸引来了。所有的人听了鲁克院士这番天真幻想的言论，都不由得相视一笑，尤数陈诚中校笑得最开心。

徐豹等人返回营地时，由于已经有了经验，变得比较容易。当陈诚中校向徐豹上校谈起鲁克院士的突悟时，徐豹也感到此行不虚，多么好的一个想法，因此略感欣慰，多多少少抵消掉了因夏雅惠子率队离去的不快，只是，些微的失落感还是心里萦绕不去。

徐豹和几个探测队员来到河边，准备洗一下身子，顺便把满是泥土的迷彩服也洗一下。这种新型纳米材料的军服洗起来非常简单，什么洗涤品都不用，在水里不断的搅动，便可以弄掉污渍灰尘，再提出水来抖一抖，适当晾晾，便又可穿了。

河水很凉，几个军人叫着喊着，痛痛快快在河里扑腾。浅浅的河水常常还淹没不了他们的胯部，男人结实的光溜溜的屁股时时从水中露出来。

科学家年纪稍大，都没有下河，穿着短裤在河边擦身子。徐豹简单洗了洗，就穿上了换洗的衣服。他还要等着洗澡的人一起回去，便找个僻静的河湾，蹲在一块石头上想着心事。

这块石头在平时，会没入河水中的，如今由于河水严重下退，它露出来。这触动了徐豹的忧郁，一切真是变化无常，难以预测啊。上校捡起一片薄石片，用力向河中甩去，石片在河水中弹起了两次，由于河水水位下降很多，河道也窄了很多，那薄石片竟跳上岸去了，啪嚓一声钻入对岸河岸泥沙中。

“上校好兴致啊。”

徐豹猛然回头，通讯官谭力上尉站在身后不远处。

“上尉什么时候来的？”徐豹惊问。

“我一直跟在你们后面不远。”

“哦，也想来洗洗么，这里比在营地里节约着用一点水冲冲舒畅多了。不过，河水很凉，要当心受不了刺激。”

“说到气候，我们倒要真的考虑怎样置备冬装了，实在对阿喜星的寒季没有经历过啊。”

谭力说着，一边看看四周，没人过来，那边拐过弯处，军人们的闹声还很热烈。他靠近一步，神秘地说，“有件事情，我要向上校汇报？”

徐豹神情凝重点头。

“我在值班时，偶然的接听到了太和号飞船主管本田大将和夏雅惠子中校的话。”

各个卫星电话的载波频率都在通讯处的掌握中，要想窃听卫星电话通话比较容易。徐豹立即相信了谭力上尉的话。

“有什么秘密吗？”

“他们在河对岸找到了优质的，露天煤矿。”

“啊。——原来，是这样。”

“还有，他们神秘的称呼什么公主，土地，等话。很遗憾，他们使用日语，而我，只是知道几个词语而已，实在听不太明白。”

“这么说来，他们的行动的确是最高阶层授意。还有别的人知道这事吗？”

“没有，肯定没有。”

“好吧，你回去吧。等一下，哦，没什么，记住，不要和任何人谈起这事。鲁克院士也不要对他说。除了你，我是唯一知道的人。”

“是。我知道。”谭力一脸严肃离开了。

真是不错，有了煤资源，什么燃料生产都变得非常容易，登陆舱又可以进一步带来更多的生产工具，有了强大的能量，甚至能够造出并使用激光炮，质子炮，由此，可以在宽阔的平原上和毕喜人的重武器相抗衡。难怪夏雅惠子支队敢于孤军行动，这真是应验了那句话，日本人一面给你鞠躬，另一只手却在背后磨刀。

徐豹恨恨地想，一刹那间，他所迷离恍惚捉摸不透的夏雅惠子，——郑莹，形象变得清晰起来。他绝望了，不再抱任何幻想。忽然，徐豹心中却又现出一个他最不想见到的身影，基弗里中校。

上校可以想象得到，两位中校正感情日炽。他蹲下身子，把水撩到脸上，但是没有驱赶走脑子中胡思乱想糟糕到极点的杂念。

“好吧，祝福你们。祝福你，夏雅惠子中校队长。”

一念之下，徐豹想给夏雅惠子打一个电话。他下意识地往肩上一摸，却摸了一个空，卫星电话还在洗衣服那边放着呢。他站起身来，做了几次扩胸，深深地呼吸，努力地把更多清凉的空气吸入肺中。

第五集

夏雅惠子中校与基弗里中校站在一个比四周地势稍高的山岗上，眺望远方。风吹动着单薄的迷彩服，令人心旷神怡。这是渡河之后的第三天下午。

基弗里中校对西南方向大片的森林产生了极大兴趣。通过望远镜，中校多次瞧见了从森林边缘的树林上空飞起的一种奇特动物——乌鹏。在趵突河北边的森林里，却很少见到这种巨大的飞行动物。没有一个科学家把它叫作鸟，所以基弗里中校也顺从科学家们的集体意愿，称它做飞行动物。在知识上，中校一直是很谦逊的。直到有一天，阿莱斯上校那边，接触到了巴拉比王国的臣民，从那些人的发音中，将他们崇拜的神物按近似音翻译为乌鹏止。

“我敢肯定，在乌鹏飞翔下面的森林里，一定有许许多多动物，作它们的食物，而且，那林子里面肯定也充满了生机和神秘。”

基弗里中校神往的表情，使他看起来像是学校里天真幻想的小男孩，夏雅惠子听见基弗里的话，却不由得扑哧一笑。

“我说错了么？”基弗里连忙认真地问。

“没错。今天我们的巡察任务可以说已经完了。如果说新营地有什么潜在的威胁的话，只能来自于东南方，这片开阔的平原。终于可以放心了。瞧，荒山孝郎和东条巴莫队副他们已经回头走了，我们也该回营去了。”

“可我知道还有一个人形影不离的跟随着我们。”基弗里说，他对菅谷沙子中尉的寸步不离紧紧跟随耿耿于怀。菅谷沙子中尉刚刚获得晋升。

“怎么啦？”

“作为一个出生入死的军人，却随时需要有侍卫在身边，这莫非是贵国的惯例？”

夏雅惠子不去回答他，转身向下面走去，可是，她踩上了一块风化了的石块，它藏在略带枯黄的浅草中，隐隐约约，猛一看是一块石头，一受压力却碎散开了。夏雅惠子身体一晃。

注意力从来就没有离开过她的基弗里一跳，一伸手，恰好拉住了她的小臂。顺着小臂，滑到了手掌里。基弗里心里那个狂跳啊，没有一只女人的柔荑能让风流倜傥的基弗里中校如此激动过。

同时，夏雅惠子也借力站稳了。

“又得感谢你了。”

夏雅惠子尽管努力装出落落大方的样儿，腮边还是泛起了微红，连她自己都感诧异。她想抽出手掌来，但是基弗里反而握紧了。

“惠子小姐明天可与我一起进那片森林里去狩猎么，一定会有很大收获，而且非常有趣的。”

“根据和徐豹上校的约定，明天你就该回诺亚营地了。”

“只要夏雅惠子小姐愿意，我愿多待一天。”

违抗军令会使基弗里中校受到严厉的惩罚，中校一次又一次甘为自己冒险，夏雅惠子颇为感动，一时里竟无法拿定主意接受还是拒绝。正迟疑不决的时候，肩上的卫星电话唧唧地叫起来。

基弗里中校不得不放手。

“祝福你，夏雅惠子队长。”电话那头，徐豹说。

夏雅惠子心头一震，接着猛烈跳动起来，仿佛，徐豹已经看见了她们这边的亲昵动作。

“我想，徐豹君是对新建营地真诚地祝福吧，谢谢上校。”

那边一时安静了。

基弗里已经猜出是徐豹打的卫星电话，略微有些紧张，心里也颇不是滋味。他很注意的观察着夏雅惠子的表情。

“嗯，当然，是的，是对全队的祝福。只要有充足的食物和能源，新建营地也是不太困难的。”

“食物，能源。能源？徐豹君这话什么意思？”

夏雅惠子敏感警觉地问，莫非徐豹，或者总部，已经知道她们寻找到了露天煤矿的秘密。其实，在原有计划中，有没有露天煤矿并不重要，但是既然上天这么垂青，赏赐丰厚，却之反而不恭了。只不过，夏雅惠子心中始终对徐豹有中歉疚之感，在一切还没有彻底亮牌之前，她不希望徐豹过早知道这事。

“夏雅惠子中校多心了，没有别的意思。你们队中，机器人金刚—3 有个识别程序比较混乱，请程序员修改一下。它曾经无理攻击诺亚营地里捕获畜养的长耳鼠，还砸坏了木笼。你们走的时候，我疏忽了这件事。”

“噢，原来是这事。好的，我尽快让程序员修改。到时候可能需要总部的技术支持。”

金刚—3 是一个身强力壮，铜头铁臂的矿山机器人，每个分队都有一个。限于登陆飞船的承载量和太空飞船的制造能力，也只能让每队分到一个机器人。

“徐豹上校好细心啊。”待挂机后，基弗里说，语中不无妒意。

“机器人错乱攻击，这是的确值得重视的一件事。”夏雅惠子一边说着一边往山下走。

基弗里受到此冷落，怨气横生，竟然呆呆地站住了。只一会儿，夏雅惠子已经跳得远了。

这个高傲的女人，这个神秘的女人，这个捉摸不定的女人，她竟然一点都不在乎我。在她的世界中，只保留着一个随时可以抹去的名字？

风吹乱了基弗里的头发。中校的头发已经比较长了。

风也送来了一句女人娇媚的声音。这声音中充满了女性的诱惑力。“中校不走吗？”

菅谷沙子在坡下不远处叫着，风也吹乱了她的黑色短发，交织叠错，平添出许多妩媚和性感。

基弗里突然有了温暖的感觉。他答应着，笑吟吟的跳着，下了山坡。

此时，夏雅惠子已经赶上了荒山孝郎和东条巴莫，距离在两百米之外。她回头招招手，示意她不再等候落在后面的两人了。

基弗里和菅谷沙子都轻轻一笑。基弗里笑在脸上，菅谷沙子笑在心里。

乌鹏粗跞的嘎嘎声从头顶飘过。基弗里抬头仰望，目送着乌鹏飞远。

“右面不远的森林里，一定有乌鹏的窝。”基弗里对身边相距不过两三米的菅谷沙子说，一边拉了拉插着飞镖的腰带。

“中校想干什么？”

“为了一顿美好的晚餐。”基弗里诡秘一笑。又接着说，“这两天光顾着营地建立，接着挖煤运煤，谁都没有空闲弄点好吃的，实在委屈这张嘴了。”

菅谷沙子眨眨眼，挺起了胸膛，单薄的迷彩服掩盖不住胸前美丽动感的曲线。

“中校可是承诺过的，也让我试试手。”

“那，走吧，趁时间还早。”基弗里伸出了手，胸前一划，优雅地发出邀请。

“队长他们呢。”

“别管那么多了，几个大人，还需要照顾吗？也用不了多少时间。”

两人牵着手，哈哈笑着，向森林跑去。

草原上的森林，并不十分浓密。他们穿过一棵棵树，沿着乌鹏曾经飞行过的方向，很快，在一棵树干粗大，超过二十米高的树上，找见了乌鹏的窝。

窝巢高高在上，两只小乌鹏轻快的嘎嘎叫着。正是这叫声吸引他们过来并找到窝巢的。显然，小家伙的监护者飞出去觅食了。

“太高了。得让它们飞下来才行。”基弗里仰头望着，摇起头来。

“要是这些小家伙已经会飞的话，我可没有信心。”菅谷沙子打退堂鼓了。

“有了，我把它们赶下来，就看菅谷沙子小姐的技艺怎样吧。如果乌鹏飞得太高，的确，我也没有办法了。”

基弗里解下了激光枪，又从腰间拔出两支飞镖，递给菅谷沙子。

十多米高的乌鹏巢，由许多或粗或细的树枝构成，窝里垫着一些干草，由于小乌鹏的跳动，不时掉下一些草叶，而下方地上，已经堆了一层落叶和细枝了。

股股青烟，从窝里冒了起来。

幼乌鹏开始嘎嘎乱叫，害怕的跳跃着，好几次差点从巢边掉了下来，但是基弗里不想用激光枪射杀他们。中校瞄准了巢的一根主干。

青烟缭绕。忽然，咔嚓一声，巢干断了，整个窝巢哗啦啦往下掉。两只小乌鹏扑腾着翅膀，竭力想飞起来。它们的力量太微弱了，终于扑嗒掉到地上。

这一跌，由于翅膀扑腾的作用，还不至于要了小乌鹏的命，但是让它们疼得拼命地嘎嘎叫，声音粗糙难听，音量也足够大。它们个头有小个火鸡大小，张着嘴，喙间露出血红的舌头。它们站起来，翅膀张着，似乎要扑过来。

这一连串的动乱景象吓住了菅谷沙子。菅谷沙子小姐可不是一个严格意义上的军人，从来不是。

所以，基弗里宽大的胸怀立即成了她躲避的地方，她把头和身子，都害怕地埋进去了。

基弗里中校一手抱菅谷沙子小姐，一手警惕地举着激光枪。

小乌鹏叫过一阵子后，竟然安静下来了，趴在地上，身子还在颤抖着。它们的身上和它们父母一样，一根羽毛也没有，现在，幼小的乌鹏，甚至连父母那样浅浅的细毛也没有。它们的皮肤也没有成年乌鹏那么像非洲水牛般黝黑，而是透着暗红色。

菅谷沙子身上，少女（从年龄上来讲，也许稍大了一点，考虑到太空飞行的特殊际遇，菅谷沙子的确还处在少女阶段，豆蔻年华，但是多了一分成熟）特有的体香，冲击着基弗里中校的鼻子。她的短发刚好戳着中校的下颌。

基弗里被这一切弄得心里发痒。单薄的迷彩服一点都不能阻止他对菅谷沙子挺起来的胸脯的感触。

他吻了她的额头，很细声地说："没事，瞧，小东西在盯着看。你把飞镖都丢了。"

菅谷沙子终于意识到了自己完全扑在中校的怀里。她直起了身子，突然，迅速地在基弗里脸颊上一吻。基弗里此时正钩着头，高度恰好。

然后，菅谷沙子羞红着脸，退开了。她腼腆地笑着，张开五指梳理散乱的头发。嗯，头上没有帽子。此时，她忽然犯糊涂了，自己到底有没有戴帽子出来呢。

基弗里捡起了飞镖。

嘎！嘎，两声凄厉的大叫。小乌鹏突然拍起翅膀，怪声大叫，作势欲扑。

基弗里一惊，手中毫不迟疑，两支钢镖，嗖，嗖，几乎是同时飞了出去，扎中了乌鹏的长颈下端。

大约，菅谷沙子真的是不经吓。她的速度也很快，又扑进了基弗里的怀抱。

她的胸膛剧烈的起伏着，不知是因为恐惧，还是激动。

基弗里摇摇头，慷慨的拥抱住了菅谷沙子的身躯。

基弗里解掉了菅谷沙子身上的激光枪，也解下了自己肩上的卫星电话。他把它们轻轻地扔到了一边。

菅谷沙子抬头一望，眼睛一眨，然后，眼睑垂下了。

一对精巧白皙的乳房，映入了琥珀色的眼睛。

"真美啊。多香醇的白兰地。我会醉的。"

男人轻吟的赞叹声。

一阵幸福的呻吟，喃喃地发了出来。这里是森林的边缘，静得只有这样一种幸福的声音。

第六集

时间在寂静中流淌，不知过了多久。不远处，乌鹏流出的血已经干了，在阳光直照下散发出淡淡的腥味。

“啊，惠子队长一定在骂我了。”

菅谷沙子突然从基弗里的胸膛上爬起来，惊慌地说。

他盯着她乳房美丽的侧影。“嗯哼，惠子中校不会惩罚你的。”

“可是，我们还是得走了。”

“嗯，说的是。好像有一会儿了。你的英语好棒啊。”

“这有什么？我能说七八个国家的语言，都很流利呢。战争以前，跟随公主，到处留学……”

“哦，怪不得，原来，你为皇室做过事。”

自知失言，菅谷沙子捂住了自己的嘴。

“真的怕回去挨骂么。看你胆怯的样儿。我会替你解释的。”

没有回答，菅谷沙子不知为何，一时走神了。

“怎么啦？”基弗里坐了起来。屁股被林地里的石子和树枝硌得很不舒服。

“绝对没有什么好担心的。”他说。

仿佛是回答，嘎——空中，忽然爆出响亮的一声。

“啊，大乌鹏回来了。”

“啊，快，穿上衣服。”

基弗里一下跳了起来。

巨大的风声，两人光裸的身体立即感到凉意。

一只体型硕大的乌鹏，拍着翅膀降落在十米开外。停落的那里地方，她的两头夭折幼子，早已一动不动了。

基弗里暗骂了一句，蹑手蹑脚向旁边的衣服堆走去。他示意菅谷沙子不要发出声响，待着别动。

动物总是会首先袭击运动着的对手。

基弗里刚走了两步。嘎！

乌鹏叫了，翅膀蓬地张开。基弗里定睛一看，那乌鹏立起来足足两米多高，翅膀展开超过三米。那是什么翅膀啊，黑漆漆，光溜溜，就像蝙蝠的肉翅，又像非洲水牛皮。

乌鹏笔直的长喙碰碰地上的孩子，又嘎了一声，盯着基弗里。基弗里看见了仇恨的光。

“啊哈，丑八怪，你可真够丑的。”基弗里嘲笑着，忽然下意识遮住下身。想了想，耸耸肩，对乌鹏做了一个鬼脸。

飞镖，激光枪，都在四五米之外。基弗里算计着距离，准备突然行动。

嘎！乌鹏跨近了一步，翅膀反而半收起来。

呀！菅谷沙子突然在身后，用日语叫了一声。基弗里不知道她喊的什么。

嘎。乌鹏也回应了一声，更跨近了一步。

不能等了。

基弗里一个鱼跃，扑向武器地点。

嘎，嘎。乌鹏也突然行动了，配合着翅膀的拍动，卷起一股风，声势吓人。

好，基弗里手已经触到了衣服，一带，飞镖也跟着过来了。接着，他感到左脚小腿一阵剧痛。

乌鹏啄出的长喙，已经叼住了小腿。

激怒之下，基弗里强行翻过了身。乌鹏的喙平直而长，顶端没有钩，喙的边缘却像西餐刀一样长有细齿。

在基弗里扭动身体的时候，乌鹏猛力叼着，中校的小腿被锯出一道口子。

嗖，啪。

嘎，嘎嘎。

嗖。嚓。

第一支镖扎中了乌鹏的翅膀根部，第二支镖却被它宽大的翅膀拍落了，被拍落的镖仍然在肉翅上扎了一个小洞。

乌鹏叫着，喙也离开了基弗里的腿。糟糕，它的头又昂起来了，长喙狠狠的就要啄下来。

乌鹏的喙虽然平直，但是喙尖尖锐有力，若被啄上的话，恐怕也要戳开一个肉洞。

基弗里急忙侧身一滚，躲开这一喙。刚腾出手来，立即一镖飞出。

这一镖太过仓促，躺地上也不允许基弗里调整，便失去了准头，飞得远远的落地，嚓的擦着下地翻了两转。

嘎——

乌鹏盯着基弗里，暂时没有进攻了。它拍着翅膀不停地吓唬。显然，头两镖还是起了警示作用。

急忙中，基弗里翻身滚错了方向，现在，他离激光枪更远了。与其这样，他还不如拿着镖当匕首用。

他一共带了六支飞镖出来，加上菅谷沙子现在不知扔到哪里去了的那两支，他已经使用了五支，只剩下一支了。

而且，基弗里也明白，飞镖一旦飞出去，难以给乌鹏造成重大伤害，他便再无力制服这头蠢家伙了。一镖飞出想要置乌鹏于死地，谈何容易。

中校右手持着镖，左手将上衣挥舞着，扰乱着乌鹏的视线。

事情紧急。菅谷沙子也躬着腰过来，绕过了基弗里身后。她要去拾起激光枪。

基弗里已经站了起来，更加卖力地舞动着衣裳，口里还呜呜地叫着。血，顺着小腿流下。

到了。菅谷沙子弯腰去拿枪。

嘎！

乌鹏摇头一喙向菅谷沙子啄去。

说时迟，那时快。基弗里一个侧扑，恰好抱住了乌鹏的长脖子。

还没待基弗里举镖扎下，乌鹏利爪突起，抓住了基弗里举镖的那只手，它只有一只腿站着，在基弗里身体的扭动带动下，站立不稳，倒下了，一爪乱抓，头乱晃，却啄不到抱住了长脖子的基弗里。

基弗里攥着飞镖的手，被乌鹏的利爪深深抓进了肉里，活动不得。左手更不敢放开，他的手竟然拧不断乌鹏那比胳膊粗的脖子，只得使劲箍住，想让乌鹏窒息而亡。

两者谁都不敢松劲，就这样在地上翻滚着。忽然，菅谷沙子叫道：“中校别动！”

基弗里闻声，立即停住不动，但手下并未松劲。

菅谷沙子将激光枪贴上了乌鹏，打开保险，扣动了开关。

嘎，嘎，嘎——

乌鹏起初猛烈跳了两下，基弗里疼得几乎要受不了。浓烈的焦煳味散开来，乌鹏跳得微弱了，由于被箍住了脖子，叫声都是那样的喑弱无力，凄凉悲伤。很快的，乌鹏一阵抖索，瘫倒在地，一动不动了。

菅谷沙子一松劲，也坐在了地上。

基弗里中校浑身血渍斑斑，衣裳也撕破了，尤其腿上的伤口很深，不断的浸出鲜血。

整理了好一阵子，基弗里才拿起卫星电话，接通了夏雅惠子中校。所幸，卫星电话一点故障也没有，刚才那场惊心动魄的战斗没有摔坏它。

第七集

“啊，乌鹏的袭击。没受伤吧？”

“有一点皮肉伤，不太要紧。我们就要回来了，原来你们都还没有回到营地。”

基弗里惭愧地说。

“我们马上就到了。基弗里君是说，你们。”

“是的。菅谷沙子小姐，也跟我在一起。她可一点都没伤着。”

“好的，我们等着你。路不太远的。”

夏雅惠子挂上了电话，狐疑不已。如果他们是在草原上遭到乌鹏空袭，他们都应该看见，难道，基弗里中校真的进入了森林，而且与菅谷沙子一起。

尽管心中不快，夏雅惠子还是没有表露出来。她仍然比较相信基弗里不会做出什么对支队不利的事情来。

大约过了三十分钟，基弗里和菅谷沙子才进入营地人的视线。当有人报告给夏雅惠子中校时，夏雅惠子立即从望远镜里看出，基弗里可能伤得不轻。

在队长的命令下，四个军人立即跑向基弗里他们，将基弗里中校搀扶回营。

帐篷里，荒山孝郎医官亲自为基弗里中校检查处理伤口。菅谷沙子的确毫发无伤，但是她在一旁，脸色苍白，紧张地看着荒山孝郎，期待着知道结果。

“伤口不浅呀，中校，流血很多。中校感到口渴么？”荒山孝郎开始包扎伤口，问道。

“嗯。确实有点。”

基弗里回答的有气无力。他舔舔嘴唇。

菅谷沙子立即奔出营帐去找喝的水。

“他有些虚弱，主要是失血的原因，体力消耗也过大。中校，你需要一段时间的静养。”打过针后，荒山孝郎让另一位医官继续为基弗里包扎，自己走出了营外。

受到暗示，夏雅惠子安慰了基弗里中校一句，随着荒山孝郎出去了。

换了好几次洗抹身体的水，菅谷沙子也端着盛水的木瓢，进进出出了营帐好几次。营地刚建，事情还很多，甚至还来不及制作一些木盆木桶，盛水只有从诺亚营地带来的几把木瓢。木瓢的重量甚至比盛的水还重，一根木把也不好拿。菅谷沙子紧紧的双手捧着盛满水的木瓢，像捧着一件贵重的物品。

这些，当然逃不过夏雅惠子和荒山孝郎的眼睛。

“乌鹏袭击的时候，基弗里中校似乎没有穿衣裳。”四顾无人，荒山孝郎说道。

“什么？”夏雅惠子听见了最不想听的话。

“衣服上虽然也有被乌鹏撕裂的口子，可是与中校的上身的伤口对不上位置。而且，军服非常的韧实，轻易是不能撕破的。如果中校穿着长裤，可能受不了那么重的伤。”

“嗯？也可能是中校打猎追逐，太热了，脱掉了衣服，或者挽起了长裤吧。”

“腿上的伤口是最深的，是锯伤，乌鹏的长喙拉开的伤口，但是裤腿却完好无损。这能说明，可能当时裤子没穿在身上。菅谷沙子一点伤也没有。基弗里中校不愧是个勇敢无畏的军人。”

“我想，我明白荒山君的意思了。请保密。目前看来，基弗里中校明天是不能回诺亚营地了。”

“是不是，要使用队章对违规的菅谷沙子处罚！”

“荒山君是说舰队队章吧。在登陆之后，舰队队章已经部分失效了。”

“更有支队的队章，比舰队的更严厉。”

“那，应该是哪一条呢？好吧，让我想想，怎样处理才好。”

荒山孝郎恭恭敬敬地行礼之后，离开了。自从与分队分离独立之后，荒山孝郎对夏雅惠子的礼仪，越来越恭敬，越来越公开。

“这家伙，居然背着我，和我的侍女偷情。”

夏雅惠子仔细地又领会了一次荒山孝郎医官的话后，愤愤地自言自语。

可是，她用什么理由去谴责基弗里中校，用什么规定去处罚菅谷沙子呢？她心中妒意猛生，却说不出缘由来。

莫非，我竟然对基弗里君暗生情愫了。不，不。夏雅惠子摇着头，否认着，驱赶着这个令人难堪的念头。

她甚至，没有勇气，再走进基弗里治疗休养的营帐。

目前，要做的事情太多了。夏雅惠子在这天观察了营地四周后，打算明天就着手运输煤炭，准备生产燃料了，营址选的比较恰当，距离森林最近处约两公里多，易察易防易撤，距离最近的煤层一公里多，搬运较为近便。看起来一切都很顺利，可偏偏遇上了这件烦心事。

帐篷里忽然有了争执的声音。那声音一点都不顾忌，故意要传得远一点。

夏雅惠子不得不起身，向营帐走去。

“这，绝对不可以。”基弗里躺在干草垫成的床榻上。他不能站起来，否则伤口很容易裂开，但是阻止不了他坚决地表达自己的抗议。

“什么事？基弗里中校这么激动。”夏雅惠子强自镇定地问。

“看看，谁挂上了这面旗子。”

基弗里指着帐篷的蓬壁中央。那里，别上了一面太阳旗。

夏雅惠子才明白，刚回营地的时候，她也看见了，还没来得及过问，基弗里的事倒把这事耽搁了。

“这不是背叛舰队么？”基弗里愤愤不平地喊着，因为要避免扯动伤口，声音不大了。

舰队的登陆部队，在阿莱斯分队首先使用设计的旗帜后，三个队稍作修改，一致地将这种旗帜当作了登陆部队的标志。它应该是上黄下红两色组成，旗子中央，上三下五排列着五颗蓝色五角星。如今，这面旗帜被人为更换了，就在夏雅惠子和基弗里等人，出去对营地四周做一番周全的巡视之时。这一段时间内，营地里究竟发生了什么事情呢？

夏雅惠子还真的不好对基弗里解释，连她自己都不明白。

“是我们队里军人，一致要求挂上太阳旗。”

负责协助医生治伤的一名上尉，见状，先向夏雅惠子敬礼，然后清楚的说了一句话。

“这是夏雅惠子队长的授意吧。”

基弗里讥讽道。由夏雅惠子那里引起的恼怒，还没有完全消失。加上目前事变的刺激，中校对夏雅惠子的态度竟然一改往常。

这话把夏雅惠子呛得一愣。

“本支队里的事，好像无须劳动中校大驾来过问吧？”荒山孝郎也进来，及时插话道。

“我们，都要服从于哥伦布太空舰队的命令和原则。”基弗里毫不退让。

“我们，所有支队里的全体军人，一致要求悬挂神圣太阳旗。”

东条巴莫少校不知什么时候进来，口气十分强硬地说。

“有一点，似乎也应该明白，现在，我们是在阿喜星上，不是在太空中。”荒山孝郎小声地说。

基弗里两眼瞪着东条巴莫，也不示弱，但是没有再说话。

营帐里霎时间竟然有剑拔弩张的味道。

“我们回营也不久。刚知道有这事。”夏雅惠子尽量压制着内心各种激动汇合成的洪流。

“可是，这面太阳旗，太刺眼了，它悬挂在那里，正中间。接下来，是不是应该在营门也高挂这旗帜了。一切都要被太阳旗所取代了。”

夏雅惠子听见这番话，非常刺耳，她变得坚毅起来，面色凝重，对基弗里说：“中校，请务必收回你的话，否则，你的一千个道歉也不够。”

一双双眼睛，瞪着基弗里。营帐里鸦雀无声。菅谷沙子站在门口，不知所措。

基弗里猜想自己的哪个词语刺激了所有人的民族自尊。他想想说：“如果，我对你们国家有所失礼的话，我道歉，并收回夏雅惠子中校认为有失尊重的那句话。不过，我想问，中校怎样处理这件事情？”

“我会处理好的。”

说完，夏雅惠子头也不回，走出了帐篷。

荒山孝郎和另一位医官耳语两句，也紧跟着出了帐篷。

“这么说来，一定是荒山少将的授意了。”

夏雅惠子面无表情地问。

公主第一次这样称呼自己的军衔，荒山孝郎自然明白含意。

“不是。但是我猜，是东条少校鼓动部下做的。公主殿下，”在夏雅惠子一瞥之下他又立即改口说，“队长认为有什么不妥么？”

“我们还不能完全脱离舰队，总部对我们来说，还是非常重要的。在这个时候，能彻底摊牌么？况且，我们另建营地，本来就是经过了分队和总部的允许，随时需要分队支援。落一个分裂背叛的名声，恐怕实非所愿。”

“可是，这是早迟的事情。”

“早和迟，不一样。时机很重要。”

“那就顺应基弗里中校的意思，换掉旗帜。”

“荒山君那就代表我，去做这件事吧。荒山君是知道该怎么做的。”

“公主殿下，已经足以胜任领袖了。”荒山孝郎欣慰地说。他又向夏雅惠子行过礼，返回营帐里，刚进门，差点撞上了急急忙忙往外走的菅谷沙子。

菅谷沙子娇小的身躯站在夏雅惠子面前，楚楚可怜。她勾着头，内心剧烈的起伏着。

“你，好像是有所要求吧。”夏雅惠子说。

“是，公主，不，队长。”菅谷沙子紧张得有些语无伦次，“请让我照顾基弗里中校吧。中校伤势不轻，需要照顾。他是为了救我才受伤的。”

“很充分的理由。”夏雅惠子望着远方。

“真的，请队长答应。”

“中校需要照顾，你正好可以报恩，没有什么理由拒绝的呀。”

菅谷沙子大喜过望，深深鞠了一躬，跑回了帐篷。

这时候，夏雅惠子心中犹如打翻了五味调料瓶，说不出什么滋味来。菅谷沙子的言行间接证明了荒山孝郎的推断。

“不管怎样，基弗里中校还是需要休息调理一段时间的。应该告诉徐豹上校了。”

夏雅惠子自言自语道。她伸手去拿肩膀上的卫星电话，竟然摸了一个空。

啊，电话放哪儿了呢？她思索着，不得已走进了帐篷。帐篷里略显闷热，或者是基弗里身体虚弱的原因，菅谷沙子在替他擦去脸上的汗。她那样体贴细致，充满女人的柔情。夏雅惠子不禁要嫉妒了。她嗯了一声，正呆在帐篷的气窗前往外望的荒山孝郎立即转过身来。

而更远一点的地方，东条巴莫少校已经在拆下太阳旗了。他做得很慢，毕恭毕敬，庄严肃穆，尽量要让旗帜多在帐篷壁上挂一会儿。那是一面非常精致的旗帜，做工精细，在登陆的阿喜星上，是无法做出来的，除非是从飞船上带下来。

夏雅惠子心中，顿时涌起一阵激动，这种激动，使她浑身都充满了神圣的感激之情。

第八集

整整四天过去了，基弗里中校还没有回到诺亚营地。幸好，戈培里·戈林曼少校，将支队事务处理得井井有条，甚至比队长在时更出色。但是，他还是不时询问队长徐豹上校，基弗里中校何时才能归队，他的伤势是否已经影响到了他作为一个指挥官的行动能力。

对于这个问题，徐豹让夏雅惠子通过卫星电话亲自对戈林曼少校做了说明。

“惠子中校说，再过三四天，基弗里队长就可以回营了。看来，基弗里中校伤势不重。”

戈林曼少校送回卫星电话时，对徐豹说。

“嗯，希望如此。和少校合作得很愉快，我会怀念这段日子的。”徐豹抿嘴一笑，这使他的笑容看起来满含深意。

电话突然响起来，是通讯处打来的。

“报告上校，有紧急情况。”

通讯官谭力上尉说话快速而清晰，不愧是训练有素的通讯官。

“我们一起去看。”

徐豹叫上了戈林曼少校一道。

鲁克院士已经等候在通讯室里了。现在的通讯室，已经不是帐篷，而是干打垒方式筑成的土屋，人字架木梁，草屋顶，像模像样的，防寒、避热、隔音，和帐篷相比，不管从哪方面看，都强多了。土屋四周还栽上了一些树，移栽时砍掉了枝叶，树干光秃秃的，也不知活着呢，还是枯死了，连植物学家都没个准。

“要打仗了。”鲁克说，显然他来得早得多，而且知道了情况。

卫星连续的照片显示，一支部队正朝毕喜国西北方开来。现在，这支部队正沿着雪河北上，但是距离诺亚营地所在地，至少还有一千公里以上。

徐豹看着卫星照片，沉默不语，思考着。

“毕喜人终于出动了，迟早都有这一天。看这个规模，肯定超过三千人，锱重也不少。毕喜人真是志在必得了。”鲁克就所见事象发表着自己的看法。

徐豹突然一阵悸动，莫名的紧张攫住了他，决定命运的时刻快要到了，他希望还能再度过一段平静的时间的。

“大部队的行进速度很慢。到达这里，至少要十五天以上。”戈林曼说。

“少校何以判断的这么准确？”鲁克担忧地问。

戈林曼似乎有些不屑一答，但是他看见了徐豹满有兴趣地看着他，少校便认真地答道。

“毕喜人即使有古德里安的闪击战思想，也没有行动的能力。这需要强大的机械设备做基础。他们骄傲而强大，是想借助战争炫耀实力，或者以震慑力吓住对手，我没有发现他们突出的先头部队，可以再看看卫星照片证明。他们目的是消灭我们，而不是吓跑，所以大部队缓慢推进，力求稳妥。毕喜人的准备，可谓充分了。”

“噢，戈林曼少校的推断似乎有些自相矛盾，毕喜人行进得这样慢，我们恰好可以准备好了逃走。慢步推进恰恰是有意吓跑我们的做法，有点类似于航空母舰的编队推进以使对手屈服，而不是使用远程导弹直接动手突袭一样。”鲁克对戈林曼少校的判断半信半疑。

“问题是，不管毕喜人想法如何，恰好我们不能逃走。”徐豹皱起眉头说。

“的确不能丢失燃料工厂。”鲁克搔着头说，几根头发随着掉了下来，他一点都没有觉察。

徐豹开始和总部通话了。

“可以确信，十天之后，已经有足够燃料让登陆飞船起飞，只是还不能连续起飞。”徐豹首先向总部汇报了这一令人激动的消息。

“如果再有一百人和武器装备增援，上校能有信心抵抗住毕喜人的进攻吗？”克里询问道。

“除非有坦克，飞机，导弹，这样一些火力强大的武器，激光炮也行。否则，无法和毕喜军队抗衡，况且，这样双方伤亡会很大。”

“飞机等家什，只有在阿喜星上制造了。”希斯补充说，“即使再过一年，也恐怕见不到飞机的一条机翼。激光炮是明智的选择，只要有能源。”

“夏雅惠子支队找到了优质的露天煤矿，生产燃料方便多了。”

“怎么才报告。”

“我也是才知道的，刚刚证实，不过还要经夏雅惠子中校的承认来加以确认，而且，那是在趵突河南面，运输困难，除非另建营地工厂。哦，夏雅惠子支队的营地也是舰队的营地之一，请原谅我说了一句错误的话。”

“好，飞船立即开始制造激光炮的准备，等着徐豹上校的燃料。不过，一旦飞船在诺亚营地起飞和降落，将势必暴露，飞船及燃料工厂会成为毕喜人的首要进攻目标。上校考虑到这点了吗？”克里问。

“如果赶在这之前完成激光炮，就可以在很大程度上抵抗毕喜人进攻。首先是要阻止他们渡河，尽量把毕喜人拖在趵突河南岸，但是目前，我们人手太少。”

“命令夏雅支队立即回防。”克里说。

“夏雅支队会遵命行事么？”希斯问。

“除非太和号立即宣告脱离太空舰队，否则，他们没有理由不遵守命令。”

“将军之意，是要逼本田大将立即表态。”旗舰布鲁诺号飞船主管帕欧卡将军说，他直到现在才开始发表意见，“暂留夏雅支队在南岸，未尝不是一种好的选择。他们可以阻止毕喜人的进程，打乱毕喜人的进攻计划，拖延时间。”

“然后呢？”克里感兴趣地问。

“然后，我们已经为战争做好了一切必要准备。三十天之内，我们可以再登陆三四百人。以一敌十，并非不能做到。只要将毕喜人一直阻截在南岸，我们再加以夜间袭扰，毕喜人远道而来，是不能坚持太久的。”

克里眉头一皱一舒。他说：“那样，夏雅支队能够剩下几人？”

“战争一旦展开，牺牲是难免的。”

“战争，或许只是第二个结果。”希斯忽然说。

“希斯先生何以这样说，难道地球人还惧怕战争和死亡。”帕欧卡有些不悦道。

“不是。帕欧卡将军误会了，即使是一个老人，如果战争不可避免，或者被强加于头上的话，这位羸弱的老人也不会退缩害怕。我是从阿莱斯上校分队的遭遇，产生了这种直觉，一种对阿喜人，尤其是北阿喜人人性的直觉。阿喜人把自己的生命，看得高于一切。而且，阿喜星上，已经有两种智慧生物了，是否就不能容得下第三种——人类呢。”

“希斯先生的真实意思是什么？”

“阿莱斯分队已经初步了解了巴拉比语言，可以用巴拉比语言写一封求和信，待对方军队到来时送交。这也是一个机会。”

克里点点头。“科学家的幻想常常是有益的。那就祈祷上帝赐予人类和平吧。看来，我们的意见已经比较统一了。”

接下来，克里向徐豹颁布命令：立即通知夏雅惠子支队，毕喜人已经出兵。毕喜军队的规模，装备情况，距离，行进速度，也告知夏雅惠子。请求夏雅惠子支队考虑撤回诺亚营地，联合抵抗。但是更要尊重夏雅支队自己的决定。

徐豹接到这条模棱两可的命令，猜想着总部的意图。他把基弗里中校还滞留在夏雅惠子支队的情况，通报了总部。

“这头发情的蠢公驴。”意外的情况使克里有些尴尬，他在心里恨恨地骂道。要不是因为是侄儿的缘故，克里甚至要考虑撤换指挥官了。

“将军不必太生气，太过焦虑，队中不是还有戈林曼少校么。只要授予戈林曼少校更大的权力就行了。”帕欧卡说。

“相信戈林曼——中校，能够胜任。”克里想了想说。

“是的，将军，我从来没有怀疑过这点。”

第九集

因未能在第一时间发现毕喜人的出征军队，支队通讯官小野正中尉，遭到了支队长夏雅惠子中校一顿严厉的训斥。

夏雅惠子，荒山孝郎，东条巴莫，小野正，太和号飞船的登陆部队中，这四个人组成了核心。小野正中尉并非专业通讯官，他是在与诺亚营地分离之后，因对通讯工程技术更加熟悉而临时任命的。

虽然这点迟误并非完全是个人责任，但是遵从上司的习惯，令小野正中尉在受到严厉的训斥时，也只是毕恭毕敬勾着头，哼哼哈哈，不做半点辩解。

现在，在通讯室较为狭窄的帐篷里，四个人，关于支队未来的命运，展开了紧张的讨论。门外，两名荷枪卫兵限制了任何人接近。

夏雅惠子一双眼睛，不知从什么时候开始，时时充满着忧郁，似乎失去了原有的清澈和亮光，变得深邃而不可捉摸。荒山孝郎最想看到这个结果，他如愿以偿了。

急不可耐的东条巴莫首先发言。现在，东条少校心中涌动着骄傲的英雄狂潮。受到旗帜事件的鼓舞，东条巴莫感到自己是队中最有影响力的人物，他会获得军队中绝大多数军人的支持，甚至要超过他们的支队长夏雅惠子。

“时机到了，时机到了。毕喜人的军队只要在十天之后到达，我们会好好的欢迎他们的，是偿还加和正夫上校血债的时候了。”

“我却认为，我们应该撤退，撤回北岸。我们兵力和装备，都远远不够对抗。”

荒山孝郎沉着地反对。

“不明白，什么意思，真不明白，撤退？”

东条巴莫问道。小野正的凝重神色也表明了他与东条少校有着相同的疑问。

老成持重的荒山孝郎抿抿嘴，暗中表示对东条巴莫少校的不屑。稍等一会儿后，他才缓缓说道：“东条少校此话太过于轻率冒进。依我之见，应撤回北岸，暂避敌军锋芒。”

“哼，陆军原来只是一群胆小鬼。遭遇敌人，尚未正面交锋，就要撤退，不如跟着徐豹种地去算了，充什么军人。海军中没有这样的懦夫。随便撤军，营地的一切全部前功尽弃，又要回去，仰仗舰队之力。帝国伟大的独立事业什么时候才能奠定根基。”

“哼！东条少校真是性急如猴。也难怪，年轻气盛，不免浅薄。我说撤退，不是要全部放弃营地，只是要夏雅惠子队长撤回，首领的安危首先要考虑的。”

东条少校听完此话，盯住夏雅惠子，看她有什么反应，但是夏雅惠子默不作声，态度暧昧。他便冷笑道：

“原来医官大人首先想到的首领安危。这也不错。那医官大人尽管和队长撤回北岸好了，所有军人都要听命，驻守抗敌。”

“听谁的命令？东条少校难道要越权行事？”

“哪里。我越权了吗，队长和你撤回北岸，我率部队留守，不正是医官的意思么。越什么权，奉全体将士之本愿而已，尽为国之忠而已。”

“我要队长撤回北营，以保安全，就是最大的忠。少校竟然语带讥讽，真是狂妄。”

“队长的安全，我也没有反对这点。但是我们，帝国的军中，只要勇士，不要懦夫。生与死，都愿如樱花一样灿烂。临阵脱逃，算什么忠？”

东条巴莫骄傲的挺着胸膛，不时拿眼瞟一下夏雅惠子。

荒山孝郎怒气冲冲走到东条巴莫跟前，突然抬手，甩了一个耳光。东条巴莫刚回过神来，被顺势抽回来的手又掴上一记耳光。不等荒山孝郎再有所动作，东条巴莫伸手抓住了荒山孝郎自认为较为灵活的右手。

“我知道你是陆军少将。不过我要提醒你，现在，你的身份是随队医官。”

东条巴莫恨恨道。旁边的小野正中尉也露出不平之色，但是他没有半点言语。

“放肆，马上向荒山君道歉。”夏雅惠子直视东条巴莫斥道。声音虽然不是很洪亮，却有一股不容抗拒的威严。

这一喝，东条巴莫不由得头一低，霎时清醒了。

“哈依！”他向荒山孝郎一鞠躬，相当于是道了歉。

“混账东西，你知道惠子队长是谁么？”

荒山孝郎还要继续说下去。夏雅惠子立即暗示性地摇摇头，说道：“就到这里吧。都是为了帝国的荣誉。东条少校要加紧督促煤炭的开采搬运。所有军人要像上足条的钟表，不停地工作。希望我们能在二十天内生产出足够的飞船燃料。到时候，我们就会有更强的兵力了。”

“飞船登陆降落还可以提前的，马上都可以，只是起飞时才需要燃料。增援是随时可以到达的。”东条巴莫接上说。他以为夏雅惠子忽略了这点，才对对抗毕喜军队缺乏信心。

“没有起飞的把握，绝不能让飞船降落。一旦战争开始，飞船落入敌人手中，那将难以避免莫大的灾难。”夏雅惠子在营帐内踱来踱去，“倘若登陆飞船受损，再难重造，那样的话，我们会彻底受制于舰队，无法再有独立行事之能力。”

“土坯房和工厂大约明天就能建成，后天估计能够开工生产燃料了。”东条巴莫说。

“还不行，还得对设备进行最彻底的检查，做到万无一失。东条少校要把煤炭堆成一道墙，保卫营地。队长，我有一个提议。”荒山孝郎道。

“荒山君请讲。”

“鉴于东条君对帝国的贡献，我提议，迁升东条巴莫少校为中校。”

“嗯？陆军和海军，吵啊争的，暗斗明斗了一百多年。陆军将军为竟然为海军少校说话，荒山将军要破这个例了？”夏雅惠子笑着说。

“为了帝国的利益，不能抱有军种和个人偏见。”荒山孝郎忽然一个标准的立正，显得很滑稽。

小野正中尉差一点忍不住笑出声来，他的嘴呶着，尽力克制，像含了几枚青橄榄。

“嗯，我会立即考虑这个提议。基弗里中校的伤势怎样了呢。中尉，一定注意监视近日来出现的靠近营地的阿喜牧民，弄清他们的来历和去向。千万不能再疏忽了。”

“是。根据观察，这些牧民三三两两，人数不多，最近的时候，距离营地七八公里。可以推测，他们可能已经发现了我们的营地。因为他们似乎有意地避免再朝营地方向靠近。”

“分析得不错。”荒山孝郎立即称赞。

夏雅惠子环视一遍营帐内，没有什么可吩咐的了。她走出了营帐。荒山孝郎紧跟了上去。自从菅谷沙子要求照顾基弗里中校暂时离开夏雅惠子身边后，荒山孝郎对夏雅惠子几乎是寸步不离。

望着他们离去的背影，东条巴莫有些纳闷，队长中校，凭什么可以轻易决定他的升迁呢，这可不是下达一个军事命令。他越来越觉得，夏雅惠子，不是他所看到的，仅仅是一个简单的，可能有着深厚政治背景的特殊女人。在夏雅惠子摇头阻止荒山孝郎的行动中，一定还隐藏着重要的秘密。夏雅惠子，这个始终在不经意间，常常流露出一种优雅气派的女人，有时平易近人，有时却高不可攀。

在进入另一个帐篷之前，荒山孝郎抓住了机会说话，而不至于有第三人听见，他的话立即让夏雅惠子停住了脚步。

“公主殿下，为什么阻止我说出真实身份，现在正是时机？”

夏雅惠子四下一望，最近的人也距离二十米开外，并没有谁注意听到了荒山孝郎的这个惊人的称呼，当然，是否有人在帐篷内，恰好仔细聆听，听了去，她无法肯定。她侧转了身子。

“现在还不是时候。公开身份，可能会失去分队和总部的支持和信任。独立对抗毕喜人，我们也没有把握。只有当我们不再受制于任何力量时，才是合适的时机。记住，目前不可声张。”

荒山孝郎花三秒钟理解了夏雅惠子。“哈依。”他用敬礼表示了服从和敬佩。

营帐里很静，只有基弗里中校一个人，半倚着支蓬木柱，坐在干草铺就的低矮的床上，使用飞镖削着一根木棍。他自己也不知将把木棍做什么用途，显得百无聊赖。

“我相信，中校又是一个生龙活虎的军人了。”夏雅惠子一进营门，就欣慰地说。

基弗里闻言，立即站了起来，伸伸腿：“伤情的确已无大碍。”

荒山孝郎弯下腰，替基弗里检查腿部情况。

“如果中校跟着徐豹支队的人一同回去，就不会受伤了。说起来，我们真是感到歉意。”

“夏雅中校这么说，是在下逐客令了。”

“啊！误会了，中校怎么这样理解呢？基弗里中校是我们尊贵的客人，屡次施恩于我，还不知怎样报答呢。”

“夏雅中校说什么客气话。是军人，总要经历战斗。说到受伤，也只怪我一时大意。”

“咦，不是专门安排菅谷沙子中尉照顾中校的吗，怎么不见人？”

“她，好像说要去摘点黄果来，路很远，一时回不来的。”

“哦，据说黄果对伤口复原很有帮助的，荒山医官说过的吧。这小孩真是上心了。”夏雅惠子心领神会，笑了一笑。

基弗里忽然明白，原来，夏雅惠子一切都知道了。他不禁像个害羞的大男孩，低下头。

“很好，可以做些户外活动了，这样对伤口彻底复原有好处。”荒山孝郎直起了身子。

“啊，那太好了。”基弗里转身朝着夏雅惠子，“中校愿意为我证实一件事情吗？”

“请讲。”夏雅惠子面色凝重。

“毕喜人是否已经在营地附近出现？”

夏雅惠子迟疑了一下。

“中校原来已经知道毕喜牧民，在营地附近出现的消息。”

“我请求夏雅中校能分配给我俩人。”

“做什么？”荒山孝郎抢着问。

“毕喜人要血债血偿。我的两名部下的血不能白流。目前正好机会来到。”

“可是，中校的伤还未痊愈。”

“不碍事。”

“我还是不愿让中校冒险。中校应当毫发无损地回到诺亚营地。你可是支队的首领。”

“冒险？这可不是军人应该说的话。况且，总部已经擢升戈培里·戈林曼少校为中校。有戈林曼中校主持队里军务，在外逗留更多时日，我也是放心的。”

夏雅惠子与荒山孝郎对望了一眼。

夏雅惠子答道：“好吧。我分派两人，归中校调遣。目前人手很紧，我也有一个要求。”

“嗯。中校的所有要求我都答应。”

“你每次行动之前，都得经过我允许。”停了一下，她补充道，声音格外温柔，“为了你的安全！”

这声音令基弗里震栗的感动，他呆呆地站着，忘记了该怎样回答。

等他清醒过来时，营帐里已经没有了夏雅惠子的身影。

第十集

“勇士们！就在今日，时机到了。英雄的业绩等着我们去建立。消灭侵略者，消灭这些残暴无道的天魔，光荣的事业就在眼前。我们要抢在军队到来之前，完成这天赋的艰难使命，让议会的大厅里更多一个我们呼拉族人的位置，让毕喜国的大地上，流传着歌颂赞美呼拉族的声音。”

“嚯，嚯。”

二十几个呼拉族牧民发出一致的应和声。

慷慨讲话的人，是一个身高超过一米八的魁梧壮汉。他的身材在北阿喜八指人中，真是奇特少有的高大。他名叫乌噪，意思是大山。呼拉游牧部落中无不闻其名。乌躁虽然还年轻，名头却比许多部落族长还响亮。这次，借着他的声望，他所属部族已经联合附近十多个部族，准备袭击在南岸建营的夏雅惠子支队。

“我们必定胜利。”

“嚯，嚯。呼拉呼拉，我们是天上飘着的云，没有什么能够阻挡。呼拉。”

营地午餐的时候，几片乌云，从草原四处飘过来，在距离草原营地五公里多的地方汇合了。几支呼拉族的牛鹿牧群，黑压压的聚集在一起。牛鹿的数量超过了一千头。领头的正是乌躁，他的部落族长授予他指挥武装群体的权力。乌躁背上背着长杆猎枪，身着华丽繁杂的服饰，威风凛凛，意气风发。

在宽阔平坦的草原上，稍稍登高一望，远景近象，便一览无余。呼拉族人和牛鹿群忽然聚集，早就被营地发现了。

“我相信，毕喜牧民意图攻击我们。战斗就要开始了。”

望远镜中，场景渐变，基弗里中校仔细搜索着，一边对身旁的夏雅惠子说。

“看情景，毕喜牧民会借牛鹿群作掩护，来攻击我们吗？”夏雅惠子问。

“送上门的礼物，不收下太失礼了。夏雅惠子中校且稍待，我去捕几只牛鹿回来，正好可以作运煤的工具。”

“运煤工具？太好了，真是绝妙的主意。可是中校如何捕捉活的牛鹿呢？何况还那么多的阿喜牧民守护。”

“这倒真是一个问题。牧民共计有百十人吧，有的似乎还有枪。”基弗里右手贴着脸，思考着要不要在晚上进行偷袭。

“牛鹿群在向营地方向移动。”东条巴莫中校的汇报打断了二人对话。

“我们必须行动了，先发制人，方有把握。惠子中校再加派两人给我吧，总共有五人应该够了。”基弗里不再犹豫。

“基弗里中校是要探听虚实，还是打算袭击对方。”

“那很难确定，随机应变吧。至少，要想法阻止对方靠近营地，要给他们一个提醒，一个警告。”

说话间，东条巴莫中校已经在组织营地军人各就各位，守在高高矮矮的煤堆后面。作为事先的准备，这些煤堆，现在成了一个个掩体，断断续续围成了一道墙。营地的大半都被包围在里面。所有的非军事人员也都拿起了武器，严阵以待。

“基弗里中校的提议是正确而完善的。要警告毕喜牧民，不能靠近营地，有距离才有安全。”荒山孝郎说。此刻，他表现得像一个称职的陆军将军，指挥若定。

这时，通信官小野正中尉用短距通话器报告，牛鹿群正在明确地向营地方向移动，卫星测距结果，直线距离已经小于四公里，而卫星就要掠过这段区域了。

紧张霎时像雾气一般，笼罩了营地。

基弗里以手触额，行一个礼告别夏雅惠子。

“中校保重，小心！”

基弗里微微绽开一笑，鼻翼颌旁起了几条成熟的皱纹。这个笑容是那样迷人，令人心碎。他的目光，更投向了夏雅惠子身后，菅谷沙子离队长并不远。

五条人影，渐渐的变小，向牛鹿群，向毕喜游牧民，魑魅一般飘去。

牛鹿群，在各自主人的驱赶下，分离成几个大群，渐渐地向营地靠近。这些庞大而具有灵性的动物，它们多数还是第一次这样被驱赶在一起，群落之间，明显地看出距离来。正是这样，牛鹿群分隔得很稀疏，形成好大的一片。它们的主人不得不花费很多精力将他们赶在一起，不要分离的太远。也正是这样，整群行动得就比较缓慢。

不同的牛鹿群落之间，不时会跑出一两头好奇且好事的公牛鹿，摇晃着前面小肢，像婴孩玩耍自己的小手，扭扭捏捏地走到旁边的群落，抬着头，东嗅嗅，西望望。有时，某只非常健壮的牛鹿，还会摔摔头，撩撩蹶子，哞哞或者嗯嗯的叫上几声，但是它们这种企图吸引别的群落母牛鹿的举动，往往难以奏效，因为立即会有这个群落的雄牛鹿，不甘示弱地闯出来，在炫耀者面前也吼叫着，还前后跑上两圈，主动示威还以颜色。

这时候，主人立即赶过来，用它们熟悉的鞭子声，“呼呼”或者“啪啪”的阻断将要展开的争斗。

草比较浅，通常深只及膝，无处隐藏。相距还有一千五百多米的时候，基弗里中校一行五人，就被毕喜牧民发现了。

牧民中，多数已经见过或者听别人详细描述过外来天魔的形象。此时，他们行进的速度更慢了下来。每个人都好奇地打量着怪模怪样并且渐渐接近他们的地球人。他们穿插着，从牛鹿群的这头跑到那头，传递着信息，交流着对天魔的印象看法，兴致勃勃，略带紧张。

英雄乌躁走在中间，跟在一群有百十头牛鹿的后面。长杆猎枪紧紧地攥在手里，还有这么远的距离，他不能举枪。猎枪是前膛燧发枪，装的是散弹，近距离杀伤范围大，但是射程短，远了是起不了作用的。他们计划中的行动，不能立即施行。

忍耐，忍耐，乌躁对自己说。对方似乎并不惧怕自己这边人多势众，好像有恃无恐。

直接面对神秘莫测的敌人，乌噪不由得感到一丝紧张。

但是，对方很少的人数，使他还是满怀信心。

要是他做对方头领，绝对不会只派这几人出来的。如果说这少数几人前来，只是来试探一下的话，无疑就是白白送死，还不如发起突然袭击多一点机会。

回想起前不久曾经的胜利，乌噪又开始暗暗地高兴起来。他走过去对最近的一人说了几句。

枪，装上了弹药，扳机拉上了。步行着的毕喜人，渐渐对基弗里等人形成了半包围的态势。牛鹿的排头线，拉得更宽了。

少于一千米了。夏雅惠子用卫星电话将测距结果通知基弗里。这句话的意思是，已经到了激光枪的良好有效射程内。

“毕喜人都躲在牛鹿后面，怎么办？”靠得最近的一名上尉对基弗里中校说。

“他们想用长蛇阵来包围我们。”中校站住了，举着望远镜，在晃来晃去的毕喜牧民中，寻找他们的首领。

“我要是阿喜人，我会坐在牛鹿上进攻。”稍远一点的一名中尉说。

“牛鹿背太宽，阿喜人太瘦小，坐不稳的。”

九百米。夏雅惠子略带焦躁的声音。

“那，倒也是，加个鹿鞍也会坐不稳，但是加个摇篮，躺在里面也还不行么？”

这名少尉的俏皮话引起了一阵毫无忌惮的哄笑。

“中间那个高大的毕喜人，应该是他们的头领。”在嘲笑的间隙里，基弗里及时插进话道。

“中校的意思是，擒贼先擒王。”

“他们有百十号人，如果被包围住的话，不用使用那短射程猎枪，一阵牛鹿的冲踏，就够受的了。我们向左移动，再寻找机会。”

“八百五十米，中校。”夏雅惠子有点着急地提醒。

“知道了，惠子中校。”

一阵吆喝声，牛鹿群停下了。两千多只小肢做出各种奇怪的动作，最叫基弗里中校忍俊不禁的是，一头牛鹿伸出它肮脏的小肢——因为它刚从草地上拔起了一把草——去抚弄另一头牛鹿的脖子。它的唇不停地翻着，时时将一口牙齿漏出来。基弗里中校认为它绝对是在说着情话，说不定还会念一首小诗。

五人在缓慢向左侧移动。毕喜人停下来观察着他们的行动，现在基弗里中校完全明白了，这群毕喜牧民正是预谋袭击营地的。待友善以友善，待凶残以凶残。基弗里校没有任何顾虑，他知道采取什么样的行动了。不过他得先转移进攻者的路线。那群牛鹿发起疯来，横冲直撞，营地可就难以对付。现在距离尚远，牛鹿群不会有那么准确的目标。

所以，先移动改变牛鹿群的进攻路线，在牵引着对方移动过程中，一边寻找到机会，一举端掉对方头领。那时，群龙无首，一盘散沙，激光枪就可以在对方的射程之外，一个个的寻找射击目标了。

八百米。

还是八百米。

不用夏雅惠子报距离，基弗里都知道目前两方的相对距离。因为，对峙的双方，谁都没有挪动位置。基弗里他们没有动，是因为对方始终没有动。

狡猾的蠢猪。基弗里骂道。

毕喜牧民的群队又开始移动了，方向，营地。他们竟然不去理睬基弗里几人的骚扰。他们将牛鹿另外驱赶，分出了一群约六七十头，前后排成两条线，来挡在这侧，防止敌人突袭。

“惠子中校，不好，毕喜人竟然看准了营地目标，坚定不移。请中校立即再派几人，从南面夹击敌人。希望这样能迫使他们停下来。”

“好的。——基弗里中校立即就要展开攻击吗？要小心一点，可否等增援部队到达后，两边同时攻击，互相牵制敌人。”

“不能确定，我必须见机行事。”

“中校小心。”

稍后，南面出现了几条人影。

北面，突袭分队，六百米；西面，营地，不到两千米；南面，增援分队实行的是迂回包抄，超过两千米。

跳动的距离数字，不断地输入基弗里中校耳朵。

“不能再等了，如果毕喜人识破我们的计划，立即进攻营地，营地难以保全。”

基弗里的话没错，这么一大群牛鹿，冲向营地，不惧生死，胡乱踩踏，营地岌岌可危。

“那，中校打算怎样进攻。”

“远处射击，拖住敌人，打乱进攻计划。用手雷震一震，效果更好，一定要引开他们的进攻方向。”

“手雷距离太近，危险。我们接近一点，用枪射击。”

基弗里点头同意。

五百米，四百米，停住，蹲下，死亡之光射出。

毕喜人那边骚动起来了，号叫声，嚷嚷声，有人朝这边放了一枪，却没有什么威胁力。

中了激光枪的两头牛鹿蹦跳着，引起了牛鹿群一阵混乱。一个毕喜人舞动了几下手臂，也倒下了。

尽管还有牛鹿在乱蹦乱跳，毕喜人还是喊叫着，驱赶着，鞭声呼呼，把一群牛鹿排成一排，面对着突袭队，点燃了牛鹿的尾巴。

“糟了，毕喜人要用这些不怕死的疯狂牲畜来对付我们。”

基弗里话音一落，十多头尾巴冒着油烟的牛鹿，吼叫着，撒开四蹄，舞动小肢，狂奔而来。

现在，基弗里中校明白为什么先前他用望远镜观察时，看见牛鹿尾巴上绑着如麻线一样的草状物了。这些干的细草浸了脂油，燃烧得久而猛烈。

牛鹿受惊负痛，燃火在后尾烧炙，其疯狂奔跑之态，可想而知，四百米的距离，霎时间就缩短了一半。

“快分散开，个人自行攻击和躲避。”基弗里大叫道，下达了作战命令。

基弗里中校左手掌根一拍往右手一拍，接着右手狠狠地扔出了一颗卵形手雷，不为别的，只求杀杀牛鹿的狂焰。

珍贵的手雷划出一条优美的弧线，飘得很远很远。

装有黑索金高能炸药的卵型手雷，在十米之内，都具有强大的杀伤力。

“轰！”一声巨响，冲在最前面的两头牛鹿，借着惯性，又向前冲了近十米，才扑倒在地，不甘心地在草地挣扎着。

其余十余头牛鹿，稍稍一顿之后，又继续狂奔而来，但是，他们只是杂乱无章的乱跑，分得很开，已经没有什么明确的方向性了。

很快的，牛鹿已经冲进了突袭分队，但是，它们找不到目标，只是一冲而过，甚至连回头一望的想法都没有。

突袭分队的五个人，都灵巧地避开了牛鹿的冲击，尽管他们躲避的姿势有的很狼狈，像是西班牙奔牛节上的逃命表演。

刚刚缓过一口气，第二群牛鹿，这群超过了二十头，又吼叫着狂奔而来，而且，十多个毕喜人，跟在牛鹿群后面，呜呜叫着，灵活地跳着，举着长枪或者猎刀，冲了过来。

高大的乌躁没有在这队冲锋的人中。他们加快了走向营地的步伐。

毕喜牧民跟在牛鹿后面，精瘦的个子，灵活的跳跃着，速度与牛鹿相比，竟是相差无几。

“射牛鹿！”眼见得难以射中被遮挡住的毕喜人，基弗里中校喊道。

射倒了冲突奔近的牛鹿，毕喜人也无所遁形了。

可是这个计划进行得并不顺利，每个战士或立或蹲，瞄准射击，把激光枪发射间隔，压到了最短，也要十多枪后才能击倒一头奔跑的牛鹿。

每跌倒一头牛鹿，距离就拉进了一二十米。

好，一头奔跑中的牛鹿来不及绕弯，直接撞在前面刚刚受伤跌翻在地的牛鹿身上，等它费劲地翻身爬起来时，落在最后面的毕喜人都超过了它。这家伙失去了方向感，尽管尾巴上的燃火已经熄灭了，疼痛感还在，狂躁的脾气还在。它原地跳了几下，胡乱以低头，竟横着向另一个方向，东边，冲过去了。

三百米。

一个毕喜人停下来，站住，举起了枪，对准奔跑的牛鹿群中间的缝隙。

砰！目标尚在散弹枪的射程之外，完全无效，但是枪声惊醒了对方，包括基弗里中校在内，两柄激光枪瞄准了这个自大的毕喜人。

毕喜人中枪了，先是大叫，跳了起来，然后扑倒在地没有声息了。

如果距离少于一千米，毕喜人就会驱动火鹿阵，进攻营地了。八九百头强壮牛鹿的冲撞，营地将是一片狼藉。

基弗里不竟担忧起来。毕喜人在不断推进，肯定已经进入了对于营地来说危险的距离。

蓦地，他看见，他的视力很好，他看见，有人从营地里出来了，正面迎击。

这是一支九人的阻击分队，由东条巴莫中校亲自指挥，这样一来，加上南面的袭扰分队，和自己这边，一半的人员已经出了营地，剩下的，有一半是武装的非军职人员，另一半是武装的军事人员，包括好几位女性。基弗里中校不由得激动起来，真正的规模战斗开始了。

荒山孝郎少将认为，绝不能让牛鹿冲击营地，他也看出了毕喜人的火牛鹿阵的意图，所以作出了正面迎击这个决定。

有距离才有安全。

紧急战况下，夏雅惠子恢复了荒山孝郎医官的真实身份。现在，荒山孝郎是少将指挥官。这样，他的命令无须经过夏雅惠子转令，可以直接生效。

虽是医官，医学院院长，可荒山孝郎的真正军事指挥才能，竟然不差。他是从下级军官一步步升上去的。

牛鹿群阵开始躁动起来。原来，突袭分队从南面也开始了远距离攻击。他们的攻击立即起了效果。虽然此时还没有毕喜人中枪，他们大多躲在牛鹿群中间，但是偶尔中枪的一头牛鹿在群落边缘乱跳，扰乱了前进队形，牛鹿群变得越来越难以控制。

基弗里中校略略松了口气。

“营地里出来反击了。我们干掉这群，再从后面攻击。”他喊道。这时五人分队已经拉开成二三十米的分散队形。

二百米，近距，九头牛鹿，疯狂的牛鹿，十个持枪的行动敏捷的毕喜牧民。

基弗里中校的目标正接近实现。

但是他叫喊挥手的姿态，肩膀上别着的小巧的卫星电话，显示出与众不同来，也彻底暴露了基弗里指挥官的身份。

奔跑，奔跑，一百五十米，七头牛鹿。那边，毕喜人一边奔跑，也在一边喊叫招呼。

短兵相接的时候就要到了。倒下了一个毕喜人，还有六头牛鹿。

一百二十米。

射倒牛鹿不是一枪两枪的事，而有的毕喜人已经举枪了，有的正站下，装填弹药，这大概要花十多秒的时间。

阻击的人，不得不花更多心思，去对付跟在牛鹿后面的智慧动物。

砰！

砰砰！

几声枪响过后，基弗里突然觉得腿一软。

几颗散弹钻进了他的一条腿。

当血浸出来时，他已跌坐在草地上。

嗒咚嗒咚。

牛鹿粗壮的四蹄踏得草地都在动。

“保护中校！”

立即，有一名少尉跳了过来，但是差一点撞上从面前一奔而过的牛鹿。

“我没事的。”

基弗里咬牙站了起来，一头接一头牛鹿已经冲到了面前。

躺在地上，几乎就是等死，跳跃躲避还有许多机会。

“中校注意！”

砰！

叫基弗里注意的少尉，不知是中枪了，还是为了躲避枪弹，扑倒了。

一头牛鹿已经冲到跟前，凶狠的眼里像是喷着火，低头猛撞过来。

基弗里猛地一跳，一跑，躲过了这场灾难。

又一头，还是被基弗里躲过了。他告诫自己，千万不能摔倒。

突然，基弗里被一股巨大的力量从后面撞倒。

先前已经跑过去了的第一头牛鹿，不知什么时候又折返回来，疯狂攻击。它得逞了，撞翻中校后，它的后腿又恰好踏上基弗里中校的一只手，右手。

咯嚓！臂骨断裂的声音。

这声音一点都听不出来，因为轰轰两声巨响，掩盖了一切声音。

冲在最前面几个毕喜人，被两颗卵形手雷全部炸翻了。

剩下的几个，相望两眼，叫喊两声，掉头就跑。

得逞的牛鹿，就在它掉过头，要继续撒蹄施暴的时候，两道激光射来，它原地猛跳一阵，终于被射倒。

扑倒在地的少尉，原来被散弹打中腰和小腿，伤势还不太严重。看到中校危险，他急忙起身过来。

钻心的疼痛，使基弗里几乎要闭上眼睛，如果说关闭视觉能钝化感觉的话。

跑过来的少尉，被又一头冲过来的牛鹿带倒了。他还没来得及叫中校注意。又是一头，他连忙一个鱼跃，总算没被撞倒踏上。

终于，有一只牛鹿蹄，在奔跑中，猛地踏上基弗里中校的胸膛，一吨多重的体重，借着冲劲，势不可挡。基弗里只闷哼了一声，再也叫不出话来。

第十一集

虽然没有被手雷炸倒，但是逃跑的几个毕喜人没有逃过第二劫。和激光的速度相比，他们奔跑的速度简直就是零。没等跑出一百米，全部被激光射倒了。

毕喜人对来无声去无息的激光枪充满畏惧，吃尽苦头后，再不敢轻易从牛鹿群中现身。

但是，不现身不等于安全，正面迎击的分队也开火了，三面射来的死亡之光，使牛鹿群中不时倒下一头。更重要的是，牛鹿群外围形成了一个狂躁不安的边缘，被击中的牛鹿，发狂乱跳，熟悉的吼叫声和呼呼的鞭子声，已经失去了任何约束和警示力量。个别负伤牛鹿，时不时从牛鹿群中出来，毫无方向地狂跑，有时也带动了另外几只，跟着疯跑。牛鹿群正在一步步陷入不可控制的混乱中。

乌躁心中越来越焦躁。被三面夹击，他们不能冲出牛鹿群。眼见得对方有一个指挥官受伤了，可是乌躁明白，那只是侥幸。凭火牛鹿阵的冲击，对于密集的阵形，或者不能移动位置的营地来说，尚能够收到一定效果，但是对于灵活机动且分散的个体目标而言，却收效甚微。

从不断倒下和四下跑散的牛鹿情况来看，外围障碍在敌人不断的攻击下，会越来越薄弱，躲在中间的毕喜人，不久就要面对敌人的远距离攻击。而他们，对对方的远程攻击，毫无还手之力。即使牛鹿群还在缓慢移动，只是，恐怕不到靠近敌方营地，就所剩无几了。

而采用牛鹿冲击，牧民紧跟的办法，在第一支分队悉数毙命之后，毕喜人已经失去了充分的信心，而且，现在的牛鹿群并非能够顺利地组织起进攻。

除非，有更多的牛鹿，组成冲锋军团，使对方来不及歼灭的太多，剩下的牛鹿足以牵制敌人火力，甚至撞倒踩踏敌人，然后，牧民再近距离地寻找目标射击，或可奏效。

至于正面的敌人，就需要更多的牛鹿同时出动了。

乌躁缩回收好单筒望远镜，别在腰间。他大叫几声，唤来几个牧民小头目。

他感到由于受到早先胜利的鼓舞，他们实在太低估了敌人，而现在冒失的集合发动进攻，却把自己陷入生死存亡的困境。乌躁略带沮丧地把敌情和己方状况做了简单分析。

他们似乎还有一条路可走，那就是，对营地，提前进攻，对两侧敌人，集中攻击。

“如果一开始，就要一百头去集中进攻南面的敌人先头部队，再用热光枪，早就见效了。”

有个头目稍显抱怨说，他把激光枪叫作热光枪。他口中说的一百头牛鹿，实际上就是六十四头。的确，毕喜人白白丧失了一个机会，第一波攻击力太弱，反而给对方留下了反击机会，而目前双方的距离，恰好是敌人最舒心的距离。

现在，毕喜人还有八十多人，八百来头牛鹿，还有足够的力量，对方，三面也不过是二十来人。

只是，对方的武器，实在叫人胆寒。那种被射中后临死之前撕心裂肺的惨叫声，还回映在耳边，想想都要战栗。他们试射过缴获的激光枪，甚至让一支激光枪不知怎么回事，再也发不出热光来，当然他们不知道是没电了。所以，毕喜人知道厉害。

头目们心情沉重地同意了乌躁作出的进攻决定。

两侧，集合百十头牛鹿，集中攻击，正面几百头牛鹿全部集中，提前攻击，孤注一掷，成败在此一举。

议定好了之后，众头目分头行事。乌躁负责正面攻击，由于营地前方，敌人已经组织了第一道防线。乌躁心中明白，想要一次就冲进营地的可能性微乎其微。如果不能彻底冲垮第一条防线，则他们连脱身都困难。对方正面只有十二人（10 人），却好像具有无边无际的压力。

第一拔冲击，他打算组织二百头（128 头）牛鹿，细成冲锋队形，缴获的两支激光枪，一支还能用，也配备在正面冲击的队伍中。可惜乌躁没有权利亲自使用这支枪，因为那不是他们部族缴获的。这支枪是放在最前面打头阵呢，还是配备在后面跟随射击？乌躁颇有些踌躇不定，最后还是决定留在后面。

说是将这些平时驯化的牛鹿驱赶集合，组成冲击队形，现在要做，谈何容易。敌人的神奥莫测的枪，从远处打得牛鹿群狂躁不安，使牛鹿再难驯服地听话。乌躁也叫自己人偷偷开了几枪，可是不知怎么一回事，就是难以打中远处的敌人。毕喜人多次试验过，难道是距离太远了吗。

其实，毕喜人只是不知道，他们的缴获的激光枪，除了激光，还有电击，眩光，长距瞄准，远程测距等多种功能，通过按钮进行操作选择，结果在微型显示窗上显示。要想进行远程瞄准，必须了解掌握这些数据，显然，毕喜人只是刚进学堂的小学生。

他们不敢绕到外围去驱赶牛鹿，那样会遭到袭击。毕喜人小心翼翼地在跳动和拥挤的牛鹿群中穿行，一次次地避开这些同样焦躁不安的庞大牲畜的踩踏。

东条巴莫中校告诫手下，要节约激光枪的能源。依牛鹿群的数目来看，即使耗尽全部能源，也不能将牛鹿杀光，那时，再要对付持有枪械和砍刀的毕喜牧民，岂非自绝生路。只要能够赶散牛鹿群，赶跑毕喜人，就达到目标了。他用短距通话器告诉了两侧的突袭分队。

枪击次数零落下来。地球人现在不像是在战斗，更像是在玩耍。

然而，一个非常不幸的消息却传了过来。

基弗里中校受了重伤。

“立即分出两人去增援基弗里中校！”

荒山孝郎少将命令中路的指挥官东条巴莫中校，因为那里与基弗里中校距离最近。

同时，一支五人的增援队伍，从营地出发，增援正面的东条巴莫分队。菅谷沙子听到基弗里受伤的消息，立即急着要求和增援部队一起前去。

夏雅惠子略一思索，同意了。

然而，菅谷沙子的却没有跟随增援部队，而是独自一人，径直向东北面跑去。夏雅惠子望着菅谷沙子的背影，沉默了。

“中校受的什么伤？”荒山孝郎安排好后，用通讯器回头问。

“伤较多，有牛鹿的踩伤，好像踩在了胸膛上，中校嘴里有血沫。”

“啊！千万不要移动中校的身体，让他平躺下来，小心。我立即过来。”

“荒山将军，怎么回事。”夏雅惠子问。

“基弗里中校可能是被踩断了肋骨，刺入肺中。时间一长，处理不当的话，中校可能会因呼吸衰竭，流血过多而死。”

“啊——”夏雅惠子倒吸了一口气。

“请队长带领部下安守营地，我要亲自去为中校处理伤势。”

“我也去。”

“公主殿下。”荒山孝郎轻轻地说，目光锐利逼人。

瞬间，四周沉寂了。

“那，荒山将军快去吧。”夏雅惠子叫身边的一个中尉跟着荒山孝郎一同去。此时，营地里已经没有什么军人了。

“一定要保证将军的安全。”夏雅惠子说。

“遵命，殿下。”那名中尉毕恭毕敬的敬礼。

夏雅惠子听得一愣，随即她明白，荒山孝郎刚才的称呼证实了军人们一直以来的猜测，而到现在，不能隐瞒，也没有必要隐瞒了。既然如此，荒山孝郎叫过通讯官小野正中尉，对他轻声说了几句，命令他全力负责千叶公主的安全。

面对着基弗里突袭分队的那一边，毕喜人最先形成进攻队形，似乎，现在，这方面的火力打击小多了。八十多头牛鹿前后排成几排，陆续向分队发起冲击。毕喜人并没有等全部的队形完毕，而是有了一排十多二十头牛鹿，便点火驱赶，发动进攻。这样一来，前前后后，牛鹿跑成一大片，蜂拥而来，构成了几个进攻梯次。

基弗里阻击分队的人，这下吃不住了。中村俊南上尉临时充任了指挥官。他一边指挥剩下的三人，包括受了轻伤的中尉，尽量阻止牛鹿群，降低它们的进攻速度，一边摘下基弗里中校身上的卫星电话，保持着与营地的密切联系，同时，他还肩负着保护基弗里的责任。

激光枪的射扫，根本不能挡住狂怒的牛鹿的疯狂步伐，幸好这段路程达四百多米，牛鹿总是越跑越分散。中村俊南上尉对三人的命令是：

躲避牛鹿，射击后面的毕喜人。

正确的命令取得了效果。一头头牛鹿从身边冲过，却没有一个毕喜人冲进二百米以内的距离，大胆靠近的三个毕喜人，全部被激光枪射倒了。他们也曾举枪射击，但是没有效果，砰砰的枪声反而吓乱了冲锋的牛鹿，有几只懵了方向，朝横向里跑去了。剩下的七八个毕喜人，全部趴下，躲避射击，观望着，不敢再轻易前进。

毕喜人的畏怯，给苦战的中村俊南上尉四人带来了生机。四人之中，仅上尉还有一颗手雷。

“上尉，我的枪电压不足了。”

中村俊南上尉心中一惊。

“备用能量弹夹呢？”

“都用完了。”

中村俊南上尉开三枪后，看着正面已经跑近只有十多米的牛鹿倒地。对于在两侧冲过，离得稍远的牛鹿，上尉根本不去理睬。他想把基弗里中校挪到一个有障碍物的，更加安全一些的地方，可是在草原上，一时竟找不到这样的地方。而且，荒山孝郎少将嘱咐过，千万不要随意挪动中校的身体。

中村俊南上尉左右为难，他只有站在中校身前，挺身保护，射杀那些正面冲来的牛鹿。

三枪开过后，中村俊南上尉顺便检查自己的能量弹夹，最后一支能量弹夹，也只能发射四五十次了。整个队中的情况，可想而知。

牛鹿在继续冲锋。自己的人和对面的毕喜人，都趴在或蹲在地上，有的甚至被草遮住了大半个身子。

“想办法在牛鹿群中间扔手雷，炸散牛鹿群。”

荒山孝郎少将一边气喘吁吁的奔跑，一边命令东条巴莫中校。前面，就是菅谷沙子少尉，她比荒山孝郎少将跑得快得多。

从南面袭扰毕喜人的突袭分队，也被牛鹿群冲得七零八散，自顾不暇。所幸堪堪撑得住，还没有人伤亡。

因此，东条巴莫这支正面迎击毕喜人的分队，是唯一有能力实施近距攻击，炸散牛鹿群的队伍。

但是，他们遭遇的进攻，却更为猛烈。毕喜人把主要的攻击方向，理所当然的放在营地方向，而东条巴莫分队，正好挡住了去路。

生，死，存，亡，在此一路。

由于两边的袭扰，加上想要组成更大的进攻规模，毕喜人想要组织起正面进攻，反而比较困难。一番周折，终于，二十多头牛鹿吼叫着，从牛鹿群中奔出，狂冲而来。

嗤，东条巴莫中校的衣裳突然被烧了一个洞，尽管没有伤到身体，腋下还是一阵火辣辣的疼。此时，他正举着手指挥。

东条巴莫中校立即卧倒在地，望远镜中，他终于搜索到了，一个毕喜人举着激光枪，在向自己分队射击。

“注意保护，毕喜人在使用激光枪。”

东条巴莫中校用短距离通话器警告队中人员。霎时，再也没有队员大大咧咧地站着射击了。

那个得意洋洋的使用激光枪的毕喜人，他的突然袭击没有要掉东条巴莫中校的命，却要了自己的命。

在奔跑的牛鹿的空隙中间，几条激光准确地穿过，打在暴露了身体的毕喜人身上。

大难不死逃过一劫，吓出一身汗的东条巴莫，忽然意识到，决不能轻视任何一个对手。敌人的进攻已经展开，增援部队正在赶来，而荒山孝郎少将命令的实行，是取得胜利的关键。

如何靠近牛鹿群，往中间扔出爆炸手雷呢？

东条巴莫中校趴在地上，不时射出一枪，观察着冲在最前面的牛鹿，紧张的思考着。

开始有牛鹿冲过身边。对方第二梯队的牛鹿也冲了出来，尾巴上燃着一团火。东条巴莫分队的处境更艰难了。中校不能再趴在地上隐藏射击，他不得不站起来，随时跳着，躲开牛鹿的冲击。

蓦然，东条巴莫脑中亮光一闪。

他看见了，有些牛鹿，鼻孔上留着一段绳子，长一点的，都快要掉到地上了。

那多像地球上的牛鼻绳，是不是毕喜人在制服这些强壮的牲畜时，只要牵着它们的鼻子走，就可以了。牛鹿没有角，不会用头去顶人的。

但是，为什么只有很少数的牛鹿有鼻绳，它们，是领头的牛鹿，还是平时里脾气暴躁难以驯服的牛鹿。

东条巴莫中校没有纠缠于后一个问题。他用短距离通话器叫来了三个军人。

三件上衣脱了下来，拧成三条衣绳，接成了一条近三米长得非常结实的绳子。四个人两人一组，各拉住绳子两头，瞅准了一头穿有鼻绳的牛鹿。

嗒咚嗒咚，牛鹿冲过来了。绳子放下了，绷得紧紧的，离地面约三十厘米。

攥紧，别松劲。东条巴莫小声喊道，一边略微调整了一下位置。

好，牛鹿冲近绳子了，绊上了绳子。砰通，轰然扑倒在地。巨大的惯性使它滚了两转才停住，尾巴上的火也熄灭了。它摔得懵了，爬起来后，甩着头，寻找方向。立刻，东条巴莫一个箭步，上前一下拾起了吊着的鼻绳。

见到有人靠近，牛鹿一甩头就要撞过来。东条巴莫连忙往一旁闪，手上却均匀用力，怕用力过猛，反将牛鹿鼻子拉裂，鼻绳脱掉。

牛鹿负痛，哼了一声，头不由得随着东条巴莫的手转。它挥动着两只小肢，想要抓住东条巴莫中校。可是中校总是走在它前面，打着圈。渐渐的，牛鹿的动作缓了，速度慢了。

机不可失，旁边的军人立即拿起手雷，扯掉衣绳上的一件衣服，打算往牛鹿尾巴上绑。

“嗨，用背心吧，迷彩服炸碎太可惜了。”

一个少尉叫着，脱下了身上的贴身背心。他结实的肌肤在阳光下闪着光。那是汗珠的反光。

很快地，牛鹿被牵转来对准了毕喜人方向。它的四蹄和小肢都在不安而倔强的动着，但是头却老老实实的服从东条巴莫中校的牵引。

手雷设置成了延时爆炸。

“注意，中校，好，放手。”

一道激光斜着射向了牛鹿的臀部，浅浅的在粗皮上掠过。

牛鹿痛得一声吼叫，头一昂，向前狂奔起来。

这时候，所有的激光枪，都猛烈地射向回头跑的牛鹿奔跑方向上的所有障碍物，不管他是动物，还是毕喜人。

第十二集

中村俊南上尉打完最后一枪。他四下一望，从三名军人的脸上和动作上，看见了尴尬。他们四个人中，已经两人没有了激光枪能量，剩下两个，也只是在勉力支撑，偶尔射出两枪，吓唬对方，他们始终保持着灵活的半蹲姿势。激光来去无声，毕喜人真不好作出判断，因此趴着，往前挪动得十分小心，甚至很久都不挪动位置。

如果毕喜人看穿了真相，立即发动进攻，后果怎样？

中村俊南上尉不敢设想结果。他一手举着枪，下意识地摸了摸腰间的匕首，匕首牢牢的插在皮套里。

饶是毕喜人吓坏了，或者说，他们从来没有经历过这样的阵仗，因而懵头懵脑的不敢想办法进攻，但是，单要躲避牛鹿的冲击踩踏，就已经吃力异常。尤其是中村俊南上尉，时刻都把心提到了嗓子眼。如果牛鹿瞅准了躺在地上，偶尔发出一声轻微呻吟的基弗里中校，径直奔过来，使用它巨力的蹄子，咆哮撒野，啊，上帝，啊，大神，保佑。

幸好牛鹿几次冲过身边，都没有对准基弗里。

然而，好运气并不永远站在上尉这边。一头喷着气的牛鹿冲来了。中村俊南上尉闭眼一瞄，糟糕，牛鹿前进的路线刚好经过基弗里这个点。

上尉跳到一旁去，嘴里呦呦叫着，想吸引牛鹿往他这边跑。可是，这头牛鹿被尾巴上的油火烧得躁怒不已，只顾埋头猛窜，根本没去理会上尉的挑逗。很快，牛鹿已经冲到跟前了。

中村俊南上尉看准了，憋足劲，将身体狠命向冲锋中的牛鹿撞去，正好撞中牛鹿肩颈处的小肢。

牛鹿被侧面狠狠一撞，趔趔趄趄，又冲了几步，才扑翻在地。上尉也随着向前扑倒，到底还是被牛鹿的后腿蹬了一下，蹬在大腿上，顿时，一条腿都麻了。

中村俊南上尉一连身爬起来，伸手一抓，恰巧抓住了牛鹿宽大的鼻孔。五指深深地抠了进去。牛鹿一只小肢搭上上尉的手臂，想拨开上尉的手。它四蹄一撑，站了起来。

牛鹿的粗气，几乎喷到了中村俊南上尉的脸上，可是，无论牛鹿怎么想甩脱上尉，上尉的手始终紧紧地抠着鼻孔不放松。他的身体紧贴着牛鹿，也顾不得牛鹿的坚蹄可能蹬上或者踩上自己。中村俊南上尉曾在国家手球队干过，身高体壮，握力超强，牛鹿还真不能轻易摆脱。

渐渐地，负痛之下，牛鹿不再那么狂躁。它尾巴上的火已经熄灭了，刚才的猛然跌倒，也对它身体有些伤害，它的力道一点点减弱，虽然还在随着上尉的手臂转圈，但是不再狂跳。

中村俊南上尉的手可以开始略微放松一点，移动中，他发现，牛鹿左右两个鼻孔竟然有一个小洞连通，怪不得他能够抓得那样稳。原来，这是一头已经选用为拉车的牛鹿，再过二三十日就要上市出售。拉车牛鹿在出卖之前，都要穿鼻孔洞，饲养一段时间。为了避免孔洞在穿通后自然闭合，通常都要插入一根光滑的木棍，就像地球上的女孩子，戴耳环之前先要穿耳洞，并且在耳洞中放入一个塑料棍一样，时间一长，便长成了一个自然的洞孔。现在，在猛烈的挣扎中，木棍已经掉出来了。

这个发现让中村俊南上尉产生了彻底制服这头牛鹿的念头。

“嗨，给我一条绳子。”他喊道。

没了能量弹夹的一个中尉勾着腰跳了两步过来。看着中村俊南上尉对付牛鹿的样儿，又听了他的话，中尉当然明白上尉要什么。他想了想，脱掉上衣，再脱下了背心。

他小心地将背心的吊带顺着中村俊南上尉的手穿过牛鹿的鼻中孔洞，两头打个结。

这条结实的背心，就成了牛鹿的鼻绳。

中村俊南上尉终于松了一口气。他试着看能不能牵动牛鹿。开始，牛鹿还憋着劲想对抗，可是很快就跟着中村俊南上尉走了。上尉把它牵到了基弗里中校前面四米多远的地方，正好可以挡住正面的冲击。

中村俊南上尉的行为，一直在毕喜人的注视之中，他们察觉出了敌人软弱的火力。因此，四个毕喜人试着，一纵一扑，逐渐接近，已经进入了散弹枪的射程。

有两个毕喜人蹲着身子，砰，砰，开了两枪。仿佛是响亮的进攻信号，更多的毕喜人跳跃着，时起时伏，包围过来。

牛鹿，还有二十来头，陆续地冲过来。

中村俊南上尉咬着唇，掏出最后一颗手雷。鼻绳还在手中，他站在牛鹿背后，毕喜人的枪打不到。他的小臂在牛鹿身体上亲昵地擦着，努力地让它平静。

毕喜人越来越近了。又有两人举起了枪。

这时候，所有的弹夹，都能量磬尽，每人只剩下匕首这样武器，还有中村俊南上尉手中最后一颗手雷。

忽然，两声惨叫，毕喜人的叫声。他们手中的枪还来不及抠响，自己先叫起来。

接着，两人就倒了下去。在这瞬间，他们每人至少中了三枪。

激光枪的死亡之吻。

剩下的几个吓住了，赶紧趴下，紧紧贴在地上，眼睛四下瞅着。

东条巴莫派来增援的两人，已经赶到了。

增援的人看见这边的人发现他们后，就蹲下来，继续寻找着最需要射击的目标，同时，扔出了四个他们携带的备用弹夹。

每个人身上，都有四个备用能量弹夹，加上装在枪里面的，应该总计五个。中村俊南上尉高兴了，现在，他们足以压住毕喜人的此次进攻了。

再下一次呢？按现存数量看，这边的毕喜人至少还能够组织两番进攻。

念及此，中村俊南上尉不由得一声苦笑。他一只手很不方便，费劲地捡起扔过来的弹夹，装上。他往基弗里中校那里看了一眼，中校似乎没有动静了。

忽然，轰的一声响，是远处，在牛鹿群的外缘处发生了爆炸。顿时，毕喜人所处的牛鹿群，乱成一团。有好几十头牛鹿，漫无目的的冲出来，四下奔散。

中村俊南上尉心中一阵惊喜，肯定是东条巴莫中校他们，竟然进攻到毕喜人内部去了。

又是一声手雷爆炸，这次爆炸地点离牛鹿群远着呢，只是将奔跑的两头牛鹿炸倒了，但是这爆炸增加了牛鹿群的混乱。

乌躁万万没有想到，对方竟用这一招，反过来攻击牛鹿群。如今，牛鹿四下乱窜，虽然还没有完全溃散，但是，有效的集中攻击，越来越难以组织了。

激光枪好容易从死去的毕喜牧民身边捡回来，但是乌躁再也不敢把它丢了，他作为头领，现在理所当然地能够占有和使用它。现在，他必须迅速地拿出主意，改变困境。

牛鹿还剩下一半，但是正在失去控制。全部冲出去，孤注一掷，还有收获的可能。乌躁突然冒出这个念头。

哧，乌躁身边一个人被射中了，虽然还不至于就死去，但是倒在地上，痛苦地翻滚着。随时，他们都有可能被远处的冷枪射中。和敌人的距离，比先前更近了。不是对方在前进，而是他们在往前行，庞大的牛鹿群惯性前行，竟然停不下来。

而且，乌躁从望远镜中看见，对方营地里，又出来几人增援了。

局势正在急转直下。

乌躁大声地对四处叫了起来，叫每个人点燃自己身边的牛鹿尾巴。他们已经没有机会来很好的组织队形了。他叫着，不断的跳着，避开牛鹿惊惶的踩踏。他不知道别人还会不会再听一个失败的头领的指挥。

然而，时运不允许他们有更多的选择。每个人都下意识的行动，只要有行动，才会有希望。火，点燃了，一头头牛鹿，从群中奔泻而出，像一条条射出的箭。

牛鹿群炸锅了，从中心向外，毫无规律的向外倾泻着狂暴的力量。

东条巴莫中校一见此情景，心中大喜。他立即用短距离通话器，命令各分队注意躲避毕喜人毫无规律的进攻。

“别管牛鹿，躲开它，专射毕喜人。”

每个战斗人员耳中都响着中校不容违抗的话。

眼看形势一片混乱。牛鹿在冲击时，反而不像先前那样有明确的方向，只是到处乱跑，这反倒给中村俊南上尉出了难题。如今，要想保护基弗里中校，反而更困难了，各个方向上都充满了危险。

紧急关头，菅谷沙子少尉赶到了。随后，荒山孝郎带着一名中尉也赶来了。

菅谷沙子不理睬任何人的招呼，径直朝基弗里中校躺倒处扑去。

荒山孝郎却冷静地以少将的身份，命令中村俊南上尉完成外围保护。

中村俊南上尉和刚赶到的中尉，模仿东条巴莫中校的办法，又抓住了第二头牛鹿，将两头牛鹿安置在两边形成有效障碍。加上几个军人的阻截，这边的安全已经无虞了。

菅谷沙子扑到基弗里中校跟前。中校微闭着眼，对身边正发生的激烈的战斗，似乎漠不关心。

菅谷沙子心中一惊，就要把中校抱起来，突然想到荒山孝郎的嘱咐，拼命忍住了冲动。

她伸出手去，轻轻地在基弗里中校的脸上抚摸着，又轻柔地念着中校的名字，企图能够唤醒中校。

基弗里睁开了眼，一刹那眼睛忽然睁大，放出光芒来。

这光芒刺痛了菅谷沙子的眼。

基弗里中校勉强做出一个笑容。刺痛从胸部弥散开来，充满全身。他说不出一个字来，血沫从他嘴里涌出。

一滴滴的泪珠，从菅谷沙子的脸颊，落进了阿喜星的土地。她咬着唇，替中校缓慢地擦着嘴。

“你做得很对，中尉。”荒山孝郎说，他蹲下来，半跪在草地上。菅谷沙子后退了一步。

荒山孝郎开始解开基弗里中校的上衣，检查伤势。

这时，基弗里中校的服装染上了更多斑斓的颜色。深红和黑紫的血，绿的草汁，黑的泥土，混合着泪水的无色透明和濡湿。

荒山孝郎检查完伤势，沉默不语。

“将军，怎样？”

菅谷沙子急迫地问。

“中校的右手小臂粉碎性骨折，千万别乱碰。”荒山孝郎说着，换了一个方向，用日语大叫道，“电话！”

中村俊南上尉还在靠着牛鹿，不停地对外射击。荒山孝郎少将的第二声喊叫让他明白了。他把匕首套进背心拧成的鼻绳，扎在地上，做成一个地桩。他希望此刻牛鹿不要乘机逃跑。卫星电话还卡在他的腰里呢，汗水已经沾湿了电话机外壳。

荒山孝郎用日语，叽里哇啦地和千叶公主说起来。

“三处重伤？”

千叶公主几乎不敢相信。

“腿上枪伤最轻，手臂伤比较严重，致命伤是胸部。只有做开胸手术，才能取出或纠正断骨。恐怕在这边营地里做不了。”

“那怎么办？”千叶公主急得想要哭。

“只有尽力一试了。等战斗结束，做个担架，抬中校回去。现在没办法动。公主请要求诺亚营地送全部需要的手术器械来，凡是有的就要送来，有多少拿多少。”

“徐豹上校已经知道这里发生战斗了。增援部队正在赶过来，大概三个小时之后才能赶到。我立即请求上校再派人送来。要不要请求诺亚营地的医生也过来增援？”

“嗯，那样最好，当然。”

战局在急剧变化，牛鹿不断跑出，透过缝隙，已经看得见毕喜人跳来跳去瘦小的身影了。

毕喜人终于有机会直接尝试激光的亲吻。

又被射倒一人之后，乌躁想，他们已经失去了有效的障碍，他们还剩下最后一条路，而尚存的两百多头牛鹿，为他们撤退保留着一线生机。

“哇哇！”乌噪叫起来，手高举挥舞着，高大的身躯如鹤立鸡群，他忘记这样可能会给他带来死亡。

牧民们听见了，也看见了乌躁勇敢地指挥撤退。只停顿了一下，牧民们纷纷撤退，与分散并前冲的牛鹿，恰好是两个相反的方向。

“敌人要撤了，他们正在逃跑。”南面的分队报告说。

“切勿追赶，保持距离，敌人有激光枪。”

东条巴莫下达了命令。

有三四十条牛鹿，穿越过东条巴莫稀松的防线，向着营地直冲而去了。

第十三集

一条条消息，变化万端，不断冲击着千叶公主绷紧的神经。

夏雅惠子中校，如今全队都知道的千叶公主，未来的唯一天皇继位者，被小野正中尉强行劝到了站到煤堆后面，观望战斗进程。

此时，每个文职人员，也举着激光枪，心情紧张地望着越冲越近的牛鹿。

“各位注意，都躲在煤堆后面，那里是安全的。枪口要对外，不要乱动。左边的负责射击左边的，右边的负责右边的，不要慌张。”小野正中尉大声吩咐这些从未经历过战斗的人。

“那，中间的呢？”一个科学家问。

好精细！小野正中尉被问得一愣。“当然是我负责。”他说。

牛鹿朝着营地冲来，仅仅是由于冲刺的惯性。一千来米的路程，两三分钟的时间里，便完成了一半。

在小野正中尉的镇定指挥下，一道道死亡之光射出。终于，一头牛鹿栽倒在地。

接着又是一头。

两头牛鹿冲近了，它们正是跑在中间的。千叶公主和小野正中尉两支枪奈何不了众多的牛鹿，终于有两头躲过了致命伤而冲进营地。它们都挨了枪，更加狂怒，蹄子踢起了散落的煤块，卷起一阵黑色灰尘。

“注意，别对着它开枪，躲开就是了。”小野正中尉叫道，他非常担心这些很少开枪的文人一不小心误伤了同伴，因为这时候牛鹿已经冲进了营地，碍于煤堆的阻挡，才没有直接冲击到营地里的人。

众人依言而行，专心射击营地外正面冲来的牛鹿。

牛鹿绕过煤堆，改变方向，乱踩乱踏。这些带有智慧的家伙，似乎认准了面前这些人类，正是打击它们的敌人，专朝有人地方跑，弄得营地里一片混乱。人们绕着煤堆转，一边射击外面冲过来的牛鹿，却不敢射击已经闯进营地的牛鹿。

小野正中尉站在千叶公主身前，机器人金刚—3 站在右边。千叶公主不得不放弃射击，看着中尉射杀近距离的牛鹿。

中尉小心谨慎的开枪，十多枪之后，终于将两头捣蛋鬼射倒了。牛鹿庞大的身躯倒地时掀起一股黑色的灰尘。

更多的，有五头牛鹿，又冲进了营地。远处，似乎二十来头模样的牛鹿，又成群的冲过来了。

两头牛鹿向小野正撞来，小野正中尉只要向旁边跑开，绕到煤堆另一边，便可以躲开攻击并寻找机会射击牛鹿，但是他没有躲开，他身后就是千叶公主。

牛鹿跑得很快。一只被射中了眼睛，甩着头，悲伤的吼叫着，冲了几步跌倒了。另一只稍稍一愣，跳着绕开倒地的躯体，一下就窜到了小野正中尉跟前。

中尉站着没有躲开，他回头一望，想看看千叶公主有没有跑开，以躲避牛鹿的正面冲撞。

一声尖叫，千叶公主的声音，她看见了牛鹿庞大沉重的身体，即将撞上小野正中尉。

突然，右边一个身影窜了两步，双手推出，挡在了小野正中尉和牛鹿之间。

机器人金刚—3 没有完全推开牛鹿，它晃了一下身子，差点翻倒，退了两步才站稳。

小野正中尉趁机退到了千叶公主身边。他瞄上了左边又冲过来的一头牛鹿。

牛鹿被机器人金刚—3 硬生生地一推，弄得很痛。它把愤怒发泄在面前这个四四方方的机器人身上，头一摆，侧身撞去。

金刚—3毫不退步，上前一把抓住了牛鹿一只挥舞的小肢，一拧，小肢咔嚓断了。金刚—3是矿山机器人，真正的铜头铁臂，力大无比，平时举起个三四百公斤的重物都不在话下。

牛鹿负痛，一吼，一跳，可是小肢还在金刚—3的手中。

金刚—3左手抓住小肢，右手张开，三个手指，像三柄尖锐的剑，嚓地插进了牛鹿的侧胸。

牛鹿一声低沉的闷叫，猛地往上一窜，身体半离地面。

金刚—3的铁手插进牛鹿胸膛后，抓住了一根肋骨。牛鹿疼得往上一窜，金刚—3却要往下拉，两力叠加，咔嚓一声脆响。

牛鹿粗壮的胸骨，竟被活生生拉断了。皮开肉裂，一大股鲜血涌了出来。

牛鹿一摔头，撞得金刚—3踉踉跄跄。金刚—3立即又跑回来，双手一推，把牛鹿推翻在地。内脏从牛鹿裂口处挤了出来。牛鹿挺身蹦了两下，还想站起来，被金刚—3摁倒了。经过一番挣扎，伤口破裂开得更大，一大摊血和着黑色煤灰，把附近一块土地弄得血腥狼藉。

牛鹿精疲力竭，再也站不起来，只有苟延残喘的份儿。

金刚—3不再理会地上的牛鹿，它又向千叶公主身边靠近。

千叶公主惊魂甫定，有了金刚—3靠近身边，她举枪和小野正中尉一起，借着煤堆的有效掩护，射倒了两头闯进营地的牛鹿。牛鹿的攻击终于接近尾声了。

草原上，四处都散布着三三两两的牛鹿。它们已经没有主人来控制。牛鹿群的中心，现在应该说已经没有中心了，不见了毕喜人的身影。

两处的战斗渐渐平息下来。草原上，到处是牛鹿的尸体，间或有一两个毕喜人。

营地中开始倾于平静。千叶公主忽然想起了什么，向营地外面跑去。

小野正中尉在后面叫了两声，没能阻止千叶公主，连忙跟了上去。跟着跑出去的还有机器人金刚—3，它奔跑的速度要慢一点，落在了后面，但是它一点都不肯放弃，一直追了上去，好像认准了，一定要跟在千叶公主身边。

现在，这段路程变得比较平安。近十分钟之后，吁着气的千叶公主已经跑到了躺在地上的基弗里中校跟前。军人们在清理战场，荒山孝郎少将已经吩咐两个军人去找粗一些的树干来做担架，这很难找，他们还没有完成，因此，少将和中村俊南上尉静静地待在基弗里中校旁边，注意着变化。

基弗里口中不时呶出血沫。他的脸色显得苍白。痛苦已经把中校折磨得失去了力气，他闭着眼睛。菅谷沙子跪在一边，不断地替他抹干净嘴角。带来的纱布，几乎要用完了。这种特殊材料做成的医用纱布，清洗消毒过后，还能继续使用。

“将军，情况怎样？”

“公主殿下怎么出营来了？”荒山孝郎瞪了旁边的小野正中尉一眼，后者惶惶不语。

荒山孝郎当然明白，千叶公主是自作主张，一旦公主决定要做什么，真的还没人能够阻挡。他摇摇头，面色凝重，回答道：“恐怕预后很不好，公主殿下。”

基弗里中校闭着眼，却没有失去知觉，听觉也完全在正常情况下。他听见了夏雅惠子中校来了，也听见了荒山孝郎的称呼。

基弗里睁开眼，眼中满是惊愕。“你是——”

中校刚想说什么，夏雅惠子立即两步跨到了中校跟前，弯下身子说：“我是千叶公主。中校保重，不要讲话。”

中校的嘴张圆了。“我——”他刚要说话，突然一阵咳嗽，胸脯的剧烈起伏，立即使口中涌出了一团血沫。剧烈的疼痛，令基弗里嘴角一歪，晕了过去。

荒山孝郎急忙躬身检查情况。菅谷沙子不敢触动基弗里的身体，她仍旧跪在旁边，双手握着基弗里未受伤的那只手，哭着说：“中校，请你一定要坚强，你的孩子在等着你。你要看着他诞生，要牵着孩子的手在草地上玩。基弗里君，听见了吗，只为了你的孩子，也要坚强地挺下去。”

荒山孝郎检查完毕，束手无策的退开了。

他对对面的夏雅惠子轻声说：“也许中校自己，还能够救自己。除非马上手术，还有一线希望。”

基弗里忽然睁开眼了，眨了一下，又闭上，接着半睁着眼，这时，他两只眼看起来都不一样大了。他望着菅谷沙子的腹部，从她手里抽回了手，因为手够不到，所以指着菅谷沙子的腹部。

菅谷沙子点着头，往前挪动了身子，将基弗里的手放在自己小腹上。她脸上挤出笑来，泪珠却滴落在基弗里的手臂上。

“是的，你的孩子，我知道，我一向很清楚周期的。”

基弗里费劲的把头转向千叶公主。

“请，替——我，照顾，她。”

千叶公主——夏雅惠子脸上表情凝固了。

因为，基弗里中校脸上，出现长久的一个微笑，这个微笑是那样的奇特，而且久久没有变化。

荒山孝郎最先察觉到，他把手指放到基弗里鼻子下，又仔细看了基弗里的瞳孔。

荒山孝郎摇晃着头，站起来退到了一边，低头默哀。

菅谷沙子也明白了，她终于可以扑到基弗里身上，恣意地痛哭起来。

夏雅惠子站起身，她放眼去望辽阔的草原。风把广阔的草原吹得草起草伏，四野的碧绿一直连接到天际。

她往前走了两步。“不，我不能哭的。”她告诫自己，继续往前走。

“我是千叶公主，未来的天皇。我一定要坚强。”

夏雅惠子继续往前走。她脚抬得不高，甚至是拖着脚步走的，她感到一股巨大的力量在绊着她。

“呦——”

前面不远的地方，一头走散了的牛鹿，正在惬意的低头吃草。刚刚发生的惨烈战斗，似乎没有影响到它的心情，看见夏雅惠子走过来，它发出长长的呦声，或者是警告，或者是招呼。

夏雅惠子停住了。忽然，她双手蒙住脸，终于忍不住，啜泣起来。

第十四集

徐豹派队副陈诚中校带领增援的十人部队到达南岸营地时，夏雅惠子和荒山孝郎等都已经回到营地里了。走在最后面的是菅谷沙子少尉，她一直跟随在基弗里中校的担架旁边。她用自己的上衣，盖住了基弗里中校的头。

不过，为增援而来的陈诚中校等人并非无事可做，他们加入了捕捉牛鹿的行列。东条巴莫中校发明的方法比较有效。最后，他们竟然共计捕捉到了近三十头牛鹿。接下来问题来了，他们没有足够的绳子，来长期套住牛鹿，那些太短的鼻绳难以迅速拿到手，而任何一个迟缓，都可以让牛鹿再次逃走。

“帐篷的布，不是非常好的绳子么？”千叶公主说。

纳米材料的细薄的帐篷布，割成条来拧做绳子，再好不过了。可是，人们都还没有明白千叶公主的意思。

陈诚中校刚赶到时，立即借夏雅惠子中校的卫星电话向徐豹汇报。徐豹上校随即和夏雅惠子通话，慰问她和她的队伍。

此刻，千叶公主已经完全地平静下来。她接回电话，略略停了一会儿，才说：

“我有个问题想请问上校。”

夏雅惠子如此客气地说话，徐豹疑惑了。

“但说无妨。”

“为什么机器人金刚—3 寸步不离地跟着我？”

原来是这么一个问题。那边，徐豹破颜为笑。他说：“我不是给你们传过来一个修正程序么，里面还包含了一个隐藏程序，当营地出现危急情况时，金刚—3 的唯一任务就是保护你。这，算是我隐藏的一点私心吧。惠子中校不要多疑，也不要见怪。”

“不，没有。谢谢上校。”

清点战斗结果，两个重伤，三个轻伤，其中，一个重伤是被毕喜人的激光枪射伤的。在东条巴莫中校向千叶公主和荒山孝郎少将汇报结果时，陈诚中校还在旁边，因此，他现在知道了夏雅惠子队长就是千叶公主。

荒山孝郎少将也是故意要把这个重要的秘密散布出去。他看到，陈诚中校在知道千叶公主的真实身份后，表现出了应有的尊重和礼节。少将欣慰地向千叶公主点头示意。

所以，千叶公主在短暂的时间内，经历过这么事情和感受后，突然自己做出了惊人决定。

千叶公主环顾一下四周，见每个人都没有行动，于是继续说道：

“今晚还要住一夜，只能提供一顶帐篷。那边，那顶最小的。去吧。健康的牛鹿对于今后诺亚营地的建设，是很重要的。”

荒山孝郎终于彻底明白了千叶公主的言下之意。

“公主殿下。”少将跨出一步说。

“将军是想要违抗我的旨意吗？”

千叶公主逼视着荒山孝郎。

“不敢。”荒山孝郎一低头。他退后两步，以不容置疑的语气对东条巴莫中校说：“执行命令！”

千叶公主转过身去，不再理睬这些忠实的，但是对她的行为一知半解的部下们。她拨出电话，接通了哥伦布太空舰队旗舰总部，亲自向克里司令汇报了战斗的经过和结果。

哥仑比亚号飞船上，整个被一股悲伤的气氛包围，随后，这股悲伤扩散到方圆几千公里之外。九艘星际飞船，都被这种悲伤所笼罩。

克里面无表情的主持了舰队的紧急会议。太和号飞船主管本田大将，首先承认了夏雅惠子队长，就是千叶公主，接着，他对基弗里中校的阵亡，表示哀悼和道歉。

因为在这之前，千叶公主已经和本田大将通过了电话。

基弗里中校，所代表的代达罗斯号飞船主管奥佩斯将军忍住悲痛，提出了新的支队头领名单：戈培里·戈林曼中校，基弗里支队原来的队副。没有任何疑问，电子任命书很快下到了 X 点的诺亚营地。

做完这一切，舰队暂时恢复了平静。

克里结束会议后，没有再和其他将领和高参们在一起。他回到了自己的独立办公室。

双颅人顾问希格里 & 斯诺，哥仑比亚号飞船主管罗宾逊·帕欧卡，这两位最有资格安慰克里将军的人，都沉默不语，其他的人，也都沉默起来。

那是因为，希斯知道，没有比沉静和音乐，更能抚慰霍普·克里伤痛的心的东西了。

克里独立办公室，即起居室的门，紧闭着。

这是一道一级警戒的门。

一个俏丽的身影飘过来了。微重力环境，步伐是那样轻盈，像蹁跹的仙女。

她把手伸向瞳指双防门的检测孔。她盯着这个孔。这个孔与她肩差不多一样高。

她按下了开启瞳指双防门的按钮。

竟然无须房内人的允许，门，无声地打开了。

奥特丽轻盈地走了进去，门随即关上。

并不宽敞的独立办公室中，克里背对着门而站，面壁而立，通过飞船室内和肩宽一般大小的双层透明舷窗，他望着飞船外深邃的太空，默默无语。

“将军。”奥特丽走得很近了，克里仿佛还没有察觉。

听见奥特丽的呼叫，霍普·克里转过头来。

他向奥特丽点点头，算做打招呼。他离开舷窗，并随手按下了关闭窗口的按钮。

原来的舷窗处，从上到下逐渐出现一幅油画。一张软屏展开来覆盖了舷窗。

软屏上展现的是安格尔色彩浓艳的油画《大宫女》。

“啊。”克里回头看时，他居然弄错了，他觉得这幅油画太过艳丽，他伸手去，想更换一张淡雅一点的画。

“这幅很好，为什么要换呢？”

克里抿着嘴，睁着眼，点了两下头，意思是问“合适吗？”

“是的，很好。”

“奥特丽小姐来了多久了。”

“你说呢？”

“我不知道。”克里耸耸肩。

“悲伤占据了将军的心灵，因而对环境无所觉察。”

克里没有回答，走到电脑办公桌前，漫无目的的打开电脑。办公桌桌面后半部翻起了八十度，表面金属护屏卷了进去，现出显示屏，屏幕立即亮起来。

“但愿悲伤的云雾没有遮蔽奥特丽小姐的清纯的心灵。你是应该快乐的。”

“为什么？我会单独的快乐吗？面对命运的浮沉熟视无睹？难道我们不是同样的命运，不是乘的同一艘在茫茫海洋上驶向港湾的船。”

“你是乘客，我们是水手，这是不一样的。”

“我也是水手。将军，请把你的痛苦分给我一半。”

“男人就算悲痛涌上了口腔和眼眶，也把它回到嘴里，嚼烂，吞下，而把坚强的阳光，留在脸上，去温暖女人和孩子的心。”

“噢，可怜的霍比。”奥特丽走近了一点，用眼光抚摸着克里的脸。

“已经任命戈培里·戈林曼中校为新的支队长了。相信我们不久将要登陆阿喜星。未来的几天，十天内，命运将彻底摊牌，我们一定会对结果满意的。”克里嘴角一咧，想微微一笑，却没有笑出来。

“戈培里·戈林曼中校？”

“是的，你是认识的。”

“是的。”奥特丽淡淡地说，和克里一样，她也平静了许多。

“不想看看，如今中校是什么样儿么？”克里逐渐转移话题。

“他一定更加成熟了。年轻的热忱和冲动，在智慧和经历的发酵下，会烤出芳香的面包。”

“哦，戈林曼中校一定会很高兴听到这话。”

“不明白将军为什么要转移到谈起这个话题。”

“奥特丽小姐感兴趣的话题，我总是很乐意提及的。”

“这么说，将军对知道我感兴趣的话题是什么，一定很有信心了。”

“我很少判断错的。”克里挺了挺腰。

“那么，对于女人，或许是个意外。现在，克里将军明白我最想知道什么吗？”

“那是什么？”

奥特丽嫣然一笑。

“我想知道，克里将军会以什么身份登陆阿喜星？”

克里认真想了想，说：“地球特使！”

“特使，一个人？”奥特丽偏着头。

克里的目光像两把剑似的，想要穿过奥特丽的眼睛，可是，就像冰棍遇上炙烈的阳光一样，在奥特丽眼睛面前纷纷融化了。

时间，似乎在狭窄的空间里凝固了。

“我，想要，有一个人，陪着我，把地球人和平的愿望，播洒在阿喜星，广袤的土地上。我向上帝祈求，恳请赐我以福。”

奥特丽伸手擦擦克里的下巴。克里想，那里，有块地方可能疏忽了，带有脏污物，哎，真难堪。

“在修面的时候，要使用镜子，不要凭主观的感觉，去装饰自己外在的形象。”

“我怕照镜子。”

“那就让我做将军的镜子。”

他们互相望着，彼此能听见对方的呼吸。

奥特丽抬起了手，伸到了克里面前。

克里从自己手指上退下了一枚铂金戒指，那是他手指上唯一的一枚。

“可以么？”他问。

奥特丽微笑得几乎看不出来，手仍然伸着。

克里弯腰吻了奥特丽的手，并把戒指庄重地套上奥特丽的无名指。

第十三章　风起云涌

第一集

草原战斗过后的第二天，千叶公主和荒山孝郎少将率领全队，撤回了趵突河北岸的诺亚营地。

三十多头体格健壮的牛鹿，是千叶公主带回来的最丰盛的礼物。徐豹上校回报的，则是三间刚刚修筑好的干打垒土屋，居住起来比帐篷舒适多了。

看着一头头体壮力健的牛鹿，鲁克顾问说出了让这些牛鹿充作运输工具的想法。

“我们可以过河去，运输那些煤回来，我们再也不用为燃料的问题操心了。这需要做一些车子。趁现在河水还未还原，能在趵突河上搭一座便桥就更好了。”

顾问鲁克的话比哪个时候都多，他带着兴奋的表情，甚至疏忽了又有头发往下掉。

最沉默的人，应该是戈培里·戈林曼中校了。当基弗里支队的部下愤愤不平地对基弗里中校的牺牲，发泄着不满的言语时，当着千叶公主的面，他只冷冷地说了一句。

“让基弗里中校安息吧！”

诺亚营地里，人人都突然变得很忙。徐豹召集了队中一次简短的会议，安排了一下近几日各队的任务。对于夏雅惠子支队，（他还是习惯这样叫），只安排了他们制作木车。因为夏雅惠子支队中还有一些伤员需要治疗照顾。

千叶公主一句话没说，接受了分队里的安排。回到自己队中土屋内，她先去看了看伤员，然后安排东条巴莫中校着手进行造车的准备。这活儿初看起来比较单一，其实并不简单，仅制车轮一个程序，就得费不少神。队中，一个地质工程师提出了解决的办法。他的方法受到了荒山孝郎少将的褒奖。

“现在，最后一件事，我宣布，撤销菅谷沙子的军职。”

千叶公主板着面孔说。这时，大部分支队队员都在屋子里。

“公主为什么要撤销我的军职？”菅谷沙子中尉喊道。

“你违抗了军令，本来应该受到惩罚的。”

菅谷沙子立即红了脸，低头不语。

“好了，现在，各位分头行动吧。”

屋内很快就剩下千叶公主和菅谷沙子两人。

“我想出去一下，你帮助医生照看一下伤员。”

“公主到哪里去，我也一路。”

“我到河边去看看，找一条运煤的最好路线。”

“我虽然没有军职，可我还是公主的侍女，就让我还像以前一样跟随公主吧。”

“记住，现在，你连侍女也不是了，你只是一个普通的文职人员，以后，医生会跟你派一些活的。好好休息一下，基弗里中校明天要下葬。我答应过中校照顾你的。”

一提到基弗里中校，菅谷沙子眼中噙着泪。千叶公主鼻子一酸，连忙快步走出土屋。

诺亚营地一片忙乱的景象。千叶公主默默穿过人群，甚至不敢朝停放着基弗里中校遗体的那边看一眼。撕掉部分的小帐篷，如今改做成了一顶遮阳篷，充作灵堂。一名军官在往中校遗体四周摆放着鲜花。这些花是许多人从四处采摘收集的。

河边的草太浅了，一点都不能遮掩住千叶公主疲惫的身子。

徐步慢行，千叶公主脑子里开始浮现先皇伯父讲过的一个古老的故事。那时候，千叶公主还年龄不大，两手支在伯父的腿上，仰着头，认真而好奇地看着伯父的脸。

信重武士问白隐禅师："真的有地狱和天堂吗？"白隐问他："你是做什么的？""我是一名武士。"信重言下颇为自傲。"你是一名武士？"白隐叫道，"什么样的主人会叫你做他门客呢？看你的面孔，犹如乞丐！"信重听了非常愤怒，按住剑柄，作势欲拔。"哦，你还有一把剑，但它是多么的钝啊，根本砍不下我的脑袋。"白隐毫不在意。信重被激得果真拔出剑来。"地狱之门由此打开。"白隐缓缓地说。信重心中一震，顿有所悟，接着，收起剑向白隐深深鞠了一躬。"天堂之门由此敞开。"白隐禅师欣然道。

那时，千叶公主一直不明白伯父天皇讲的这个故事。她走着，步履沉重，思索着这个故事，一时觉得自己明白了什么，一时又犯糊涂起来。

"公主要到哪里去，注意脚下。"

千叶公主回过头来，徐豹已在身后侧七八米远的地方。

"你，叫我公主？"

"是的，千叶公主。"

"你在跟踪我？"

"不是。你出营地来我就注意到了。你精神状态不好，有些恍惚。别忘了，你还是我的支队长部下。对每一个部下负责是我的责任。"

"多么冠冕堂皇的话。"千叶公主忽然没好气地讥笑道。

徐豹微微一笑，并不理会千叶公主的讥讽。

"这么说来，陪着我走一段路散散心，也应该是上校的责任了？"

"敢不奉命。"

徐豹这话脱口而出，竟来不及收回去。

千叶公主转身往前走了，徐豹连忙快走两步跟在了后面。

前面是一个平缓的河滩，依目前趵突河的流量而言，比较容易蹚过河去。

千叶公主停下了，徐豹也停住了。

“河水竟这么浅，变化无常，正如人的一生。”

“上游被泥石流大坝截断了。可是最多再过几天，河水会越坝而过，趵突河又会恢复往日的深度。这个时间我们是可以掌握的，也正像人的一生，并非完全捉摸不定。”

徐豹话中带话说。

“你是说，人是可以掌握自己的命运的。”

“人的努力可以改变很多东西。”

“那么，什么是天堂，什么是地狱？是不是放弃不合时宜的追求，让心灵宁静，就是脱离地狱而走进天堂。”

千叶公主喃喃地说。她感觉到徐豹离得很近，她怕徐豹会听见自己忽然加快了的心跳。她想深深地隐藏起来。

放弃不合时宜的追求？徐豹立即对这句话警觉起来。他忽然精神一振，像注射了一支强劲的吗啡。

“那一年，公主，为什么，突然，不辞而别？”

千叶公主被这话吓了一跳，她确信无法掩饰住自己的紧张与激动了。稍待，千叶公主确信听明白了徐豹的话，上校是指十多年以前的事情。她皱皱鼻子，神经质抽搐了一下。

“既然你叫我公主，你应当知道为什么。”

“我是才知道公主身份的，不超过二十四个小时。”

“很感谢你的理解。”

“不过，我还是想，亲自从公主的口中，听到解释。”

“你，上校是指十多年前的不辞而别吗？”千叶公主试着问。

“两次，都可以，也许，两次，有着必然的联系。”

千叶公主抿着嘴唇，往前走了两步。

徐豹也跟随着走了两步。

千叶公主侧过身子，眼睛从徐豹身旁望向远处。几棵不高的树从草丛中长出来，留下一片阴影。

“我也——不知道，是不是有必然联系。皇族血统限制了我的自由。一百多年来，延续的民族仇恨，更加增添了种种人为阻碍。沧海虽阔，借舟可渡，人海波涛，汹涌难济。徐豹君，如果站在我的角度想想，能体会到我的痛苦吗？——国土窄小，灾害频仍，资源稀少，强烈的危机感侵蚀着国人。我们渴望着，拥有一片宽广宁静的国土。我们，不得不做着别人也许难以理解的事情，我，也不得不做着我必须做的事。”

“我，可以给你，给公主，讲两个故事吗？”

千叶公主望着他，谦恭地点点头。

“那是很久以前了。那一年，我的祖父和几个日本人在一起看电视，播放的是北韩人质问题。金二世——哦，你可能不知道金二世是谁，说有五个人还活着，但不肯放人。”

“我怎么会不知道。”

“我祖父边看边说了：绑架了别国公民还有说的，放不放？日本人便问我祖父：他就不放，你怎么办？我祖父说：那就打呗。话音未落，几个日本人像看珍稀动物似地看着我祖父，说不出话来，过了好一会，有一个人说‘你是在说战争？到底不是日本人。’我祖父这才注意到，日本人的非战意识是多么强。”

“我不明白徐豹君什么意思。”

“那再讲一个。我祖父的父亲，就是曾祖父，认识一位日本人，终战时在上海，他是曹长（班长）。回国时，曹长手下的士兵们犯嘀咕，说听说国内被炸得很厉害，回国后不知有没有饭吃。曹长家很有钱，说你们不要发愁，去我家吃饭，一年半载的没问题。他家在神户，回来的船正巧就到神户，大家都挺高兴。谁知道船快进港时，曹长傻了。天哪，那还有家呀，只剩一片焦土，他还能认得出家才叫能耐呢。漫说原子弹，光B—29的空袭，就炸平了几乎全日本。深受战争伤害的民族，怎么会是战争的狂热崇拜者呢？除非有人强加战争于他。这些故事都是祖父亲自经历并讲给我们听的，在祖父的本意，是要我们不要带着偏见和狭隘感情，去看待一个伟大而坚忍的民族。顺便解释一下，我祖父曾经派往日本工作，回国后仍然和许多日本人一起共事。”

“那徐豹君的祖父，是在什么时候讲的这些故事呢？”

“在我刚刚加入海军那一年，那时祖父已经九十高龄，可对这些事居然记得这么清楚。我们服役的舰队队部刚好和贵国隔海相望。我的战友们在入伍告别仪式上异常兴奋，祖父暗怀忧心，就给我讲了这两个故事。祖父希望我在战友中也讲一讲。后来，又给我讲过一次，那是你——突然消失之后，那时祖父看出了我有些神情异常。”

说到这里，徐豹竟有些腼腆微微勾起头。

“怎么尽是你祖父的故事？”

“思想有时也会遗传的，就像基因。”

“那你和战友们讲了吗？”

“没有。没有机会。”

“为什么呀？”

“因为，我是一个军人。”

“可是你祖父对你讲了。”

“他可以的。他不是军人。”

“现在，你仍然是一个军人，可是你，对我讲了。”

“是的，现在我是地球人太空舰队的一名军人。因为我是军人，我必须讲。”

“徐豹上校的话总是这么深奥。”

“可是，有一句话，很浅显。”

“噢，说来听听。”千叶公主偏着头，饶有兴趣。

停了好一会儿。

“莹莹，我爱你！！”

第二集

三百公里。

卫星测距仪准确地测量记录了毕喜大军与诺亚营地的直线距离。

山雨欲来风满楼。诺亚营地四处都散溢着紧张的空气。

刚经历过与毕喜牧民的战斗，还来不及休整，一系列繁乱的工作，刚理出头绪来。然而，更大的战斗，或者说，一场决定命运的战争，即将来临。

“希望上校同意荒山孝郎将军参加这个非常重要的会议。”

诺亚营地紧急会议之前，千叶公主提出要求。

“我知道荒山孝郎先生是少将军衔，但是没有总部的正式授命，荒山孝郎先生仍然只是文职人员，不能参加如此重要的营地会议。”徐豹说。

“我将把支队军事指挥权交给荒山孝郎将军。事关营地的命运大计，荒山将军能够不参加决策吗？会后，我会立即敕令太和号主管本田大将着手办理，对荒山将军授权。如果上校认为有必要程序正当的话，那么请等一等，稍等一会儿再开会，我立即去办好授权一事。”

“那好，千叶公主的口头授命，已经足够了。请吧，将军，现在，你是代理支队长，请完全而主动地行使权力。”

徐豹恭敬地请荒山孝郎入营议事。现在，营地的议事厅既指挥部，设在严密性较好的土屋内，两边分别用树木做了四扇窗子。采光通风都比帐篷好。这里也兼作通讯室。

屋内，最显眼的是放在中央的一张长条方桌。这是一件营地崭新的家具作品，还散发着木材的清新味，只是由于制造工具简陋而显得做工粗糙，尤其是桌面不是那么的平坦。

最后进来的是支队长戈林曼中校和他的新任队副斯坦特·福南中校。

徐豹把毕喜大军的进军速度，及距离、规模、装备，让通讯官谭力少校大致叙述了一遍。

“上校确认，毕喜人拥有类似于加农炮的重型装备？”

戈林曼仔细听完徐豹的补充后，选择最令他注意的细节问道。

“嗯，还能粗略估算出，毕喜人的加农炮身管长和口径比约二十五倍，所以，射程大概能达到二十公里，或者，由于弹药的原因，还达不到这个距离。当然，这和我们曾经使用过的加农炮，最大射程四十公里相比，还有很大差距。但是，这些相当于地球十九世纪末二十世纪初的装备，已经足够让我们，费脑筋了。”

徐豹慢慢说着，最后一个用词，很审慎的说了出来。

“嗨，上次，毕喜人对付加和正夫上校他们的时候，使用的是重型迫击炮一类的吧，它的射程，按毕喜人的条件来看，不会超过十公里吧。这次真要是加农炮，这样的话，有一个想法，嗯，那就不说了吧。”斯坦特·福南中校初来乍到，欲言又止。

“毕喜人这次可以说是全力以赴。”荒山孝郎说。

“加农炮？”戈林曼轻轻地沉吟。

“戈林曼中校有何妙招？”徐豹感兴趣地问。

“加农炮，让我改变了主意。”

“不妨说说看。戈林曼中校不要保留，说出来大家可作参考。”鲁克院士搔着头，也着急的催促道。

“我本来这样设计，炸掉趵突河上游的泥石流高坝，放水淹没趵突河下游两岸。洪水可以让毕喜人退后，只要退出距离河岸三公里之外，也许，我们最重要的燃料工厂和储存基地，就能够脱离大炮射程之外。至于营地建筑，即使被炸毁，也不太重要。我们分散来守住河岸，并不怎样惧怕大炮的火力。只要将敌人阻截在河对岸，就有机会，取得胜利。每拖延住一天时间，便会多一分机会。”

“妙计。”徐豹以右拳击左掌，啪的一声脆响。

“可是，徐豹上校刚才的情势通报和分析，打消掉了我的念头。加农炮的射程要远得多。”

“不，不，中校，你的建议非常有价值。放水淹没两岸，妙计，北岸地势较高，洪水对营地影响较小，南岸平缓而稍低，淹没的面积较大。不仅可以使毕喜人的重型火炮退后，还可以进一步有效地阻止毕喜人步兵渡河，为我们赢得充分的时间。二十天之内，舰队应该可以有更多的人员和装备登陆了。时间，多么重要的参数，战争的胜利法宝。我可以对戈林曼中校的谋划作一个补充：可以把已经生产出来的燃料，运送到退后五公里之外地方埋藏。即使守不住营地而放弃，退入森林，我们也可保存实力，伺机反扑，取得最后胜利。”

“上校，别忘记了，我们还有求得和平的机会。”

鲁克院士见两位军官说得有些忘乎所以，忽然强行插话道。

“对，院士说的对。两条腿走路。在毕喜人尚未展开进攻的这段时间，我们还有机会求得和平。我已经向总部发出请求。阿莱斯上校正在为我们撰写巴拉比文字的和平声明。希望那美妙的词汇能够打动毕喜人坚强的心。我们需要一个勇士，现在就过河去，在毕喜人尚未拉下火炮的保险栓时，把这封信件送达对方统帅。”

“现在就过河？”东条巴莫中校问。

“难道中校想等到河水上涨了之后，再泅渡过河？”徐豹笑着答道。

屋内的人不约而同地笑起来。

“好。除各队的原有任务外，又有两件新的任务。送信的人，由陈诚中校在支队里选。第二件事情是，炸溃高坝。”

“我队请命领膺。”戈林曼中校说。

“这是一件非常危险的任务。我检查过，泥石流大坝最窄处，即使垮塌掉一些，现在也应该有十多米吧，坝的下面会更宽。我们没有足够的炸药，也缺少遥控起爆装置。”

“我将亲自带队，保证完成任务。”

所有人的眼光都投向了戈林曼中校。

“好吧，中校，有你亲自带队，我非常放心。各支队搜集全队非军事人员拥有的手雷，不够的话，再在军人中凑一点。中校，非常遗憾，我只能给你二十枚手雷。手雷应该还有用处。”

“已经足够了。”戈林曼中校脸上充满了自信。

“等一等，溃坝有几个结果，三分之一，二分之一，或者完全溃坝，如果要达到淹没下游大片土地的目标，必须完全溃坝。戈林曼中校有多大的把握？”

徐豹说着，一直注视着戈林曼中校，他把这话当作是对中校的提醒。

“我只看过泥石流坝的卫星图片。对于这个细节问题，徐豹上校应该更具有发言权。不过，我会争取实现完全溃坝的目标。根据我的判断，泥石流堰坝坝体中巨石比较少，多为稀泥夹杂石块，而且混在一起的泥土在水流的浸泡冲刷下，本身就容易发生溃坝的。因此，达到最大的目标是有较大可能的。更具体的炸点，只有在到达堰坝并仔细观察堰坝比较之后才能确定。”

听完这话，徐豹笑着点点头，深深为戈林曼中校的诚实和缜密折服。

“好吧，马上行动，祝你成功。”

领受命令后，各人纷纷走出指挥部。千叶公主是最后一个出去的。

徐豹看出了夏雅惠子欲言又止的心态。在这之前，当他把满腔爱意表白出来之后，他感觉轻松了。至于能不能得到回应，是什么样的回复，徐豹认为，那不重要，目前，作为指挥官，他首先要面对的是，即将到来的战争。

因此，徐豹倒是希望夏雅惠子能够说一句话出来，了结这段牵挂。他肯定会有平静的心态去面对。

但是，指挥部里，也就是通讯室里，还有一个人，而且，一定会有一个人永远不会离开通讯室的。现在，这个人是，通讯官谭力少校。

夏雅惠子回头看了徐豹一眼，一句话也没有说出来，转身走了。那目光中，徐豹读出了幽怨。

“少校，现在，把毕喜人的行军卫星照片调出来，我们再仔细研究一下细节。哦，看看有没有趵突河两岸完整的地形图。”

“当然有啦，上校。”谭力对徐豹的健忘有些不理解。“上校是不是没有休息好？”

“哪里。你快找出来吧。”徐豹说着，坐上了显示屏前的树桩木凳。这个粗大的树桩，上面已经被多少个臀部成天摩擦着，变得光滑了。

第三集

千叶公主出得屋来，急匆匆地赶路，终于在荒山孝郎和东条巴莫没有分散行动之前，叫住了他们。

土屋里的四扇窗中，三扇都落下了窗帘，窗帘布的透光性很差，光线稍显得有些暗，这正好适合千叶公主的心情。

“荒山君，能够在诺亚营地目前的条件下，做一个精密手术么？”千叶公主轻声地问，仔细注意的话，能听出语气里的羞涩。

“公主殿下说的是什么手术？”

土屋中，顿时寂静下来。

“是，异性克隆。”

荒山孝郎和东条巴莫顿时面面相觑。

“莫非不能做？”

“能够，只需要从飞船上送一些手术设备过来。唔，好像，这些设备，也是勉强可以凑齐的。因为我个人爱好的原因，私自藏带了一些设备下来。”

“荒山君，以前可是医学院的高才生。”

“我是从士兵一步一步升上来的，我首先是一个军人。”荒山孝郎毕恭毕敬地说。

“所以说，荒山君真是文武皆备。”

“奇怪，谁要做这个手术？”

“我。”

“公主殿下?!”少将和中校异口同声喊出来。

“是的，有荒山君主刀，我完全信任。”

“可是，公主，这，经过了太和号本部的同意吗？”

“难道将军忘了，即使是太和号飞船本部，也要听命于天皇。”

这倒也是。荒山孝郎迅速在心中盘算起来。

“从战争的不可预测来看，这也是为了保险起见。”千叶公主微红着脸。

“公主殿下考虑得很周全。我想，我会支持公主殿下的，可是还是有必要告知本田大将，飞船本部。有一点，我想请公主殿下明白，克隆不需要基因提供者作孕育母体。”

“难道荒山君认为可以玷污皇族的纯洁和神圣。”千叶公主坚定地望着远处。

“绝对不是这个意思。唔，公主的观点真是不同凡响。还有，我们可能需要营地的通力支持，因此，无法把这件事向徐豹上校隐瞒。”

“为什么要隐瞒呢？应该公开进行。”

“好的公主，队中事务暂时由中校主持一下。我即刻去准备，约请医生拟定手术程序，顺利的话，相信三天之内可以进行手术。”

“兹事体大，我看还是先经本部同意。”东条巴莫中校忍不住说。

“这两件事情可以同时进行。东条中校，我必须提醒你，你不能参与此事决定，决不可施加影响。越权行事会遭受严厉的处罚。”千叶公主严厉地说。

“我明白，公主殿下。我会忠实执行上司的任何命令。”东条巴莫中校赶紧低下头，表示悔意。

千叶公主等两人出去分头行事后，思虑良久，起身重回诺亚营地指挥部。

出了屋子，东条巴莫见四下无人，还是忍不住悄悄问荒山孝郎道：“难道将军真的要完成这个手术，不经飞船总部同意。”

“公主殿下已经警告过了，中校不能参与此事的议决。不过，我可以告诉东条君的是，我将立即和本田大将通话，商议此事，正好，卫星电话在我的手里，现在，我是支队最高指挥官。我想，公主殿下的主意，可能会获得通过。”

东条巴莫中校不解地摇着头离开了。

通讯室里很静，徐豹上校还在和谭力少校研究着照片，轻声的说话，他们正在选择着液氢罐的埋藏地点。

“上校还在忙？”千叶公主的招呼声把两人从专注中唤醒。

“啊，公主请坐，很快就完了。”徐豹热情地说。

“哎呀，终于有时间放松一下，可累坏了。我去方便一下，上校替我看着监视器。”谭力少校边说边伸懒腰，站起身来。

“嗯，小李呢，他哪里去了。”徐豹发出疑问。

“他太累了，我让他去睡四个小时再来替换我，这不，时间还没到呢。”

没等徐豹再说话，谭力向门边的千叶公主点点头，溜出去了。屋内只剩下徐豹和千叶公主两人。

“有一件事，想——”迟疑了半天，千叶公主没有说出下半句来。

“千叶公主有什么要求，请不必客气。”

“我们，需要一些帮助。我想，还是由荒山孝郎将军来给上校说吧。”

“你？由荒山将军给我说？——噢，看来，公主是要把权力逐渐的交出去？”

虽然徐豹是从荒山孝郎的权力越来越大而做出的猜测，这一句话恰好猜中了千叶公主的心思。

“嗯，当然，也可以这么说的。我是想——”千叶公主支吾着。

“嗨，我敢肯定，上校还在这屋内，和谁商量来着。没有绝对把握，上校从不会贸然行事。”

门外，陈诚的声音，他是在和谁说着话，边走边说，快要进屋了。

“好吧，我走了。荒山将军会给上校说明的。”

陈诚中校和一名个子不高的上尉，与千叶公主在门边擦肩而过。中校连忙向公主行礼。千叶公主红晕泛在脸上，匆匆忙忙地点点头算作回礼，脚下却一点也没有停顿。

“报告上校，这就是过河送信的聂伟上尉。”

“你好。”徐豹站起来伸手出去与上尉相握，“上尉是哪儿人？”

“四川。”

“啊，和聂将军是同一个省。这个英雄辈出的地方。”

“是的。我和聂将军还是同一个县的。”

“哦，同乡，那很好。上尉对送信的性质应该知道了，这是一个不明朗的行程。”

“明白。作为军人，坚定不疑地走向目标，哪怕面对死亡。”

“上尉请把后半句话收起来。聂伟兄弟，你的安全也是我们的目标。那么，上尉准备什么时候出发。”

“马上出发。”

“这么急？”徐豹不由得一愣。“至少在明天中午之前，都是有时间的。”

徐豹指的是戈林曼中校炸坝，以及泄洪的时间限制。

“我的想法是，我早一点出发，就可以走出更多的路程，与毕喜人相遇地点也就离营地更远。剩余时间越多，越有利于营地安全，以及准备。”

徐豹眼眶竟然有些湿润起来。他慢慢而凝重地说：

“感谢上尉的勇敢。我代表营地向上尉致敬。既然这样，我成全上尉的心愿。你去准备一下。哦，我要亲自为上尉备好一路上的粮食，烤肉。中校，还有新鲜的牛鹿肉吗？”

“有，早上宰杀的一头，还等着做晚餐用呢。”

等聂伟上尉一出门，徐豹立即轻声问陈诚：“不能换一个人？中校是知道此行的危险性的。”

“谁去又不危险呢？我明白，上校是顾及到聂将军那里不好交差。英雄是人人可做的，况且聂伟上尉主动要求执行这个任务，我正是考虑到将军才成全的。难道，上校，认为聂伟上尉不够胜任么。”

“不，恰恰相反，我认为聂上尉是最好人选。”他叹了一口气，“我们也去为聂上尉准备吧。”

与此同时，本田大将正在电话里对着荒山孝郎咆哮。

“不，将军，你必须阻止公主这么做。”

“很遗憾，本田将军。我已经做过了，但是没有效果。公主殿下的做法必将导致对她国务要事影响力的减弱，同时，也是一个安全的策略。对于未来战事，我们应该有两手准备。从另外一个角度来说，我们是否也应该支持千叶公主呢？最重要的权力掌握在军部手里是否更恰当呢？请将军阁下三思。”

荒山孝郎平静而周全的回答，一下子让本田大将盛怒的机关枪哑了火。

第四集

番离大陆橄榄树营地里，莱昂多·穆姆托上校醒来半个小时后，仍然感到头脑昏昏沉沉。

“上校这一觉睡得够久，是不是到天堂玩去了。”

队医哈特博士替上校检查了身体体征，一切都比较正常，因此他有好心情说笑道。

“天堂是怡人的，明亮的，里面有蜜汁的河流，可是我的嘴怎么这样苦。”

穆姆托上校嘟囔着，肘部一用力，坐了起来。队医连忙送来了漱口水，接着又找来三个半干了的水果。

“好像，队长什么事情也没有了。”

穆姆托上校光着膀子，牵了牵被压皱了的白色背心后面。他曲臂，鼓起肱二头肌，一个小老鼠出现了。

“看看，哈特博士，我一向都健壮着呢。”

“上校体温略偏低。”

“这有啥？”

穆姆托上校大步跨出一步，脚下发飘，差点摔倒。

“没什么，没什么，只是头还有一点昏沉。睡得太久了。我去洗个澡，凉水一激，头脑清醒，什么事都没了。”穆姆托上校自言自语着，找寻着洗澡用品，“只要一运动，疾病这个魔鬼就会吓得无影无踪。”

宽阔的河道里，河水汹涌的流向大海。靠近河岸，水流明显平缓得多。

穆姆托上校一个猛子，往河中扎了下去。

“哎！”营地顾问丹尼·埃芬博格院长叫着往河边跑。“上校，河里危险，还有锯齿鱼呢！”

水声淹没了远处的喊声。穆姆托上校什么也听不见。他不停地游动，一刻也不停歇，直到精疲力尽，才游上岸。

“河里的危险，上校是知道的。首领不应该冒险。”埃芬博格院长用责备的口气说。

“哈哈，不碍事。我见过暴鲁库英雄在大河里游上一圈，平平安安的上岸了。大概，锯齿鱼对于剧烈运动的物体，是避而远之的。说不定还把这物体当作天敌，唯恐逃之不及呢。嗬嗬，难道锯齿鱼也有天敌吗？”

穆姆托上校往身上涂着香喷喷的洗浴液，半只脚还泡在河水里。在炎热的河口地带，又睡在干草垫地的床铺上，一连两天没有洗澡了，穆姆托上校洗得好痛快。

“能看到上校又是如此的生龙活虎，好叫人高兴，橄榄树营地今晚要开酒宴庆贺了。”

“嗯，有酒么。”

“当然有，番离土著人送的，莫非上校忘记了。”

“哦，没忘的。索莫斯中校呢？”

其实，送酒的时候，穆姆托上校还在昏睡中，当然不知道了。

一阵风吹过，穆姆托上校一阵抖索。

他看看埃芬博格院长，院长却是一点事情都没有。

“上校身体还有些虚弱吧。”埃芬博格院长开始劝穆姆托上校回营。

穆姆托上校不再硬撑了，听从了埃芬博格院长的劝告。

一路上，穆姆托上校克制着昏昏沉沉和浑身乏力的衰弱体质的表现。他终于跨进了四周已经被扎实的木栏围着的橄榄树营地。他抬头一望那由四根巨木支撑着的高耸的瞭望楼。这一望，穆姆托上校眼前一黑，竟差点栽倒。坚强的意志和超强的运动能力，最终令上校无须别人的搀扶，自己走到了帐篷里的床铺前躺下。

这一躺，穆姆托上校再也爬不起来了。

在虚弱的朦胧中，上校听到了基弗里中校牺牲的噩耗。他猛然支起身子来想问个究竟，没想到一用力之下，浑身像虚脱一样，立即软了下去。他喘着气，心脏在怦怦地跳。

穆姆托上校不得已，只好苦笑着老老实实躺下去。

“你发烧了。上校，请好好休息吧。”

队中几个医生都来了。面对着穆姆托上校奇怪的病症，他们集中商讨起来。

第二日，早晨，穆姆托上校的体温在头孢注射液的强力作用下，已经恢复了正常，可是，上校的体质，似乎显得更弱了，呼吸不畅，连心律都时时出现失常。

“剧烈运动后大约 24 小时内，会出现免疫抑制情况。小感冒也可转变为病毒性心肌炎。这似乎是症状的一个最合理的解释，但是还是不能完全解释上校的奇怪病症。”

一共三个队医，现在表态的是首席医务官科宁教授。

“这是上校的血液化验表，血红蛋白量偏低，不到 110g/L。其他暂时没有发现什么。”

“比女子的最低值还低，上校有贫血史吗？”

“没有。大概是病理性减低吧，比如感染，炎症。”哈特博士犹疑着说，“我再用高倍放大镜看看。”

埃芬博格院长和科宁教授几人，静静地等待着哈特博士的回音。

“奇怪，在上校的血液中，好像有一种不知名的镰状病毒。”

科宁教授等哈特博士一让开，立即贴上了电子放大镜睁眼细看。

教授又往血液里放进了一些试剂。

等他离开放大镜时，脑子里似乎有了一些答案。

“应该是一种，从未见过的镰状病毒。它缠在血红蛋白上，阻止氧分子的结合，或者说，它与血红蛋白的亲和力，犹如一氧化碳一样，强于氧分子。”

哈特博士立即走到穆姆托上校床前。

“上校有恶心呕吐的感觉吗？”

博士翻开上校的上下唇检查唇黏膜情况。

“偶尔有一点，但是我，好像一直没吃什么东西呢。想呕吐也吐不了。”待博士停止，上校有气无力地说。

科宁教授与哈特博士交换了一下意见。

“现在，可以初步确定，除开感冒，麻醉液中毒后遗症等症状外，穆姆托上校主要是感染了一种从未见过的病毒。我们把它叫作——斥氧病毒，它阻止氧分子和血红蛋白结合，从而使人如煤气中毒一样。现在，上校的情况，相当于轻型中毒。随着病毒的自我复制，数目增加，后果很难预料。作一个大胆推见，这种病毒可能是通过血液传播的。”

“那，教授的意思是，我们只要抑制这种病毒或者除掉它就可以了。”

“你说得很正确，索莫斯中校，有这么一条医治途径。但是，人类用了整整五十年时间，来降伏 AIDS 病毒。要降伏阿喜星上的斥氧病毒，并不能制定一个明确时间表。”

“等等，教授，”第三位医生巴莱尔说，“阿喜人是不是也会感染这种病毒呢？”

“这还用说。——应该说肯定会。”

“那么，阿喜人是靠概率和运气，来躲避斥氧病毒的侵害呢，还是在自身体内，产生了抗体，从而获得天生的免疫力。”

“我想，应该是后者。还有一种情况，就是某些阿喜人具有免疫力，而另外一些人没有。噢，上帝，巴莱尔医生的想法真够独特。”

哈特博士接上话赞道。

科宁教授也露出了笑容。“如果取得阿喜人的血液，提出血清，注射入上校身体，问题似乎能够解决了。不管怎样，都要试一试。不过还有两个问题，第一，阿喜人会让我们抽取他们身体内的血液么，他们的文明恐怕还没有达到能够理解或者容忍抽取血液这种做法的地步。第二，是不是每个阿喜人，准确说是这里的河口六肢人，都有这种免疫力，否则，这些人血清是无用的。”

“事不宜迟，马上派人去取。”埃芬博格院长说。

“我立即带人去。”队副索莫斯中校急着说。

“这不行，中校，你只能委派人去。”埃芬博格院长果断地否决了索莫斯中校的请求，现在穆姆托支队不能再缺少指挥官了，“语言学家还在河口六肢人的村落里，他会帮助你们的。”

“这趟任务，就由我走一趟吧。”哈特博士说，“中校再派一个人给我，多了没用。我们尽量多取几份血样来。”

“好，我同意，哈特博士快去快回。”

高大的瞭望楼上，四只眼睛在逡巡。哈特博士他们没走营地多远，就消失在树林之间。

“末日审判时，我的灵魂将被接纳进天园，还是进入火狱。”

昏昏沉沉中，穆姆托上校迷迷糊糊地想。他还没有完全陷入昏迷。头痛和眩晕，心悸欲吐，使上校想入睡一会儿都不能。

“金银色天堂别墅在哪里？从其身旁蜿蜒而过的淌着蜜汁的河流在哪里？怎么没遇见长着硕大果实的宽叶树木，还有那美丽的少女，可任由享用的处女在哪里？”

穆姆上校偶尔睁开一下眼，好证实一下他的所见是不是虚妄的臆想。

“啊哈，基弗里兄弟，好久不见。兄弟的眼睛怎么都变成灰色的了。哟，不理我就走了。以无花果和橄榄果盟誓，——”

穆姆托在迷糊中摇着头，脑子里浮现着《古兰经》麦地那的尼萨仪章中的词句。

“以西奈山盟誓，
以这个安宁的城市盟誓，
我确已把人造成具有最美的形态，
然后我使他变成最卑劣的；
但信道而且行善者，将受不断的报酬。……”

穆姆托上校的意志在和病魔抗争。

时间不知过了多久，索莫斯中校出去后又进了营帐。

“哈特博士快到阿喜人的村落了吧？”索莫斯看着时间说。几乎每个主营帐中都悬挂着显示地球和阿喜星两套时间的软屏电子钟。

“中校不用着急。哈特博士一进村庄，会立即用卫星电话通知我们的。急也没用。”

在科宁教授说话的当儿，巴莱尔医生继续查看穆姆托上校的内唇，穆姆托上校嘴上浓密的胡须稍微阻挡了观察，但是经验老到的巴莱尔医生还是看出，上校唇内黏膜出现了樱桃红色，这是中型煤气中毒的表现。

穆姆托上校不再呓语，昏迷过去了。

“教授，需要立即输氧，是不是注射冬眠素，减少体内氧的消耗。”

科宁教授一声苦笑，只得点头赞同。

一天，在紧张的担忧中过去。

第二天一早，哈特博士终于有了回应，河口部落的六肢阿喜人，同意抽血了。第一个抽血的人是勇士暴鲁库。

埃芬博格院长松了一口气。

时间在煎熬中流逝。

哈特博士带着十多份血液样品一路狂奔。

“反射消失，四肢厥冷，血压下降。”现在值班看守的是巴莱尔医生。可怜的医生，两眼吊着显眼的黑眼圈。他让人去叫醒了尚在晨睡中的首席医官科宁教授。

氧气罩已经取下了，为了不阻挡呼吸动作，一根细管插入了鼻孔。随着呼吸，穆姆托上校的嘴一张一合，双唇发出噗噗的声音，络腮胡被空气时时吹起。急促的呼吸揪动着每一个在场的人的心。

“能熬到哈特博士赶来么？”

巴莱尔医生小声地问，其实他明白，连他自己都没有信心的事情，也不可能有人给他更确切的回答。

“就算赶到，来不来得及，有没有效果，都是未知数。”科宁教授的话连他自己都觉得像是缥缈的空气。

营帐内变得很安静。

“该给上校修个面的。”看着穆姆托上校的面庞，科宁教授说。

“上校不会同意，他很珍惜这副络腮胡。”

索莫斯中校说。

橄榄树营地，艳阳高照，四周葱茏的绿色展现出一片勃勃的生机。但是营地里，处处都透露出寂静来。

“好啊，快去看，多么壮观的场面，炸坝了，洪水奔流汹涌，一泻而下，势不可挡。快去看。”

营地通讯官阿仆杜拉上尉一路激动地叫着，跑进了医务营帐。

一进营帐，上尉霎时哑了。罗贝尔上校狠狠地瞪了他一眼。

帐内，已经没有了穆姆托上校呼吸时的噗噗声。

除开外出执勤的密罗辛中校外，营地所有重要的人物都在营帐里，默默地站立着。穆姆托上校，平静地躺在地铺上。

阿仆杜拉上尉低下头，加入了默哀的行列。

第五集

信使聂伟上尉全身都被挂满了。

一大包烤牛鹿肉，三个黄果，还有一些其他水果，脱水压缩过的野菜，六枚煮熟的鸟蛋，总计准备了三天多的食物。和橄榄树营地，火山城堡相比，诺亚营地现在的食物是最单调的，种下去的作物，蔬菜类刚刚发出嫩芽来，粮食类则还遥遥无期。

武器装备有：可收缩折叠的望远镜，两颗卵形手雷，匕首，激光枪，夜视镜。上尉原打算不要激光枪，可是徐豹上校坚持要上尉带上，好防备草原上一些食肉类野兽的侵袭。

可是聂伟上尉认为最重要的，是藏在胸前，阿莱斯上校传发过来的，用巴拉比文字写成的信件，地球人致毕喜国的友好信件。信件是用深蓝色水笔写在轻薄的土灰色帐篷布上。这是能够找到的最坚韧的“纸张”了。

“兄弟保重。我们能够一直看着你前进，但是无法通知你，也无法给你帮助。”

告别时，徐犳拍着上尉的肩膀说。因为距离的原因，短距离通话器已经用不上了，而卫星电话太少，不能随意带走。

但是，聂伟上尉对于此行却充满了信心。

当浑黄汹涌的洪水开始淹没趵突河两岸的时候，聂伟上尉已经深入草原四五十公里，连趵突河与雪河的交汇处，都远远地落在身后了。上尉估计，按照目前的速度，至多后天，就能遇上毕喜大军。他猜想着自己会遇上什么样的一个统帅。

一想起毕喜人的娇小模样，聂伟上尉就想笑出声来，他内心实在是被信心和勇气填塞得满满的，容不下半点忧虑和紧张。

前面似乎有活动的物体。

聂伟上尉绕到一个稍高的缓坡上，蹲下来，举起望远镜搜索着草原。

果然，四五公里之外，有十多头牛鹿，六七个毕喜人在行走。他们似乎就是被打散的毕喜牧民。

这群人正好挡在南去的路上。要想超过他们而不被发现，聂伟上尉得从西边绕好大一个圈子。东边不行，有雪河挡着，再远也远不了多少。绕远道，又会碰上什么呢？上尉否认绕道而行这个想法。

如果从相距一两公里的地方过去呢，即使被发现，毕喜人未必就一定会来追赶，而且，相距这么远，他好像也有机会逃过追击的。

和毕喜人面对面的接触，也是早晚的事，早一点，可能并不是什么坏事呢。

这样一权衡，上尉决定直插过去，保持一点安全距离就行。慢吞吞跟在毕喜人后面，是行不通的。

聂伟上尉开始专拣地势起伏较大和草较深的地方赶路。

高大壮实的乌躁神情沮丧，像一条丧家犬。自从损失了牛鹿群的绝大部分，和不少跟随的部落牧民后，他在部落联盟中的威望一落千丈，甚至他魁梧的身体也成为讥笑的谈料。他非常愤怒，他感到自己在草原上不可能再有东山再起的机会。幸好他一个忠实的崇拜者隐藏起了本不应该属于他使用的激光枪，否则，勇士乌躁真的一无所有了。

但是，能说我乌躁不勇敢吗？在那种情况下，他唯一能保护更多人生命的办法就是撤退，就是借机逃跑。丢掉牛鹿是必须的。

这竟然成了乌躁一生的莫大耻辱。

如今，除非他能够独立地，不依靠任何原属部落的帮助，取得一场令人瞩目的胜利，勇士乌躁，再难恢复昔日荣光。

毕喜大军开发的消息，已经通过各种途径，传到了草原上。大军沿雪河溯流而上，进军到敌人营地处，只有一条路可走，那就是夹在两侧山峦之间的，最窄处宽仅十多公里的狭长平原，雪河还将这平原一分为二。乌躁的机会来了，投靠大军，建立军功，弥补他的名誉的缺陷，重整雄风。

所以，乌躁和聂伟上尉，不约而同地走上了这条路。

当聂伟上尉前行到将和乌躁等人平行的时候，被发现了。这时，他们彼此相距在一千米以上。

那时候，乌躁正停下来休息，一边习惯地举起他的单筒望远镜四处巡望。他万万没有想到，在自己一群人身后，竟然会有一个大胆的敌人尾随而来。要不然，乌躁会更早察觉的。

牧民们顿时紧张起来，如惊弓之鸟，但是，当他们弄明白敌人居然只有一个人的时候，邪恶的念头膨胀起来。

“敌人的头颅，是献给统帅的最好见面礼。”

一个眼睛不断游动的牧民说，他缩肩突嘴，一脸狡黠。

牧民们分散开，从两面包抄过来。

聂伟上尉一直在注视着毕喜人的动静，从对方分成两路靠近过来，他嗅出了不友好的味道。

上尉插好了望远镜。他把身上的东西都整理一遍，使自己万一奔跑起来，不至于丢掉什么，或者物件晃荡着影响奔跑。

但是，上尉并没有跑。他曾跟随陈诚中校增援夏雅惠子中校支队，看见过毕喜牧民的枪，那是每发射一次就需要重新装弹的散弹枪，它的射程非常有限。

上尉有了主意。

他从衣兜里摸出一方白手帕，散发出淡淡茉莉花香的白手帕。手帕不大，荷叶边，显然是女人的用品。

没错，是女人用品，在得知聂伟上尉将要出发前去送信时，队里的医务助理芳芳中尉送给他的礼物，或者说，一件纪念品。

在诺亚营地举行的庆功会上，并非只有英俊潇洒，风流倜傥的基弗里中校获得了女人的芳心。

营地里，这群年轻的女人，美好得如豆蔻花开一般。聂伟上尉以一曲箫声《春江花月夜》，令寂寞青春怦然心动。箫声婉转，那时候，天上虽然没有明月，却有数不清的星星，汇成一条星河，在闪烁着，像无数个默默的愿望。

诺亚营地是三支登陆分队中女人数量最多的。奇怪的是，飞船上严禁男女恋爱的禁令，在登陆部队中，既没有重申，也没有宣布作废。因此，芳芳中尉，和聂伟上尉，陷入了既不能公开，也不能断开的尴尬境地。

但是，感情的洪波，终究是要冲破禁令的禁锢的，尤其是在诺亚营地人人皆知菅谷沙子中尉怀上了基弗里中校的骨肉之后。

所以，才有了芳芳中尉在背对着人时，赠送私密礼物与聂伟上尉的一幕。当然这一幕不可能没人看见。

聂伟上尉掏出了白手帕，端详了一会儿，把它两端系在激光枪上，举起来，摇晃着。

“嗨！”上尉喊着，并向毕喜人走过去，“和平万岁！”

距离至少还有六百米以上。上尉走得虽然比较慢，脚下却一点都不迟疑。他在心里明确地计算着距离。“我不是懦夫，这不是投降。”上尉想到。

“和平万岁！”聂伟上尉继续摇着白手帕，笑吟吟地往前走着，虽然此刻，心在不断的怦怦地跳。

上尉的行动反而把毕喜人吓住了，他们停下来。敌人为何这样大摇大摆，有恃无恐呢？乌躁不由得拿出望远镜，仔细地四处观望。

寂静的草原，宽阔的草原，远处，山脉横亘，一片青黛。

似乎，什么也没有。

乌躁头一甩，示意众人继续围上去。牧民们纷纷把枪举起来了。

聂伟上尉看见牧民举起枪，犹豫了一下，又继续朝前走了，不过，他摇晃白手帕的幅度小了很多。他摸了摸胸前，那里藏着巴拉比文字的书信。

忽然，上尉小腹一阵剧烈的灼痛。他的第一个反应是：“啊！激光枪，我中枪了。”

紧接着，第二枪射中了右胸，伤口没有封闭，鲜血喷涌而出。

“信件在左胸侧。”

聂伟上尉倒下去的最后一个念头。

砰砰的两声枪响，上尉倒下了，虽然并不是散弹枪击中了他。

第六集

诺亚营地通讯官谭力少校，在屏幕上目睹了这一幕，这一幕是几幅间断的照片。

其实，芳芳中尉偷偷送白手帕给聂伟上尉那一幕，谭力少校也是亲眼见得，通讯官的眼睛敏锐力，对环境的注意力，总是比别人更高一些。只是，那次赠别虽然场面真切，实人实体，谭力少校偏偏不好意思细看，还不如这次屏幕所见来得清晰。

少校摇着头，悲叹着，用短距离通讯器向徐豹上校报告了这个不幸的消息。

而在这之前不久，诺亚营地刚刚接到了穆姆托上校因病去世的消息，徐豹把这条消息封锁了，除开几个队长队副之外，无人知晓。但是聂伟上尉的罹难，却是无法隐瞒的。

抑郁的悲愤中，战争的乌云飘过来了。

负责炸坝的戈林曼中校一行走得比洪水慢得多。趵突河突然变宽，洪水漫涌到平原，成为一片汪洋。诺亚营地这边地势稍高，淹没的地方十分少。在信使遇难这个无法隐藏的噩耗传来时，中校已经回到营地里。现在，求和信件再也无法送达毕喜军队统帅，诺亚营地只有等着毕喜大军到来了。

所幸的是，液氢罐已经全部埋藏好，而工厂车间，仍旧在不遗余力的生产。人人都憋足了一口气，等着激烈战斗的降临。

“通令，凡是遇见戴有 03028 号卫星定位跟踪器戒指的毕喜人，务必不能放过，见人要人，见尸要尸。”

徐豹咬着牙发布了这条命令。

乌躁怀揣着聂伟上尉 03028 这枚戒指，舍弃了牛鹿，带领一帮跟从人员，加快步伐，向南疾走，第二日，终于迎上了毕喜大军。

克弥尔统帅的大军，还在行军途中，前方探子来报，河里突发特大洪水，淹没了两岸。

突如其来的消息，令克弥尔吃惊不小。天色将晚，他命令军队停下，就地扎营，探子继续打探前面情况。乌躁率领着他得意洋洋的小队伍到达大军营地时，已是掌灯时分。

随军的当地向导，于营中见到了慕名已久的乌躁，便尽自己所知，向克弥尔统帅介绍了乌躁的来历，于是，乌躁竟然受到了最高统帅克弥尔的亲自接见。

宽敞的主帅营帐里，灯火通明。克弥尔一边和几个主要将领，随军幕僚共进晚餐，一边商议着明天的进军事宜。乌躁的到来，为他们的商议增添了新的丰富的内容。因此乌躁很荣幸地，刚刚投奔大军，便和全部重要的将领们相见了。

乌躁心中涌起了一股自豪的英雄气概。

乌躁恭敬地行了见面礼。他高大的身躯和胸前挂着的激光枪，马上吸引了营帐中所有人的注意力。毕喜军队的第一次胜利，曾缴获了两支完好的激光枪。在试射中，能量弹夹耗尽电力后，毕喜国内的科学家没用激光枪配套的太阳能充电器，（这些被炸坏或者摔坏的东西，毕喜人至今对用处还是一无所知）而是使用他们刚发明不久的直流发电机，居然给能量弹夹冲上了电。

亲眼看到，初步研究，加上亲手试用，一系列的活动已经让毕喜军人高级将领对激光枪比较熟悉了，所以，他们才睁大了眼，注视着眼前的稀罕物，关注着乌躁的现场表现。

“相信这件礼物能够让统帅满意。”

乌躁解开了牛鹿皮袋，袋里赫然滚出一个人头。

“这是敌人的侦察兵，被我们截杀的。这支能烧燃木头的枪，也是他的，还有另外一些物品，我们都搜缴了来，简直太奇妙了。”

乌躁面对众将，神态自若，竟然不觉紧张。

克弥尔统帅禁不住离开座位走下来，凑近了细细地看。

“哦，这个侦察兵好像在笑呢，他一直这样吗？”

“是一直这样。敌人真是愚蠢啊。还有两件物品，好像是信件，上面写着一些不认识的字。”

乌躁隐瞒了其他许多东西，只拣对自己用处不大，却可能让统帅感兴趣的物件进献。

侍卫上前接过了乌躁捧着的两块非常轻薄但是非常结实的布。

“这的确是信，哦，这是巴拉比文字。”

随军高级幕僚公儒信瞟了一眼后说。

“那就请先生给我们念念。烛光，卫兵，把烛光移过来。”

“另外这一封，是什么信，不认识。噢，我想，这应该是敌人的文字。”

公儒信展开用标准的英式英语书写的布条说，他把它放到了旁边。写有英文这封信，正是基弗里中校在送赔偿金的时亲自书写的信件。乌躁离开部落时偷了出来，原打算送给统帅做见面礼的。那时，他还不知道自己会在半路上有斩获敌人侦察兵这么大的胜利收获。

“尊敬的毕喜国统帅君阁下，”公儒信展开了另外一块布，翻译着念道。

“哈，敌人倒是很客气。”

“惊闻大军北上，定为交战而来。我们本来自遥远的星球——地球，登陆阿喜星，不胜冒犯之至。未及拜谒贵国，即有短兵之接。实非本愿。我们崇尚和平之义。交恶之由，其中定有误会。不揣冒昧，特遣使送信，表求和平之意。恳请贵国统帅应允和议。后事稍待再遣使细谈。

哥伦布舰队第三登陆分队徐豹上校敬上。

“啊——呵呵。呵呵。”

听完公儒信念完，克弥尔感到惊讶。

“敌人既然已经懂得巴拉比王国语言，为什么却还不用毕喜语来写信，分明是藐视我大军。明日开拔，万炮齐轰，定叫敌营灰飞烟灭。”

炮兵主帅，上将军李李南，听完信后愤愤说道。

公儒信转着眼睛，突然问乌躁道："这两封信，都是在这个侦察兵身上搜到的吗？"

"军师大人刚才念的一封，是击毙这个侦察兵后，从他身上搜到的。另外一封，却是再早之前，部落成功的伏击了两个企图偷袭我们，抢劫牛鹿的敌兵，从他们身上搜到的。噢，当时，敌人是把这块布挂在宰割后的牛鹿头上，炫耀战果。这些野蛮而残暴的敌人，真是罪有应得。"

"那，敌人为何两次使用不同的文字呢？先是自己的文字，然后是巴拉比文字，有可能是这样，他们根本没有掌握我们博大精深，优美丰富的毕喜语言，因而费尽了脑筋。但是从后来学会了巴拉比文字来看，敌人已经有很大进步了。"

公儒信边晃着貘型头，又说又问，还两个指头捻着颌下稀疏的胡须。

随军高级幕僚一共有三个，公儒信是最得克弥尔信赖的。克弥尔统帅心下认为，公儒信幕僚周密谨慎，全面客观，主意老到。上一次进剿入侵敌人，并将其全歼于山洞中，就采用了公儒信的趁敌未稳，速战速决的方针。那次战斗使克弥尔一战成名。

"依先生之言，便该如何？"克弥尔问。

"敌人的信件，或者是一个陷阱，是缓兵之计，或者是真实的。我们实在不能小觑敌人的实力，小心为上，要记取中洋之战的教训。"

"嗯，兵不可冒进，军师之言甚善。明天缓缓进军，查看详细后，再做定夺。把公先生读过的这封巴拉比文字的信，发个电报，传给元首温温尔和议长阿卜拉拉杜。传令下去，今夜一级战备，加强巡逻警戒，增为双岗，枪不离身，炮不加套。"克弥尔分派下去，"至于你，乌躁勇士，暂时随军作临时军事向导，可以参与军中的普通军务议事。战事过后，再斟酌功劳进行升赏。"

第七集

与趵突河岸还有十来公里的距离，毕喜军队停下了。

眼前，是一片汪洋，洪水平静地往草原内地漫延，最远的地方，往内漫延深达七八公里。略高的地点，成为浮在涌动的黄水与飘摇的绿草之间的孤岛。

克弥尔统帅和几个部将，幕僚参谋一起，站在一个高处，拿起望远镜，观察河对岸的情形。

与此同时，徐豹，荒山孝郎，戈林曼等人，也潜伏在一蓬乱草后面，注视河对岸草原上的动静，身后是一片大约五公顷面积的杂树林，再后就是高低不平的沼泽地了。这里离原来的河岸约一公里。

“咦，那个高大的家伙我们好像见过，对了，在毕喜牧民的队伍当中，当时，他在指挥。”荒山孝郎说道。

“嗯，不错，是他。现在，那家伙是唯一没有穿军服的。”

东条巴莫中校加以证实。

徐豹心中一动，接通了营地通讯室。

“是的上校，03028 号跟踪器就在出来巡视的这群人中间，肯定，但是无法确定是哪一个。等一等，正在精确查找——结合红外点——来看，好像应该是，最外面，对，最西边的那一个。昨天阻击聂伟上尉的，也是一群没有穿军装的人。嗯，上校，照片上看得很清楚。这点完全可以确定。”

“最外面，西边？好的，我记住你了。”徐豹将摄像仪拉近，把前面加上高倍单筒支架望远镜，仔细调整好焦距，给乌躁照了相。

高大威武但身着牧民服饰的乌躁处在一群前来巡视一身戎装的将领中，显得格外突出。他跟随在这个最高军事权力群体的外围，一直在注意观望着克弥尔统帅的表情。他有一种直觉，克弥尔统帅并非十分乐意接纳他，只是出于战争的需要，以及碍于乌躁诱人的战斗经历和功绩，克弥尔不得不表现出来尊重和看重。

“不要再前进，就此停下，在这里安营扎寨。”

克弥尔按住右腰间的军刀，左手画了一个圈，坚定地说。

“大帅是打算明天再进军，布置炮位，轰炸敌人的营地。”

炮兵主帅，上将军李李南问。

克弥尔并不作答，只拿眼看着公儒信。

乌躁吭了两声，走近一步道："这河岸草地看起来是被淹没了大片，但是，其中是可以寻找到一条路出来的，我很熟悉的，水不会太深。炮兵可以深入到靠近原来河岸的地方。再近一点，在那里开炮，敌人的营地一定在劫难逃。"

克弥尔不高兴地扭头朝向旁边。乌躁没有经过允许，就擅自对行军大事建言，实在有些狂妄。不过，克弥尔不得不更加重视乌躁起来，他相信乌躁一定从来没有使用过大炮，但是乌噪仅凭主观的直觉，也许还有天生的军事洞察力，就能大概的衡量大炮的射程，而且提出中肯的建议，真是不可小觑。假以时日，乌躁当会成长为一个杰出的将领，甚至超过自己。

所以，统帅克弥尔装作不屑理睬乌躁的建议，但也不好公开就乌躁的大胆违纪而斥责他。

"依我看，大帅并不想明天就轰击敌人。在此安营扎寨，等到后续部队和辎重全部运到，等到洪水退去，再做攻击计划不迟。——洪水或许是一个诱惑人的陷阱。"

"何以见得大帅心里就是先生表达的意思呢？"步兵统领，上将军金桂问公儒信。

"审时度势，我相信，大帅应该就是这个想法，将军何不亲自去问大帅。"公儒信坚持着。

"呵呵，公儒信先生难道真是神机妙算么。第一次进攻敌人时，先生进言，定要速战速决，当然结果，我们获得了大胜。这次，先生反其道而行，就这么有信心？真的是胸有成竹？"

克弥尔轻轻地笑着说，这时候，他那淡定雍容的气度，真真切切地透露出贵族的骄傲本质来。

"此一时，彼一时也。先时，敌少我众，敌为客，我为主，且凭借着一股正义的愤怒，宜速战速决，快刀斩乱麻。现在，敌主我宾，敌人久居此地，熟悉地形阵势，倚仗天险，以逸待劳；我等反而远道而来，地理，敌情两疏。仓促用兵，非智也。"

"只是动用炮兵轰击，又非短兵相接，有何不可呢？"李李南将军继续坚持。

“那会过早暴露我们的军力。一击不中，敌人反而借机逃遁，或者作出防备。”克弥尔调头望着乌躁，故意将他的军问道，“乌躁壮士既然非常熟悉此地，可曾见过这样的大水？”

“这，倒是从未见过，的确奇怪，就是长辈也从未提起过这种事情。”

“这就对了。大自然如此发出警告，岂能不依自然之神之意，违拗天意行事。人，人类，不要妄想与自然对抗。人乃是自然之奴仆，只能揣摩主人的心意，顺从主人的意志，而获得安然之乐，取胜之机，决不可去无故激怒主人，承受无妄之灾。”

克弥尔单手握拳，向下一砸。

“传令下去，就地扎营，加强警戒。各位将军可以各自回营了。按兵不动，休整待命，待洪水退后，再作谋划。”

公儒信和另外两个谋士，跟随着克弥尔一起回营。乌躁受到李李南将军的邀请，经过统帅的同意后，暂时归入炮兵营，作一个临时军师副将。

公儒信心中明白，克弥尔统帅是出于对敌人神秘强大的深深忌惮，才不肯轻易进兵的。海军部大将也罕，率领八艘最先进的蒸汽动力炮舰，追击敌人一艘破船，竟然被对方燃烧海水，大败而回，三艘炮舰永沉海底。敌人的激光枪，也是他们见所未见，闻所未闻的。自从接触到这群天外来客以外，不断地见到对方神奇的器物，听见各种怪异传闻，令人惊叹。敌人究竟还有什么神奥莫测的本事呢？岂能掉以轻心。

克弥尔统帅今天一早，收到了首都发回的电报。虽然温温尔元首授予他全面处理战事的权力，让他见机行事，但是，议长阿卜拉拉杜偷偷发来的私密电报对他更有启发。议长在阅读完乌躁所缴获的信件之后，提出了新的看法，他提醒克弥尔统帅不要一味地以战为上，而是要见机行事，力求最小的损失。中洋海战一役，前车之鉴，若再大败而归，不仅兵力大损，国内民众激愤难平，一向的宿敌，东北方的阿迪华帝国，入侵之心一直蠢蠢欲动。倘若借机来犯，两面受敌，将酿成不可挽回的灾难。

西面，巴拉比王国与天外来客敌军的战争，也在模棱两可之间。

其实，在大军出发之前，温温儿元首正被刚出生十来天的婴儿弄得心烦意乱。孩子患上了毕喜人，准确说，是阿喜星上的婴儿最爱得的一种怪病，这种病常常夺取婴孩幼弱的生命。在送别的那一天，克弥尔看出了温温儿的痛苦。

虽然自己是温温儿元首的家臣，元首的必战必胜之心，天可鉴，却不可必遵。克弥尔心里清楚，作为刚刚获得至上权力的元首，民望所系，温温儿不能表现出一点荏弱，不能怀有半点退缩之心，他却不得不多留了一个心眼，不得不格外小心行事。克弥尔决不做第二个也罕。

特别是他在从乌躁手中，接获了敌人两封一前一后的信件后，对战争产生了严重的动摇。而眼前的不可思议的洪水，恰好成了可以暂时搪塞急于建立战功那些好战部将的理由。

克弥尔统帅悄悄地传唤了跟随乌躁的一个牧民。

那牧民世代在草原上，逐水草而居，以温驯之牛鹿为伴，哪见过大军这般阵仗。在统帅的逼问下，战战兢兢地将获得两封信件的真实过程，老老实实地说了一遍。

听完牧民的叙述，看着克弥尔统帅沉思不语，公儒信猜测着统帅的心思。他从上午克弥尔故意对开战不置一词的做法，揣摩出统帅对敌人求和一事的考虑。但是，给予克弥尔统帅认真思考的时间并不是很多。

“现在，你也不必回去了，就在主帅营中作一名仆从吧，不用打仗，料理伙食总是可以的吧。”

为免牧民泄露消息，克弥尔留下了那个牧民。

第八集

紧张而担心的一天，过去了。

可是，诺亚营地的人，一个也不敢懈怠。在临近水淹地的干地上，到处都埋伏着警戒的人。东边的雪河，虽然河宽水深，是一道难以轻易逾越的天然屏障，卫星侦察的结果，毕喜人大军并没有往这边分派军队，徐豹还是派遣了两人加以巡防观察，以防万一。

又是一个平静的一天过去了。对岸的毕喜军队仍旧驻扎在离河岸较远的地方，没有动静。

“难道敌人在进行着什么阴谋。他们会不会晚上来偷袭我们？”

最为担心的，竟然是顾问鲁克院士。他的前额头发，已经掉光了，露出光光的，高高的额头来，更显得皱纹满面，难掩憔悴之态。

“院士过虑了。要说晚上，我们才更不怕呢。无论敌人何时，何地，何种方式，来进攻，都休想逃过我们的监视。”

徐豹轻松地笑着说。这话不假，低轨摄像卫星，夜视摄像仪，红外监视仪，扫描雷达，一系列的先进仪器，时时刻刻在监视着敌人的动静。

只不过，能够监视着敌人行动，并不意味着能够阻止敌人行动。诺亚营地的重型装备，还远远不能和敌人抗衡。显然，面前的洪水多多少少给毕喜人造成了进攻的障碍，当洪水退却后，真正的考验，才会到来。只是，希望这一天，来的越迟越好。

徐豹打算在五天之后，向舰队申请登陆器降落，更多的装备和人员，甚至，目前正紧张地进行着能源设备改装的激光炮，质子炮，都有了。他们有了很好的液氢能源，是能够使用激光炮的或者质子炮的。在宽阔平坦的草原上，只能直射的激光炮，质子炮，完全能和敌人的重型火炮一较高低，打击精度却不知比对方高了多少。

营地正在做着登陆器降落前的准备。徐豹脸上露出轻松的微笑，他相信，安详平定的笑容会感染营地里的每一个人，带给他们以信心。

第三天，毕喜人军队在对岸扎营已经三天了。

洪水缺乏后续储量，正渐渐退去。草原上的孤岛，越来越多，渐渐的连接起来，渐渐的连成一片。

草，正从冲刷过后的污泥中，昂起头来。

趵突河，正在逐渐恢复它的昔日宽度。

河水的宽窄，恰好和徐豹上校的心情宽松和紧张成正比。

然而，非常奇怪的是，尽管水已经退了很多，毕喜大军一点都没有进攻的迹象，他们仍旧待在原来驻扎的地方，一点都没有挪动位置，甚至连侦察兵都没有派出来。如果对方的侦察兵进入激光枪的火力范围，徐豹上校下令是坚决驱逐甚至击杀的。

与其给敌人机会，不如留给自己机会。

这一战，将是最为惨烈的一战，徐豹上校，徐豹分队，已经做好了充分准备。即使只是为了基弗里中校，为了聂伟上尉，也需要打一仗。

03028 还在对方营中，更是激起了队中人人的报仇之心。三个支队的人，对于已经被认出的乌躁，个个恨之入骨。乌躁的照片，虽然看得不太真切，还是发到了诺亚营地每个军人的手中。

第四天。过了一个平静的夜晚，一大早，徐豹早早起来，整装出屋。如果今天毕喜人还没有动静，可以确认，战争正在朝着不可预测的，很不明朗的方向发展，这恰恰是徐豹不愿意看到的。

敌营确实没有大的动静，毕喜军队甚至开始在草原上凿井，他们连靠近跔突河来取饮用水都不愿意。他们也不拉长战线，利用人多得优势，使敌人疲于奔命。以诺亚营地现有人员来看，能防守十来公里的河岸，就已经感到非常吃力了。

只是，这一点上，徐豹并不担忧，无论敌军如何调动，自己都能提前察觉，布置好兵力，等着敌人往枪口上撞。预警和机动，这是远远胜过毕喜人的绝对优势。

但是，有一个问题，徐豹不愿意去细想。假如，敌人倾巢而出，从多个方向同时渡河，诺亚营地将怎样去应付呢。

如果敌人真的看出了诺亚营地的致命弱点，动用全部兵力多点渡河，强势一击，徐豹只有走最后一条路：弃营逃走。

为什么在草原上凿井取水？徐豹百思不得其解。

晚上，营地例会时，东条巴莫中校提出了一个大胆的主张，晚上，渡河袭击，骚扰敌人。

“不妥不妥。”鲁克连连摇头。

“逼迫敌人行动明朗化。这样等下去，人都急死了。”

“中校的主张确实糟糕透顶。”荒山孝郎少将也否定说，“再难等，也只能等待。”

“东条中校的主意，也并非一无是处。如果把袭扰敌人，改为将微型监视器，高灵敏的窃听器，尽量近距离的安放在河对岸呢，在晚上要安全地完成这个任务，并不是很难。”

戈林曼中校修改了东条中校的意见说。

徐豹比较同意这个方法。

“那中校认为，派谁去执行这个任务更合适呢？”

“上校要我推荐的话，我个人举贤不避亲，斯坦特·福南中校是很好的人选。”

“我同意。谭力少校，请准备好侦听设备。福南中校，半个小时后出发，戈林曼中校会送你过河。”

谭力少校和福南中校用二十分钟完成准备。

河水很凉。大腿和小腹一接触到河水，福南中校打了一个冷噤。他带着两名军人，一名中尉，一名少校，举着枪，蹚过齐腰深的趵突河。这里是比较浅的一个河段，一个落差较大哗哗响着的河滩，相对于来说，水流也要急一些。

一上岸，三人就在河滩上跳起来，水珠直落，裤子很快就干得差不多了。纳米材料的迷彩服是不储水的。戈林曼中校戴着夜视镜，在北岸注意着远处。一条亮亮的星河，从稍南边的天空，横贯过头顶。如果不是乌云密布，阿喜星上的夜晚，永远不会是漆黑一片。

正是因为如此，戈林曼中校深深地为部下安危担着心，夜视镜的优势，在开阔草原上，并不是那样绝对的大。

他决定就待在这里，等着福南中校三人回来。

侦察队在潜行。一路上，有些地方积水初干，有的地方则满是泥泞。尽管戴着夜视镜，福南中校三人行进得还是有些艰难。在摔过几跤后，他们遇上了毕喜人的第一个哨卡。

这个哨卡由三个木制哨楼组成，每个木楼高七八米，由四根粗大的木头拔地而起，木柱中间由木头支架榫接，支架上再搭上木板，顶部搭起草棚。三个哨楼，两侧靠前，中间靠后，彼此相距一百多米。哨卡离毕喜大营还有一公里左右。

福南中校趴倒在草丛里，几根草尖戳进了鼻孔，痒痒的，中校差点打了一个喷嚏。

福南中校认真地选择着将要前进的路线。三百多米以外，哨楼上不时有人在走动，以天幕做背景，游动的人影看得很清楚。

“咦，毕喜人戴着什么在看。啊，难道，他们也有夜视镜？”

福南中校身边的少校说。

斯坦特·福南中校想了想，肯定地说：“有，而且不止一架。”

“他们把夜视镜配置在前沿哨卡上，怎么办？”少校问。

另一边的中尉举起枪瞄准。

“别急，中尉，当心走火。”福南中校按下了中尉的枪。

“我们不可能同时消灭三个哨楼的哨兵。”少校跟着补充道，埋怨那个冒失的中尉。

“哨兵总计差不多有十个人。”福南又耐心的打量后说，“趁敌人还没有发现我们，撤！”

福南中校三人，安然无恙地回到了他们渡河的原点，毕喜人竟然毫无察觉。

“啊，你们把全部的监视器，甩在了离前哨卡都还有几百米远的地方？”

戈林曼中校问道，他不很满意第一次执行任务就轻易放弃的福南中校。

“不是摔，三脚架都稳稳地插进土里了，只是前面有时草茎对镜头可能有些遮挡。如果要继续深入的话，很可能会发生战斗。”福南中校认真地说。

戈林曼中校只得带队回营，向徐豹交差。

“看情形，我们只有以静制动了。那也没啥，这样耗下去，也不错。明天开始，全部恢复燃料生产。”

徐豹上校宽慰戈林曼中校。

“不过，戈林曼上校，有件事，倒是值得祝贺。”

戈林曼诧异地望着徐豹上校，但愿上校不要因此而奚落自己，但是，徐豹上校从来不会做捉弄别人的事情，他是一个宽厚可信的人。

徐豹让戈林曼看显示屏上从舰队总部发来的任命书。

戈林曼中校升为上校，担任番离大陆原穆姆托分队总指挥，等北大陆战事平息后，再亲临橄榄树营地就职。而现在，戈林曼上校对橄榄树营地通过卫星传播进行遥控指挥。

“戈林曼上校，这件事，还不值得祝贺么，恐怕，今明两天，上校要花点功夫熟悉橄榄树营地的情况了。还有一个更叫人高兴的消息，中型质子炮已经制造成功，明天将用小型登陆器运送两台到诺亚营地。”

听到这个消息，众人无不欢欣鼓舞，谁都承认，对于戈林曼上校的任命的确是一个非常奇怪的任命，这也使众人相信，总部对北大陆战争，充满了信心。

第九集

登陆器准确地降落在诺亚营地指定地点。趵突河对岸，毕喜人仍旧毫无动静。营地忙碌了一整天，质子炮悄然就位，人人信心大增。

说是以静制动，徐豹上校却一点都没有松懈，一点也不敢大意。营地中几乎全部的无线监视器都安置在河边，昼夜不停地监视着河对岸。徐豹冒着敌人大炮突然开火的危险，每天两次，亲自公开地巡守河沿。比起无线监视器来，他更相信自己的眼睛。

河水已经完全恢复了往日的宽度。洪水只在两岸的低洼处，留下了一些大大小小的水塘。

毕喜大营里，所有的大炮，虽然还在伪装的覆盖下，但是逃不过卫星的天眼。它们的炮管，都直指着诺亚营地，而趵突河河岸与诺亚营地，绝对在炮程火力有效范围内。

虽然危险，考虑到其他两队中，荒山孝郎年事已高，又刚经历过战斗，戈林曼上校还兼任着橄榄树营地的指挥官，所以，徐豹上校不辞辛劳和危险，坚持每次都由自己亲自巡守河岸防线。

一天过去了。

又是一天。

毕喜大军已经在河对岸驻扎七天了。

这天中午，徐豹吃过午饭，稍稍的打个盹，时间半个小时。诺亚营地天天被等待和防备折磨得有些松劲。在距离埋藏液氢罐地点两公里多的地方，一个大型起降航天器的场地正在悄悄地扩建平整之中。机器人金刚—3力大无穷，不知疲倦。

徐豹默算了一下。如果明天，毕喜人还没有动静，他将申请可以重复起降的航天登陆飞船了，徐豹估计至少可以增加一百人的兵额。

迷迷糊糊中，陈诚中校进来告诉徐豹上校，毕喜人有一群人大约十来人，从大营中出来，径直向这边过来了。

“哨卡换防？今天时间变了。”人数，时间，还有方式，都与往日不同。

往日，毕喜人都是在早上，对处于外围的哨卡进行换防，而且很谨慎，也绝不会超越哨卡的位置，所以徐豹有此疑问。

“确确实实，毕喜人的目标是河岸。”

仿佛被冷水从头上浇了下来，徐豹突然脑子一激，清醒而带着些微激动。

他迅速叫上荒山孝郎少将，一同赶往河边。

此时，和对岸从大营里出来的那批毕喜人，已经越过了最前端的哨卡，但是没有停下来的意思，继续往前走。他们似乎不在乎来自对岸的远程突然狙击。

“好啊，终于等不及了。终于来了。”徐豹按捺不住内心的激动，拿着望远镜的手情不自禁地颤抖着。

“上校，那个高个子，好像是——地球人。”

荒山孝郎喊道。

“地球人？”徐豹立即更仔细的观看起来。不错，那人的高个子在毕喜人中间十分显眼。

“没错，将军说的没错。怎么回事？那人是谁？”

“现在还看不清楚。”

对岸那群人，看起来并不惧怕什么危险，继续往河边走，地球人走在最前面。

终于，到河岸了。那个地球人举起手摇着，喊起来。看起来，谁也不认识那个地球人。他，真的是地球人么？他是谁？怎么从来总部没有提起过有活人落在毕喜人手里。

毕喜人从来没有这么靠近来过。徐豹等人仍旧在草丛里藏着，没有现身。但是上校仔细调整着单筒精密望远镜的放大倍数，偷偷拍下照片，通过卫星电话，把数据传回了诺亚营地通讯室。毕喜人完全靠近了河岸，离得很近，照片非常清晰。

“莱茵克尔，是温萨特·莱茵克尔。”

鲁克院士在电话中惊喜地大叫。

“温萨特·莱茵克尔是谁？”徐豹印象中，从来没有听说过这个名字。

“一个数学天才，语言学家，跟随第一队的。我与他交往过。我认识他，他是个真正的天才。”

“第一队？”徐豹继续隐藏在草丛里问。登陆的第一队应该是穆姆托分队，也即现在的戈林曼分队。

此时，见对面没有反应，被称作温萨特·莱茵克尔的地球人，沿着河岸，边走边叫，手舞足蹈。后面的人稍稍离他远了一点，带着枪，但是都挎在肩上，根本没作防备的打算。

“他在番离大陆，怎么过海来的？”徐豹问。

“不是那队，是第一次登陆时，加和正夫上校那一队。原本以为全部遇难了，谁知莱茵克尔还活着。啊，天啊，难以置信。莱茵克尔竟然一脸胡须了，他可是一向脸上干干净净的。”

这次，轮到徐豹吃惊不小了。

显然，莱茵克尔受到了很好的礼遇，他在河对岸叫喊，是要引起河这边的回应。

徐豹突然被一阵狂喜差点冲晕过去。

上校啄着头，狠狠地从鼻子里哼出几声，终于让自己平静一些。“你们藏着，不要起身。”说着，徐豹自己却站了起来。

莱茵克尔看见了徐豹，高兴得不得了。这时，他在河对岸三百多米。他跳着，摇着手，又摇起了身子。身后，一个毕喜人的首领，对着他叫了几句，莱茵克尔才没有跳下河去。

草丛里，隐藏着的人，陆续站起身来。

“他就是莱茵克尔？”荒山孝郎喃喃道，他仍旧蹲着，没有站起来，他担心这是毕喜人的一个阴谋。

“将军听说过？”徐豹问。

“当然，我记起来了。莱茵克尔是和加和正夫上校一道登陆的。我听说过这个名字，但是不认识他。鲁克院士可能以前在地球上和莱茵克尔有过交情吧。”

“听起来的确这样。看样子，莱茵克尔先生的意思，是要我们派人过河去。他不能过来，毕喜人不放心他。”

徐豹沉思着。他也向对岸摇着手，回应着对方激动的热情。上校终于做出了决定，他拿起电话，叫陈诚中校派一名军人送鲁克院士过河去。

毕喜人有允和的迹象。太令人激动的消息了。

事实上，在扎营后的第三天，中午时分，统帅克弥尔就接到了从首都连续三次发出的加急电报。

“停止进攻，原地待命。”

元首温温儿连续三次发出电报，克弥尔有些茫然了，随后，他觉得自己明白了。

因为又随后接到了温温儿元首的第四封电报。

“地球人温萨特·莱茵克尔正在赶来，请好好接待。”

温萨特·莱茵克尔的关押和审问，是共和国的最高机密，连克弥尔也知之甚少。碍于彼此语言不通，审问一直没有什么进展。如今，温萨特·莱茵克尔竟然出狱来了，而且要到前线来。克弥尔统帅心中的惊愕，可想而知。

除了原地待命外，克弥尔真的不能做什么，防备敌人的偷袭除外。

这天早上时，温萨特·莱茵克尔和一队毕喜军人，乘着最快的机车，赶到了大营。克弥尔一见诸人情景，心里立即明白了一半，他确定，温萨特·莱茵克尔是被押解着来的。

押解的军官对待温萨特·莱茵克尔却非常客气。温萨特·莱茵克尔除了行动受到限制和监视外，所受待遇无论从哪个方面看，都更像一个尊贵的客人。

“我们只停留一会儿，便要到河对面的敌人营地去办事。”

押解军官说道。他是共和国的一名将军，职务并不比克弥尔低，因此说话中颇为随意。

“啊，到敌营去。我们正在交战！”

统帅克弥尔更加吃惊了。

“莫非统帅已经和地球人开战了？”

“地球人，敌人叫‘地球人’吗？”

“是的，这是他们的自称。元首不是已经急电，命令统帅原地待命，不得擅自开战的吗？”押解军官急着问。

“元首的命令，本帅怎敢不尊。这些天以来，我部就在离河尚远的地方驻扎，从未放过一枪一弹。敌人也未曾过河偷袭。我正奇怪，敌人为何这般按兵不动呢，既不战，也不退，甚至连试探行动都没有。将军这一来，这一说，更叫人摸不着头脑了。”

“我们是过河去求医的。”

“求医？”

“难道元帅不知道元首的幼子正处在垂危之中么？”

“大军出发前，我专门为此到元首府去看望过，怎会不知。不过，毕喜人世代受此病困扰，其他国度也一样。这是整个寰球的灾难，已经几百年，真是见惯不惊了。难道地球人就能医治此病？那，太了不起啦。但是，元首怎会相信残暴的地球人会有此好心。”

克弥尔一点都不相信。

“说来话长。我们马上就要走了，以后再说吧。”

“且慢！”克弥尔忽然想起了一件事。

“元帅有何吩咐。”

“温萨特·莱茵克尔可以翻译一封信吗？这是他们的文字。”

押解将官不解地望着克弥尔。

“我的确有一封信，想让温萨特·莱茵克尔先生翻译。这封信，是从敌人——地球人那里截获的，使用的是——地球人的语言。”

“这我相信。元首也正是接到了元帅发回的敌人的求和信，才下此决心，请地球人帮助救治幼子的。”

押解将官出去，叫来了温萨特·莱茵克尔。

克弥尔拿出了基弗里中校叫人送赔偿金时写的那封英文信件。

大营侍卫官第一次这么近距离地面对地球人。温萨特·莱茵克尔高大的身躯，满脸的胡须，令他有些害怕。他递出了信件后，立即退到了一边。

两名持枪侍卫，紧紧盯着温萨特·莱茵克尔。

温萨特·莱茵克尔看出了营帐中的紧张。他也不敢放肆，收起了他一贯喋喋不休，大大咧咧，想啥说啥的习惯，庄重地翻译起信件来。

温萨特·莱茵克尔用尚带着生涩口音的毕喜语言，直接读了一遍信，然后又解释道：“基弗里中校的部下，误杀了草原牧民的几头牛鹿。中校感到非常抱歉，写这封信表示歉意，并令手下携带黄金前来赔偿。基弗里中校做得棒极了。哦——请问元帅，牧民有没有收到赔偿的黄金。”

听完这封信件的翻译，克弥尔目瞪口呆。他望着温萨特·莱茵克尔，实在弄不明白这个貌相吓人的地球人是不是在撒谎。他忽然想起了还在大帅营中的那个牧民。

待押解将官走出营帐后，克弥尔回头对身边的侍卫说了几句。

没过多久，牧民来了。他早就看见了温萨特·莱茵克尔，心中升起一股恐惧，十多日之前的惨烈战斗的景象还深深地烙在脑子里。当克弥尔统帅问起黄金的事情时，他不再隐瞒，战战兢兢的全部说了出来。

统帅克弥尔，开始在胸中酝酿新的计划了，他请来了公儒信幕僚，与他私下里商议起来。

与此同时，温萨特·莱茵克尔正在押解的毕喜人的监视下，沿着河岸走，向对岸大喊大叫着。

第十集

鲁克院士在两名地球军人的护送下，从木筏上过了河。

两个在地球上曾经认识且有过不浅交情的人相见，恍若隔世，心中的惊喜，犹如大海涨潮时的狂涛。纵是年事已高的鲁克，和一向洒脱，无拘无束，狂傲放浪的温萨特·莱茵克尔，也禁不住相拥在河边，泪水纵横。

在毕喜人押解军人众目睽睽之下，两人相拥相视，又笑又哭，竟有好长一段时间。毕喜人并不上前干扰阻止。护送的两个地球军人站在几米开外，面对此情此景，也是百感交集，热泪盈眶。他们空着双手，并没有携带任何武器。

因为，徐豹上校认为，这个风险，值得一冒。

到底是两个饱经风霜的人。毕喜人虽然没有提醒催促，鲁克和温萨特·莱茵克尔渐渐平静下来了。莱茵克尔说出了他此行的目的，他肩负这急迫的使命，他需要两名经验老到，阅历丰富，见识多广，创见性强的医生。

这两名医生，将跟随着他，回到毕喜共和国的首都毕西城，去帮助救治共和国元首温温儿的年幼婴儿。这个刚出世四十多个阿喜日的可怜的婴孩，患上寰球人，准确说是寰球婴儿，最易患上的幼死病。孱弱的婴孩，一旦染上此病，多数夭折。寰球成年人有时也偶尔会患上这种病，但是挨过一段时间后，多半会不治而愈。

现在，鲁克院士从莱茵克尔嘴里知道，原来，阿喜人把他们的星球叫作寰球。

“地球人就一定能够医治阿喜人——寰球人的幼死病吗？”

鲁克院士此念头刚一起，立即强行把它压下去了。

无论怎样，这是一个绝好的，与毕喜人，或者说阿喜人，求和的机会。

“好的，谢谢莱因克尔，我们一定会医治好的，我们会成功。”

鲁克微笑着告别了莱茵克尔，在毕喜押解队伍的目送下，渡回了趵突河北岸。

诺亚营地立即和总部联系，把这惊人消息和总部一起分享，随即紧张的讨论起救治的可能方案和应该派遣的医疗人员来。

其实，早在徐豹上校紧张地看着鲁克院士渡河时，通讯官谭力少校就已经通报舰队总部了。双颅人顾问希格里 & 斯诺欣喜地左摇右摆，情不自禁地喊出好几声“噢噢”的叫声。希格里还抽起了他几乎戒掉了的烟来，斯诺宽容地允许了一次，为此，斯诺不断的喝水，来无声的对抗希格里的失言，以至于呛了，猛烈的咳嗽中，把希格里的雪茄也震飞出去了，飘在屋中，引得克里将军和众人一阵哄笑。自从基弗里中校遇难以来，这是克里第一次露出了笑容。

荒山孝郎少将，成了赴毕西城的首选人物。芳芳中尉也申请要求一同前往毕西城，徐豹摇着头，否决了。“请原谅，芳芳中尉，这次，我不能答应你。不过，有一件事，我不会忘记的，决不会。”

说到这里，徐豹鼻子也忍不住发酸。

最终，荒山孝郎和另一位来自西班牙的医生，麦克隆·戴尔博士，还有一名年轻的军人医务助理，携带着一大袋医疗器械和常用药品，渡过河后，随同温萨特·莱茵克尔，一起乘上了赶回毕西城的蒸汽机车。

赶回毕西城的路上，毕喜人大度的让莱茵克尔和荒山孝郎坐在一起，允许他们可以用地球语言来进行交谈。莱茵克尔停不住的嘴开始爆发了。他终于有了一些很好的听众。他把这段时间出生入死的经历，详详细细地讲述了一遍，又讲了一遍。嬉笑悲伤，言语激昂，情不自禁，有时竟惹得前面的毕喜军人转过头，好奇地盯着他们。

这时，荒山孝郎医官有时会拿出卫星电话来，电话上面有一个隐匿的微型摄像头，于是精彩的故事和毕喜人晃动着的脸庞，景象和声音，变成一串数字信号，一起送到了诺亚营地，送到了哥伦布太空舰队的每一艘飞船上，引起了地球的无限遐想。

携带上卫星电话，费了好大的周折。所有的器械和药物都经过了详细检查才获准携带。毕喜人担心因此泄露自己一方的军情，但是荒山孝郎少将坚称必须获得诺亚营地和舰队总部的技术支持，才有医治幼死病的可能，而卫星电话是最好的通信工具。最后，毕喜人想到，只要不让地球人接触了解自己一方的军事设施和布置，不就完事了么？所以，卫星电话允许带上了，但是荒山孝郎等人几乎不能走出车厢来透透气。沿途需要停下住宿时，也被紧紧地看管防备。幸好，莱茵克尔那似乎永远也讲不完的故事正好可以用来打发路途上漫长单调的时光。

炮弹爆炸时，阿列里·沙利夫斯基中校刚刚来得及把温萨特·莱茵克尔扑倒在地。

爆炸的声浪把莱茵克尔震得晕了过去，炮弹在好几米远处，说不清有多少块弹片，插入了阿列里·沙利夫斯基中校的身体，就像刀切入豆腐一样。而被他压在下面的莱茵克尔，只是受了一点轻伤。

待莱茵克尔醒来时，已经被绳子牢牢的绑住，拴在机车上，旁边六七个毕喜人持枪看守，一刻也不离开身边。这时候，加和正夫上校正率领着残余队伍向山中撤退，克弥尔正指挥着部下追赶。

莱茵克尔一醒来，就不停地说这问那。看守人员呆呆地看着莱茵克尔的嘴在不断的动弹，却一句也听不懂。最后，他们不耐烦地在莱茵克尔的嘴里塞进了一条毛巾，一条还没有使用过的新毛巾。毕喜人为了打这仗，虽然仓促出兵，军用物资却准备得很充分。他们万万没想到，战斗会这么快就结束，敌人一击即溃，简直不像是来侵略的。

得胜归来，毕喜人将莱茵克尔关进了最隐秘的地牢中。温温儿借助战斗的全面胜利，终于取得了议会的通过，成为可以不经议会授权宣布进行战争的元首，毕喜国首席公民，享有最广泛的统帅权和豁免权。名不见经传的克弥尔也声望鹊起，成为共和国最重要的将军之一。作为老牌贵族温温儿的家臣，克弥尔不遗余力的支持温温儿元首。一时间，温温儿的权力达到了共和国历史上前无古人的巅峰。

议会和温温儿元首共同派人组成了一个审判组，企图从地球人俘虏身上获得他们想知道的一切。审判组的两个首脑，分别是议会元老院的秘书长章也，和温温儿等几个贵族出资组建的京都哲学院首席哲学家哲别。

除了脚镣手铐以外，莱茵克尔在地牢中的待遇尚算过得去。限制莱茵克尔的行为能力，主要是毕喜人对传说中的天魔实在有些恐惧。莱茵克尔先生在地球人算中等个头，在毕喜人的眼里已经是非常高大了。

莱茵克尔先生从来就是不安分的一张嘴。虽然身在毕喜人的关押中，而且主人还怀着强烈的仇恨，他却唠唠叨叨地问个不停，抗议脚镣手铐的这种非人道待遇。他一遍又一遍的解释地球人是如何将毕喜儿童当作了河边的野生动物。这个天大的误会导致了战争。地球人是和平的天外来客，地球人愿意为自己鲁莽的行为道歉和赔偿。

但是，莱茵克尔先生的话等于白说了。他不得不狠狠地诅咒，感叹自己是给癞蛤蟆讲演。

因为怕遭受处决的灾难结果，莱茵克尔只要有了说话的机会，就激动地表白。在毕喜人看来，这气焰嚣张的叫嚷简直就是一种示威行为。难道这些外来入侵者还想威胁毕喜人吗？但是，敌人真的是深不可测的怪物，坐在审问席后面，章也和哲别都担心着，仿佛随时都会有不可预知的事情发生。

互相说着彼此都听不懂的话，一无所获，还得提心吊胆。主审官的日子就是这样过的。

整整有好几天，哲别和章也都不想提审莱茵克尔了。把俘虏关在牢中，让他清醒清醒，之后再去审问，或许是个好主意。哲别和章也有时也在推想，或者，另一位主审官忍不住了，又去提审了呢。等着别人审出结果也不错。他们互相依赖着，审问莱茵克尔的事情，竟然就此一拖再拖下来。

当议会元老院和温温儿元首问起审讯进展时，两个主审官只好说语言不通，难有突破，正在紧张进行中。后来，哲学家哲别想出了一个法子，他从哲学院里派了两名元老，分别在语言学和文学领域的权威，在地牢里，点着明晃晃的油烛，每天对着莱茵克尔，大声朗读他们的诗歌，和著名的关于民主国家及民生未来的哲学书籍，并把诗集和哲学专著隔着粗大的铁栏，递进牢里让莱茵克尔看。

这一招似乎很见效。莱茵克尔一下子安静下来，专注的阅读那些大部头的书籍，而且津津有味地聆听元老教师投入的朗诵，时不时还随着吟哦起来，鹦鹉学舌，倒像不像的。

议会元老院秘书章也不禁对哲别的主意鼓掌称贺。他们古老而伟大的民族的诗歌文学，竟然能够感动天外妖魔。凡是有思想的生物，还有什么不能进行教化和感化的呢？章也在学院里和哲别常常争论，而且多数时候处于下风，但是从不服输。但是这次，章也完全佩服了。他拍起手，发出嘿嘿的尖溜溜的声音。

审讯一事，章也和哲别禀明元首，也就暂时放下来。他们等着莱茵克尔学会毕喜语言，能够说毕喜话的时候，再审不迟。

地牢宽敞而干净，点有明亮的油烛，也不觉得黑暗。莱茵克尔沉入了语言的研究当中，甚至废寝忘食。他不明白毕喜人何以给他这么好的学习和掌握毕喜语言的机会，竟然派了两个学高望重的学者来专门教他。一直没有加和正夫上校他们的消息，莱茵克尔想，也许，上校等人关押在另一处地方，不让他们彼此之间通气，以防探知毕喜人的防务秘密，甚至共谋逃匿。

既然这样，岂能浪费大好的时光呢。莱茵克尔平静下来，潜心学习。他不停地听，模仿着说话，但是，他从来没有对主审官或者讲读教师说什么话。思维敏捷富于创见的头脑总是容易出现纰漏，莱茵克尔深知。他怕自己表达错误，一不小心掉了脑袋，只有拥有百分之百的把握之后，他才会痛快陈词。莱茵克尔在等待着淋漓酣畅地说话的那一天。

这天晚上。吃过晚饭后，莱茵克尔按照习惯，沿着牢墙慢步跑了几十圈，又开始读起书来。他已经明白，毕喜人使用的是八进制，因此，对于书中常常提到的一些数字，他都必须换算成十进制，再仔细领会。数学天才莱茵克尔，一向坚持认为数字或者数学，比语言或者文字，包含着更准确更值得相信的信息。

读完两页，他感到口渴。莱茵克尔觉得这个晚上有点奇怪。狱卒在拿走食盘之后，没有像往常一样，在门外边的小凳上给他放上一杯水。

是的，没有水。往日，水都是装在一个细长光滑的陶瓷杯中。瓷杯是浅褐色的，带着迷人的光泽，像一件高贵的艺术品。莱茵克尔认为，那比中国科学院的鲁克院士送给自己的一套仿宋钧瓷还要莹润如玉。海棠红、玫瑰紫，莱茵克尔都见过了，独独还没有见过这种显得古朴悠久的颜色。他不知道该给它取一个什么样典雅的名字，在他掌握的所有语言当中，他认为只有鲁克院士的汉语，才能够取出一个华贵典雅的名字来。

为此，他偷偷藏起了几只水杯。狱卒竟然没有去细细过问。

狱卒和他见过的毕喜人比较起来，莱茵克尔认为是比较年轻的，而且是个和善的人。他对莱茵克尔显然充满了好奇之心，却从来没有骚扰过他，也没有大声地呵斥过。

在狱卒看来，莱茵克尔是令人敬畏的魔怪。尤其，狱卒对天外妖魔喜爱毕喜人的物件，表示出强烈的好奇心，而产生了亲切感。

讲读教师这天走得很早，莱茵克尔多看了一会儿书，看得头昏脑涨。“人呢？到哪儿去了。”他低低的说，试着把每个字翻译成毕喜语。除了悄悄地自言自语外，他从来没有对狱卒大声说过话。

等得不耐烦的时候，弯道里有了响动。有人在下石阶梯。

莱茵克尔轻轻地扣着铁栅栏。

狱卒进来了。他像往常一样，四处检查了一下，就坐下来，摸出偷偷带来的锋利的小刀，和一段木质细腻的木材，很认真的雕刻起来。

狱卒一直是这样，当讲读教师离去，一个人寂寞的时候，便静静的干他雕刻的活儿来。他可能是在雕刻一个人，但是至今，莱茵克尔还没有看见他成功的整件作品。

狱卒不理睬莱茵克尔，或者忘记了他。这也和平常一样，但是，莱茵克尔实在是口渴了。

“水。”莱茵克尔用英语轻轻地说道。狱卒似乎没有听见，继续干他的活。

“水。”莱茵克尔加大了一点声音，这次，他用的是西班牙语。

狱卒抬头了，只抬了一下头，就又埋下去。

“水。”莱茵克尔用法语大声说。

狱卒不得不起身了，他惊讶于莱茵克尔竟然对着他说话。他是不能与重要的牢犯交谈的，这是狱规，何况是这么重要的一个牢犯。

他当然不明白莱茵克尔说的是什么，他想，他应该出去请主审官来。

“水！”莱茵克尔用汉语响亮地喊道。他指着放水的地方，并且做出一个喝水的姿势。

狱卒想了想：“你要水？”

莱茵克尔呆呆地望着狱卒。“水。”他重复着狱卒话中的一个字。

“水。”狱卒点点头。

“水。”莱茵克尔大声喊道。啊，天，他使用的是毕喜语言。

“我，口渴了。”

莱茵克尔继续用毕喜语说着。

他说得很含糊，狱卒没有听明白后面这句，不过，他还是转身去拿了水来，走到莱茵克尔跟前，犹豫这，考虑要不要给他水。

“口渴了？”狱卒重复了莱茵克尔的那句话。

莱茵克尔点着头。“口渴了。”经过狱卒的重复，莱茵克尔这次说得比上次清楚多了。

狱卒给莱茵克尔倒上了一杯水。

“真棒。真美。”

莱茵克尔看看细长的瓷质水杯，一边喝水，一边指着远处桌子上，狱卒还没有完工的雕刻作品。那作品越看越像一个人，毕喜人。

莱茵克尔认为那未完成的作品，应该是一个女人。

真美，这个词语，狱卒一下子就听明白了。在诗歌中，这个词使用频率很高。他很高兴，开始断断续续与莱茵克尔说起话来。狱卒专门到地牢门口看了看，很安静。主审官没有来，讲读老师也没有来。

第十一集

莱茵克尔后来知道，那天，狱卒是故意不给他水的，主审官也早早离开了。因为，这一天，穆姆托上校的凯旋号炮船，在中洋上击溃了毕喜人的舰队。惊恐和混乱，刹那间打破了主人的骄傲和平静。

折磨他，只是为了一点小小的报复。

但是，要说对莱茵克尔最少有恐惧感和憎恶感的，当数年轻的狱卒了。正在恋爱中的狱卒，甚至对莱茵克尔有种说不出的亲切感。是莱茵克尔的囚禁，肩负看守重责，使一个无名之辈的狱卒，转而受到很多人的看重。莱茵克尔对木雕小人的赞美，几乎彻底的摧毁了狱卒心中尚存的一丝戒备。

“你，不能说出去。”

狱卒摆着手，看着木雕说。他一直想雕一个梦中情人的木雕，借此获得女友的欢心。虽然他还不满意，可是，莱茵克尔的夸赞一下子增添了他的信心。

莱茵克尔跟着摇摆着手，又捂住自己的嘴，表示自己还不会说话，什么也不会说出去。

从这天起，当主审官或者讲读老师来的时候，莱茵克尔依然一副懵懂迷茫模样，以至于讲读教师怀疑莱茵克尔是否有足够的智慧来领悟他们伟大优美的语言。讲读教师也对莱因克尔越来越轻视，越来越放松。

而当没有旁人的时候，狱卒不再专注沉迷于刻弄木雕，而是与莱茵克尔慢慢地谈话，说一些发生在他们国度里的事情。莱茵克尔则用毕喜语言，字斟句酌，慢慢地讲起地球上的人民和生物种类。他们约定，谁都不把彼此的事情说出去。逐渐的交谈中，莱茵克尔知道了阿喜星上，中洋以北八指人的一个生育秘密，八指人在一年中，只有三次怀孕的机会，而刚出生的婴儿，又容易患上一种病，寰球人叫做幼死病。正是这个原因，阿喜星上人口一直多不起来。也是这个原因，寰球人，当然也包括毕喜人，谁都不会轻易卷入战争中。

相安无事的日子，在隐秘中延续着。莱茵克尔选择着机会，准备公开自己已经初步学会了毕喜语言的秘密。

直到一天，讲读教师朗诵一首孩子周岁生日时，庆祝宴会上所使用的赞美诗时，秘密自然暴露了。

那天，讲读师只来了一个，他们已经习惯于互换着来教导莱茵克尔。他讲了一段如何让公民拥有自然道德和保持婚前贞洁的法律小段，然后，他有些木然地放下了这些枯燥的书籍，开始读一首诗。

莱茵克尔听明白了，诗歌名叫“像鲜花一样开放”，写给孩子的诗歌。讲读师在吟诵之前声称，这首诗是一首著名的赞美诗，通常是在孩子周岁生日时，宴会开始之前诵读的。

“啊，可怜的讲师，为什么你的诵读里充满了忧伤？”

莱茵克尔听着听着，也被感染了，但是更加不理解，便脱口问道。

讲读师在轻轻地发出了一声“噢”之后，且惊且喜地问：“难道，智慧的妖魔啊，你终于会说毕喜语言了？”

“我是地球人，叫温萨特·莱茵克尔，来自遥远的太阳系。我学习和研究，数学，文学，哲学，历史。我还会写诗，十四行诗，就是一首诗有十四句的那种诗。我也吟诵一首短诗给你听。”

莱茵克尔字斟句酌，慢慢地用毕喜语说。

“春眠不觉晓，

处处问啼鸟，

夜来风雨声，

花落知多少。”

“春眠是什么？”

“就是在春天里睡觉，睡觉。”莱因克尔手比画着。

“春天是什么？是周围栽有很多树的大屋子么。”

“不是，春天是一个季节，一年有四个季节。”

“一年有四个季节？季节是什么？”

“傻瓜。”莱茵克尔用德语的喉音低沉地说。讲读师感兴趣地望着他。

“我们地球人是把一年分为四段。不谈这个，还是说诗歌吧。”

“好。噢，你刚才的诗歌只有四句，你不是说是十四句吗。你不诚实，妖魔从来就是喜欢撒谎的。”

“刚才我读的是一首中国的古诗。”

莱茵克尔本来是想选一首很短的诗歌，《春晓》正好，鲁克院士教会他的，莱茵克尔信口读出来，没想到被讲读师纠缠不休。

“怎么，只有四句——噢，明白了。你们说话喜欢转个弯子。十四行诗，就是把四句诗连续读三遍。”

“笨蛋！”莱茵克尔气得直摆头。三乘以四应该是十二呀，他怀疑毕喜国人是不是都这样蠢。

“你说笨蛋，谁是笨蛋，笨蛋是谁？”

“我说，我是笨蛋。”莱茵克尔敲着自己的脑袋说。他明白是自己错了，毕喜人使用八进制，三乘以四真的是十四。

“噢，你打你自己。你对过去的罪孽愧疚。所有妖魔是能够被感化和教化的。天外妖魔也是能够的。非常庆幸。我得立即去把这个消息呈报给元首和议会。”

“且慢，说说你刚才读的诗，既然是周岁庆祝，为什么却充满忧伤呢？”

讲读师久久地望着莱茵克尔。他想，如果能够把妖魔教导好了再去汇报也许更好。

“你喜欢这首《像鲜花一样开放》。嗯，好极了。每个毕喜人都会念这首诗。你被感化了。嘻嘻。”

“但是，为何诗中确有悲伤的语气呢？”

“这都能听出来。嘿，小子，收起你的木雕，滚到一边去。你问为什么，我就告诉你。收起你的躁动和邪恶的不安，我会耐心地教化你。

“喂，迟钝的臭小子，去叫门卫备好车，我要立即赴元首府汇报。

“现在，我就告诉你，悲伤为什么流露在字里行间。是的，这是一首欢快的祝福的诗歌。可是，我们元首的幼子，正在危难中挣扎。忧心于怀，诗是心声。难道竟然不从吟诵的缝隙中，自然地沁出忧伤的泪水么？妖魔冷硬而残忍的心脏，会不会因不可违抗的命运而悸动。”

幼死病，正是狱卒说的幼死病。莱茵克尔恍然大悟。

“你悲天悯人的胸怀，会让明媚的春天下起凄凄细雨，一如忧伤和悲泣。我叫温萨特·莱茵克尔，地球人，我能否为婴儿的康复，尽一点绵薄之力。”

“啊，你们的阴谋深不可测，又假装善良。地球人，如今又要妄想打什么孩子的主意。孩子幼小但是坚强不屈的身体，会在你们腹中生根，发芽，直到长出参天大树，毁灭你们这群食人妖魔。他将以你们身体为食。”

莱茵克尔想起了，的确有一个阿喜孩童变成了腹中美味。

他不禁双手合起，放到胸膛上后，交叠压住了惭愧的心，低着头，轻声说起来，这时候，莱茵克尔比论文答辩会上还要紧张，生怕一不小心的一个错误，导致误解而致前功尽弃。他说：

“伟大而坚忍的毕喜国，请宽恕地球人在无知和饥饿的魔鬼引诱下犯下的罪孽。因为无知和主观的错误，我们把河里赤身游泳的幼年人，当作了荒野中自由奔跑的野生动物。如今只要提起这件羞愧万分的事情，我们都要战战兢兢的祈求原谅。请允许我代表地球人做出补偿赎罪的承诺。请用你们宽容的阳光，照亮我们因罪恶的压迫而变得阴暗的心灵。无所不知，无所不能的自然宇宙之神，只有你的理解和宽容，才能让阿喜星充满和平与幸福，宁静与繁荣的光辉。一切美好和睦，从我们言语相谈的那一刻开始。啊，恳求毕喜国民的宽恕，恳求元首的原宥。"

"妖魔的花言巧语，蒙蔽不了智慧的眼睛。"

"不给地球人行动的机会，怎能看见行为的果实。虚伪的语言，如晃眼的露珠，经不住风吹日晒。正如你们所说，只有让河水流过身体，才能知道河水的冷暖。"

"地球人，能够治好幼死病？"

"我们肯定能够帮助你们，重新建立起崭新的医疗科学体系。从前，我们地球人同样被疾病困扰。但是，我们消灭了天花，脊髓灰质炎，降伏了AIDS，SARS，埃博拉病毒，抑制了各种恶性肿瘤，解决了心血管的衰老退化顽症，我们和上万种病症，病菌，病毒，斗争，并把它们一一打败。相信我，我们能够帮助你们，以自然大神的名义起誓，我说的全是真实的衷心之言。"

"我不能确定，不能决定，是否接受你的请求。"

"睿智的导师，公正的引领者，宽厚的长者，我等候着你的消息，犹如在旱季渴望甘霖。"

狱卒跑进来，诚惶诚恐的报告说已经备好了车，是狱长最钟爱的座驾，讲读师大人可以迅速舒适地直达元首府了。

"是先报告讲读的灵验，使妖魔顿获感悟，还是先进言幼死病突然有了治愈希望。唉，自然的大神，您一下子给我这么多果子，叫我从哪个吃起。"

讲读师离开地牢时，一步一回头，念叨着。要不是幼死病逼迫着他必须立即呈报元首，他真想在地牢里待上三天三夜，好好地和那个叫温萨特·莱茵克尔的地球人，讨论诵读他们的和自己的诗歌。

头天晚上，元首温温儿，收到了统帅克弥尔从前线发回的，地球人用巴拉比文字求和的电报。讲读师的报告，顿时把元首卷入了漩涡之中。

惊讶，冷笑，思虑，怀疑，忧心忡忡，焦虑，心中一亮，犹豫，吵骂的烦躁，期待的逼迫，疼痛与失落的压迫，耻辱的嘲弄，荣誉的感召，谨慎的呼唤。

短短的两天中，温温儿把人生的所有情感经历狂风暴雨中全部尝受了。

首席公民，军事元首温温尔，终于发出了那封命令克弥尔统帅原地驻扎待命的电报。那时，趵突河的洪水正要退尽。

第十二集

撰写国际交流和照会文件，是潘克先生的拿手好戏。可是缺少了少女莫娜的帮助，哈尼的文字水平又实在有限，要完成一封巴拉比文字的信，潘克先生有点忙坏了。最头疼的是，他不能确定词句是否恰当，这封信可是徐豹分队呈交给毕喜国的正式文件，非常重要，潘克先生只能用他才初步掌握的巴拉比语言来写。只怪徐豹上校的请求稍稍迟了一点。

这时候，莫娜和格林上尉已经离开火山堡，在赶往巴拉比王国国都罗伊城的路上。

通过一些卫星电话，乔尼·阿莱斯上校知道他派出的信使还没有到达巴拉比王国的首都。比克亲王要求派一个地球人亲自送求和信到首都去觐见国王，上校大胆地猜测，亲王已经有了允和的考虑。

同时一路到都城去的，还有巴拉比少女莫娜，以及比克亲王手下最精明过人的谋士惹巴。

严格说来，布莱恩特·格林上尉，只能算是半个军人。这个来自瑞士的通讯学院的毕业生，对于语言倒是蛮有天赋。他被指派为巴拉比信使的原因也是因为他在潘克先生的旁边形影不离，多多少少能够说一些巴拉比语。

蒸汽机车本来就笨重，为了赶速度，更是一路颠簸，不堪乘坐。格林上尉怀疑这部疾驰的机车，没有装上弹簧减震。途中，一次下车加水休息时，格林上尉凑近机车，看了看轮毂，弯腰探身往车下去看，果然车轴上没有减震弹簧。这下他有说的了。

还没起身，被司机逮了个正着。

在被警告不得偷窥任何机密后，格林上尉诚惶诚恐地道歉，并趁机向驾驶机车的小个子巴拉比司机提起了加装减振弹簧的建议。他的语言是跟随潘克先生学得的，词汇量还太少，因此，格林上尉连比带划终于让司机听懂了大概意思。

司机立即产生了强烈兴趣。格林上尉干脆叫司机找了一张纸，把螺旋弹簧和钢板弹簧两种形式简略的画出来。对于重量较大的机车，格林上尉重点解释钢板弹簧。他们待在一起的时间久了一点，指挥官过来了。人多眼杂，司机匆匆暗示晚上将去找格林上尉请教这个问题。

“这是秘密。”司机仰着头期望的说。

“秘密，只有你，一个人知道的秘密。”格林上尉笑着说。

地球上人人都知道的技术，经格林上尉这么一炫耀，司机像拾得了一个宝贝。他可是想做阿喜星上的第一个发明者。国王一定会好好地奖赏他的，说不定还会赐恩特许娶两个妻子。在巴拉比王国，特别聪明且有重大发明或者贡献的人，即使是平民，经过国王的赐恩，可以拥有许多特权，包括两个妻子。

喜好钻研机械制造技术的年轻司机一直惦念着这事。晚上，车队在一个小驿站歇宿。这里可真够荒凉。方圆几十平方公里内，没有人家，离最近的村庄，也得走上半天路。庞大的机车停靠在路边，两名巴拉比士兵看守着。

颠簸了一天，明天还要继续赶路，护卫队指挥官和谋士惹巴早早地歇息了。

格林上尉的卧室在内院的中间。驿站里，全是没有楼层的平房。墙壁是结实封闭的砖墙，窗户小而扎实。驿站四周都有土墙包围，一则防匪贼，二则防高大凶猛的野兽。

年轻的司机上了个厕所，趁机将内院观察了一下。除驿站外有三个守卫值勤同时兼看护机车的士兵外，内院只有一个游走的士兵。偏僻的驿站是安全的，指挥官和惹巴谋士都想不出会有什么危险，因此，尽管一队人马有二十多个人，却没把防卫放在心上。司机一瞅，机会很好。他总能等到恰当时机的。

司机的身份使卫兵看见了他，也没有放在心上。司机在黑暗的角落里等了不短的时间。他绝对不想有第二个人知道他与地球人格林上尉交谈的秘密。他还要等。

突然，院中多了两条人影，这两条人影悄悄然而迅速的扑向游走的卫兵。

一道寒光闪过，一声闷哼，卫兵倒地了。

不好。司机心中暗叫。黑夜中，他不明白发生了什么事情。转眼间，两条人影已经来到中间的那间房。那里住着地球人格林上尉。

“有贼！来人啦。杀人啦。卫兵！”司机叫喊起来。他顺手抄起了一根木棒，这根木棒是顶门用的，对司机来说，太长太重。

贼人被叫喊声惊住了，这时，他们还来不及破门而入。卫兵闻声正在赶过来，但是司机距离近得多。

不能得手了。贼人放弃了入门杀人的打算，提刀而逃。赶了两步，实在不甘心，恼怒的贼人奔回来，对着司机狠狠地举刀猛劈。

司机的木棒扫过去，刚砸上贼人的肩膀，迟了一点，力道也不够。刀还是斜着从司机上臂上劈过，几乎将手臂砍了下来。一声凄厉的惨叫，司机疼得晕了过去。

火把亮起，卫兵冲进来了，各个房间也亮起了灯，有的房门打开了。

贼人不敢再留，连忙向后边跑去。他们正是从后墙翻进来的。小驿站已经多年没有经历过这种惊心动魄的事情了。

两个贼人的步伐，始终没有快过卫兵的枪弹。因为想要报复叫喊者，耽搁了逃跑的时间，随着砰砰几声枪响，两个贼人全部倒下了。

紧急的救治之后，司机苏醒过来了。司机砸出去的木棒，阻碍了贼人，帮助他保住了左臂。刀伤深可见骨，指挥官看了不由得怦怦心跳，只差一点，他就在这个小小的驿站里丢掉了一生的荣誉。

待安稳好地球人格林上尉后，问过当时情况，两个毙命的贼人谁都不认识，惹巴谋士判断说：“强盗的目标是地球信使。是报复杀人还是另有图谋？”

“强盗身手不凡，显然是职业杀手，或者军人。”指挥官说。

“哦，莫非是原来城堡里面的逃散的山贼。”惹巴恍然大悟。

猜不出所以然，只有加强警戒，幸好这里离大道已经不远。现在的问题来了。明天，谁来驾驶机车呢？司机重伤在身，不可能在开车了。

第二天，吃过早饭很久了，队伍还磨磨蹭蹭没有上路。

格林上尉已经对昨夜的事情知道了大概，司机救了他一命，为什么恰好那时司机在院里没去睡呢？格林上尉想起了他和司机的约定。他向指挥官提出了驾驶机车的要求。

“你会开车。”指挥官心存疑问，却转头问惹巴谋士。

“让他试一试，地球人深不可测，有可能的。”惹巴捻了捻颌下正在长出来的稀疏而短浅的胡须。

那蒸汽机车和最古老的火车差不多，格林上尉在博物馆看见过一次这类车，哪怕是法拉利奔驰卡迪拉克，格林上尉都是开过的，他最爱驾驶的，却是一辆丰田越野。摆弄了一阵子，他发动了蒸汽机车。异样的神色在惹巴脸上一现即逝。指挥武官却带头鼓起掌来。一群巴拉比王国的士兵，随着发出大声的嘿嘿和呜呜声。他们太佩服这个高大怪异的地球人了。

新的司机格林上尉再不用遮遮掩掩。原来的年轻司机也在车上，想口头指挥格林上尉，但是新司机熟练地操作着机车，准确地行驶在车道上，好像已经驾驶机车很多年了。

每到一处城镇，格林上尉的出现都引起一阵轰动。但是，一旦住下，格林上尉又被严严密密的保护起来，那些急于一睹外星人风采的巴拉比国民，根本就无法靠近。车队还没有到达首都，消息却早就传到首都了。

巴拉比王国首都罗伊城，四周有城墙围护起来，城市面积十分宽阔，城墙却比较低矮。它一共有八道城门，那城门太像中国古代的城门了。

蒸汽机车喷着白气，从正南的城门里开进了罗伊城。

进城以后，增派了护卫，开往王宫的沿路一带，尽管被前来观看的人围得密密实实，但是没有人能够越过护卫队的藩篱，走到车厢前去打量形象奇怪的天外来客。

司机已经换了人。从车窗瞭望车外景色的自由失去了，但是，格林上尉从喧闹的人声中，听出了沿途的盛况。那真是一种崇高而美好的感觉。格林上尉真想冲出车厢，感受那种爆裂般的声浪的冲击。

下车甫定，惹巴军师立即带着格林上尉和巴拉比少女莫娜，以及两封事关重大的信件，还有那座熠熠生辉的金乌鹏，赶进王宫。

带队护卫的指挥武官，待在机车上，等候在王宫之外。他是非近侍武将，没有国王的特许，是严令禁止出入王宫的。

国王莫桑在千柱殿接见了地球人信使格林上尉，以及巴拉比少女莫娜，陪同他们进殿的只有惹巴。四个持枪执守千柱殿的侍卫，在莫娜进入殿内经过之时，不由得都侧了一下眼睛。

千柱殿是一座二层无楼大殿，俯视图是一个漂亮的黄金椭圆。殿的四周没有墙，殿内共有大大小小的石柱，木柱，超过一千根。在殿的外围，四周排着雕刻精细的木柱，间或夹杂着石柱，柱子大的少，小的多，间隔不过四五十厘米，密密实实，就像是大殿的围墙一样。而大殿中间的石柱或者木柱，则粗大高耸。最高的几根木柱，直径超过一米，高则超过十米。

殿的中央，置放着莫桑国王的王座。王座座基略高于地面，王座距座基不过四五十厘米高，两边很长，倒像一张古式睡榻。王座两侧竖着两米多高的石柱，顶端各雕刻着一只展翅欲飞的乌鹏，表面涂了金漆，金光闪闪，十分耀眼。

莫桑国王看见诸人进殿，连忙将正在吃着的水果藏到了身后，端正地坐好。他的尖嘴掩藏不了口里含着的果肉，还是动了几下之后才停。

惹巴谋士先献上地球人的礼物，沉重的金乌鹏，然后拿出书信，最后将比克亲王进军过程，火山堡的占领者地球人上书请和，以及来罗伊城路上的经历，一一叙述了一遍。尤其是途中遭遇原来火山堡的山匪袭击，司机受伤，格林上尉代替司机一事，更是细细道来。惹巴军师把山匪半路袭击一事，看作是山匪的一个阴谋，这些悍匪，不仅仅是为了报复，更是为了阻止议和，挑起事端，他们正好从中渔利，甚至卷土重来。

莫桑国王看来很乐意听惹巴的故事，津津有味的倾听起来，偶尔点点头，但是，如果仔细观察，国王的眼睛总是在朝着莫娜那边望去，有时甚至眯着眼睛出神。

这些情景，全被格林上尉偷偷打开的卫星电话拍摄下来。与通常指挥官将卫星电话高高地背在肩上不一样，格林上尉是别在腰间的。他事先对卫星电话的套子做了一个小小的改动，以露出足够的孔洞。

惹巴已经察觉到国王莫桑走神了。他停顿了一下，坚持着把话说完，他惦记着车厢里藏着的那只小金乌鹏，那是格林上尉悄悄地送给他的秘密礼物，他还惦记着住在城里的家眷。通常，驻扎在外的权势极大的武将或者谋臣，都会有一些家眷留住在首都罗伊城内。

惹巴讲完了话，莫桑国王还在瞧着莫娜，意犹未尽，没有觉察到。近身的一个宫内侍官，昂着头，也装作不知。他与惹巴素来不识，惹巴来的匆忙，当然也来不及送礼巴结。况且，惹巴一直忠心耿耿的追随比克亲王，对于这些狗仗人势的宫内侍官，也犯不着去套近乎的。两个年纪较大的侍女，远远地站着。此时，惹巴提醒国王也不是，想退下又未获国王准许，只有尴尬地站着，低头垂手而立，心里却窝着一股火气。

少女莫娜从来没有这样接近过国王陛下，也从未进过都城，战战栗栗，紧张可想而知。她一直勾着头，生怕自己一次张望，都会是一次罪过，一次失礼。偶尔地，她抬头一瞧，就会碰上国王莫桑的眼光，便更加紧张地低着头，连大气都不敢出。

少女莫桑的纯洁，羞涩，和美丽，让莫桑国王心旌摇荡。

格林上尉不了解巴拉比王国的宫廷礼节，对惹巴的上奏也听得稀里糊涂，国王既然没有吩咐什么，他也只有静静的干站着，亏得那么高大的个子，简直成了千柱殿的第一千零一根柱子。

首相哈叶闻讯赶进了宫里，他正巧碰上了这冷场的尴尬的一幕。他瞟了莫娜一眼，立即知道了原因。

“听闻地球天魔已经修书求和，敢问陛下是否确有其事。”

哈叶拜见过国王，率先问道。

“喏，这是求和书，爱卿首相可自己去看。”莫桑国王拿起了放在身边榻上的表书。

哈叶将两封信迅速看了一遍，靠近国王一步问："那么，陛下意下如何呢。允和，还是开战？"

"毕喜国听说也在和天魔谈和。爱卿的意思呢？"莫桑国王的眼睛瞟来瞟去。

惹巴立即抬头看着哈叶。

首相哈叶眼珠子快速地转着。他思忖着，比克亲王大军出而不击，暗和之意已然明显，之所以将书信转至国都请国王定夺，无非是要国王释疑。看来，亲王已和天魔比较亲近。议和成功，则亲王功在首位，若不成，则天魔也难以怪罪亲王，而只会将这笔账算到国王头上。和与战，比克亲王都已经立于不罪之地，却把难题交给了莫桑国王。从四处传来的消息来看，天魔已经在寰球四处降落，力量强大，势不可挡。

战若胜，比克亲王声名当更加显赫，如日中天；若败，其罪名却将加于国王，国民当会对国王怨怼不满。比克亲王这一招太高了。

若和的话，假以时日，难保比克亲王不会借近水楼台先得月之便宜，若与天魔勾结起来，难免会对朝廷不利。养虎为患，到时候更难以收拾局面。

"爱卿为何不言不语？"

等得不耐烦，莫桑国王先开口了。

"和！"哈叶一看格林上尉的雄伟模样，在国王的紧逼之下，竟然脱口而出。

"首相是说同意议和么？"

战，无论胜败，国内局势都会立即偏向于比克亲王一边。据协守湖滨城堡的部将来信，比克亲王在当地的势力已经难以动摇，而且对局势可能有所觉察，留下的军队完全能够和首都去的助守部队抗衡，部将坦言并没有十分把握拿下湖滨城堡。

但是，若和的话，局势只会慢慢地变化，只要时间足够，他，足智多谋的哈叶，一人之下，万人之上的哈叶，就会有数不清的机会，防止或者除掉比克亲王，使自己永保富贵。天魔，或者都会慢慢成为己方的支持力量。

"以和为上策。"哈叶重复了刚才的话。他看见惹巴露出了不易察觉的微笑。哈叶自己也在心中暗自笑着，笑惹巴的浅薄短见。他趋身上前，和莫桑国王耳语起来。

“嘻嘻。”莫桑国王笑了两声，“爱卿分析的甚好，所言极是。孤王也同意议和。孤王将立即派特使赴南方着手议和。爱卿若有合适人选，可斟酌荐来。贵客远道而来，辛苦，请到驿馆休息，我国明日再设宴款待。明日设宴，也还要惹巴卿家作陪。惹巴卿家多年从军在外，勤勉可嘉，就特赐留在京都，和家人团聚。嗯——”

莫桑国王想了想，又说：“这位美丽的少女，明日也要作陪，作为主人，好好的接待贵客。今晚可就住在宫内，以方便明日行事。”

哈叶偷偷地撇撇嘴。

惹巴没有料到莫桑国王这样安排，他自己首先被套住了。他咬紧牙齿，瞬间想到了一个主意。

“陛下，这位少女，便是莫娜姑娘。她还要向陛下恳请宽恕，戴罪之身，不便留于宫中。至于臣等，为国效忠，为君解忧，本是分内之事，何言劳苦。只是军旅一途，多劳顿艰险，臣已亲历其事，稍加稔熟。若陛下亲派钦差特使议和，臣愿陪同使臣一路前往，路上或可做一时之用。待和事已定，再回京都，为陛下效犬马之劳，敢不鞠躬尽瘁。”

那惹巴在比克亲王帐下待久了，进奏向来是直来直去，言无不尽的，一时里也改不了，却忘记了眼前的人是莫桑国王。

莫桑国王已经变了脸，哈叶立即进奏道：“这位姑娘所为何事，何不先说说看。”

莫桑国王点头应允。

在首相的指引下，莫娜向前走了两步，行过叩见礼，慢慢地陈述起事情经过来。虽然心怀忐忑，但是其容堪怜，口齿清晰，情词恳切，听者莫不耸然动容。

听完莫娜请求赦免罪孽的申请，莫桑国王怜香惜玉之心，倍加膨胀。

“启奏陛下，那莫娜曾经进过地球人占据的火山城堡。地球人学会巴拉比语言，便是莫娜姑娘的功劳。”

惹巴想替莫娜说好话，以便促使莫桑国王赦免哈尼和莫娜两人。

“那这书信——”

“是在莫娜姑娘的指导下写的。莫娜姑娘有很好的知识素养和文笔。”

“哈，嘻嘻。难得，难得。”莫桑国王激动地搓着手。“宫内正好缺少一个女教习官，莫娜姑娘恰好可以充任。”

这事越说越糟，惹巴心中暗暗叫苦。他完全看出了国王的居心。

“陛下，这有所不妥，还没有答应赦免呢。”哈叶提醒道。首相不满意国王的失态，总觉得这事隐藏着令人不安的危险，他想借莫娜是一个待罪之人，不能入宫充任教习为名头，阻止莫桑国王的幻想。

“赦，赦，罪皆可赦，只要莫娜姑娘答应孤王留下做教习，我就立即下旨特赦你们两人。”

谁都没有料到，莫桑国王竟然提出这样的特赦要求。

“臣女莫娜罪恶之身，蒙陛下错爱，却不敢僭越，有违先王的条例。还请陛下收回成命。”

莫娜是不会知道先王有没有这条规定的，但是聪明的她从首相哈叶口中听出来了。

莫桑国王也没料到莫娜有这一说，呆住了，勉强道：“什么条例祖规，孤王的话就是法律。要赦免谁，不也就是孤王的一道旨么。”

言下之意，暗含威胁，在场的除格林上尉以外，谁都听得明白。

莫桑国王打了一个哈欠。

“陛下劳累了，要休息了。军师就暂请回驿馆歇息吧，莫娜姑娘也暂且住在驿馆中。我会派人严加保护。明日宴会之后，再慢慢商议此事不迟。”

首相哈叶老道地平息事端，将一场难以演下去的闹剧平静收场。

第十四章　烽火再燃

第一集

比萨·格林上尉等人都走了，只有哈叶首相留在了王宫。

“嘻，爱卿办事越来越不行了。”

在去膳食宫进餐的路上，莫桑国王不满的抱怨道。八个军士抬着装饰华丽的肩舆，莫桑国王斜倚在肩舆上。这肩舆是用于宫内国王近距离移动使用的，在宫外也十分流行，只是多半改为二人肩舆。它很像日本古代的二人轿，座板是在肩杠下方，离地面很近，便于上下，也很安全。

哈叶徒步跟在肩舆旁，听见国王的抱怨，紧走几步靠近一些，小声地说：“陛下错怪微臣了。放莫娜回去，正是欲擒故纵之计。倘若莫娜坚持以古规不可更改来抗命，而情愿让情人受石刑，陛下能奈之何？欲谋其人，先谋其心。待明日盛宴过后，那乡下女子，一见王室威仪，人间富贵，哪有不动心之理。到时候，再派能言善语之巧妇，劝说一番，诱以荣华，自然也就成事了，也免去了一番争闹怄气之苦，还可堵住那些迂腐谏官的嘴，免得他们抓住枝节，说三道四，又来啰唆。”

“好好，首相既然说得头头是道，那此事就交给卿家了，务必替孤王促成此事好合。”

首相哈叶暗自叫苦，不经意间，又揽上了这间风流苦差事。没奈何，只得强作笑颜，唯唯应诺。

哈叶首相此日便留宿在宫中，他可一直没有得闲，不停地筹划，拟旨，国王莫桑言听计从，乐得逍遥，只等好事到来。当惹巴和格林上尉等人还在驿馆里分别用晚餐的时候，国王议和特使已经悄悄地登车出发了。

哈叶又派了礼仪官，到驿馆去教授格林上尉明日宴会时觐见国王的必要礼仪。他吩咐，要礼仪官按照偏僻夷邦的民族朝见天国的礼仪进行教授，要充分体现出夷邦对于泱泱大国的景仰和膜拜。他又要求礼仪官除传授礼仪外，不得让其余人等任意开口询问，而且最好将惹巴谋士隔开，不准相互观看交谈。照管格林上尉和莫娜姑娘起居生活随身侍奉的人，都换成了哈叶首相派去的可靠的人。

至于莫娜，首相叫人送去了最好的妆奁，华丽的服饰，以备宴会上用。她将成为国王的尊贵客人参加宴会，而不是一个风化罪犯。同样，首相哈叶也要求不得让惹巴谋士靠近莫娜。他派了足足一百人，保卫驿馆，保护驿馆的各个房间，廊道，和办事大堂。都城里的驿馆，其宽敞的确非同一般，外地进京办理公事的官员，都住在这里。现在，里面所有的人，其行动多多少少都受到了一定限制。

蒸汽机车体型庞大，行动张扬，而且刚刚研制成功，投入使用，数目甚少，一般人是无法购置的。困在驿馆里的惹巴军师无从知晓国王的暗中行动，格林上尉也无法知道这点消息，但是行进中的机车车队没有逃过低轨卫星的天眼。阿莱斯分队通讯官乔治·科比奥少校在白天例行观察时，发现了这一异象，立即向上校报告。

这是一个重要的车队，难道格林上尉已经回返了，昨日不还在千柱殿觐见莫桑国王么？不应该这么快的。

乔尼·阿莱斯上校想，联系到昨天接收到的千柱殿里觐见巴拉比国王经过的信息，阿莱斯上校觉得事出意外，立即召集顾问傅立叶·伽罗瓦博士，两个支队长甘奈·姆贝拉少校和拉耶维奇·聂莫夫中校，召开了紧急军事会议。

“如果再过两天，这队车队仍然朝着火山城堡方向行进，就可以断定是冲着我们来得到了，但这似乎不是军队，规模太小，也没有装备。”

说话的是一向寡言少语的聂莫夫中校。

“只有国王已经做出决定，才会派议和大使出来，这么快就决定了，真是难以置信。”顾问傅立叶·伽罗瓦博士边想边说。

“也许我们过于敏感了，但愿这只是有钱人一次豪华的外出旅行。”姆贝拉少校是最乐观的一个。

“格林上尉一直联系不上，是遭到拘禁了，还是因别的事情缠住脱不开身了呢？”通讯官科比奥少校联系起昨天千柱殿获得的一星半点信息，分析着说。

综合了每个人的意见，阿莱斯上校认为，只要到了晚上，和格林上尉再次联系，不管是否联系的上，都能够让局面明朗起来。他让科比奥少校继续注意动向，又叫潘克先生写了一封信，准备明天一早送到比克亲王的驻扎营地，说明国王可能已经派出了特使。上校的意思无非是，要让比克亲王见识地球人未来先知的卓越能力，给对方一种震慑感，希望多多少少能促使比克亲王彻底倒向议和这一边。他特意准备了一份礼物，和先前的金乌鹏一模一样，但是底座上特意镌刻上了亲王的姓名。

对于上校的点子，伽罗瓦博士会心地一笑。

地球特使觐见巴拉比国王的仪式，真是无比的宏伟壮观。罗伊城四下里旌旗招展，如盛大的节日来临。从驿馆到王宫一路，人山人海，人人争相目睹外星人的形象。

格林上尉和惹巴军师，莫娜少女，分乘两辆敞篷机车。格林上尉仍旧穿着迷彩服。惹巴和莫娜则衣着华丽，神态庄重。机车在鼓乐声中慢慢前进。按照觐见大礼，巴拉比国王当众接受了地球人进贡的礼物金乌鹏，和求和信件后，莫桑国王表示允和。国王只是没有说出，他的议和特使，已经乘车出发了。国王让三人坐着机车穿城一周，好好的炫耀一下巴拉比王国的威仪。

三人各怀心事，默默无语按照国王的旨意，完成了作为游行主角的任务。晚上，又在王宫里举行盛大的接待礼宴，所有重要的大臣都参加了。王宫里面灯火辉煌，歌舞不断。趁着一次上厕所的机会，格林上尉悄悄地摸出卫星电话，打开了，说了几句话。

格林上尉的电话证实了惹巴军师和莫娜姑娘都还在罗伊城内，而且惹巴对议和特使已经出发毫不知情。如果奔火山城堡方向来的车队果真是议和特使的话，联想到国王莫桑对惹巴和莫娜的态度，这点在卫星电话的偷偷监视中，已经被潘克先生翻译得明明白白，阿莱斯上校突然脑子里亮光一闪，计上心来。

与伽罗瓦博士商议一阵，博士筹算出了某件事情的概率，非常的大，接近于期望值 1。上校立即叫潘克先生写了一封措辞诚恳带有揣测提醒性质的信，准备在下午继续观察车队行进方向和态势都不改变的情况下，向比克亲王送去这封友好的信。

“这种神秘的未来先知的力量，足以促使比克亲王坚决地倒向议和一边了。”

阿莱斯上校整理了一下衣领，好似准备参加一个重要的仪式一样。

第二集

宴会过后，休息的一个时间里，哈叶首相腆着脸找到莫娜，再次希望她能够留下来，做贵族妇女的文字教习，她拥有的骄人才华完全可以胜任，这个赞誉来自于莫桑国王亲口。

莫娜虽然身为少女，阅历不深，但是凭着一点过人的聪颖，猜出了国王的深意，那种沉迷于她美色的眼光，莫娜不是第一次见到，也比较理解其中的含义了。她请求首相给一个见识短浅的年轻女子一些考虑的时间，希望在两天之后，再作答复。

为了这句话，哈叶首相立即送给了莫娜一件挂在胸前的类似于一朵绽开的花苞的纯金饰件，这是莫桑国王托哈叶首相赠送的礼物中的一件，本来是成双的，哈叶首相打算，如果莫娜坚决不肯应允，那么就一件也不给她了，反正莫桑国王也不会找莫娜当面对质的。

出于对缓和局势的考虑，莫娜收下了礼物。

哈叶乐呵呵地赶回首相府，去准备他的大事去了。第二天，应该由首相做东，宴请地球特使，同时也要再次向作陪的莫娜小姐展示都城的荣华富贵。

晚上，在驿馆中，莫娜合作的态度使对她的监视稍稍放松，莫娜也终于寻找到了机会，和惹巴谋士说上几句话。

“如今之际，恐怕，莫娜姑娘还得在都城里待上一年，至少一年，才行。毕竟先要躲过目前的劫难，才有机会。否则，国王陛下有意为难的话，加怒于哈尼，哈尼还要加刑，甚至杖毙昭告天下，以儆效尤。莫娜姑娘假如提出条件的答应，应允在都城了只做一年教习，国王陛下当不好逼迫太甚。然后，一年之后，正好可以凭借着那个借口，回乡完亲。顺利的话，只要谨慎行事，能躲过这一年的危难，当有后福可享了。”

莫娜点着头听完惹巴的话。

第二日，是首相哈叶做东宴请。莫桑国王也乘辇而至。作为国王，到臣下家中参加宴会，实在是极少的事情。国王实在一天也舍不得见不到莫娜了。不过，莫桑国王的借口，的确冠冕堂皇，还有比宴请天外来客更重要的事情吗？

酒酣耳热之际，哈叶首相先当众夸赞莫娜的才学，借机再次提出了让莫娜作宫中教习的事，当着一众大臣的面，莫娜无论如何都不好回绝。

“臣女卑贱之身，承蒙陛下错爱，赐恩免罪，首相赏识，进以公职，敢不奉命。只是家乡遥远，老父无人事奉。父亲已经托媒说亲，亲事已定，一年之后，便要回乡完婚。因此，就以一年为限，愿竭诚效犬马之劳。”

这句话，说得莫桑国王心里直发恨，碍于众大臣在座，强作笑颜道：“嘻嘻，莫娜姑娘果然识大体，知进退，能言善辩。本王果然没有看错。”

下一句话，莫桑国王半天没有说出来。他一说出来，等于承认了哈尼明明白白的未婚丈夫的地位，那对莫娜更是难动心思了。

哈叶这下可以交差了。剩下的事情，就看国王有没有能耐在这一年之内，一遂心愿。哈叶连忙举起酒杯，为国王获得这么一个才女庆贺。众大臣纷纷起立共贺，赞誉之声不觉于耳。每一个深识国礼的大臣似乎都忘记了，依莫娜的经历，是绝对不能充任王宫文学教习的，除非她能够亲身通过石刑，清除掉一身的罪孽。

最正直敢言的大臣也沉浸在幻想和谋算之中，各怀心事，没有一个人站出来反对。

一到晚上，白天的诸般情景，便经由格林上尉的口中，从卫星传送到火山城堡中。

比克亲王焦虑地等待着国王特使的到来，因为他先收到了阿莱斯上校的信，信中明确提醒他一些事情，看来，莫桑国王对自己的提防是越来越缜密了，如今竟然削去了他得力助手惹巴谋士，又在湖滨城堡安插了国王自己的势力。他，比克亲王，国王的同父异母兄弟，才智不凡，劳苦功高，却处处受制，因为猜忌逐渐削权。而国王，却可以在都城里花天酒地，奢靡风流。

比克亲王越想越来气。但是，他心中有一个疑问，地球人的信中所述，是真的么？地球人真能那样，未来先知，或者无所不能呢？如果事实是真的，那么以后依靠地球人类，当可以稳渡难关。有一点疑问是，地球人会支持自己，还是莫桑国王呢？或者，只抱中立的态度，毫不介入？是不是地球人在故意挑拨离间，扩大矛盾，好从中谋事。

快到摊牌的时候了，诸多的焦虑和思考，让比克亲王连续几天都睡不好。

相反，莫桑国王可是睡得很香甜。梦中，总是出现一些情色旖旎的场景，遽然醒来之后，还让国王激动不已。国王会在半夜嘻嘻地笑，以至于陪寝的妻子莫名诧异，心生恐惧。

这个好心情，是首相哈叶带给国王的。莫桑国王深深地觉得，真是没有白白宠爱首相一场。

焦虑的还有另外两个人。惹巴军师偷偷写了密信，叫随护军官派最得力可靠的军士速速送达比克亲王。这件事，惹巴做得非常机密，当然连莫娜都不知道一星半点。相比之下，莫娜则无事可做，只有等着国王特旨送达，解除哈尼的石刑，同时也希望哈尼相信自己，体谅自己暂留都城一年的苦衷。

国王不让她写信回去，莫桑国王说，他已经在第二个派出的钦差大臣中，将一切事情都委托大臣办理了，要莫娜不必担心，甚至她家里人，都会受到很好的优待。于此，莫娜更加焦虑不安，她完全被高高在上权力无边的国王摆弄着，孤立无援，寂然无助。

莫桑国王对惹巴军师提防得紧，对格林上尉和莫娜姑娘却甚为盛情，每日里，都举办宴会，让口齿伶俐，衣着华丽的大臣，陪着两人在都城里四处游玩。就是最机密的军事要地，都可以让两人出入。

国王莫桑一心要以国王的威严，至高无上，征服莫娜，要尽情地向地球人炫耀王国的强盛、富有。

第三集

比克亲王终于等来了国王特使。特使居然是商部大臣金烁，一个牙齿掉了两颗，镶上了金牙的计算深密的老头。

说起来往事，比克亲王和商部大臣金烁以前是有一些过节。对于亲王辖区内的税收，中央王庭应该分成的比例，金烁是锱铢必较，弄得亲王常常很恼火，又不便发作。其实，金烁大臣掉了的两颗牙齿，是被莫桑国王另一个王弟，在恼羞成怒之际，拔拳相向，第一次肉体碰撞就撞掉了的。当然，王弟付出的代价是不断的削权减地，弄到如今，只有一个像比克镇大小的城池，准确地说，更像是一个拥有几十名兵丁和一圈围墙的村庄。

商部大臣金烁很客气地和比克亲王打招呼，相见礼毕，共同商议后决定，派人正式向火山城堡的地球人送书，约好明日正午，在比克亲王的营帐中，商讨和约的细则。

接到巴拉比国王特使的书信，乔治·阿莱斯上校十分高兴，派遣了队中顾问傅立叶·伽罗瓦博士和支队长拉耶维奇·聂莫夫中校作正副大使，潘克先生为翻译，携带着一部卫星电话，进入了比克亲王的大营。

双方相见，各行礼节。大臣金烁一见地球人个个高大强壮，神采奕奕，不免心中有些打鼓。要是比克亲王抱着不支持的态度，他能不能顺利地谈成和约呢，金烁心中没有底。

稍事休息之后，谈判开始了。比克亲王坐在桌子中间，主持和谈。金烁和地球人全权大使分坐两边。正式和谈之前，比克亲王的和善周到，已经获得了潘克先生的好感，他直觉感到比克亲王是一个容易相处且守信的人。他私下告诉了伽罗瓦博士他的这个见解。

伽罗瓦博士笑而不答，聂莫夫中校却嘟囔道："你们有什么话尽管当面大声说吧，反正地球人不管说什么话，巴拉比人也如聋子一样。"

伽罗瓦博士立即笑着回答说："哎呀，中校说得极是，中校的胆识和智慧，都让人钦佩，我们倒过分小心了。按这个说法，在谈判的时候，也可以边谈判边与阿莱斯上校通话了。潘克先生试着向比克亲王提出这个要求试试看。"

比克亲王同意了地球大使和城堡最高首领即时联系的要求。

桌子是新做成的长条方桌，还散发着淡淡的木香味儿。伽罗瓦博士摩挲着尚带着半分润气的桌角，通过潘克先生，正式提出了向巴拉比王国借用火山城堡的要求。他将一份已经起草好正式的巴拉比文字的请求文件，缓缓地推向金烁大臣。金烁大臣认真阅读后，勾着脑袋想了许久，之后，没有和比克亲王说什么，就拿了一张纸，将拟好的回复逐一认真地写上，递给了伽罗瓦博士。

"我万分荣幸地代表国王陛下，回复地球大使伽罗瓦先生。你们的要求，可以获得陛下的恩准，以租借的方式保留你们已经熟悉且正在使用的栖身之地，如果你们按照下述条件去做的话。

一、贵方的租界辖区活动范围，只限于以火山城堡为中心的方圆四百坪的山地，具体范围和地界可另行由双方商议划定。租借方不得向原住居民或进入该地的国民抽取赋税。

二、该地方只作租借之名，期限为十年。十年过后，需另行签订租借条约。已经占用的时间，要计算在内。

三、不得以任何名义向经过此地的巴拉比国民收取过路费，但是所有道路，必须由居住使用者无条件地修整维护，以保证道路畅通。

四、租借地方不能延伸到海边并据有某个出海口。居住者要维持租借地及其附近的治安，并首先保证原有国民的安全。

五、十年租借费用为，一百个与赠送国王陛下一样大小的金乌鹏。必须一次付清，不能拖欠，而且必须保证黄金的成色不低于所例举的样品。

六、火山城堡中的军事装备，应当清点成册，交王国备案。王国可以在每年实行一次核对检查。没有经过国王的允许，不得随意增加武器装备，更不得增加重型装备。堡内人员的增加，必须获得国王陛下的应允。”

潘克先生逐字逐句的翻译出来写在纸上，又用巴拉比语言向金烁大臣询问加以证实，完稿后，最后用英语通念了一遍。

这虽然只是一份草稿，伽罗瓦博士心中想，恐怕上面的条件，不能再进行讨价还价了。

“地球人先生翻译得非常好。这是一个优惠而诱人的交换，请潘克先生向贵使节说明这点。”说完，金烁大臣口中挤出几声嘻嘻声。

“四百坪土地是多大？”聂莫夫中校问。

潘克先生再次与金烁大臣的随行幕僚比画着，低声交谈了几句。伽罗瓦博士耳朵听着潘克先生的解释，手中迅速地写写画画，计算着，一会儿有了结果，回答道：“应该相当于一百多平方公里。”

“这么大一块地方，还这样处处限制我们，十年租金，一百个金乌鹏，一次付清，成色十足。这个小人也太会算计了。”聂莫夫中校公开地说，他才不会在乎对方是不是会听懂他的一些话呢。

“中校有点疏忽了。巴拉比人说的十年，是十进制的八年。而一百个金乌鹏，也就是十进制的六十四个。”

伽罗瓦博士说完抿起嘴。

见几个地球人之间叽里咕噜的，也听不懂说些什么。金烁大臣宣布休息一会儿再议。

“这位大臣十分精明，可也挺通人情。”伽罗瓦博士称赞道。

聂莫夫中校不以为然地说：“六十四个大金乌鹏，恐怕城堡中搜尽了黄金也不够，以后遇到要用金子的地方还多的是，那能没一点储备呢。一次付清，这家伙一点也不给时间，要是能分期支付，再多的黄金也不在话下。”

“还是给阿莱斯上校汇报一下再说吧。”潘克先生提醒两人。

接通了电话，阿莱斯上校竟然毫不迟疑地要伽罗瓦博士全部答应金烁大臣的所有要求。

“可是，上校，这样一来，我们几乎被搜刮干净了。要是比克亲王从中转圜一下，我个人感觉还是可以适当减少的。其他条件也太苛刻，比如不能拥有出海口，租借地面积等等。”聂莫夫中校要过电话急着说。

“非常高兴能听到中校提出如此有见地的意见，但是，有一个变化，是刚刚接收到的重要消息。”

“什么消息如此重要？”中校急不可待地问。

“卫星图像表明，有好几支军队，正在向巴拉比王国和毕喜共和国的北方边境集结。很可能是打算帮助这两个国家打仗的。因此，我们要尽快地达成和议，不计代价，何况，黄金算个什么东西，我们总是能够造出来的，只要有时间。”

聂莫夫中校递回了电话，伽罗瓦博士再一次听了一遍同样的话，他神色凝重，不断点着头。

再次坐上谈判桌后，金烁大臣那双与整张脸相比较显得大了一些的眼睛，不断盯着聂莫夫中校瞧，他对中校那突出的眉眶下深邃的眼睛产生了极大的兴趣，他认为这个孔武有力，说话直率气重的地球人，是最令人捉摸不透，最难打发的一位。

接到阿莱斯上校的命令后，伽罗瓦博士开始就着金烁大臣提出的六条条件，逐一的细化。比克亲王更多的时候，是在旁边倾听，而不是发言，他不时往外面张望的神态，些微地表露出里内心的忧心忡忡。这一点，金烁大臣一点都没有注意到，他正沉浸在将要完成和议的喜悦当中。与钦差大臣同来的幕僚也凑近来，一起商讨起和议中的细节条款来。

首先没有异议通过的，是草稿上的第二条，它是谈判下去的基础。

正议间，哨官进帐来报，说外面有人急着要见钦差大臣。

“瞎胡闹，本钦差正在非常重要的谈判中，有谁敢来打扰？”金烁钦差大臣对此非常不满。

比克亲王挥挥手，示意哨官不必开口辩解。他起身，走出了营帐。哨官紧紧跟在后面。金烁这才露出了一点满意的笑容。

“是什么人这么大胆，急着要见钦差？”走到僻静处，亲王问道。

“亲王殿下可能还记得起吧，比克镇的首富，也就是莫娜的父亲，就是他。”哨官说。

“莫娜是谁。”

“那个送信的巴拉比美少女啊，因犯风化罪，还等着国王陛下的恩准特赦，才能免除石刑的那一位。”

“这么一说，我想起来了，原来是莫乡老。嗯，你怎么对此事如此的清楚。”

“殿下恕罪。军营中，哪个男人不知道美女莫娜呢。”

比克不禁在内心发笑，仍旧板着脸说：“那也罢了。可是，钦差大臣是不会见莫娜父亲的，你叫他回去了吧。”

“那老人死活不肯走，一定要见钦差大人，好像也是为莫娜的消息而来的。”

“钦差大人忙着搜刮金子，哪有时间分心。”

“可怜的莫娜，可怜的父亲。难道真的要失望而归了。”

“那，你叫他等等，等到休息时候，看看钦差大人的意思吧。”

忽然，一个巴拉比中年人叫着跑了过来。一到亲王面前，连忙躬身向亲王行礼。

“你是谁，怎么在军营里乱跑？”比克亲王斥道，“卫兵呢，卫兵在哪里？”

话说着，后面已经赶来了两个卫兵，他们并不想抓住这个巴拉比中年人，见到此人向比克亲王行礼，反而放慢了脚步走过来。

“他就是莫娜的父亲。”哨官道。

“正是鄙人，亲王殿下。在比克镇，我还目睹过亲王的威仪，亲王召开镇上长老会的时候，走在第二位的也就是鄙人。”

“哦，原来是莫乡老。你有什么紧要事，这么慌里慌张的？”比克亲王语气转为缓和。

“小女莫娜随同地球特使远赴京都，至今未有音信。钦差大人是从都城而来的，老朽斗胆想向钦差大人打听一个消息。”

“这个啊。——现在钦差大人正在特别重要的会议之中，不能打扰。这样吧，老人家且少待，等钦差大人休息时，我与大人说说。”

“殿下可知道小女的一点消息。”

比克亲王沉思着，没有说话。他由阿莱斯上校送来的书信中得知，莫娜由莫桑国王留下，至少一年之内不能回来。如果得罪了国王，莫娜一个戴罪之身，有可能充作官女，再难恢复自由之身。该怎样回答面前这个作父亲的呢。

“殿下。”哨官从旁轻轻叫道。

“嗯。尊敬的父亲，可怜的父亲，有句实话，不得不告诉你，贵女恐怕一年半载不能回来了。”比克亲王大胆采用了阿莱斯上校书信中所言。

“啊！尊贵的殿下，这是为何，请殿下务必告知详情如何，求求你，尊贵的，大仁大慈的亲王殿下。”

“这是国王的旨意。贵千金可能已经充任宫内女教习，至少一年。甚至十年八年也说不定。”比克亲王斟酌着，说得比较慢，“怪也只怪贵千金太过于娇美，让陛下看上了。国王的旨意，谁能违抗呢？”

莫娜父亲张着嘴说不出话来。

“这，是真的？”好半天，莫娜父亲才憋出一句。

“没错，请原谅本王也无能为力。待会儿，老人家可以亲自向钦差大人求个口实。想来，钦差是不会隐瞒的，这毕竟是国人皆知的美事。你等着吧。”

莫娜父亲听出了比克亲王话中之话，咬咬牙，无奈的退下。

第四集

谁也不知道，聂莫夫中校在营帐四周随意的扔下了六七个外形如石子的微型监听器，里面的电池足可以供电十天以上。如果阳光能够直照的话，供电时间更长。

比克亲王这一番对话，恰好被聂莫夫中校用耳塞听到，在这之前，中校用手中捏玩着的笔形遥控器，控制着监听器的各路音量，他可没少被各种声音折磨得难受。此时，正在谈判的金烁大臣，还以为中校想打瞌睡了呢。但是少了聂莫夫中校咄咄逼人的话，金烁大臣心中舒畅了好多。

“请等一下，伽罗瓦博士，我觉得有点情况。”中校说道。

“与谈判有关吗？”

“嗯，我监听到了一些消息。我可以肯定，亲王和他的国王兄长，是不够和睦的。他们之间有不小的裂痕。”

“那又怎样？我们不必关心他们的内政吧。”

“大使先生，我们该讨论第三条了。”金烁见伽罗瓦博士与聂莫夫中校交头接耳，不见得谈下去会有何好事，及时打岔道。他期待着潘克先生能立即准确的翻译过去。

潘克先生微笑着对金烁大臣点点头。自从姆贝拉少校带回哈尼莫娜，博士和少校发生过公开的争执后，阿莱斯上校巧妙的提示伽罗瓦博士，伽罗瓦博士变得总是礼让三分，容易退步妥协。但是潘克先生不太情愿伽罗瓦博士在目前谈判中，也如此行事，委曲求全。潘克先生对伽罗瓦博士说：“博士先生，主人刚才吩咐说，如果你们有什么事情需要商量，而又不便于让别人听见的话，你们尽管自行其是，甚至可以离开会场一会儿，他会等你们的。”

“呵呵，不必了，可以重新开始。”博士说。

“我坚持向阿莱斯上校汇报此新情况的观点。”聂莫夫中校固执地说。

“加上新发现的情况，请示一下，也不是什么坏事。”潘克先生附和说。

“我本来决定继续和大臣谈下去的，不过，既然各位有此建议，谈判可以稍停，也不妨让你们试一下。”

“好的。”潘克转头面向金烁大臣说，“我们大使忽然觉得心口发闷，身体不适。大使先生一向有心率不稳的健康问题，需要休息一下，服点药。是不是请求尊贵的金烁大臣允许休会，明日再议，反正如此重大的事情，也不急在一时。”

潘克说得面面俱到，情辞恳切，金烁大臣不便强为，只好答应了。他那一双在脸上显得比例很大的眼睛，滴溜溜地转了几转。

金烁大臣刚一出帐，比克亲王也正好回来了，诧异地问："怎么，会谈就结束了？"

"对方大使身体不适，暂时休息，明天再议。"

"那也好，反正也不急在一时，正好有个乡民要见钦差大人。"

"亲王殿下客气了，什么事情，亲王不能处理呢？"

"那不是处理什么事情，是向钦差大人打听一件事。"

金烁大臣突然松了一口气。

莫娜父亲在比克亲王的中军帐，受到了钦差大人的接见。礼毕，莫父直接询问其女儿莫娜的近况，以一个可怜的父亲的身份，恳求钦差大人告诉他真实情况。

"你女儿运气来了，本来是应该受到惩罚的，却承蒙王上青眼以加，不仅免去了惩罚，还委以宫内文化教习的荣誉，留在京都里了。你谢恩吧。"金烁大臣走的早，那时莫娜的事情还没有定局，他只得将猜测的结果来敷衍道。

"我不谢恩，我要我的女儿回来，我和她母亲都想念她。"莫父知道比克亲王没有说假了，倔强地应道。

"放肆。陛下的恩宠，陛下的意志，谁敢违抗。"

"国王陛下，应该体恤臣民的疾苦。即使贵为一国之尊，也要顾及臣民的意愿，更不能违背古规，泯灭天良。"

"哼——左右，将这个疯汉子赶出去。再要胡言乱语，定惩不饶。"

钦差大人的随从立即上前架住了莫娜父亲。

"放开我，你这为昏君卖命的贪官。昏君强占民女，荒淫无道。一丘之貉，一丘之貉啊。天无良日。"

莫娜父亲气急之下，挣扎着叫起来。

金烁钦差身子抖了两下，他的身子原本单薄瘦小，这一下，更显得弱不禁风似的。钦差大人不怒反笑，嘻嘻两声，他的阴阴的笑声没有国王那么尖细，但是仿佛隐隐透出一股寒气，叫人不寒而栗。

"你这可是敬酒不吃吃罚酒，我已经给你这糟老头子机会了。竟敢侮辱至高无上的国王陛下。我今日便要替陛下惩治诽君犯上，大逆不道的恶人。来人，将这个忤逆罪犯立即拉出去刺胸处死。待我回都城后，再禀明国王陛下。”

“且慢！”比克亲王抬起了手臂。

抓住莫娜父亲的两个钦差武随从，立即停下了。在亲王的大营中，他们还不敢不听命。

“殿下这是为何？”

“莫乡老只是爱女心切，一时情急，而慌不择言，其身并无大错。如果就此处以极刑，未免显得我巴拉比王国不尽人道。钦差大使大人大量，岂可因几句言语，就暴跳如雷呢？依我看，可行鞭笞之刑，以示惩戒，再驱逐出营。”

金烁大臣不相称的大眼睛滴溜溜转了几转，未来得及说话，比克亲王又凑近了悄声道，“陛下那边，莫娜姑娘将怎样应付呢，假如陛下已经遂意的话？”

真是一句话惊醒梦中人。金烁大臣恼恨自己竟然忘记了这一层关系，惴惴不安地点着头。

比克亲王立即又说道：“钦差大人已经默许了。左右，将莫乡老带下去，惩以鞭刑。惩戒之刑，你们好好把握吧。”

金烁大臣是以精严老道著称的，尤其使因为周到精密，决定事情往往慢一些，就是他的这么一迟疑，被比克亲王已经把一件事情处置妥当了，身处亲王大营之中，金烁大臣只得点头认可。

比克亲王悄悄比画了几个手势，让一个亲信部将带走了莫娜父亲。他相信手下会理解自己的深意，而暗中放过莫乡老，因此，回头接着又问金烁大臣，以岔开他的注意：“听说地球人特使身染微恙，可是真的。”

金烁大臣欠身答道：“也不是怎么个病吧，总之看不出来。或许地球人生病，其状况和我们是不一样的，或许是劳顿过身，思虑过多，导致疲倦，也说不定。”

“那，我倒该是去探望探望，一来尽地主之谊，二来也希望如果需要治疗的话，能及时医治，免得耽误了钦差大人的此行重任，影响明日的谈判。”

“那，亲王殿下请便。”

比克亲王的亲信武将把莫娜父亲带到一个比较隐秘的营帐中，抬手一鞭，将莫娜父亲的衣角打裂开了口子。莫娜父亲吓了一跳，怎么也没见过有这样行刑的鞭子手，呵斥两声都没有，就这样随便动手了，这与惩戒之刑不相称的，而且也没见伤到肌肤。

那知武将随即凑近了低声说道：“殿下不忍加刑于莫乡老，你赶紧回去吧，出去的时候，要装着受伤的模样，免得钦差手下的人生疑。”

“啊，原来这样。果然啊。亲王殿下这样仁慈，真是民众的福气啊，这才是真正的国王。”

“嘘——莫乡老，不要乱说话，我是受亲王之命，才放你的，再要说出什么违逆的话来，惹了祸，亲王可再也保不了你了。”武将正色道。

“这里只有将军和小老儿，这话，说也就说了。现今国王，荒淫奢靡，罔顾民众，南海诸郡，已闹匪患多年，几曾派兵认真清剿。对一个仁慈英明的亲王弟弟，却是百般遏制，处处为难。虽说派其兵镇湖滨城堡，却有兵无粮，赋税苛严，疑东疑西，处处掣肘。亲王当政，这可都是民众的心声啊。”

武将这时面子上反倒挂不住了，心里躁得慌。他是亲王的心腹武将，这亲王统辖南海诸郡，清剿匪贼一事的来龙去脉，武将也是略知一二的。心想，果然是有其父才有其女，这莫乡老如此胆大妄言，难怪莫娜也敢触犯风化俗规，都是一样的胆识，一样的叛逆。他往外推着莫娜父亲说：“我知道民意了，你快走吧。我会将乡民的意愿向亲王陈述的。快走！”

莫娜父亲在经过营门的时候，果真一瘸一拐的，好像受了不轻的鞭刑，弄得看见的人，大都轻轻的叹息着，替这个为女请命的父亲抱屈。

比克亲王来到伽罗瓦博士几人休憩的营帐，三人正在商议着什么，见到亲王，立即分开了，起身行礼。见几人都没有什么病况，精神好着呢，比克亲王心中立即明白了大半，地球特使多半是找个借口底下商议吧，那就是对国王提出的苛刻条件很不满意了。

亲王不动声色，笑着问候道：“听说贵特使身染微恙，本王心里甚是不安。我带了军中最好的医生来，可否需要让医生看一下？”

众人都看着潘克先生，潘克先生将话翻译过来，又说了几句。之后，潘克先生代表伽罗瓦博士说道：“谢谢陛下的好意。敝使臣的病已无大碍，只是连日劳顿，感觉疲倦罢了，不会影响明日谈判的。”

比克亲王听得一愣，他想潘克先生可能是将陛下和殿下两个词翻译错了，也不便纠正，只是抑制住内心的剧跳，努力镇定下来，点头说：“那就好，那就好。那，请使臣好好休息吧，今夜晚宴时，我会派人来迎接你们入宴。”

“陛下，请止步。”一向沉默寡言的聂莫夫中校突然说，而且一连串说了一篇话。

比克亲王听得云里雾里。潘克先生趁机翻译说：“陛下，中校意思是说，他见大营中军容齐整，军纪严明，兵力配置调度得当，占据地形适宜，非常佩服陛下的军事才能。因此，聂莫夫中校想赠送陛下一枚戒指，以示敬意。”

比克亲王大吃一惊。聂莫夫中校，甚至每个地球人，都不曾在军营中四处走动，那也是不可能的事情，但是，地球人如何得知兵力配置和扎营安寨这些地景广阔的地面部署呢。地球人真是神秘莫测啊。而且，对方一口一个陛下，亲王听得既舒服又不自在。前面没有改过来，后面想改也不好改了，只得受了这话，也接受了聂莫夫中校双手奉上的戒指，当场戴上了。

戒指稍大了一点，亲王想捏一捏，聂莫夫中校急忙嚷着阻止。潘克先生解释说，因为戒指上嵌有钻石，戒指变形后容易脱落，他往戒指内环上贴了一层透明薄膜，那膜瞬间就粘得牢牢的，好像天生就在上面一样。这样戴起来，大小正好合适。

亲王看在眼里，对这些闻所未闻的手段佩服之极。作为还礼，他也回赠中校一柄随身携带的军刀，刀把镀着黄灿灿的薄金。聂莫夫中校右手按在胸口上，行了一个优雅的礼仪。

晚宴开始前，武将进入主帅营帐中，极为机密的把莫娜父亲所表陈的民意，轻声报告给比克亲王。此时伽罗瓦博士等人清晰地听到了他们的对话。这时候，潘克先生可忙坏了，生怕弄错一个字，更生怕翻译速度跟不上。这一次，他一点都没有把陛下和殿下两个词弄错。

“地球人好像不太愿意接受国王特使的议和条件。我感到，地球人更愿意和我私下达成和议。北边，多个国家大军压境，虽说国王还没有最后答应他国援军，但是，此时，我若以亲王身份与地球人擅自签订和约，有可能是四面受敌。地球人的军事力量，也为未知，如何就轻易相信他们能够抵抗住众多兵力的围攻呢。在东面，毕喜国虽然听说也有议和之意，可是大事未定，大军未撤。所有传言，皆不可轻信。慎重，慎重，你在任何时候，都不要露出半点破绽，让金烁看了去，这位大臣，实在是一个精明的角色。”

这是比克亲王的话。

“是，殿下，我知道怎么做。”

这是武将的话。

原来，那枚不能随意变形的戒指，是一个精巧的短距离窃听器，在两百多米的范围内能够收到清晰稳定的语音窃听信号。窃听器内置热温电池，只要戴在手指上，人体的体温就可以源源不断地提供能源。

第五集

“看看这些，集合的人群，武器装备，显然是军队。毕喜国，还有巴拉比王国，嚯，这两个国家的北边边境，已经围得水泄不通了。”

太空飞船上，霍普·克里司令指着卫星照片图，和几个军内高参说着。

“我要告诉将军一个天大的好消息。”伸缩门开了，双颅人顾问希格里 & 斯诺兴冲冲进来了。

“最大的好消息，莫过于登陆部队已经和阿喜人签定和平条约了。”克里想着和奥特丽的交谈，想起了奥特丽，同时也是自己的愿望，因此打趣地答道。

“哦，是的将军，那只是早迟的问题——是另外一个关于科学新发现的消息。”

“是吗？”克里的确感到了奇怪和欣喜。

“飞船上的科学家群体，从理论上论证了，光可以在一定的传递介质条件下跳跃式传播的性质。”

“我不太明白。请原谅，希斯先生，我不是科学家。”

“具体地说，就是当传播光选择特殊的频率和能量，超级窄空间定向发射，在固定的狭窄方向上，在传播空间密度达到某个低值，和在足够的空间尺度上没有足够强度的引力场的前提下，可以实现超越光速的传递。”

“我想我有点开始明白了。这个超越是快多少。”

“大约是光速的 e 次方，也就是光速的两百多万倍。”

“哦——哈哈，这么神速，妙，太好了。这么说从舰队发一个信息到地球上，只要以秒来计算的时间就够了。”克里说。

“进入超速传递后，大概是这样。但是得加上巴纳得星系和太阳系的光通时间，恒星的巨大引力场目前还未发现可以进行屏蔽的理论。在这个空间里光仍然以光速传递，并且在传递场转换的过程中有可能造成不可预测的信号畸变，信息丢失。”

“先不管这个，从这里发送信号到地球就只需要，需要——？”克里发着问。

“大概二十多个小时。”

“哦——，总共二十多个小时，那，差不多可以看到阿森纳队的现场直播了，那个该死的恐龙小子减肥了吧，前锋那样胖，怎么会有恐龙一样可怕的力量呢。恐龙小子刚成名时，可不是这样的胖。”

希斯忍俊不禁，道：“将军可能疏忽了，恐龙小子应该已经退役了。”

“是吗。唔，我们航行了十年，不错。但是也不一定，医学的进步使优秀运动员的体育生命至少延长了五年。别说三十多岁，就是四十岁都还能踢的。——希斯先生刚才说的是理论证明，发明设计出实用发射器需要多久？这是猜想还是幻想？”

“那很难说具体时间，科学家们正在抓紧时间，再次进行细节论证，加快研发。我们已经向地球发出了这条信息，希望地球也能加入研制过程。应该考虑在飞船上解放更多的科学家，加入研究团队。”

“那样是在赌博，我们已经开始缺少食物了，就是冬眠营养液都难以确保捱得过余下的日子。从地球一出发，就出现了计算错误，也未料到会出现那么多的意外情况，致使储备不足。”克里直言道。

“关于营养液，倒有一个救急的办法，就是将用过废弃的营养液排泄物重新加工过滤使用，能够回收百分之十以上，反正巴纳德星的光能是充足的，太阳能电池板完全供应得上。听将军的口气，将军是否考虑要不惜一切代价，答应阿喜人的要求了。”

“时间紧迫。即使这样，也难以确保诺亚营地能够及时提供充足的燃料，让飞船人员，设备登陆且返航。不过，希望有了，总令人振奋啊。”

“我也同意将军的设想，答应阿喜人的要求。所以正巧伟大的科学家们有此发现，所以才提出解放更多的人。”希斯说。

“将军，努力吧，希望将军的儿女是返回地球的第一批。”帕欧卡将军笑着插话道。

“现在，我们来一起看看，特别是诺亚营地的情况吧。”克里岔开了话。

“报告上校，03028 卫星定位跟踪器，已经越过雪河，正在朝东北方向移动。”

阿喜星地面上，诺亚营地通讯官谭力少校焦急地向营地最高首领徐豹上校报告。那时，徐豹上校正在检查燃料工厂的情况，是转移隐蔽，还是赌一把，继续生产下去，徐豹正紧张的思考中。

几百米开外，刚刚登陆的一架登陆飞船，正在从上面卸着一些物品，这是一艘可以再次起飞的飞船，也是哥伦布太空舰队作的一次大胆尝试，如果荒山孝郎少将医生能够拯救毕喜共和国温温儿元首幼子的性命，如果由此而开始的和谈能够成功，那这艘飞船将会开启源源不断的起降记录，从而为舰队打开崭新的篇章。

“什么？乌躁逃跑了。哼！”徐豹悻悻地问。毕喜国的东北方，是老牌帝国阿迪华。现在，毕喜国东北边境上，已经集结了大量的军队，从卫星最近几日专门拍摄的照片看，这些军队来自不同地方，甚至可能是来自不同的国家。

有一点，徐豹上校不知道，阿迪华帝国一直处心积虑的，想要恢复它一百年之前的强大与荣耀。自从毕喜共和国在科技方面取得重大领先优势，进而在军事和经济上日渐强盛后，阿喜星北半球大陆上，毕喜共和国的国力与声望，已经超过了阿迪华帝国。

“他可能投向阿迪华帝国去了。”

“如果命运果真垂青于他，那就让乌躁平安的过完余生吧。荒山孝郎少将有消息么？”

“暂时没有。”

徐豹上校所说的荒山孝郎医官，正毕西城内，被前所未见的疑难怪病纠缠着。

一进入毕喜国国都，与元首温温儿，以及议长阿卜拉拉杜，市长孛古相见过后，荒山孝郎少将立即被带往元首幼子的起居室，那里，一个奄奄一息幼小的生命，正等待着拯救。

荒山孝郎不得不承认，这是一种从未见过的传染病。通过卫星电话，他与舰队的医疗专家们密切联系着。唯一的翻译温萨特·莱因克尔不断地解释着医官一行人的行为，加入自己的判断，以此安慰元首及其家人。他显得话太多了点，以至于荒山孝郎少将不得不提醒他在必须讲的时候才讲话，以免影响他和舰队总部的语言交流。

“不好了，一大群市民冲向议会大厦，还有一部分人正往元首府赶来。”议院值守警卫匆匆忙忙跑进来报告。屋子里霎时几乎容纳不下这种紧张的气氛，几乎要爆了。

“啊！”议长和市长立即向元首温温儿告辞，匆匆赶往议院。温温儿果断地命令部将调兵守卫元首府，同时宣布全毕西城处于紧急状态。

“孩子表现出一种缺氧的症状来。”荒山孝郎没有受到影响，初步检查完病孩各种体征后，稍作思索后说。

“缺氧症状？”飞船上问道。

“是的，病孩多时处于昏迷之中，已经多日了，而且，孩子的生命力越来越微弱，时间一长，即使找到了病症原因和治疗方法，恐怕都回天乏力了，除非从飞船上运送必要的设备来。我们至少需要氧气瓶，输液针管等。”

“将军确认输氧能够延缓时间？如果需要的话，我们会通过飞船运送的，时间上来得及，救治孩子要不遗余力。等等，将军是说出现了缺氧症状吗？”

“是啊，像煤气中毒一般，可是，如果一个人长期处于这样情况的煤气中毒，可能早就死亡了，或者已经度过危险期苏醒了。实在难以解释。”

“我们和绿橄榄营地的科宁教授联系一下。”

科宁教授是绿橄榄营地的首席医官，他首先发现了绿橄榄营地首领莱昂多·穆姆托上校体内的镰状病毒——一种阻止氧分子和血红蛋白结合的病毒，科宁教授称之为斥氧病毒，它可以通过血液，唾液等传播，而且，似乎在阿喜星许多动物体内，都能找到这种病毒，但是只在北阿喜人即八指人身上发作。科宁教授发现了病毒，却因时间太短的关系，没能最终挽救营地最高指挥官穆姆托上校的性命。

科宁教授接到舰队总部的通信后，内心里竟然涌起一阵激动，不禁掉下了几滴泪。

“请告诉荒山孝郎少将，叫他检查血液，看看里面有没有一种镰状病毒。”

荒山少将依言而行。紧张的两个小时过去了。温温儿元首一直守候在旁边，比荒山医官还要紧张。唉，他是多么爱自己的孩子啊，这可能是他最后的一个孩子，也是唯一的一个男孩。正是这样，他才甘愿冒犯全国的选民，置冲突恩怨于不顾，大胆地向地球人发出医疗求救。

与此同时，议长阿卜拉拉杜，市长孛古正忙得不可开交，弄得焦头烂额。群情激奋的市民，先是冲向议会大厦，强烈要求立即召开紧急会议，取消温温儿元首的一切特权。议长好歹安抚下激动的民众，要求他们必须以正规程序来解决这个问题，因为既然元首是通过正常的程序选举的，那么，也就要经过正当的程序去解除取消元首特权。否则的话，元首正好可以行使他武装首领的权力，强行实行全城戒严，那样的话，市民连集会游行的机会都没有了。议长答应按照紧急程序，明日即可召开会议讨论。

拥挤的人群分散开来，有一部分仍旧聚集在一起，他们汇入了流向元首府的人流，沿途中又有一些人加入。原来在元首府，已经聚集了几十人，闹闹嚷嚷，要求交出地球人来，为他们惨死的毕喜国小公民报仇。这两处人流一汇合，气势更胜，但是军队已经紧急调来，将元首府严严实实的围护起来。军队的行动能力总是要强得多，迅速得多，组织严明。这些原本激动的几百人，经过丝毫不少于他们的军人的分割，彼此之间隔开，竟然形不成强大的声势了。市长孛古又及时赶过来了，劝解市民，并作出承诺，以市长职务和个人信誉担保，会在事情之后，不管元首的孩子结果如何，都一定给市民一个完满的交代。

多多少少得到了一些满足，激奋的市民们渐渐散去。后来闻讯后赶到的，也失去了推波助澜的兴致，虽然还议论纷纷，蜚短流长，却如淋湿了的火药，再不能发生爆炸了。

在这动乱的两个多小时内，按照科宁教授的提示，荒山孝郎少将有了收获，他在温温儿幼子的血液中，发现了镰状病毒，很可能就是科宁教授所说的斥氧病毒。

一行行医疗数据，通过卫星电话的显示屏，传送过来，荒山孝郎少将，逐一核对，最终确认了，阿喜星上所谓的幼死病，其实就是斥氧病毒导致的，它严重影响刚出生不久的婴儿或者年幼体弱的幼儿对氧的吸收，最终导致严重氧缺乏，器官得不到充足的营养而急性衰竭，使婴幼儿死亡。

温温儿元首一直呆在旁边，他引以为自豪的毕喜国的科学技术，在地球人面前犹如小虫儿的萤火与巴纳德星灿烂的光芒相比。他看得目瞪口呆，短短的时间内，他脑子里急速的转动了好多念头，想到比医治好幼子之后远得多的事情。

在也罕首领率领舰队追击凯旋号炮舰之前，毕喜国的科学家和军械技术专家，已经对缴获的几支尚能使用的激光枪进行解剖研究，他们被激光枪复杂的结构和深奥的原理深深震撼。这些是极少数人才掌握的最高机密。科学院的精英们向元首提出了许多条看法。

权力在议院，头脑却在科学院。温温儿元首想，中洋一战的结局，也许是必然，可是，普通的毕喜国公民，对此并无确知，怎么去了解并理解元首的深远的思考呢。随着温萨特·莱因克尔带来的语言信息，温温儿元首开始遥看未来。

他知道今后该怎么做了。

“如果阿喜人成人自身体内带有斥氧病毒抗体的话，那么婴儿就可以由母体自然获得，何以会发病呢，如此一来，输血会不会有效果呢？而如果没有天然的抗体可取，重新研制病毒疫苗进行治疗，从时间上来说无异于痴人说梦。”

尽管已经确认病源，对于治疗方案，荒山孝郎少将陷入了深深的思考和彷徨中。

科宁教授坚持至少某些阿喜人具有这种免疫能力，通过对患病婴幼儿输入这种血液，能够及时控制斥氧病毒，挽救婴儿性命。甚至，婴儿本身体内可能已经有了这种免疫体，只是因为造血功能还不完善，强大，导致抑制病毒能力不强，致使病毒肆虐，危及生命。

毕喜国，番离岛，太空飞船，所有的与医疗挂得上关系的地球人们，共同讨论出了一个万全的办法。荒山孝郎少将让温温儿元首叫来所有与婴儿有血缘关系的人，一一地抽取血液样本化验，在婴儿的大姑妈的血液里，查出了血液携带有斥氧病毒。大姑回忆说，她在出生时，也患过幼死病，所幸熬了过来。

“好。”荒山医官松了一口气。

化验血型是一个非常繁杂的事情，荒山医官的助手至少发现了七八种血型，巧的是，婴儿和他大姑的血型是同一个。这样一来，可以直接输血了。原来，荒山少将还打算，如果找不到合适血型的话，要赶紧行动，至少要在明天早晨，提取大姑等人的血清为婴儿输入。

这段时间里，一向话多的温萨特·莱因克尔，竟然闭上了嘴，少了翻译一旁的唠叨，却苦了元首温温儿，一直得不到一个及时的解释和宽慰。

过了子夜，已是凌晨了。鲜红的血液，开始一滴一滴，注入婴儿的血管。荒山孝郎觉得自己快要倒下了。他仍旧努力支撑着，叫助手先去休息，过五六个小时后，那时天可能已经亮了，再来替换他。他要守完这段最重要的时刻。

许多人打着哈欠，温温儿元首叫他们都去休息了，自己一个人，陪着荒山孝郎医官。他们相对时，有时偶尔笑一声，喝了一口某种类似于生姜味道之类的药煮出的汤以后，荒山孝郎身体发热了，也来了精神。他拍拍自己的脸颊，对温温儿竖起拇指，说：“你是一个好父亲。”

元首温温儿当然不明白荒山孝郎医官说什么，荒山孝郎医官身材并不高，比他高不了多少。温温儿也竖起了拇指，和食指，是两个手指，摇着头，支支吾吾地说：“你是，好医生，非常棒，非常了不起。”

荒山孝郎当然也听不明白，便也摇着头，笑起来。他是十多年没有这样舒心地笑了，虽然内心还时时发紧，不得不紧密注视着婴儿各种体征的微妙变化。

第二日一早，议长便赶往元首府，商议议院开会的事情。

“请议长向议院及市民们说明，再缓待一日，即可召开会议，我保证会兑现承诺。”温温儿元首向议长要求。

因为这天早晨换班的时候，荒山孝郎医官通过莱茵克尔翻译肯定地告诉他，一两天之后，可以见到婴儿症状的明显改变。

元首相信，那时候，他将有足够的证据，来说服国民，重新选择与地球人的关系，中洋海战（即番离岛海战）的惨烈，再也不能重演了。据他所观察到的迹象看，这些高深莫测的地球人，完全能够将中洋海战的结局，重复一千遍。

“好吧，尊敬的元首，延期一天，我还能办得到。”

这一天，是极为艰难的一天，谁都不能保证，在平静之下，会突然产生何等力量的爆发。

所幸的是，元首温温儿，议长阿卜拉拉杜，共和国都城毕西市长孛古，三个毕喜国最重要的人物，共同作出的第二日一定会进行是否接受地球人的表决的承诺，使诚信良好的毕喜国民平静地度过了一天。

又是一天过去了。婴儿在第一滴新鲜血液注入身体后，度过了平安的近四十个小时，若依阿喜星时间来算，还不到一天半。

上午，在议会规定的讨论大事的开会时间到来之时，温温儿在卫队的护送下，步履庄重地进入了议会大厦，走进了议事大厅。那里，议长阿卜拉拉杜，市长孛古已经稍早一点到达，和所有的议员一起，等候着紧张的辩论和表决开始。

议事大厅中，中央吊灯，已经全部换成了直流电灯。大厅里所有的吊灯和壁灯都亮了，让人眼前一亮。这刚刚更换过灯具，并且同时重新作了一些装饰的大厅，处处熠熠生辉，辉煌华丽，使还拥有原来记忆的人，一旦进入大厅，不免眼花缭乱，仔细端详之后，又再次啧啧称叹。大厅座席两边，特意增加了三十多个座位。退休后的几个元老议员，和城市里二十多个著名的重要人士，强烈要求列席这次对于毕喜国的前程生死攸关的会议。

议会满足了他们的要求。

已经有一千多人围聚在议会大门前，而更多的人在不断赶来，将议会大厦门前围得水泄不通。但是，当尊贵的元首温温儿到来时，人群自动地分开了一条路，以让元首通过。

激动人心的会议开始了。

元首温温儿要求首先发言，他拥有这个特权，议长阿卜拉拉杜立即同意了元首的要求。

“尊敬的议长先生，市长先生，尊敬的议员们，生死与共的毕喜共和国公民们。”

下面开始有了一些嘈杂声，议长拍拍静堂木，大厅安静下来。

“我，作为毕喜国普通公民，感谢国民的信任和拥戴，忝任元首一职。感谢全体国民给我这个机会，能够为共和国服务，为全体公民服务。下面，我将叙述几个真实的事情，你们将会看到一些证物和证人，然后，你们将以你们睿智明晰的眼光，去看待，判断，判为真，或判为假。我所要求的是，请允许我顺利而全面地叙述完这几个事情，请不要在我叙述期间，打断，干扰，起哄，或者恶意攻击。否则，我将行使元首至高无上的军事权力，同时，议长先生也会行使议院首席的裁决权和维护权。”

大厅里良好的声响设计，令元首的话音清晰可闻，洪亮而不混杂。元首温温儿一停，整个大厅里鸦雀无声。

“谢谢各位。北边的草原，是我们毕喜共和国神圣领土，那里生活着许多部族，安宁的彼此相处无事，并且享受着共和国崇高的荣誉，和富足。有一天，突然，他们牧养的牲畜哼翁（即牛鹿），在未经通告的情况下，被偷偷宰杀了两头，是两头。”

“那就是自天而降的魔鬼，叫什么地球人的强盗，施加于共和国的羞辱。”

有人嚷道。温温儿的锐利的眼光射过去，立即安静了。

“哼翁在发情期，是容易脱离群体走散的。富饶的草原上，牧民们也不会因此去在意两头暂时走失，而最终还是会回归群体的哼翁。肥壮的哼翁，是美好的食物源。地球人，是地球人，宰杀了这两头哼翁。

谁也无法求证偷偷宰杀的原因，和结果会发生怎样的变化，但是，地球人在捕杀哼翁的原地，专程回返，送回了一封信，还有补偿哼翁的金饰物。这些信件，已由克弥尔统帅获得，是从牧民手中获得的真实原件，而有牧民为此作证。”

在克弥尔军营里躲藏的牧民，被议院厅警传唤，从后门走进大厅，对温温儿的叙述做了证明。之后，莱茵克尔先生用毕喜语言，念了一遍写在白帕上的致歉信，那是基弗里中校生前用英语写就的。

“真不知道，元首要告诉我们什么？”

停顿的时候，有声音在下面说道。

温温儿镇定一下精神，回答了这位的问题：“我说过，我只是叙述一些事实，结果由议员们去判断，而且，你也可以认定这些事实是虚假的。

“各位，下面，我要谈的，就是最令人痛心的事情。地球人，把餐食小孩，说成是一场绝对的误会，他们刚刚登陆寰球，以为河里游泳的毕喜小孩，是一只嬉戏荒野的野生动物——”

“他们在撒谎，这些狡猾残忍的骗子！”

“少安毋躁。我说过，你们每个人，都可以拥有自己独立的判断。我只是重复了地球人对此事的解释，因为，此事导致的战争，已经让地球人和我们，都付出了沉重代价。”

“嗨，我们不害怕战争。”

议长阿卜拉拉杜突然发话道：“议员先生，你违反了发言原则，已经两次了，所以，你丧失了此次辩论和表决的权力。现在，你必须立即离开议院。”

在厅卫的带领下，那个激动的议员悻悻离开了会场。

温温儿重新整理了思路，说：“是的，毕喜共和国不害怕战争，为了生存，为了荣誉，或者，为了我们民众的利益，任何威胁都不能让我们屈服。这里还有一封信件，是地球人的基地首领徐豹上校写来的。下面，再次请温萨特·莱因克尔先生，为我们朗读这封求和信。”

温萨特·莱因克尔标准的毕喜话，又一次在大厅中响起。

温温儿元首再次站到了发言台前。

“对于地球人的诚意，尽你们的睿智和经验，去判断真伪。我要说的，是第三件事，这也是对我擅自动用元首特权，邀请地球人医生，拯救我的孩子的原因作解释。不可否认，一方面，我出于私心，想挽救垂危的幼弱的婴儿生命，请原谅，我，也是一个父亲，但是，这同时，也是为全部毕喜国人，乃至全部寰球人，作出的一个冒险尝试。我们是否，能够从此摆脱幼小无助的生命，在无望中挣扎死去，而作为一个父亲，母亲，只能眼睁睁看着死神肆虐，一筹莫展的折磨。我们是否在突然出现了一线希望的时候，而任凭希望如风而逝。我们是否还要将孩子宝贵的生命，一次次交给概率的死神去嬉戏玩耍。

“如果你们因为我的私心，而让我的孩子第一个接受这种希望的恩赐，因此责备我，我接受。至于，结果如何，我不知道。现在，我正式邀请除原来参与医治的医生之外的任何医生，由你们推荐，还有，再推举十名议员和公民代表，共同到元首府，去亲自了解孩子目前的情况。也请各位，慎重而冷静地向科学院咨询，我已经下令解除一切秘密的禁令。你们将了解到许多我们已经掌握的资料。在此之前，请勿激动的辩论，请勿轻率的表态，请慎用你们至高无上的权力。”

温温儿转身向议长说道：“下午，再进行辩论和表决，可以吗？”

“元首的建议，非常正确。下面，就开始推举前去观察的代表。”

说完这番话后，整个议会大厅，竟然没有一句反对之声。他们开始为另一件事忙起来，等待着探望孩子的结果。

元首府中，荒山孝郎为婴儿擦去了额角沁出的一颗汗，看着孩子熟睡的面孔，他突然想起了千叶公主，想起了正在公主腹中孕育的胎儿。婴儿面色红润，呼吸匀畅，尖尖的嘴巴可笑地撅着。荒山孝郎将军擦汗的手，不禁不想离开了，久久地抚摸着婴儿的脸蛋。

这时，荒山孝郎心中，感受无比的复杂，他已经和舰队总部关于婴儿的情况通过话，整个舰队，都在为婴儿的生存状况而挂怀，而欣喜，而喋喋不休。这些通话引起了舰队各飞船之间通话器的繁忙。

“一年只有三次怀孕机会，啊，确实太少了，加上斥氧病毒肆虐，婴儿极易丧命，也难怪阿喜星上，人口如此之少。”

“真是奇怪，看来地球人真是得天独厚的受到宠爱了。地球人一月就有一次受孕机会。”

“我们有月亮啊，月亮强迫女人的排卵同步了。”

“啊哈，那么，月神阿耳忒弥斯同时还应当作生育女神受到崇拜了。”

“只是不知道，地球人到阿喜星后，是否会受到各种天象地理的影响，也变成一年三孕。”郑重其事的声音说。

“那正好，郭宁将军可以免去实行计划生育的烦恼啦。”

最后这句，是双颅人希格里＆斯诺中诗人斯诺善意地说的，在引起一阵哄笑之后，斯诺又道：“要不然，就像我这样，也是节约资源的典范。”

听了这句幽默的自嘲，郭宁将军可生不起气来了。

第六集

所有进入元首府婴儿室的代表，无不为呼吸匀畅，脸色红润，尚在香甜的酣睡中的婴儿，深深地打动。

在回议院的路上，尽管跟在后面的人流，像洪水泛滥一般，但是，代表们沉浸在育婴室的祥和的氛围之中，还没能完全脱离出来，因此，谁都不肯多说话。

下午，照例是要举行表决的，但是，因为上午耽搁了，还没有来得及辩论。早先时间，在议员中，反对元首温温儿的人还如潮涌一般难以平静，现在，不再急不可耐地抗议了，甚至在相对的人数上，也略微处于下风了。年老一点的议员，首先改变了立场，尽管他们原来可能是设置元首职位的坚决反对者。他们反对元首，但是却不反对元首现在所做的事情。

“还有打算表达个人主张，或者发起辩论的吗？”

议长阿卜拉拉杜说道。他准备用这句话，拉开表决的序幕。他的脸色憔悴，泛出焦黄色，声音也显得嘶哑喑弱。他实在太累了，他想解脱一下。如果表决开始，议长只需进行一下简单的算术运算，就可以将毕喜共和国的命运，载上一艘未知的船而启航了。

“怎么啦，往日宏论滔滔的辩论家和理论家们，今日都关闭起宝贵的嘴巴了，而且还上了锁。我有一个疑问，元首一向是坚决的主战派，铁骨铮铮，英明果敢，但是，今天的一系列行为，却叫人费解。”

说话的人，是一个今年刚选入议会的新议员，是毕西城，乃至全国的著名富翁之一，财富通常都能排列在前十名之内，只是毕喜国内并没有专门进行财富排榜的机构。

温温儿缄默不言，眼光凝滞，看得出内心的斗争非常激烈。

“元首不出来辩论吗？”新议员咄咄逼人。

“现在，我只是以一名普通议员的身份列座。我已经说过了，已经叙述完了事实，不想再说，也不辩论。你尽可以自己发表高论。”

“这就奇怪了，正是那些危言耸听的话，让我们轻率的赋予了你第一公民的荣誉和权利，但是，现在首先弃共和国的尊严和利益于不顾的，却正是元首自己。就这样快地抛弃自己的祖国，而谋求个人的平安。同胞们，请评论一下其中的卑鄙和怯弱吧，请抨击其中的无耻和愚蠢吧。再残酷的战争，能够威吓到我们么？”

温温儿元首仍旧端坐，默不作声。

“你这虚伪的第一公民，诈骗者，懦夫，万民公敌，怎么不说话了。”

新议员有些急了，骂道。按照发言的规矩，若果辩论的双方中，一方连续三次不予作答，辩论即告结束，如果没有新的辩论议题，则表决开始。

议长阿卜拉拉杜出来制止道：“尊敬的议员先生，请使用礼貌的语言。我认识你，你虽然刚加入议会，却是大名鼎鼎。你曾经是一个军火商人。历来的保卫共和国的战争中，捐款捐物，功不可没。但是，根据共和国不可逾越的议会表决法，你已经失去了辩论这个问题的机会，它结束了。还有提出新的议题提出来的吗？”

静场，长时间的静场。人人都在等待着表决开始。

“好，现在，我宣布，表决开始。我们首先要表决的是，是否接受地球人议和的请求。”

秩序井然的投票开始了。议员们一次经过投票箱，往窄缝里塞进去一张表决票。

投票箱当众打开了，唱票，监票，计票，所有的过程在众目睽睽之下，平静地结束了。

“嗯，嗯嗯。”议长阿卜拉拉杜使劲地清着嗓子，好使声音洪亮一些，“现在，我宣布，温温儿弃权，一票，临时取消一名投票权，又是一票，表决的结果是，三百七十二票对五十六票（十进制是250对46），通过。通过和地球人议和议案。”

大厅中立即嘈杂起来，但是没有往常达到或超过三分之二票数而通过某项议案时，那种激烈的欢呼声。

“我有新议案要提。”新议员又再次喊道。

“允许！”

“难道，就这样任凭外来星族，践踏毕喜国的尊严；难道，只有忍气吞声，才能换来一时的平静，且可能引魔入室，为未来埋下恶果。”

“提出议案不能使用反问句。”当值议员否决了军火商议员的话。

“惯于数金子的嘴巴，在爱国激情的冲击下，变得迟钝而慌乱了。请允许我补充提出新议案。”另外一个议员接上了。

“可以。”

“地球人，外来星族的强悍者，即使出于对土地主人的礼貌，也必须为他们所谓的失误之托辞付出相应代价，以生命换生命。”

“这个议案的意思是，地球人必须提供一个属于他们星族的生命，来偿还毕喜公民鲜血的债务。是这样的吗？”书记员记录到这里，有些为难问道。

“是的。有个词语需要更正一下，不是属于地球人星族的生命，而确定是地球人本身。不能使用替罪羊来充数，就像我们祭献祖先或者自然之神灵时，使用健壮的哼翁（即牛鹿）一样。”

大厅里顿时争议纷纷，人言如潮。

议长阿卜拉拉一拍静堂木，喊道：“有要辩论的吗？有吗，没有，好，现在开始表决。议案是……”

可怜的阿卜拉拉杜议长，他的声音越来越沙哑了，议员们几乎听不清楚，但是，表决还是开始了。

议案通过了。压抑着的声音，在彼此的交谈声中，传递着担忧与不安，或者是一份幸灾乐祸与期盼。

会议终于结束了，围堵在议会大厦外面的人，听到了表决结果，开始忙着回去，筹划他们即将改变的生活去了。

和诺亚基地的首领徐豹上校商量之后，莱茵克尔在毕西城中，直接把毕喜共和国的决议以及议和条件，用卫星电话传送到了哥伦布太空舰队。九颗高高在上的星星，俯瞰着阿喜星，仿佛在注视着那世间的风云变幻。

“不，以士兵的生命为代价，这样的条件，我们不接受。我们不受任何要挟，或者刁难。”

舰队总司令霍普·克里将军，当着全体飞船主管，当着全体高级将领，高级参谋，顶尖的科学家，以及地球人随舰队而来的各界已经解除了休眠，活动在飞船上各个领域的精英们，斩钉截铁地说。

“倘若不答应此要求，牺牲的人会更多，不管是阿喜人，还是我们。”好望角号飞船主管进言道。

“从数学计算上来看，好像我们接受阿喜人的条件，对彼此都合算些。”双颅人顾问希格里＆斯诺中的希格里，一只手抚摸着他的下颌说。

“这点，我也赞同。”郭宁中将也道。虽然是各自远在不同的太空飞船中，全息立体显影技术使得每个发言的人，人人近在咫尺。

“各位的意思，是我们应该委曲求全？”

“也许，没有比这更好的办法了。”旗舰布鲁诺号飞船主管帕欧卡随声附和。他屈起手臂用力往后拉伸了几下以舒展胸口，效果不是很好。飞船上活动空间太小，又缺少重力，人人都憋得很难受。

“那，怎样确定这个不幸的人呢？”克里语气也妥协地委婉了。

“那又是一个数学问题。”双颅人顾问希格里＆斯诺说，说话的仍旧是数学家希格里，有了诗人斯诺的思维帮助，希格里话语当中，除了严谨和精确，还有了优美和激情，常常是旁征博引，口若悬河。无论希格里还是斯诺，都能做到这点。

“不卖关子了，请讲吧。”克里催促道。

“相信很多人会记得近一百年以前，美国在越南战争中，为筹备后备役人员，而采用过的方法。这是非常公平的办法。让一切由上帝来决定吧。准备好366张纸条，写上1—366数字，放进黑箱中混匀，从中抽取一张，如是5，代表元月五日，凡是属于这天生日的军人，就将成为预备人选。”

“将这些勇敢而正直的军人全部解除休眠，明确告诉他们命运的安排，然后，按照人数多少写签，再次抽签，产生一个最后的英雄。”

大家都在静静地听着，以至于希格里说完了很久，还没有人说话。

“以先生希斯估算，人质平安的概率多大。”克里问。

“毕喜国使用罗伯特议事原则来决定事情结果，因此还真不好说。如果换成是巴拉比王国，结果是可以掌握的。我们可以，贿赂国王。”

“看来，没有比这更好的办法了。”克里征询似的问，没有人回答他。于是他签署了立即进行抽签的命令，命令上清清楚楚地写着事情的缘由。

结果出来了，342，是的，清清楚楚的阿拉伯数字，342。

所有十二月七日出生的军人，都解除了休眠。

苏醒来的军人们，有二十个小时的适应期。他们睁着眼睛，好奇地四处打量，对于这个他们绝大多数居住了十年却未知的飞船世界，他们的好奇心是那样的炽烈。当他们开始享用醇香的咖啡时，他们阅读到了由舰队司令霍普·克里将军签署的命令的电子影像版。

这些勇敢的军人，刚开始思考，哥仑比亚号飞船上，有个军人提出了特别请求。

“你刚醒来，什么也不知道，太冒失了。”刚好，一个认识他的朋友，一直在飞船上值班的中校，以前恰好是他的上级军官，责备他说。

“可能是吧。可是总得有人去吧。”

“哼哼，这下，你没指望以后当元帅了。”值班中校说。

“是的，也许吧。可是，只想着当元帅的士兵，一定不是好士兵。”他竟然这样回答他原来的上级。

“那我，只有祝贺你了。愿上帝保佑你。”

埃德温·卢斯塔诺准尉乘坐太空穿梭艇，登上了旗舰布鲁诺飞船。

舰队总顾问希斯要求将会见过程向全舰队直播，克里同意了。

年轻的脸庞，刚刚解睡不久而瘦削苍白的脸，因水分不够充足现出轻微的皮肤皱褶，整齐的陆军军服，军人礼仪标准刚劲。埃德温·卢斯塔诺准尉的形象出现在所有人的眼中。

总指挥室中，布鲁诺飞船上所有的高级人员几乎都集中在这里。

“埃德温·卢斯塔诺准尉，勇敢的军人，请仔细听并回答我的问题，整个舰队都在看着你的英勇行为。我们是在直播，明白了吗？”

“是的，将军。”

“是你，志愿申请成为毕喜国人的人质。”

“是的，将军。”

“你是准尉？享受军官的待遇，但不是军官。”

“这违反了登船军人资格条例。”机器人希里—1没有顾忌地插嘴。它的话立刻吸引了所有视线。

“闭嘴，我命令你闭嘴。”克里严厉的对希里—1说。根据它的指令程序，十分钟之内，它不会再说一句话，无论谁去问它。

“这恰恰是我的荣耀，将军。”

“是的，我肯定。这显然。——嗯，知道作为毕喜国人质有什么后果吗？”

“无法预料。或者，就像迪耶普袭击中的加拿大第二纵队一样。”

“是的，准尉，你说得很坦然。以血还血，你有可能被处死。”

埃德温·卢斯塔诺准尉脸上的讶异和犹豫，一闪而逝。他更加挺直了腰：“那就是我将会成为第二纵队中的普通一员。和同胞们一道，我倍感荣幸。”

迪耶普袭击作为二战中诺曼底登陆之前一次计划不当的悲壮预演，加拿大第二师的两个步兵团因为不得不按照计划作战，几乎没有什么人返回。克里将军于是明白了眼前这个步兵准尉是在十分清醒理性的状态下作出的选择。

克里望向希斯，希斯轻轻地说了几句。克里一时沉默了。

所有的耳朵几乎都听到自己的心跳。庄严的静寂。

“少尉，祝贺你。你的请求批准了。”克里说，“我们将首先举行一个授衔仪式。”

“埃德温·卢斯塔诺少尉，还有十六个小时的时间，你将登陆阿喜星，直接进入毕喜人的首都，毕西城。我们已经在城外选择好了飞船溅落地点。没有人陪送你，只有你一个人。毕喜人会来接你的。在这之前，你有什么要求，尽管提出来，舰队会尽一切力量满足你。”希斯缓缓地说。

“嗯——一份蒙特利尔风格的牛排，洗一个热水澡，有音乐吗？《黄丝带》。哦，——再给我一支古巴雪茄，虽然我不吸烟，想闻闻，地球的味道。”

“你会全部得到满足的，勇敢的孩子。”希斯内心里竟然有了一点欣慰之情，太巧了，他的嗜好刚好填补了满足埃德温·卢斯塔诺少尉的奇特要求的空缺。

“祝福你，埃德温·卢斯塔诺少尉。”克里也缓缓地说，温和得像摇篮边的母亲。

“埃德温·卢斯塔诺陆军中尉，二战中第一个在欧洲土地上阵亡的美国士兵。”机器人希里—1突然又嚷起来。它已经过了禁言期，总爱炫耀它的知识渊博。

克里瞪了机器人一眼，这次，他没有再发出禁令。他说，“让我们为少尉祈祷吧。”

无数双手，以不同的姿势，不约而同地作起了祈祷。

第七集

比克亲王大军营帐里，第二次谈判开始了。

亲王心里忐忑不安。毕喜国赠送了两台无线电发报机，一台在国都罗伊城里，被莫桑国王当作宝物储藏在王宫中，一台则跟随军队出征了。其实，假如只有一台发报机，不过是一台新颖的玩具而已，比克亲王让通讯官平时操作实验，熟悉构造原理，他希望在自己回去之后，能够仿效这台再装几台，那也许就会派上用场了。

而这台随军出征的电报机，收到了一个惊天消息。

这个消息是由比克亲王，派到东南沿海一带，招抚流窜的海盗的人，发过来的，当然，他借用了不知是哪里弄来的发报机。无线电发报机在毕喜国里，已经开始在重要的部门里普及起来。这个惊天消息是，毕喜国已经通过决议，准备和地球人议和了。

亲王忧心的是，如果钦差和地球人达成和议，则地球人将支持国王莫桑，自己的日子，就只能在委屈中度过了。

比克亲王决不甘心。

但是，地球人会坚决站在自己这一方吗？如果有了地球人的支持，毫无疑问，那是最大的力量。

地球人会支持哪一方呢，由对方故意显露的情形来看，可能是偏向与自己，但是，或许，那是一个狡猾的骗局。自己到底，要不要相信地球人？

如果贸然托出心事，那自己再也没有回头路可走了。要么一击成功，要么万劫不复。

按照昨天的座位入座，谈判开始了。金烁大臣拿出一份有十来页的文件来。一夜的功夫，精明的钦差大人，已经将原来的初拟的六条，细化成十多条，甚至连必须按时朝觐国王陛下的日期，所持的礼仪，租金黄金的分量，成色，等等，都作出了详尽的规定。

潘克先生还没有把这份文件用口语译完，伽罗瓦博士已经不耐烦了，聂莫夫中校用指节敲着桌子。

“好，请等一等。”伽罗瓦博士叫住了潘克先生。

“我们不能让这个算盘牵着鼻子走。”聂莫夫中校拍拍肩膀，示意博士使用电话。

“算盘？”潘克先生不明白地问。

“哦，就是一种古老的计算器。”博士解释道。

“诸位是不是已经完全看明白了文件中的各项细节，如果有疑问的话，我作一下解释。要不，我们可以开始逐条讨论了？”

金烁大臣不想给地球人大使缓口气的机会。

伽罗瓦博士脸露歉意地笑笑，和聂莫夫中校自顾自地说了几句话。“我可以决定这件事情的，然后再给阿莱斯上校汇报。”博士冒出了这个大胆的念头，他开始授意潘克先生翻译他的话。

“我有一个问题，陛下！”

比克亲王和金烁大臣都吃了一惊。

“昨天要面见钦差大人的莫乡老，是我们的朋友。陛下，我们要求见见朋友。”潘克说。

朋友？比克亲王还没来得及弄清这个问题，金烁大臣憋不住了，有些结巴地说，他一着急总是这样：“请称呼，亲王殿下。你们怎么老是弄错词语，不要再，犯这样的错误，不可，容忍。”

“没有错啊，按照我们的语言习惯，你和我们都是特使，陛下坐在中间。”潘克先生理解了伽罗瓦博士和聂莫夫中校的本意，故作糊涂说。

“比克亲王殿下坐在中间，是因为他是军营的主人，是保护者。”

“对，陛下就是土地的主人，民众的保护者。”

“都安静！”比克亲王突然厉声喊道，随着这声严色厉的一喊，营帐里立即静了。

比克亲王又叫了一声，营帐外的武将立即冲了进来。

“立即宣布军营中一级戒严，对钦差大人的随行人员，尤其要严密妥善地保护。”

“遵命！”

武将心领神会，奔出营帐。

营帐外一阵紧急调动。金烁大臣的十多个手下，原本待在距离谈判的营帐不过三十来米的地方，集中休息，只有一个贴身侍卫，一个幕僚，和一个书记员，跟着金烁大臣进了谈判营帐。当金烁大臣的手下看见士兵们紧急的跑动时，谈判营帐已经迅速被一百多名比克亲王的部下严严密密的围住。

武将又带领另外一批人，将这些尚未决定怎样行动的钦差大人的随从，严密地保护起来。

除了呆若木鸡地看着事情的变化，金烁大臣没有半点行动。

“不好意思，诸位，为了大家的安全，我负有完全责任，让各位受惊了。好，下面，谈判可以继续开始了。”

潘克先生心跳不已的翻译完了这句话。

伽罗瓦博士和聂莫夫中校却都镇定自若。博士说一句，要求潘克先生翻译一句。

“陛下，我们仍然有一个要求，只有明确陛下的地位，我们才开始谈判。毕喜国也正在和我们谈判，他们就有明确的元首。我们将充分地支持陛下，并且能够为陛下效力倍感荣幸。”

伽罗瓦博士希望比克亲王能够迅速理解自己的话。

“作为客人，你们太无礼了。我正是国王陛下的全权代表。”金烁大臣暂时还不能求助于比克亲王的威势，勉强支撑着局面说。

“钦差大人所代表的，只是都城里一个无所事事，荒淫奢靡，妒贤猜忌，一个早该下位让贤的王族子弟而已。我说的陛下，是巴拉比王国的民意，是王国未来的命运。天意不可违，民意也不可违。我们的朋友莫乡老，昨天已经向国王陛下陈述过这一昭昭民意了。”

比克亲王内心吃惊不小，连这都清清楚楚地知道，地球人真的太神妙了，天意真的不可违，天意不是派遣地球人来帮助自己了吗？

“亲王殿下，不能再让这些狂妄的地球人胡作非为下去了。”

“的确，不能让事情再含混下去了。来人，将钦差大人带到其他营帐去休息，我要亲自处理这些乱糟糟的事情。”

金烁大臣还没有明白过来亲王的用意，就被全副武装的侍卫带了出去，他的人没有留下一个在营帐中。

伽罗瓦博士终于松了一口气。

“国王陛下真是英明神武，我们会全力支持陛下的。”

比克亲王友好地笑笑，示意他们坐下来，重新开始了友好而融洽的新谈判。

金烁大臣等人被逐一地带出营帐，金烁大臣感觉大事不妙时，已经无力回天了。

回想起以前的过节，金烁大臣不禁一阵阵冷汗直冒，连国王陛下比克亲王都不当作一回事了，他自个儿，岂不是性命堪忧。难道，亲王早已经和地球人暗中勾结了。他金烁大臣成了一颗探路的石子。他寻找着机会，看看能不能联系上手下的人。不久，他彻底失望了。

虽然看守他的军士还比较客气，但是，金烁大臣发现。连自己只身脱逃的机会，都没有了，他只有等着比克亲王的进一步行动。

在恐慌和忧惧中过了好久，亲王军中一个谋士进来了。

金烁大臣颈子上一阵发冷，难道，亲王连一个机会的缝隙，都不给自己留下。

“尊敬的金烁大臣阁下，国王陛下让我通知你，你是否愿意继续作商务大臣，不过，南边的诸事就不要插手。”

“啊，国王陛下到了？”金烁大臣连忙起身。

“不是到了，陛下一直就在军营中。”

“你是说，亲王殿下他？陛下？”

“哦，你也称陛下，还算识相。很好，免去了许多周折。”

“不。我是——”

“你自己想想吧。想好了后，告诉门外的卫兵。”

这个谋士临走，没忘记行了一个礼。

金烁大臣足足斗争了三四个小时，直到肚子饿得叫起来。营帐里很静，没有人和他说话，寂寞和死亡的鬼魅包围着他。金烁大臣突然奔到营帐门口，大叫道：“来人，来人啊！”

三天之后，一队两百多人的人马，来到了湖滨城堡，比克亲王的封地城堡。

金烁大臣的机车，应该说是国王的装饰华丽的机车，在城堡外远远地停下了。它过于沉重，似乎难以通过城堡前那座桥，而湖滨城堡三面环水，这座桥是进入城堡的唯一大道。

驻守城堡的军队中，分为两部分，比克亲王原来的留守部队，和国王派来的协守部队，两队兵力相当。协守主将是国王莫桑的近侍卫之一，他和留守主将一样，在城堡东北角高高的瞭望堡上，看见了逶迤而来的车队，最前面的，正是十分庞大显眼的蒸汽机车，这支车队比去时的规模大多了。协守主将想，金烁大臣肯定又狠狠捞足了一笔。

一个通信官奔到了堡前，大声喊道，要协守主将出来，金烁大臣有要事相商。

“大臣为何不进来？”

“路太差，车进来不了。钦差大人只是路过，马上又要赶往都城的。”

协守主将将信将疑。这时，车上下来了一个人，似乎是出来透透气。没错，那正是钦差金烁大臣。

自己深受国王宠信，侍卫左右，莫非，钦差大人要自己一人前去，正是要暗中将获得的太多财宝，送一些给他，好让他在以后国王面前多进美言，永保富贵。

这么一想，协守主将越想越觉得自己正确。那，钦差大臣的一番美意，倒不好拂逆了。他整理军装，对留守主将说了几句，一个人下了瞭望堡，出了城堡，直奔车队而去。

快到了，金烁大臣迎了上来，很热情，但是动作很慢，不知是因为年龄的原因，还是矜持的缘故，好像受到什么牵绊似的。协守主将没作多想，紧赶几步，走了过去。

“呵呵，老弟多日不见，风采更胜啊。约老弟一人前来，实在是不情之请。鄙人出使南疆，获得一些稀奇之物，不敢独擅，故而劳动老弟贵步。但凡里面有老弟瞧得上眼的，尽管开尊口。”

金烁大臣做了一个手势，让协守部将上车去看。

密闭的车厢里，挂上了窗帘，显得神秘。果然不出所料，这钦差老儿是捞足了，还不好意思显摆呢，这不，都遮上了。哈哈，这钦差大人真是直接而大胆，也好，省去了许多周折。协守主将心里乐得什么似的。

他当然不知道，车厢里面，几支黑洞洞的枪口正指着他们。

“钦差大人真是太客气了。我看看，有些什么宝物，也算开开眼界吧。”

车门开着，协守主将撩起帘子，他首先看见了几枝端着的枪，和一个文人谋士一副谄媚的笑脸。

“吓，还看守的这么严。”协守主将脚下一用力，蹬了上去。

几个人一拥而上，立即将协守主将扑倒在地，协守主将刚要叫出声，一柄锋利的匕首，刺进了喉咙。

过了一阵子，报信的通信官又进了城堡，这次，他带来了协守主将的印玺和乌鹏样兵符，说协守主将受国王特旨，需要立即回都城一趟，正好赶上车队，他的部队，由留守主将代为掌管几天。

比克亲王的老部下，留守主将，虽然存疑，那印玺和乌鹏兵符却是真的，只得收下，又托通信官传言，要协守主将早日回来，共同主持军务。

一切恢复了平静，车队上路了，继续朝都城罗伊城行进。与此同时，比克亲王的大军，除留下少数在比克镇外，正在开往北边。即使再快的信差，也无法抢在车队和比克亲王到达罗伊城之前，将南边突发变故的紧急军情，报告给王宫中正做着情色之梦的国王。

车队中，有比克亲王，翻译潘克先生，和聂莫夫中校。车队行进到了罗伊城外还有几公里的地方，停住不走了。

这个时刻，是比克亲王的大军，刚好赶回湖滨城堡，而城堡内的守军，正诧异于眼前突然出现的军队，是何方来者，究竟是不是真正的亲王的大军时。堡内留守主将，已得亲王暗中派人授意，轻而易举地将群龙无首的协守驻军，一个不剩地拿下。他们被严密看管起来，不得走脱一个，而协守主将的几个得力部将，即刻被寻找了一个理由处死，只留下一个誓言效忠比克亲王的降将。

政变的风云，悄然无声的紧紧围住了罗伊城。但是莫桑国王一无所知。

车队在城外驻扎下来了。亲王的军队，又从湖滨城堡出发，逼近罗伊城，以作亲王的后应。军队的前队，换穿了协守湖滨城堡的国王近侍卫队的特别服装，士兵却全是亲王的手下，领兵的将领又是刚降的内侍头领，自称议和已成，奉国王之命回都城。关隘守将中，有认得这头领，也有不认得的，却对印玺和兵符确信无疑，再加上已有金烁大臣走在前头，两相印证，哪还有半点怀疑，就这样轻易被赚开了城门，突然发难，这样，大军一连控制了两个城池。距离前面亲王所在的车队，按正常速度计算，也就只有两三天的行程了。

金烁大臣写了一封信，由亲王派心腹手下送入了城中。

国王莫桑得知钦差大人这么快就回来了，而且带着一个大车队，再读了大臣写来的信，心里真是乐开了花。他称赞着金烁大臣，要各位大臣都以金烁大臣为榜样，尽心尽力办好事情，为君效忠，为国效劳。首相哈叶也私下了收到了一份金烁大臣赠送的价值不菲的礼物，便跟着赞扬了钦差使臣一番。

那封至关重要的信，是这样写的：

……蒙陛下厚爱，虽然不辱使命，与地球人达成和议，且均按照陛下旨意，所有要求，全部如愿以偿，但是微臣命薄，想是无福与陛下共享荣耀，竟不幸身染疾病，恐不久于人世。此是天命，非是人力可转。若此刻进入城中，十分担心将此不祥之气带入，冲撞了城中的祥瑞。故而，微臣滞留于城外，倘若疾病得愈，再行入城。

所有收取的土地租借费，转换为黄金，载于车中，只等陛下派人清点入库。另有地球人的赠物及南方各郡进献的贡品，也一并载来。微臣于此，可以瞑目矣。

臣蒙陛下垂青，得享尊荣多日，常思将身以报陛下。此次南行，虽为和约而去，却每每不忘陛下之虑。臣已劝说莫娜父亲，随车而行，同至城外。莫乡老正净衣清食，以候陛下召见，上仰王恩。有莫乡老颔首亲允，诸事当无虞矣。

黄金与和议书，俱在车中，俟臣若有转日，当亲奉陛下，若不幸睽违阴阳，无由再拜陛下，则陛下自委人取之。唏嘘之意，有负陛下厚望。

微臣金烁再拜。

首相哈叶也看完了这封信，感喟道：“这字里行间，仍然是金烁大人熟悉的笔韵字迹，只是，想是病痾缠身的缘故，收笔处每见抖索孱弱，真是辛苦了金烁大人。”

金灿灿的耀眼的成车的黄金，能够玉成佳事的美人的父亲，都在城外，近在咫尺，却不可骤见，莫桑国王如何按捺得住，但是哪有国王出城去接见臣子的先例呢。犯着愁，国王莫桑真是坐卧难安。

莫娜进宫了。她本来还暂住在驿馆里，待诸事稍停之后，才会入宫任教，同时还期望着有改变厄运的机会。过了这么多日，亏得惹巴谋士的策划打点，莫娜又是国王宠爱的新人，驿馆里，王宫侍卫的监视松了许多。而这些内部机密之事，京都卫戍部队根本就没有份儿，他们全在外城和街道广场上巡逻守卫。

滞留于罗伊城驿馆中的比萨·格林上尉，接到了聂莫夫中校的电话。莫娜少女正是受命于秘密指令，主动地进宫了。没有告诉任何人，她暗中揣了一柄锋利的短刀，宽松的官礼服下，刀鞘一点也看不出痕迹。

第八集

“听说臣女父亲已到城外，敢请陛下允许臣女出城迎接父亲。”

莫娜姑娘穿上官礼服，加上或许是激动的原因，脸上微微泛着红霞，更显得楚楚动人。

“只是听说吧，未得亲见。”哈叶首相抢先答道。莫桑国王理解首相，并不以为僭越。

“钦差大人的话，难道有假。”

“莫娜姑娘不必着急。本王也正要出城看望钦差。姑娘可随本王一路。”

“陛下，哪有国王亲自出城看望臣子的道理。”

“哎，首相此言差矣。钦差大人劳苦功高，且身染重病。本王当亲自看望，接钦差入城，同时犒赏随从，以示王恩浩荡，也不枉钦差此番奔波辛劳。尔等当效金烁大臣，尽心竭力。侍从，赶快准备。”

仔细想想，也没有什么好反对的，哈叶首相便忙着安排出城犒赏事宜。

莫娜紧随莫桑国王身后，寸步不离。国王心中得意洋洋，哈叶首相真是高瞻远瞩啊，国王的威仪和王国的富贵，果然很快就征服了美貌女子的心。虽然貌相高贵，神态庄严，莫桑国王却免不了心猿意马，恨不得立即就能抱香拥玉，得逞好事。

领侍卫内大臣带着一百多人的忠勇精兵，簇拥着莫桑国王，由国礼部大臣陪同，来到了罗伊城外两三公里的一个闲置已久的兵营。相应的，这个罗伊城城门口处，还有五百多精兵随时准备出发。

战乱时，这座兵营驻扎有军队，作为罗伊城的前沿阵地，与其他几处兵营形成护翼。开阔的土地上，二十多座平房错落地布置在略有起伏的平原上，围成一个巨大的圆环，圆环中间是平整宽阔的操场。平日里，只有一座房子中，住着几个年老的士兵，他们主要负责看管房屋，发现那些因无人居住而近于倾圮的房屋，再找人把它修缮好，以备将来不时之用。

现在，这座荒芜的兵营，忽然间热闹起来了。

领侍卫内大臣派兵迅速占据控制了各个要道。领侍卫内大臣带着四名荷枪实弹的侍卫，在车队主管引领下来到了金烁大臣寄居的房子前。领侍卫内大臣四下瞧过一番，手一挥，四名侍卫立即驱赶在原在门前守卫的士兵，换过了岗。领侍卫内大臣亲自陪着国王莫桑和国礼部大臣进入了房子。

房子是原来的营房，十分宽大。现在被厚重的布帘子隔成了三间。屋子里，置放着许多箱柜，可能是刚从车上卸下来的。听见外面的响动，帘子里，金烁大臣似是不堪病痛，颤抖着声音问道："是国王陛下到了吗？"

听到这声音，国王莫桑顿觉欣喜，领侍卫内大臣也立刻松下劲来。进了第一道帘子内，一个大夫正在收拾着医疗器械。看见莫桑国王，金烁大臣似乎要想下床来迎接，刚要站立，却不料一个踉跄，就要跌倒在地。领侍卫内大臣眼疾手快，一个箭步上前，扶住了金烁大臣。

突然，从第二道帘子后边，冲出来七八个身强体健的壮汉，一下子抓住了国王三人，尤其是抓住领侍卫内大臣的四个人，更是牢牢不放，将领侍卫内大臣掀翻在地。领侍卫内大臣刚叫出一声，就被一闷棍打晕了去。

门口的四个侍卫听见里面有异常响动，略微迟疑一下，刚互相询问一句，噗噗，噗噗，四个人立即被四支麻醉针射中了。紧张中，他们还兀自不觉，只是感到有虫子轻轻叮了一下，也相继进了屋。

枪口还没有抵到第一道布帘，两个人一阵晕眩，旁边的人也察觉不对，那知也身不由己跟着，身子软软地瘫了下去。立即已经有人冲出来，缴掉了他们的枪。屋子的门掩上了，不一会儿，重新从屋子里走出四个穿着国王侍卫服装的人，不过，他们的面孔与进去时全改变了。

领侍卫内大臣被绑得结结实实的，然后被一瓢冷水激醒了。没等他开口，一团布已经招呼到了他的嘴中。

莫桑国王被一支匕首抵着胸膛，吓得直哆嗦，却壮着胆子喊道："你们想造反了，该死！"对方一瞪眼，国王莫桑便不敢大声，哼哼着在喉咙里重复着这句话。

"委屈兄长了。"

比克亲王从第二道帘子后面出来了。五六个人也从藏身的箱柜中站了出来。

"果然是你，大逆不道的……"

"还有我们呢，猜错了吧。"

聂莫夫中校和潘克先生高大的身体，以及聂莫夫中校一名手下上尉，也从帘子后边出来了。

三人都惊得不知说什么才好了。

比克亲王吩咐让国王莫桑一人坐下，开始向国王说明，只要国王让出王位，公布禅让诏书，亲王可以保证国王后半世富贵无虞。

"休想！"

莫桑国王偏着头，恨恨地说，他盯着金烁大臣，恨不得要吃掉他。

金烁大臣低着头，不敢对视。比克亲王让金烁大臣退下，然后对国王莫桑说："民心所望，天意所归，请王兄不要再固执了。不写退位诏书，王兄永远出不了这间屋子。"

"这间屋子是在比克殿下的掌握之中，可是，这个国家，还在孤王的掌握之中。"

“是吗？”比克亲王和拿着卫星电话正在说着话的潘克翻译说了几句，接着道，“刚刚相反，你的军队，在城门口处，有五百人，其余大多数，还在北城大营中。你带来的军士，我一声令下，他们可能就悄无声息地躺下了，就像门口那四个侍卫一样。我的大军，距离这里不过两天路程。我若带着王兄撤退，你的军队现在还一无所知，根本就追不上。

可是，我不想发生国内战乱，导致生灵涂炭。我也完全保证王兄以后的日子依然富贵荣华。请王兄三思吧。”

“好啊，原来，你早就勾结了地球人，意图谋反。我早该相信首相的话的。可是，你的梦做得未免太幼稚了，就算你带走了孤王，只要我不写退位诏书，你还是做不了国王，大臣，军队，国民，都不会容忍你篡位。呵呵，嘻嘻嘻。”

莫桑国王尽管嘴上强硬，心里面却咚咚直跳，这些鬼魔一样的地球人，他们真的比真正的鬼魅还要可怕，他们的眼睛仿佛能看穿世间一切，他们那样高大威猛，居心不良。

“嚯，王兄错了。正是民意让我登位的，不是有那么多大臣，已经支持我了吗？你派出到湖滨城堡的协守主将，早做了鬼了。王兄即使不写退位诏书，也无法阻止本王登基。因为，如果王兄突然驾崩了呢？”

“你，敢……？”

“放心，本王不会做那种事。我让你见一个人。”

“谁？”

比克亲王叫人传来了哈尼。

莫桑国王一见这个民夫打扮的人，劲倒来了：“这是谁，竟然敢在此乱闯。”

“他就是你的情敌。莫娜的相好，未来的丈夫，——哈尼。”

“啊。”

比克亲王递给哈尼一把长长的砍刀。哈尼上前一步，用刀尖指着莫桑国王说：“就是你，抢走了我的妻子？”

“不是，是……”

“勇士请先不要伤害王兄，如果王兄肯下退位诏书，等本王登基之后，一定还你一个完整的莫娜。

也怪王兄不够谨慎，这事闹得沸沸扬扬，民怨四起，倒要如何收场。今天，千万不要就是一个惨烈的结局吧，那样令王国蒙羞，先王难以安宁于地。”

莫桑国王气鼓鼓地瞪着比克亲王。

“如果，国王坚持不肯退位，那我真没办法斡旋了。”

比克亲王干脆转过身，等着事情的发展。

“谁要抢走我的妻子，我一定先让他死。哈哈，反正我哈尼也是死过一次了。”哈尼又前进了一步，刀尖就要抵上莫桑国王的胸口了。

“且慢，哈尼勇士，杀了王兄，我也会判处你死刑的。”比克亲王又转过身说话了。

“谢谢比克国王陛下给我这个机会。为了莫娜，赴汤蹈火，千刀万剐，哈尼在所不辞。”

莫桑国王完全有理由相信这句话，哈尼独自承担石刑，要不是地球人救走，就差点殒命的壮举，早已传遍全国。

十多双眼睛刹那间瞪圆了，因为哈尼慢慢举起了刀。

“哈尼，慢慢，我写，退位诏书。”莫桑国王不停地哆嗦，又向比克亲王说道，“你保证你说过的待遇。”

“决不食言，王兄，毕竟，你还是我的兄长。”

“我们地球人也保证，一定会让新的国王遵守承诺。”潘克先生挤眉眨眼地说。

笔墨早已准备好了，莫桑国王镇定一下，开始按照比克亲王的口气写退位诏书。国王不断发抖，打着冷噤，想控制也控制不了，后来，他才发现，原来，自己一身早被冷汗湿透了，怎会不冷呢。

写诏书的时候，受比克亲王的指令，语句上，礼部大臣也靠近来做一些斟酌。莫桑国王趁机低声埋怨道：“你枉为大臣，怎么一句话都没说过？”

“陛，陛下，原谅老臣。地球人搞些什么把戏啊，我都弄晕糊涂了。”

比克亲王又让国王写了一道旨，召湖滨城堡的比克亲王的军队进京受赏。这样一来，亲王大军一路上就畅通无阻了。全部写完之后，亲王让国礼部大臣按照标准的禅让大典所应该依照的腔调，亲口把退位诏书念了一遍，算作大典预演。

接下来，聂莫夫中校把一个手雷紧紧绑在领侍卫内大臣的腰间。他让潘克翻译告诉领侍卫内大臣，绑在腰间的是一枚夺命雷，一枚遥控手雷，中校可以在很远的地方控制它，想它爆炸，它就爆炸。完了，他拍拍领侍卫内大臣的头，希望他能够偶理解中校的意思，现在，他要出门去让领侍卫内大臣见识见识。之后，中校要领侍卫内大臣召集此地的全部侍卫，听国礼部大臣宣读退位诏书。

领侍卫内大臣将信将疑，来到了屋子外。中校拿出另外一颗一模一样的手雷，朝没人的地方，扔出去三十多米远。手雷停止滚动后，中校手中拿着被他叫做遥控器的东西，指着那个方向，喊着“看好了。三,四,五，看好了吗。我按了，六……”

“嘭！”惊天动地一声响，手雷爆炸了。

领侍卫内大臣浑身一抖，啊，原来还不是他身上的遥控手雷爆炸了。

爆炸声引起了侍卫的惊觉，立即有十来人跑了过来。比克亲王发话了，领侍卫内大臣赶紧趁机传下话去，叫所有侍卫立即集合，听国王敕令。

懵懵懂懂中，侍卫们听完了一道诏书，跟着礼部大臣学样儿，他们立即向新的国王，比克国王连呼万岁。那些原来分散在四处的民夫，突然间，换上了整齐的军装，原来，他们正是比克国王的手下。

最快乐的是哈尼，很快的，用不着进罗伊城，他就见到了心上人莫娜姑娘。那时，莫娜正在另一间房子里，等得极不耐烦，她非常担心父亲。等哈尼告诉她一切经过时，聪明伶俐的莫娜，一时里也明白不过来，究竟是发生了什么事情。当然一时间里，她是见不到父亲了，因为莫乡老还待在比克镇，根本就没有来罗伊城。

新国王和原国王在营地待了两天，直到比克国王大军前部赶到。这两天不断有大臣从城内来到军营，打听情况，可是来一个就留下一个。城内的人虽然有所怀疑，却也不敢擅自行动，观望着，待局势明朗。大军前部一到，比克国王开始入城，在城门外，他们遇到了一支人数众多的卫戍部队。

两军对立站住了。卫戍部队看着对面出现两个国王装束的人，摸不着头脑。比克国王派人过去，宣读了莫桑国王的退位诏书。

卫戍部队退后了，让开了一条路。

突然，领侍卫内大臣从队列中跳出来，拼命向对面跑，他看见了京畿卫戍部队，看到了那些熟悉的面孔，也看到了希望。他叫着，像风一样奔过去。成千上万双眼睛，霎时盯住了一个狂奔的身影。

静，只有领侍卫内大臣的叫声。

聂莫夫中校从来没有放松过对领侍卫内大臣的监视，他只是没有想到领侍卫内大臣有这么大的勇气和蛮力。他举起激光枪。

没有枪声，但是，领侍卫内大臣忽然扑倒了。突然，一声强烈的爆炸，领侍卫内大臣粉身碎骨，血肉横飞。

这一幕，深深地震撼了所有军士，再也没有人，作出一点反抗了。

过了好几天，潘克先生突然问起聂莫夫中校道："遥控手雷，在地球上原本只是普通的特种武器，容易得到，但是，飞船上从来没有生产过。中校是从哪里弄的呢。"

"奇怪吧，那根本不是什么遥控手雷，我吓唬领侍卫内大臣的。试验的时候，我扔的是一颗延时手雷，掐准了时间后喊一声爆炸就行了。"中校沉郁的脸上一本正经。

"那，领侍卫内大臣又是如何魂飞魄散的呢？"

"他的运气太不好了，受伤扑倒时，腰间的手雷启动柄撞在地上了。当然就，嘣——"

这件事让火山城堡里的阿莱斯上校笑了好几回。

第九集

毕西城宽阔的鲜花广场上，人山人海。整个毕西城，几乎万人空巷。

这是一个清朗的上午。

全体毕喜国议员，都准时来到了鲜花广场。这个广场用青色的砂石铺成。广场各处，点缀着许多大大小小的圆形或椭圆形花坛。花坛里一年中时时都有鲜花绽放。每个花坛，代表着毕喜共和国的一个城邦或者一个地域民族。花坛的位置，非常接近于对应的城邦在毕喜国疆域中的地理位置。从天上看下去，像是洒在地上的五彩缤纷的星星。

广场的中央是空地，临时搭建了一个木台，一根笔直粗大的木杆，立在台子中央。台子上，围着木杆，以及台子四周，已经堆好了大量的木柴。

人声喧嚷，议论纷纷。

“火是驱除污秽和罪恶的圣物，当然也是惩罚犯罪的良好工具。”

“真的要烧死这个小伙子吗？多可怜。”

被人们口中传说得最多的，是这两句话。

忽然，人群忽然安静下来了。这么多的人啊，一下子就全部屏住了呼吸似的。

脱掉了迷彩服，穿着浸过硫的薄衬衫，埃德温·卢斯塔诺少尉迈着安稳的步子，进入了鲜花广场。十多个持枪的士兵押解着埃德温·卢斯塔诺少尉，却没有上绑。拥挤的人群分开了一条道，千万双眼睛，齐刷刷地看着这个高大的神态安详的地球人。

走上了台子，士兵将埃德温·卢斯塔诺少尉绑在柱子上。他们绑得很松，只要保证埃德温·卢斯塔诺少尉不能挣脱就行。广场上，人虽然多，却分割成了比较整齐的几大块，中间留有通道，每间隔大约三十米远的地方，便站着一个传令官。

议长阿卜拉拉杜站到了高台上，风撩起了他黑色丝质礼袍的一角。在他身后三四米远处，埃德温·卢斯塔诺少尉脸上一派镇定。少尉的目光越过广场最远的地方，一座大型艺术展览馆的浅黄色穹窿形屋顶，遥望着更远的天空。真是一个好天气啊，气清景明，仿佛置身地球上的春天里，到处荡漾着勃勃生机。少尉深深地呼吸着清新的空气，等待着将发生的一切。

“公民们……”

这句话立即通过传令官，逐步传向广场的每一个角落。因为每次都要等到传完后再说第二句，时间间隔得很长，因此，议长阿卜拉拉杜将每句话都说得无比简洁精炼，同时又准确无误。

“我们毕喜共和国，已经和地球人议和。为了无辜孩子鲜血的缘故，为赎一时的罪孽，地球将此人质，埃德温·卢斯塔诺少尉，无条件地交给我们处置。公民们，权力在你们的手中。现在，再过一段时间，议员们将开始是否处死人质进行投票。”

“烧死他！”

“不！可怜这小伙子吧。”

“对待真诚，要还以宽恕。”

“罪恶必须用火来清除。”

两种声音在广场上争执起来，可是谁也不听谁的。渐渐的，“烧死他”几个字因为词汇简洁，形成整齐鲜明的节奏，汇成了一股声浪，越来越大，把其他杂乱的声音，都压下去了。

静场鼓作用和静堂木一样，敲了四通之后，广场上渐渐平静下来。

“现在，请相信议员，相信你们把权力托交给的这些共和国的议员们。投票开始。”

议长阿卜拉拉杜拉紧了腰际象征权力的紫色腰带。他不时地拴着，系着，注视着议员们投票的姿态。

“可怜的小伙子，他肯定是个男的，也许还没有结婚呢，更别说孩子了。”

“哎，结婚生子。我弟弟再过五六天也要生产了，现在就有一群医生围着转。自然的大神啊，保佑吧，还不知能不能过那一关呢。谁能帮帮我们啊。”一个忧心忡忡的声音叹息着。

议论声又起，四下里都在窃窃悄语。

最后一个议员走过了投票箱。

计票，算票，结果出来了，根据表决法，立法需要三分之二的通过票，但是具体事件的表决，只需要简单多数，即获行事权。拿着这张命运判决书，议长阿卜拉拉杜手激动得在微微发抖，他再次站到了高台上。

“现在，我宣布，投票的结果是，二百二十五（149）票对二百二十四票

（148）……”

“请等一等！”

议长的话突然被打断了，一直站在旁边监视着投票的元首温温儿，忽然喊道。

传令官面面相觑，不知该不该把这半句话传出去。

议长点点头，温温儿元首健步走上了高台。

“我不想看着这台子化为灰烬。”温温儿口齿清晰地说。

“尊敬的元首，我还没有宣布结果呢。谁人也不应该干涉结果。”

“等一等，我正是在依循法律做事，而不是任意干涉结果。”温温儿元首面向人群，大声说道，“尊敬的公民们，我也是一名议员，并没有被剥夺投票的权力。我也要投票。”

“对，元首是议员。元首能够投票。”

“哈哈，早一点不出来演讲，连影响投票的辩论会都取消了。”

“元首可以投票，元首万岁。”

议长和值班议员一致同意让元首温温儿补充投票。温温儿步态庄严，徐徐上前，往投票箱中投入了一票。

计票员正要开箱。议长忽然又喊道：“等一等！我也有投票的权力。”

“不等到最后了？”市长孛古问。

“要是等到最后，也许我连投票的机会都没有了。”

现在，投票箱中，有两张票静静等着加入统计。

人们等得不耐烦了，开始发出嘈杂声。

再次站到了台上时，议长阿卜拉拉杜脸上竟有了轻松的喜悦之情。

“现在，我宣布，二百二十七（151），对二百二十四（148），表决结果是，放了这个小伙子。埃德温·卢斯塔诺少尉，他将成为我们的朋友。”

鲜花广场上，人群沸腾了，不管是失望，高兴，还是庆幸，愤怒，人们欢呼着，欢呼着一个表决结果的诞生。望着这欢腾的人群，埃德温·卢斯塔诺少尉，眼眶下竟然挂上了两颗晶莹的珠子。

温温儿暗中握握议长的手，“原来我们心意相通，为啥不早告诉我结果。

我们都担心了。”

“元首是晕了头吧。要是作弊早早告诉元首结果的话，很快，我就不是议长了。”

市长孛古挤了过来，和两人热烈地拥抱。

第十集

“真是喜上加喜啊。恭贺将军。阿莱斯上校已经和比克亲王签订和约了，不，现在应该叫比克国王陛下。租借火山城堡十年，拥有出海口，对辖地国民具有管辖权，没有租金，唯一条件是帮助巴拉比王国建立一百所医院，并且帮助王国立即开始培训医治阿喜星幼死病的本地医务人员。巴拉比王国一点都不肯落在毕喜国之后。”希斯祝贺道。

“报告将军，徐豹上校已经从诺亚营地出发，和毕喜共和国正式商议签订和约事宜。”

“好！”克里激动地叫，“哎，希斯先生，你们科学家集体进行的超光速信息传播的试验，怎样了？能不能在我们登陆阿喜星正式签署和约时，进入实时传送。”

“抱歉，克里将军，无法确定答复你。在最近几次试验中发现，一旦进入超光速区间，常常发生紊乱现象。概率是0.9以上。这种紊乱现象，会使信息波变成一种难以识别的噪波。暂时还不明白物理原理，所以，仍旧需要解决很多问题。甚至，可能会使超光速传播永远成为一个美好的梦想。”

“嗯，原来这样——自然真是深邃啊，当人拼命接近它，并且以为就要达到底限时，自然总是轻轻一跳，又将人类甩在无知和困惑的深渊。”

克里像个深沉的哲学家发表感慨的时候，希斯又把思想投入了更深处。

此时，最忙的人，要数荒山孝郎医官了，他将几百名毕喜国医生集中起来，教会他们利用已经有的医疗器械，怎样去检查和治疗幼死病，并传授给他们一些将要生产和使用的新型医疗器械的必要知识。在毕西城附近地区，荒山孝郎少将的治疗成功率，达到了百分之九十五以上。看起来，这边的事务进入了繁忙但是有序的时段，但是荒山孝郎却更忧郁了，少将的心思，更多的是记挂着千叶公主。

千叶公主的支队中，两个队长都离职了，副队长东条巴莫中校，自然荣膺重任，代替了队长行事。战争似乎正在越走越远，反倒是燃料生产，飞船登陆，筹建新工厂，以及对沼泽地进行勘测规划，以便将来挖渠排水，这些非军事行动，越来越多。

徐豹上校率领十多人的谈判队伍，踏上了赴毕喜国首都毕西城的路途。克弥尔统帅派出了两百多人的气势宏大的部队沿途护送。临行前，徐豹把一枚和田黄玉玲珑豹，交给了千叶公主。

“啊，一头好可爱的小豹子。”千叶公主说，“哪里来的？”

“我二十岁生日时，爷爷为我特制的礼物，象征着成人。”

“哦，珍贵的礼物。很贵的吧？”

“在公主的眼里，还有昂贵这个词语吗？”

“当然有啊，这就非常珍贵。”

“呵呵，如果说，这是我向公主求婚的礼物，不，是郑莹，莹莹小姐也会接受吗？”徐豹鼓足了勇气说。

千叶公主脸上泛起了红晕。突然，徐豹从千叶公主眼角，看见了两条细细的皱纹，他心中掠过一丝心酸。他伸手出去，轻轻地摩擦那细纹，千叶公主按住了徐豹的手，贴在自己脸上。

“我们不能再让岁月像河水一样流淌了。哦，有个问题，这个孩子，他会叫我爸爸吗？”

公主脸上顿时红霞尽飞，恼也不是，笑也不是，羞也不是。她放下手来，似嗔似羞地看着徐豹。

这下直把徐豹看懵了。他手足无措，像个做错了事的孩子。屋外有了响动，徐豹惊觉地抖抖身子。

进来的人是东条巴莫中校。

“啊，上校果然在这里。公主殿下上午好。谭力少校好像联系不上徐豹上校了。”

“哦，是吗，真抱歉，我的卫星电话关机了。有什么事情吗？”

“总部来电说，北边，阿迪华帝国的军队已经越过边境线进入毕喜国。好像有一些移动的重型武器，装甲车，或者坦克之类。”

“坦克？现在，阿喜星上只有蒸汽机车，坦克恐怕得有内燃机之后，才能发明出来吧。”

“那我不太清楚，队伍正等着上校出发呢。总部催促要尽快和毕喜国签订协议。”

“好，我知道了，急也不在几分钟的时间。”

“那好，我出去了。”东条巴莫敬了一个军礼，又微笑着伸手，与徐豹相握，“祝福你，上校。祝福你们。”

待东条巴莫中校出得门去，徐豹半带纳闷地说：“我以为，东条中校会首先站出来反对的，看来，我的担心有点多余。”

“上校是指反对什么……”

“当然是我们的事情。荒山孝郎将军忙于培训医疗人员，恐怕很长时间都脱不开身，公主又身怀有孕，而且，身份公开之后，也不宜再担任队长一职了。公主是否考虑，让东条巴莫中校正式任职支队长呢。”

“如果在十天以前，我都不会考虑。现在，特别是上校这么提出来，我倒真有这个意思了。我与本田大将商议一下再决定。”

“啊，哦，公主自行决定吧，这是贵国的内部事情。”

“还叫我公主。”

“那叫什么？”

“嗯——我喜欢听郑莹。”

“莹莹——好啊，敢不奉命。”

徐豹在赴毕西城的路上，一直没有忘记东条巴莫中校所说的阿迪华帝国军队已经越境而入这件事。

根据总部提供的信息分析，一是，这些军队可能来自多个国家，二是，他们可能拥有坦克之类的进攻重型武器。两个问题都叫人不得其解，并且感到战争的乌云正在袭来。

暂且压下这些疑问，徐豹上校的谈判议和车队经过六七天的颠簸，到达了毕西城。这一次，他们受到了市民的热烈欢迎，这时，荒山孝郎少将正在毕喜国四处奔走，带着一群医务人员，挽救了一个又一个毕喜婴儿的性命。毕喜国的医生们，在大量的实践中，迅速地成长着。感激之声，充盈在毕喜国的各个城市村庄之间。

经过两天两夜仔细的讨价还价，地球人和毕喜共和国终于达成了如下协议：

一、双方完全终止战争状态，缔结友好和约。

二、地球人购买原诺亚营地以北，及以西近十万平方公里的土地，作为栖身之地。双方以雪河，踘突河为界，并保证以后互不侵犯，永结联盟。购买地西面和北面与巴拉比王国和其他国家接壤。

三、地球人最高元首登陆后，公开对误食幼孩之事道歉，并赔偿小孩父母黄金若干。

四、地球人必须全面培训毕喜国医务人员，帮助毕喜国彻底制服幼死病，并且不得向第三国（巴拉比王国除外）提供培训或者技术，也不得泄露技术秘密。其他国家只能通过毕喜国获得所有医治此病的技术。

五、地球人必须在毕喜国每个邦派驻大学住校科学家，向毕喜国公民逐步传授基础科学知识，特别是通讯科学。

六、地球人有责任在任何时候帮助毕喜共和国对抗入侵的外敌。

七、购买土地只能用黄金支付，可分期在两年之内付清，第一次必须支付总数的百分之三十。

火山城堡现在储存的黄金，因为巴拉比王国新任国王比克陛下没有索取什么，加上这段时间加班生产，所以刚好能够支付百分之三十的量，这是徐豹上校在议定条件时唯一和元首温温儿及毕喜国谈判代表斤斤计较的一条。黄金的数量再多一点的话，地球人可能就要现原形了。由于其他条件答允得很顺利，元首温温儿也做了让步。

在徐豹上校的要求下，一艘装备精良的海船，在两艘战舰的护送下，从南部港口出发，航行在中洋上，驶向了巴拉比王国火山城堡。离火山城堡最近的港口，与城堡的距离大约是一百多公里。这是一艘承载巨大财富的船。

那片卖出的十多万平方公里的原毕喜国国土，除诺亚营地所在地近千平方公里稍显地势平坦，气候温润外，其余地方要么是沼泽，要么是陡峭山地和雪原，几乎荒无人迹，而整个阿喜星本来就人口稀少。毕喜国之所以这么慷慨地售出这么多土地，所虑也多半是此原因。

但是，那里大片的沼泽，却会在打通山梁，向趵突河排出积水后，成为一片肥沃平坦的土地。

徐豹暗下里乐得什么似的，就像商人成功地做成了一笔特别划算的交易。

签约仪式，将在太空舰队总司令克里将军登陆阿喜星后举行，届时，克里将军与元首温温儿将亲笔签字互换文件。

走出议会的议事小厅，谈判双方都感到有些疲倦。一见了元首出厅，等得不耐烦的通讯处武官，奔了过来，看见徐豹等人还在旁边，欲言又止。

“是有重要军务吗？走吧，我正要回去。”温温儿说。

“啊，请等一等，元首！”徐豹说道，莱茵克尔紧随着几乎是同时翻译了出来。

“上校有什么事？”

“先前不久，我接到总部打来的电话，阿迪华帝国继续侵入，已经深入贵国国境两百多公里了，占据了两座城镇。刚才不提到重要军务，我还差点把这重要的事忘记了。”

听完莱茵克尔的翻译，温温儿问通讯处武官道：“你要报告的，也是这件事情吗？”

通讯处武官吃惊不小，答道：“正是此事，军情紧急，但是，好像还没有那样深入。”

“我这是最新消息，你们所获悉的消息当然要迟许多。对方又推进了不少距离。阿迪华帝国纠合了好几个国家，来势汹汹，我们从卫星上早已经察觉了。现在，我们的低轨侦察卫星已经调过来，重点监视这片区域。对此，元首将作何打算？”徐豹上校说一段，停一下。

“敌人来头不小啊，侵入我国国土，不宣而战。哼。”

“不是，阿迪华帝国已经送国书来了，他们……”通讯处武官停下了。

“不妨说出来，也许和上校他们也有关系的呢。”

“阿迪华帝国军队正是奔诺亚营地方向而去的……”留下后半句话，通讯处武官又停住了。

“那，我们立即进议事室说这件事情吧。”元首温温儿仔细想了想，向徐豹和莱茵克尔发出了邀请。

进入议事室的人，经过慎重特别的斟定，还有议长阿卜拉拉杜，共和国军事后勤总管，以及元首的一个高级幕僚。加上通讯处武官，徐豹上校和莱茵克尔先生，一共七人。

卫兵立即加派岗哨，议事室成了任何议员都不得进入的禁地。

通讯处武官将国书交给了元首，温温儿看过后，又把它递给议长，在总管和幕僚都阅过后，重新回到了元首温温儿手中。

温温儿沉思良久，终于把阿迪华帝国国书递给了徐豹上校。

莱茵克尔一看完国书，立即呀呀叫了两声，随即向徐豹说道：“阿迪华帝国纠集了五个国家，共有两万多人的部队，哎，不对，记得好像阿喜星上都是八进制吧，那应该是……”

徐豹取下了卫星电话，调出计算功能进行换算，他几乎和莱茵克尔同时说了出来，“大概是一万人。”

“嗯，八进制的一万，是十进制的4096。阿迪华帝国下书说，他们是来帮助毕喜共和国共同抵抗外星人入侵的。他们的联合军队已经冒昧地进入了毕喜国国土，并且正在迅速向外星人营地推进。联合军队要求毕喜共和国立即取消和外星人的议和，向外星人宣战。他们要求克弥尔统帅从南面缩小包围，策应东北方的联合军队，完成对外星人的合围。”莱茵克尔解释完了阿迪华帝国国书。

“总计一万的军队，这人数够多的了。诺亚营地西北方是山地雪原，荒凉严寒之地。越过这片土地，东北方向上，又有几支另外国家的大军在等着我们。是不是这样？好像我们真的无路可去了。”

徐豹淡淡一笑，犹如闲庭信步，笑拈花枝。

接着，徐豹上校让莱茵克尔把他下面的话翻译过去。

“感谢元首的信任，感谢毕喜国的友好。阿迪华帝国来势汹汹，对毕喜共和国也是咄咄逼人，攻城占地，显然并非所说的相助而来，而是另有深意。阿迪华帝国和毕喜共和国的历史过节，我们也知道一些。处心积虑的阿迪华帝国，这次借着共同抵抗外星人入侵的名号，实则是想一战成名，恢复往日荣耀，再度成为阿喜星北大陆上的霸主，从而进一步攫取其他利益。阿迪华帝国何以如此有恃无恐呢？这些年来，不是一直是由毕喜共和国执强国牛耳吗？一则，可能阿迪华帝国对地球文明知之甚少，无知者无畏，所以敢于虎嘴捋须，一则是他们在军事装备上有所倚仗，并非只是简单地纠合起了几个国家。所以，我们很想进一步知道，阿迪华帝国所倚仗的是什么？”

这一长段话，特别是中间一些中国成语，莱茵克尔翻译得好辛苦。

温温儿元首和议长等人，听到这番分析后，突然对局势一下子明朗了。他们不停地点头。

“请各位看看卫星所拍摄的地面上那些联合军队的照片。这是什么，移动的大家伙，穿着厚厚的铁壳，安装着炮塔和机关枪。”徐豹调出卫星电话上接收到的图片。

温温儿等人看得目瞪口呆。

“早就听说阿迪华帝国一直在秘密研制一种威力巨大的重型武器，难道就是这个？”共和国军事后勤总管说。

“原来你们也没有掌握多少情况，实在有点轻敌啊。”徐豹直说道，他明白此时无论怎样直率，也不会开罪谁，反而让对方感觉是自己人，从而让毕喜国诸位决策者更加坚定地和地球人站在一起。

“哦，上校说得正确，是轻敌了。我们确实对阿迪华帝国此类军事机密了解甚少，没想到阿迪华帝国研制的竟是这样一种武器。移动的，装甲大炮。”

“但是，我也有一个问题，请元首解答。”徐豹说，“这种移动迅速，装甲强厚的武器，我们叫作坦克。但是，真正要能够顺畅使用这种武器，需要效率高，携带燃料方便的内燃机驱动才行。据我所知，阿喜星上目前只有蒸汽机，没有内燃机。如果这些坦克使用的还是蒸汽机的话，即使能够勉强参加战斗，也真要怀疑它的行动能力。”

“内，燃，机？”军事后勤总管一字一顿地说。

“就是需要烧油，而不是烧煤的一种动力转换装置。但是，阿喜星上，至今没有有石油的证据。”

翻译莱茵克尔此刻忙得直想搔首挠耳。“嗨，你们慢一点。”他嚷道。

“油，燃烧的油，有啊，我们以前点的灯，一直就是用一种从梗莨植物里面提取的，最近才开始使用直流电灯，但是，大多数地方还是用的油灯。”

“那，这样的话，燃油的问题解决了。使用直流电照明不太好，以后，我们会帮助你们建起电站，使用交流电。”

“交流电？”

“嗯，暂且放下，以后再说这个问题吧。有了燃油，阿迪华帝国所倚仗的制胜武器，也已经基本明确了。那么如何去对付呢？”

“用大炮可以吧？”

“大炮移动慢，似乎效果不好，如果有导弹就轻而易举了。”

“导弹？”几个毕喜国的各界首脑齐声问，这天，他们接触到的新词汇太多了，几乎有点反应不过来。

“现在当然没有导弹，以后会有的。目前，我认为，还是避免战争为好。所以，首要之举，是要修书与阿迪华帝国，明确告诉他们，告诉所有的参战国，地球人已经和毕喜共和国缔结和约，并且结为联盟。如果发生战争的话，将不会是阿迪华帝国联合毕喜共和国进攻地球人，而是毕喜共和国和地球人联合抵抗入侵者。希望阿迪华帝国能够知难而退。”

“知难而退？不太可能，阿迪华帝国既然秘密研制超级武器这么久，可以说是志在必得。”

元首温温儿摇头说。

“但是修书说明，这一做法还是必要的。”

“阿迪华帝国既然已经侵入了我国领土，占据了我国城镇，领受点教训也是必要的，他们得为无礼和侵略付出代价。”元首继续坚持说。

“我们总得试一试，如果阿迪华帝国能够就此退兵，相安无事，岂不更好。”徐豹也缓缓地坚持说。

“啊哈，上校，他们要打仗，那就让他们打吧。那阿迪华帝国不也是存心要欺负毕喜国的吗，未经允许军队就进入别国领土，占领城镇，还出言不逊，咄咄逼人，教训一下，正合情理。”莱因克尔插嘴道。

“不战而屈人之兵，上战也。莱茵克尔先生，我们还是不要袖手旁观吧，战争会让我们与邻国结下仇怨，而不仅仅是他们的事情。况且我们是同盟，能够站在旁边当作游戏看吗？”

“那好吧，那就看上校能否劝说下两方。”

这时，温温儿元首也在和议长阿卜拉拉杜他们紧张的商讨着。末了，他们才与徐豹上校对起话来。

“如果，阿迪华帝国能够即时撤兵，并且作出道歉和赔偿的话，我们可以考虑不宣战。”元首温温儿说。

“那就这样吧，我们共同派人，前去与阿迪华帝国军队交涉，看看结果如何，同时，也必须做好战争的准备。”

“上校认为应该如何准备，尤其对付那叫什么——坦克的。”

“阿迪华帝国军队不管是进攻诺亚营地，还是沿雪河南下，进攻毕西城，都要经过雪河上游的河谷平原，请给我地图。”

元首叫人立即送军事地图来。

“瞧，就是这里。是坦克的必经之地，我们就在这里布下重兵。如果立即通知克弥尔统帅和诺亚营地启程出发的话，我们能够赶在敌人前面至少两天的时间到达河谷平原，如果敌人在途中遭遇地方武装的阻碍，时间还更充裕。如果谈判失败，这里就是第一道防线。为了减少对阵伤亡，我们军队不必进入河谷平原，而只在两侧山岭上驻军，居高临下，也一样可以攻击或者阻击敌人。”

“徐豹上校熟悉河谷平原吗？”元首幕僚问。

“怎么谈得上熟悉呢？不过，如果需要，两天之内会熟悉的。”

“啊，真的。现在还不熟悉，那就难怪了。河谷平原宽达两百迈，远在大炮的射程之外。如果军队驻扎在山上，而不下去正面迎敌，漫说坦克通过，就是平常的人，也尽可以大摇大摆地走过，平安无虞，怎么阻击敌人？”幕僚问。

莱茵克尔翻译的时候，关于两百迈问了几句，还是没有弄明白两百迈究竟是多少，只好就实对徐豹说。徐豹上校笑着道：“卫星早就测距完了，最窄处的平均宽度是六七十公里，大概就是他们说的两百迈。”

“徐豹上校有了回答吗？”

“请问，在河谷平原的最窄处，能够从山上直览平原而无碍吗？”

“这……？”幕僚不得不重新寻找资料，可是一时间哪有那么详细的资料呢。

“能。那里我去过一次，记得地形。”

温温儿说道。

“这么宽的国土面积，元首经过那里才一次就能记得，实在令人钦佩。只要能够直视，问题就解决了。我们可以使用质子炮攻击敌人坦克。”

“质子炮，什么武器，威力很大？”

“论威力，中型质子炮和你们的加农炮相当，但是，射程却非常远，只要是看得见的地方就打得到。诺亚营地可以抽调出四台中型质子炮，投入战斗。我说是只需要中型质子炮就够了。”

实际上，诺亚营地只有四台中型质子炮，而且都是刚登陆送到进行组装的，而根本没有大型质子炮，但是徐豹上校这一说，温温儿元首还真相信了，连连暗自庆幸没有和地球人较上火。

“退后三十公里，再由克弥尔统帅的大军组成第二道防线，正面防御敌人，第三道防线，立即调动军队增援，力争把战争阻止在河谷平原，不让敌人再深入。

“上校说的甚好，立即通知克弥尔统帅做好准备，今天晚上再仔细研究一下方案，明天一早，部队即可开发。好，准备发电报。”

“元首请等等，还是用我的卫星电话吧，说得更清楚一些，之后，再用电报向统帅证实一下就可以了。诺亚营地距离克弥尔统帅的大营不过十公里左右，很快就会通知到的。还有，如果元首想和克弥尔统帅直接通话的话，也可以。”

“那，真不错！”温温儿元首羡慕不已，他调头道，“嘿，可以通知膳食房，准备晚餐了。”

晚餐上的第一道菜，是鲜香的油炸大蚂蚱。由于地球人暂时还吃不惯阿喜星上的佐料，议长吩咐另外特地做了几份，只加了盐油炸。徐豹上校等人，吃得津津有味。

第十五章　阳光下的草原

第一集

第三天早晨，元首温温儿的特使，和徐豹上校一道，坐上了前往雪河河谷平原方向的车。同时，克弥尔统帅和戈培里·戈林曼上校，已经率队奔向东北方向的河谷平原了，按照温温儿元首和徐豹上校的指令，他们将在河谷平原布下严密的防线，四台中型质子炮，将展示它神奇的威力。质子炮的强大能源，来自于液氢燃烧释放的能量。

阿迪华帝国为首的联军，一路上势如破竹，几乎没有遭遇到什么有效抵抗，就已经深入到毕喜国境内六七百公里。再往前，穿过河谷平原后，沿着河岸起伏的山岭再行进百多公里，就和诺亚营地隔河相望了。

戈林曼上校在山头上布置好质子炮时，阿迪华帝国为首的联合军队的影子都还没有出现。上校让跟在后边，在河谷平原上扎营安寨，挖堑修壕，正面迎敌的克弥尔统帅，先胡乱放响了一阵炮，有意通知将迎面而来的联合军队，他们已在河谷平原严阵以待了。

戈林曼上校站在突出的山岩上，眺望着山下的河谷平原。这战过后，毕喜国将赠送戈林曼上校一只海船，上校会从毕喜国南部海港出发，穿越中洋，到达番离大陆上的幼发底格河河口，去接任绿橄榄营地最高指挥官一职，同时兼任人员来自泛欧盟的两只飞船的支队队长，代替因病去世的莱昂多·穆姆托上校。目前这一番重任，也将是戈林曼上校在毕喜国国土上完成的最后浓墨重彩的一笔。

联合军队逶迤而来，果然在进入河谷平原不久，便发现了对方大部队的踪影，立即停了下来。

因为克弥尔统帅的信差，已经抢在前面，遇上了联合军队，将元首温温儿的口头信，传达给了联军统帅志丙元帅。毕喜国元首温温儿的特使，最迟在后天，就会赶到了。

温温儿答应联合驱赶地球人了吗？可是，目前挡在河谷平原上的，分明是毕喜军队，没有发现地球人的踪影。毕喜人应该从南面包围地球人才对。难道毕喜国军队是专门来阻止联军继续深入的？联军最高统帅志丙元帅狐疑不定，只得暂时驻扎下来，等着毕喜国元首特使的到来，看情形后再做打算。贸然进攻，即使能够大败敌人，自己也势必伤亡不轻，多日来一路凯歌，急速行军，军士们也有些累了，趁机也好休整一下。

联军扎下了大营，警戒森严，等着温温儿元首的特使。

徐豹上校早早地和特使半路分了手，径直回诺亚营地去了，只吩咐莱茵克尔翻译随同特使一同赴前线，帮助戈林曼上校。前线之事，他已尽托戈林曼上校，全权处理。他把与元首的密商结果，即对战事的安排，详细地告诉了戈林曼上校。

第二日下午时分，特使赶到了克弥尔统帅的大营，戈林曼上校应邀下山，面见特使，共同商量第二天去会见联军元帅的事情。克弥尔统帅看见地球人轻松地使用卫星电话进行超远距离联系，羡慕得心都快要跳出来了。

早上起来，有一些蒙蒙细雨。视界变得有些模糊，视野也狭小了许多。特使出发时，提出顺道到山上，看看戈林曼上校的军营，再下山到达联军营地，转不了多少路。克弥尔统帅突发奇想，也想去看看，究竟地球人怎样防御联军。

戈林曼上校的驻军在山腰一块不到一公顷的平缓地段上，全部人马也不过是六十多人，冷冷清清的，只有相阵雷达不断旋转着的天线给人以戒备森严的感觉。登陆飞船在送来中型质子炮的同时，也增送了一些兵员，以及几个肩负重任的科学家。所以，目前，诺亚营地的人数比以前增加了一倍，这也是戈林曼上校能够带这么多人出来的原因。

但是，在克弥尔统帅的眼里，这简直就是在玩儿戏。

克弥尔统帅一直估计诺亚营地里人员不是很多，却还没有想到是这么少。目前，面对强大的联军，连克弥尔自己都感到胜算很小，如果特使能够劝说联军统帅志丙元帅退兵的话，即使要毕喜国作出某些让步，他都愿意支持，地球人如此蔑视联军，派出少得可怜的这么一支队伍，难道真的是有所倚仗。

四台质子炮安置在几块突出的山岩上，面前没有遮挡，正好可以俯瞰河谷平原。克弥尔统帅知道，自己几乎是和地球人同时出发的，那么地球人何以这么快，就找到这个他们认为是好的地方呢？莫非地球人竟然比自己一方更熟悉此处地形。

站在质子炮旁边，放眼望去，烟雨凄迷，远处的山峦，现在已经看不见起伏的线条了。联军的大营，就在这片雨幕，被遮挡起来，根本看不见，望远镜也是徒劳。

克弥尔统帅心中的疑云越来越重，尽管特使已经准备出发了，他却一点都没有离去的心思。他问戈林曼上校道："连对方人都看不见，又相离这么远，怎么瞄准，怎么阻击？"

莱茵克尔立即将话翻译过去。

戈林曼上校听完后，莞尔一笑。他走上前去，启动质子炮，输入瞄准程序，挥手招呼克弥尔统帅，让他过来看看。

质子炮后部有一个 LCD 软屏，瞄准器上有一股暗藏的导线伸入后部的处理器中。戈林曼上校慢慢地转动质子炮，配合着雷达，和监控指挥官交流着，在苍茫的平原上搜寻。终于，在显示屏上，出现了一个巨大的红色的斑点。

“这就是联军的最新武器，我们把它叫作坦克。它在移动，估计是在巡逻。”

克弥尔统帅将信将疑。

戈林曼又将焦距重新调整，把反应灵敏度即反应像素调得更高了许多，接着，屏幕上出现了许多小的，甚至是密密麻麻的红色斑点。

“这些小的斑点，就是人。我现在使用的是红外瞄准器。喏，只要通过调整质子炮方向，红色斑点恰好处于十字线的交叉点时，开炮，质子炮弹就一定能够打中目标。”

克弥尔统帅不得不信了。“原来这么简单。可又，那么深奥。”

戈林曼上校却因此沉思起来。特使又在催促，准备下山赴联军大营了。戈林曼摇手让特使等一等，他向徐豹上校拨通了卫星电话。

“我要亲自进入联军大营。”

“这太危险了。有莱茵克尔先生就够了，不能要更多的人冒险。上校是指挥官，不能冒险。”

“仅有语言是不够的。有些有关军事和武器装备的情况，恐怕莱茵克尔先生不太熟悉。必须给联军以强大的威慑力，才有希望迫使他们退兵。我去再也合适不过了。”

“我没有权力允许你，戈林曼上校。请等一等，我向总部汇报。”

没想到，克里司令和布鲁诺号飞船主管帕欧卡将军，都立即同意了戈林曼上校的请求。

戈林曼上校将山上营地指挥权暂时交给助手，便会同毕喜国特使，莱茵克尔先生，一同赶赴联军大营。临行前，他送给克弥尔统帅一部短距离通话器。

第二集

志丙元帅骄傲地在中军大帐中，等待着毕喜国特使的到来。中军大帐后面几十米远的地方，帐篷下遮盖着一共十九辆钢铁巨无霸——无敌铁柜，还有一辆出去巡逻了。

志丙元帅没有想到，和毕喜国特使一同来的，竟然有两个高大的，奇形怪脸的地球人。他心中一阵发凉。

特使首先递交了毕喜国元首温温儿的国书，要求志丙元帅奏复阿迪华帝国皇帝陛下，毕喜国已经和地球人正式结盟，希望阿迪华帝国立即退兵，撤出毕喜国国境，有关道歉及赔偿事宜，俟国内大事稍定，再另行酌议。

接着，莱茵克尔也把地球人致阿迪华帝国书，用毕喜语言念了一遍，书中大意是，地球人来自遥远的星球，登陆阿喜星已经多日，承蒙毕喜国国民及元首温温儿的宽容，友善相待，已经言归于好，并结为联盟。希望阿迪华帝国及其盟国退兵，以结永好之谊。这封信，比起温温儿元首的信来，委婉多了。

待军中翻译将地球人用毕喜国语言写成的信文转译成阿迪华语之后，志丙元帅听完，和毕喜国双语国书一比较，不由得哈哈大笑。众人都不明白元帅所笑何事，戈林曼上校冷静的等待着事情的发展。

“莫非温温儿元首当我们这几万大军，是来玩过家家儿戏的。哈哈，我倒想考虑考虑你们的请求，只是我的盟友们，不知会不会答应。”

这时，联军中的各国统帅闻讯，也赶到了中军大帐，正好听见了志丙元帅最后这番话。志丙元帅先向各位统领介绍了特使和地球人，至此，这些统领们方知眼前这两位怪物是何方神圣。志丙元帅又逐一介绍各位统领，还特意介绍了他们的军衔简历，辉煌功勋，用意十分明显。

在翻译向各位统领解释两封信时，莱茵克尔也在向特使贴身随从询问志丙元帅的话之意思。

这一阵子，谁都没有理谁。特使首先按捺不住，发问道：“依元帅之意，意欲何为？须得有个明确的答复，我也好回禀元首。”

“这，还不明白吗？”

“我国递交的国书，写得清清楚楚，并无含混不清之词。也请元帅写下正式书信，方可作数。”

“这也可以，其实特使先生带话给贵国最高军事元首，也就行了。我们大军就要抵达外来侵略者的营地，势必将它踏平，维护寰球万物之灵的荣誉，维持正义。还是请你们撤除和约，立即对地球人宣战吧。我们还可以结为军事联盟。”

“敝使并无此权，怎敢僭越答复元帅。相信阿迪华帝国皇帝陛下，也未授权与元帅，让元帅和毕喜国对敌吧。”

“咦，特使这话就见怪了。”志丙元帅干脆用毕喜语嚷着说，“莫非毕喜国为了自己一己之私，竟然置同类之谊而不顾，竟要偏向于这些外来侵略的地球人不成。实则告诉你，这正是帝国皇帝陛下的旨意。陛下已经授权本元帅全权决定。”

“这么说，贵国皇帝陛下已经授权元帅，如果毕喜共和国不愿解除和约，执意孤行，联军就要向毕喜国宣战了。”

戈林曼上校这时突然说话了。莱茵克尔一听，知道摊牌的时刻到了，连忙将话译了，一连译了两遍，志丙元帅立即变了脸色。

“那也是不得已的事情，大军所到，岂能无绩而归。为了寰球人的光荣，不得不这样。”

……

“那，我就要提醒元帅了，我们地球人和毕喜国联盟已经严阵以待，定不会放一只牛鹿过河谷平原去，连一只大蚂蚱都不放过去。”

……

“呵呵，哦。严阵以待？这一路来，联军势如破竹，谁能抵挡。正想领教一下地球人的高招。你们的那种什么枪，无声枪，像鬼魅一样来去无踪的枪，真的吓得住谁呢？毕喜人害怕，联军尚且没放心上呢。”

“呵呵。”

“哈哈。”

各路统帅们一阵附和的笑声。

……

“这么说，元帅已经见过我们的武器了，那叫激光枪。”

……

“岂仅是本帅见过，在座哪位统帅没见过。不相信，好。”志丙元帅对着传令官叫嚷了几句。

不一会儿，乌躁进营来了。原来他真的来投奔联军了。他身高和戈林曼上校不相上下，甚至更高一些，他手中拿着一把真正的激光枪，那正是基弗里中校的部下，去送致歉信和赔偿金时，遇袭身亡，被牧民部落夺取的，后来辗转到了乌躁手中。

戈林曼恨恨地盯住了乌躁，乌躁手指上编号为03028的卫星定位跟踪器，深深地刺痛了戈林曼上校的眼睛。

“瞧瞧，这就是所谓的神通广大的地球人的了不起的武器。”志丙元帅让乌躁把枪举得高高的，展示着，尽情地羞辱着地球人和毕喜人。

“和你们的枪炮相比，这是先进了一百年的武器。”

……

“先进一百年，拿它来对我们伟大的无敌铁柜，就像蚊子叮哼翁（牛鹿）一样。哈哈。”

所有的统领都和志丙元帅一起笑起来。

……

“那是你们还不知道激光枪的威力。”戈林曼上校一点都不见气，沉着地说。

……

“威力，早见识过了，在无敌铁柜上，灼了一个小沙眼，哈哈，比针尖还小的眼。”

激光枪是不连续发射的，一次射击在坦克上烧出一个小眼，这是事实，第二次射击，就很难再对准上次射中的地方了，因此，戈林曼上校猜测，联军已经用激光枪在坦克上多次试验，见激光枪奈何不了坦克，因此才敢如此狂妄。

“我们还有许多你们闻所未闻，连想都想不到的强大的武器。元帅大人所说的无敌铁柜，我们叫作坦克，那就是贵军所倚仗的秘密武器吧。它真是无敌吗？在我们眼里，它真是不堪一击。”戈林曼上校冷笑着说。

上校蔑视的神态引起了联军各统帅的密切注意，当莱茵克尔翻译完之后，他们几乎是嗷嗷嚎叫起来。

“我没有说假话。我们可以试一试。”

……

听完这句话以后，各位统帅的眼光齐刷刷投向了志丙元帅。

“怎样试?”

……

“你们不是有一辆坦克在巡逻吗？就用它来试。”

……

志丙元帅沉思起来。他并未见地球人携带何种重型武器，怎样才能打败他们引以为自豪的无敌铁柜呢。虽然此举可能冒一点风险，但是早一点见识敌人的神秘，或许对以后作战帮助莫大。

“需要多长时间?”元帅早听说过地球人的神出鬼没，心里先提防着。

……

“喝两杯水的时间。”

……

戈林曼上校这句话，又引起了几位统帅的嘲笑。喝两杯水的时间，他们还没有走到巡逻的无敌铁柜跟前呢。连毕喜国的特使，都不相信上校这句话。

戈林曼上校不再理睬众人的讪笑，拿起卫星电话与山上的驻军通话。他仿佛听见了质子炮转动时轻微的摩擦声，上校在心里祈祷着。

忽然，好像有一团白气从空中疾驰而来，来不及看清楚，嘭，嘭，嘭，三声巨响，虽然隔得远，爆炸的气浪还是震动了帐篷。军营中，四处传来惊叫声。志丙元帅变了脸色，强作镇定，带着几位统帅出了营帐，直奔爆炸响处。

联军的无敌铁柜彻底的现形了。它停在哪里，不动了，空气中弥漫着一阵草木焦煳的气味儿。一颗质子炮弹落在了距离坦克五六米远的草地上，将结实的草地炸了一个一米多深的坑。

一颗质子炮弹落在坦克顶部，将铁盖子炸飞了，另一颗更绝，直接撞在了履带上，将履带炸坏，只有一边的动力，所以坦克原地打转，转了几下，不再动了。坦克里的人狼狈不堪钻了出来，正好志丙元帅带人赶到这里。

这幅景象，让联军所有的人目瞪口呆。谁也没有闻到硝烟味，但是爆炸威力绝对相当于最具威胁的大炮炮弹，这威力巨大的爆炸，是怎么一回事呢？从哪里打来的炮弹呢？

先前，联军统帅志丙元帅最为担心的，就是大炮的密集炮火，但是，毕竟任何一种大炮，都没有这样的射程，而且，也不可能瞄得这样准，所以元帅一直是未很认真放心上的，即使近距离作战，大炮不便于平射，移动缓慢，志丙元帅仍旧不太担心无敌铁柜会落下风。现在，这幅狼狈的情形，使他开始改变想法了。

“你们，地球人真是狡诈。这就骗得过我们么？哼。这，不过是运气欠佳，遇上雷暴了。”

……

“雷暴？元帅宁愿相信这是天意，而非人为？”

……

志丙元帅迟疑了一下，仍然坚持说：“无踪无影的，这炮弹从哪里来的，当是天意，而非人为。有人看见呼呼的气体球飞过来，这是典型的雷暴。难道谁没有见过吗，没听过雷霆万钧吗？”

“元帅真是顽固，刚下过雨，四周晴朗一片，哪里来的雷暴？”

“不管怎样说，要我们相信你们最善使诈的地球人，除非拉罗山峰崩塌了。要我们退兵，也除非拉罗山峰崩塌了。”

拉罗山峰是北大陆的最高峰，也是阿喜星的陆地最高峰，在河谷平原西北方向上，距离还有三百多公里。阿喜星北大陆的阿喜人发誓时，常指着拉罗山峰为证。

“依元帅之意，如果拉罗山峰真的崩塌了，你们就一定退兵？”戈林曼上校抓住志丙元帅的话，步步紧逼。

“当然。这是寰球人共同的誓言。”

“可是，这只是元帅的激动之话，帝国陛下未必会首肯。”

“我是军中统帅，皇帝陛下全权授命与我，我就是代表皇帝陛下跟你说的，天地可以为证，各位统帅可以为证。”

志丙元帅暗自笑起戈林曼上校的浅薄无知来。

“好，假如，我能让拉罗山峰崩塌了，你们就立即无条件退兵，而且，要向毕喜国道歉和作出赔偿。拉罗山峰在哪里？”

“哈哈。”

“嚯嚯。嘢——”各种嘲笑的叫嚣声。

志丙元帅摇手让大家安静一点。

“谨遵天命。拉罗山峰就在西北方上，也不远，寰球人都知道。不过，你们要限定时间，不要耍什么障眼法，我们也要亲自去看看，拉罗山峰怎么会崩塌呢？哈哈，无知狂妄的地球人，你们还是臣服吧。大军所到，尽为齑粉，何不先求保命。神圣的皇帝陛下是仁慈的。”

“好的，三天时间就够了，现在，你们可以准备出发了，到拉罗山峰可有不短的路程呢？”

各路统帅听了这话，不由得哄笑起来，他们倒真的想看看，拉罗山峰是怎么崩塌的。联军很快就选出了十多个精明能干的部下，踏上了远赴拉罗山峰的路程。

打赌的消息，很快传遍了联军大营，不久也传到了克弥尔统帅大营，几天之后，毕喜国，阿迪华帝国，人人都开始知道这场巨大的输赢，都关心着结果来，而此时，结果已经注定了。

第三集

“真是奇妙，戈林曼上校真是异想天开，居然想出一个这么退兵的办法，想不战而屈人之兵。”

克里想着想着，不由得笑出声来。

“这句话，我听郭宁中将说过。哦，听说郭宁中将即将升衔为上将了，到时候，别忘了去祝贺。不战而屈人之兵，以力服之，的确是上上之选。”

“幸好顾问先生没有说以德服之。我从来不相信，在战争面前，孱弱虚软的说教者会成为胜利者。希斯先生认为怎样帮助戈林曼上校实现心愿呢？”

这时候，帕欧卡将军也来到了总指挥室，他询问了克里将军几句，得到了证实，于是欣然地说道：“戈林曼上校果然不愧盛名。这个计谋妙极了。要削掉一座山头，那还不简单。用核武器。”

“要有足够的爆炸力，才有足够的威慑力。”克里同意道。

“可惜，那一座阿喜人引为自豪的神之山，就要这样彻底改观了。这拿破仑式的狂妄，却要轻易破坏来之不易的天然景观，与用炮弹轰掉狮身人面像的鼻子有何区别。迫不得已，一颗一千五百万吨当量的氢弹，如何？”希格里&斯诺道。

克里和帕欧卡相视一笑。

“将军认为，谁去完成这项并不轻松的顶级使命，更有把握呢？”

这时，布鲁诺飞船上的高参们，已经进了总指挥室。各飞船上，电话会议也准备就绪了。

“各位将军，各位同胞，这的确是一个艰巨的任务，事关和平大局。各位有什么建议吗？”

瞬间，出现了奇特的安静。每个飞船上，作为主管的将军，都在思考着，同时有意无意回避着这个问题。

一千五百万吨 TNT 当量，有几艘飞船要搜完了所有氢弹，才能凑成一颗，而且，组合氢弹，实在难以保证命中精确度和起爆安全性及可靠性，那是从几万公里的高空，向地面进行宇对地的高难度发射啊，一个极小的误差，便可能造成不可挽回的阿喜星上的灾难。

即使装备中有现成的当量级相当氢弹的飞船，所能够拿出来的，最多不过两三颗而已。

另外重要的是，一旦氢弹发射，自己的飞船，就将失去部分威慑力，而使自己陷于缺少核威慑的软弱和尴尬中。谁愿意轻而易举地就失去这个有效屏障呢？

“克里将军，我有一个建议，现在这段时间，是不是应该属于各飞船检查核装备，并且进行内部商讨的时间？”郭宁中将问道。

“嗯，很好的建议，克里将军，我也提议暂时休会。”希斯立即接上话道。

各飞船立即展开了紧张的内部检查和秘密讨论。

神龙号飞船上，所有的核弹按照以下当量分级：神龙级，千万吨级及以上；海龙级，百万吨；夔龙级，十万吨；螭龙级，万吨；羽龙级，千吨及以下级。核查结果是：神龙级数量1，海龙级数量3，夔龙级数量5，螭龙级数量5，羽龙级数量10。

“郭宁将军作何打算呢？”神龙号飞船上，四人委员会中，国防部的将军问。

“各位想来已经知道我的意思了。”

“郭将军还是明说了吧。”

“我想，这个非同一般的任务，可以由神龙号独立完成。”

“郭宁将军是要我们自愿扔掉这张防御的铁盾。”

“是啊，现代化的战争，预知，快速，准确，威力。前三项，都只是最后一项的保证，没有威力，没有巨大的毁灭的能量，就失去了一切。但是，正是因为这样，我们更愿以此来表达真诚的和平愿望，也许，率先垂范会有一定风险。不过，以地球人目前的处境来看，这种风险近乎为零了。”

“我也，赞同，郭宁将军的想法。”

“看起来，这个主意真的不错。诺亚营地是徐豹上校做首领，为了响应地面部队，作出这个决定是值得的。”

“谢谢大家的支持。那么，接下来的问题是，谁去完成这个任务？”

“我倒想到一个合适人选。”

“谁?!”

“炮兵学院副院长，陆军少将王春兰。”

“嗯，她呀，不错，不错，的确是最合适的人选。”

“那，郭将军还不快去和少将先谈谈，再在太空舰队中宣布我们的申请。”

郭宁中将一人在独立办公室里传见了王春兰少将。一见王春兰少将，他的心扑扑地跳，仿佛个人办公室里氧气稀少，两颊都发热了。王春兰少将四十多岁，相当于实际三十多的年龄，风韵撩人。在以往地球上的岁月中，王春兰少将的确是少见的年轻女将军之一。特殊的是，也许是过多的精力用于专业研究中，少将一直是独身。

过多的精力耗费于专业研究，这只是郭宁中将的主观猜测，他暗藏的羞涩的心愿使他所有的臆测都朦胧而美好。

“真要感谢委员会的信任，我一定完成任务。”

“嗯，我们相信。还有，还有……”

“还有什么，将军？哦，郭宁将军的授衔仪式什么时候举行。”

“肯定是在氢弹成功爆炸之后。如果稍有差池……我会考虑推迟或者暂时不接受授衔。”

“那就是说，要是万一出现差错，我岂不成了罪人，而且有负郭宁将军。呵呵，郭宁将军是在给我压力啊。”

“哪里啊，我们都非常信任春兰将军，就是把性命交给你也放心哪。”

“郭，将军怎么开这样的玩笑。”

“哦，我的意思是说，无条件的信任春兰将军。你需要哪些人协助，尽管说出来。我们要尽快地完成这个任务，以免观察的人进入核爆区域。春兰将军先拟定一个方案给我看看。”

“是，将军。”

“还有——”

“郭宁将军为何欲言又止啊？”

王春兰少将偏着头，带着几分调皮看着郭宁中将。

“我是说，我，有一个打算，要等大量人员登陆后才实施的一个想法，成立一个专门的组织。”

“什么打算啊？要办公司吗？”

“春兰将军真会说笑。我是想，当局势平静稳定下来之后，地球人的繁衍就是势在必行，这是必须要考虑的一个问题，但是，鉴于比例的严重失调，因此，还得有一个联络和协调的机构。在这方面，太和号飞船是计划得最好的。他们分配安排得真不错，而且他们已经有两人捷足先登了。”

“呵呵，真是一个周密的想法。”

“要是春兰将军能够主持这个机构的话，就再好不过了。春兰将军可要做好带头示范啊。”

王春兰少将一听，脸色凝重起来，暗怀恼怒地望着郭宁将军。

郭宁将军被瞧得不好意思来。蓦地，他明白了，自己是说错了话，顿时心如鹿跳，脸也不觉发起烧来。他躲避着王春兰少将的目光。

王春兰少将明白，郭宁将军并非存心要奚落她，或者嘲笑她，他只是不会表达而已，她甚至看出了郭宁内心隐藏的真意。说是半羞半恼，弄到最后，心里反而有一丝丝甜蜜的感动。她不觉嫣然一笑。

“以后我会好好考虑郭宁将军提出的想法的。不过，目前，最重要的是向阿喜星地面发射氢弹的问题。我们拥有的神龙级氢弹只有一颗干式氢弹，其热核装料是固态氘化锂—6，易于使用，从飞船上发射至阿喜星地面是可行的。我初步有一个方案，就是微动力推进，让火箭携带的氢弹进入三四百公里的轨道，再自由落体，穿过阿喜星大气层，进入十多二十公里的近地点后，启动火箭推进器反向推进，稳住下落趋势，再次调整方向角度，然后，对准拉罗山峰发射，最后实施比高在 0 ～ 60 米的地面爆炸。导弹上设置了三重乘法系统，防止误爆。我需要几个助手。”

“必须做到万无一失。好的，我就通知委员会和顾问组的人来，立即为春兰将军配好助手。可以减少爆炸当量吗？我担心核爆炸对附近地区影响太大。”

“要想达到削掉拉罗雪峰的话，一千五百万吨当量很合适。当然，爆炸后很长一段时间要严格限制人员进入爆炸污染区域。”

“哎，只有这样了，地球上的……仿佛重演，真叫人不寒而栗，我宁愿永远都不再去碰核弹这个丑陋的东西。”

“呵呵，郭宁将军这样多愁善感。核弹是没有美丑的，美丑是人的行为。”

“春兰将军见笑了，我从来不流露出这样软弱的情感来的，也许，在春兰将军面前，有点失态。春兰，嗯，一个传统贤淑的名字……”

王春兰少将突然幽幽地冒出一句：“在委员会等人众面前，还是暂时不要这样叫的好。”

“乐意遵命，王春兰将军。”郭宁将军心里霎时一阵轻松和快慰。

当郭宁将军把领受任务的申请向舰队提出时，克里将军热情似火。

“由神龙号去完成，真是再好不过了。我们最值得信赖的盟友，这正是我们最初的想法，申请由郭将军先提出来，非常感谢，非常感谢。向你们敬礼了。神龙号是最有把握完成此项神圣使命的。”

第四集

天气晴朗的时候，拉罗山峰白雪皑皑的峰顶，在一百公里之外，站在没有遮挡的山顶上，都能看见。

这天恰好天气晴朗，风也似乎非常轻了，湛蓝的天空，蓝的那样深邃，一尘不染。拉罗雪峰像一个穿着洁白婚纱的新娘，圣洁而美丽，寂寞而沉静的，等待着，等待着谁来撩起她洁白的面纱。

忽然，一道炫目的白色光芒一闪，拉罗雪峰主峰峰顶蹦出一个近似半球形的火球，它的直径一下子达到了六千多米。火球成白色的浪状迅速膨胀，扩散，上升，白雾淡下去后，岩石、土壤及其他物质均被中间的火球吞噬并一起上升，形成了高达十多公里的蘑菇云。蘑菇云颜色深暗，不断翻滚着。

那时，志丙元帅派去观察的联军军士等，距离拉罗雪山主峰尚有近百公里的直线距离。正在雪地和岩石地的交叉变化中攀登的这群人，随着一声撕心裂肺的闷响被震了起来，多数人纷纷跌倒。幸好登山的这群人为防雪盲，都戴着墨镜，不至于被炫目的光芒刺痛双眼。接下来，各处的雪崩开始了。这群人吓得惊慌失措，好似末日来临。

他们想起了戈林曼上校警告过的话，他们亲眼看见了，领略了无法用语言来形容的震撼。前面就是一个魔鬼区域，肆意吞噬一切的地狱。领队嘘了一声，这群人立即开始，跌跌撞撞，疯子一般拼命往回跑，尽快远离地狱，越远越好。

“火球。”

“天崩地裂。”

“好大的雪崩。”

“真是死里逃生。”

除了一人滚下山崖，生死未明之外，其余的人，虽然不停地奔逃，也是在第二天下午，才奔回到联军大营中。阿喜人善于奔跑的体质给了他们莫大的帮助，饶是这样，一入大营，就有几人累得趴下了。他们惊魂未定，战战兢兢地向志丙元帅，各国统帅，向一切惊恐不安的人们，传递着这惊天的慑人消息。

“拉罗雪峰塌了。”

“拉罗山峰塌了吗？”

第二天，这群惊慌过甚和劳累过甚的人中，有两个，再也没有站起来了。

谁也没有看到拉罗山峰怎么样了，但是，几乎所有的人都相信，高耸入云的拉罗山峰，真的崩溃了。

阿喜人的另外一种命运，也不可抗拒地来到了。

许多年以后，有大胆的阿喜人，跋山涉水攀登到了拉罗雪峰的主峰，他们真的看见，拉罗雪山主峰峰顶被削去了一百多米。

身处联军大营中，许多人都感到了轻微的震动。志丙元帅不得不接受这样一个事实。当毕喜国特使和戈林曼上校，齐聚在主帅营帐中时，志丙元帅尽管神情有些沮丧，却只有语带诚服的坦言，他们得遵守誓言，退兵回国了。其他诸多事情，待回国奏明阿迪华帝国皇帝陛下之后，才能定夺。

“他们要走了。哼，当然不挽留，但是请务必留下 03028。”徐豹上校对戈林曼上校说。

是草原牧民乌躁带着 03028 的卫星定位跟踪器。英勇的乌躁不知道，这枚精美的戒指，现在成了他的催命符。

戈林曼上校和毕喜特使商议了一会儿，特使确认，现在，除了放任联军撤出毕喜国土外，审时度势，他无法要求联军作出任何微小的牺牲。但是，如果地球人单独对联军提出要求的话，他会悉听之任之的。

“上校为什么一定要留下乌躁呢？难道不能宽恕他吗？”戈林曼上校再次询问徐豹上校道。

“乌躁残忍地杀害了我们的和平使者，不可饶恕。欠债还钱，杀人偿命，乃是天经地义的事情。如果联军不答应的话，我们将不惜代价用质子炮轰击

03028 所在的地区，不管那里有什么。”徐豹斩钉截铁地说。

戈林曼上校神情庄重地向志丙元帅表达了营地总部的强烈要求，一字不漏转达了最高首领徐豹上校的话。

志丙元帅左右为难。他相信诺亚营地最高指挥官决非虚言恐吓，他已经不仅是从传说中，而是从亲身经历中领教了地球人由于科学技术异常的先进而形成的巨大威力。这种威力简直就像拉罗山峰一样，不可撼动，不，比拉罗山峰更加强大，咄咄逼人，而且这种强大力量来去无踪，不可捉摸。

志丙元帅陷入了长久的沉思之中，各位统帅也是面面相觑，不便发言。毕喜国经过地球人的指导，已经制服了幼死病的惊天消息，这时候，也在全寰球上传得沸沸扬扬了。这些统帅们，还想借助地球人，去帮助国内挽救无数婴孩的性命呢。他们踌躇着，沉默着。

戈林曼上校打破了这种沉默。他说道：“元帅如果有其他附加条件，不妨也说出来，或者营地总部会答应一些，也好不至于让元帅太为难。”

“好吧，如果，贵军能将你们制造的雷暴，让我们见见，一定要是真实的，我可以答应你们的条件，交出乌躁。”

“雷暴？”

“就是质子炮。”莱茵克尔立即悄声补充说。

“哦，元帅，没有雷暴，那不是雷暴，你们一直都把击毁坦克的当作是球状闪电了。不是，那是我们的质子炮打出的炮弹。”

“质子炮。”

“是的，一种威力巨大的武器。”

“如果诚如上校所说，是质子炮这种武器的话，那么，我贸然要求贵军赠送一台质子炮给我们，这不过分吧？”

说完这句话，志丙元帅心跳立即加速了，不安地等待着回话。

戈林曼上校万万没有想到志丙元帅会提出这个要求。他略略想了一下，回答说：“我无法立即回答你，我只能够把元帅的话转达给营地首领，看总部的决定。”

“那你赶快。”志丙元帅急着说。倘若能带这一门质子大炮撤军回国，在皇帝陛下面前，可就有十分的托辞了，总算不是全无收获，颜面全无。

徐豹上校接到电话，和戈林曼上校一样为难，他立即向舰队总部请示，并且表达了坚决留下乌躁的决心。

克里司令征询了神龙号飞船主管郭宁上将的意见。

“我个人认为，留下并判处乌躁，是宣扬和平主义，契约精神的要点，杀害使节的人不可饶恕，所以，迫使阿迪华帝国和联军交出乌躁，没有什么可协商的，必须执行。至于联军的条件，可以答应，也可以不答应。”

说上面这话的，是郭宁上将的助手，聂风霜少将。

“如果我们前面的要求必须得到满足，似乎，后一个条件，也应当满足联军。”郭宁将军说。

“那就赠送一台质子炮给联军吧。我还有一个想法，郭将军可以和克里司令仔细说说。”

经过聂风霜少将这么一提议，克里司令准许了徐豹上校将一台中型质子炮与联军交换人质乌躁。

那时，双颅人顾问希格里 & 斯诺还在实验室里与科学家一起对超光速传输进行理论和试验条件的修正。克里司令与顾问交换了意见。

“交换质子炮，有一点风险，不过，徐豹上校的要求，和神龙号的决定，也是必须尊重的。比较而言，这样做是适宜的选择。”希斯说。

“还有一个小小的阴谋，不妨也说给顾问先生听，免得你探讨物理理论时还记挂着这事。”克里司令说，“我给质子炮设置了使用期限，一百次发射，或者两千个小时待机，之后，程序将自动锁定，除非有我设置的九位数密码解开。倘若输入错误的密码十次，程序即自动破坏质子炮电脑，启动销毁装置，质子炮的核心部件将被埋置的微型炸弹炸毁，质子炮就会成为废铁一堆。”

“哈哈，哈哈哈。原来如此。看来，一切都在将军的掌握之中。”

“不，是在地球人的掌握之中。强大的人总是把主动权掌握在自己手中。”

联军大营中，一无所知的乌躁，刚被传进营帐，就被一群身强力壮的卫兵掀倒，绑了起来。从不离身的激光枪也被缴了。

乌躁还不明白就里，志丙元帅急着对他说：“我们已经和毕喜国和地球人议和了，现在就要撤军回国。地球人点名一定要你。你跟他们去吧。”

未等乌躁问个明白，志丙元帅连忙挥手，叫人将乌躁带出营去，交给了戈林曼上校。

这时候，质子炮还在运送下山的途中。戈林曼上校一行人继续在联军大营里等着，只要质子炮一送到，向联军讲解使用方法进行示范后，立即赶回山上营地。等待联军撤离河谷平原后，他们才会撤回诺亚营地。

乌躁被绑得浑身难受。他看见了戈林曼上校眼中冷漠的光，他也看见了自己最后的命运。

英勇的乌躁尝试着挣断捆绑的绳索，他十分后悔在志丙元帅的营帐中被卫兵放倒时，没有全力一拼。神勇的乌躁不会在惜生命的。他的一迟疑，使这个宁为玉碎，不为瓦全的最后斗争机会，也丧失了。

绳索太结实了，乌躁越用力，绳索就越勒得深，有些地方，衣服都被磨破，皮肤也绽开了口子，渗出的血干了，凝固在衣服上，使衣服变得僵硬起来。

没有人理他，甚至原本站在门口看管他的联军士兵，都走的离远了一点。营帐中间有一棵三米多高的大树桩，这原来是一棵高达二十多米的大树。河谷平原上，这样的大树十分少见。联军驻扎此地后，将树拦腰砍断了，正好做了营帐的中央支撑柱。大树的根深深扎入了大地。正是如此，想要拉倒树桩，简直非人力可为。

乌躁的一切努力都失败了。

营帐外面，响着各种声音。这些声音，在乌躁听来，是陌生的，完全不是草原牧民生活或者庆祝，聚会，祭祀会上的那种声音。军营里的这种声音曾经是他无限向往的。硝烟的味道历来使他激奋，可是，自从进入河谷平原以后，乌躁还没有闻到过令他亢奋的气味。

倒是一种死亡的沮丧气息，在空气流通不畅的营帐里弥漫着。这个营帐是临时让毕喜特使和地球人居住的。如今，所有的人，都不知去哪儿了。只有乌躁一个人，冷冷清清地绑在营帐中央的大树桩上。而且，门窗都关上了，帐内光线也暗淡。

乌躁回想着自己短暂的一生，他不明白，究竟是被谁抛弃了。他从来不吝惜生命，但是还是被抛弃了，孤苦伶仃，甚至听他说一句话的人都没有。他也不知道怎么就到了走投无路的地步，但是，乌躁是应该庄严地死去的，他想用自己的手，把自己的胸膛撕裂。谁，剥夺了英勇的乌躁的权利。

营帐外，嘈杂声大了起来。乌躁知道，营帐外面一定是阳光普照，绿草在阳光中喷着清香，人们在忙碌什么呢？没有人来问他，就连拷问，鞭笞，嘲笑以及怒骂，都没有。他浑身都不得劲。

但是死神正在一步步逼近，他知道。

蓦地，一声凄厉而长声的嚎叫，从营帐中迸发出来。

绳索深深地勒进了乌躁的手臂，皮开肉绽，鲜血不断浸出。同时，一大口鲜血，从乌躁口中涌了出来。

乌躁瞪着眼睛，嘴里还含着半截舌头。他数着自己的心跳，听着一滴一滴的血液滴下，浸入脚下的土地。他等着血液滴干的那一刻，等着心跳停止的那一刻。

乌躁骄傲的头颅终于耷拉下去了。

第五集

四台功率强大火箭发动机，向地面喷射出橘黄色的火焰，使庞大的登陆飞船慢慢着陆。一阵轻微的震动，飞船稳稳地停下了。

过了很久的时间，舱门终于打开了。远处的人群也拥了过来。在出来两个武装警卫，站立舱门边之后，地球特使，太空舰队总司令霍普·克里将军，首先走出狭窄的舱门。克里将军一身笔挺的戎装，面带红光，神采奕奕，双脚踏上了被火箭喷焰灼热过尚留余温的阿喜星的土地。

克里将军停下来了，等着什么。徐豹上校，戈林曼上校，率领着欢迎的队伍，也停下了。

终于，舱门口出现了第二张面孔。立刻，欢迎的人群，屏住了呼吸。巴纳德星的光辉，照在那张古希腊最具天赋的雕刻家手下惊世杰作的脸上，使它也发出淡淡的柔和的光辉来。这种迷人的光辉，吸引着眼睛却不刺眼，想尽量贴近了看，又生怕过近触碰到而想保持着适当距离。人人肃然而视。

奥特丽小姐身着希腊古典式白色长裙，几乎曳地，带着一身的光芒走出了舱门。每双看惯了迷彩服的眼睛，久久地在白色长裙上滞留。

似乎是因为疲倦和不适应，奥特丽小姐保持着高贵圣洁的沉静，步履因缓慢而安详，她站到了克里将军身边。

突然，人群中爆发出一阵热烈的掌声。掌声中，徐豹上校和戈林曼上校齐步跑过去，向克里将军敬献了一束鲜花，并向奥特丽小姐，优雅地弯腰行了吻手礼。

又是一阵热烈的掌声。

“祝贺你，徐豹将军，我带来郭宁上将的问候，也带来了全舰队的问候，你们辛苦了。”克里握着徐豹少将的手说。

所有的军人都知道，登陆分队各队的情况发生了变化。

乔尼·阿莱斯上校任火山城堡司令，授少将军衔。火山城堡将继续作为黄金秘密生产地。比克国王陛下的慷慨，使城堡拥有一个出海港口，虽然目前规模很小。

徐豹上校任诺亚营地司令，授少将军衔。不久，以诺亚营地原有部队作为基础，在此基础上，成立new citry（新都）卫戍区。

戈林曼上校在签订完和约之后，即将乘船前往番离大陆绿橄榄营地，接任营地司令。

任命书的电子文件已经传到了阿喜星地面上，传到了各登陆分队。授衔仪式将在与毕喜共和国签订和约之后，择时举行。

克里将军又握住了戈林曼上校的手，说：“祝贺你，戈培里·戈林曼上校。我带来了全舰队的问候，也带来了帕欧卡将军的问候，更带来了你父亲来自遥远地球的问候。我们已经把阿喜星上的最新进展信息，还有有关上校的消息，发回地球老家了。”

戈林曼上校又惊又喜，激动地和克里将军拥抱。两个男人都热泪盈眶。克里将军更是老泪纵横，他仿佛感到，自己正亲切地拥抱着基弗里中校，他在心里念着：基弗里，基弗里，我的孩子，我来看你来了。

渐渐，欢迎场面平静下来。所有的人，开始从飞船登陆场，步行走回诺亚营地。徐豹指着远方，确定着一个方向，同克里将军兴奋地谈着。在距离登陆场西北方向三十多公里的地方，那里，将修建一个环形加速起飞器，使飞船通过环行加速而升空，就像粒子加速器那样，将飞船急速地抛出去。那样可以大量使用电，而最少限度的使用氢燃料，从而使起飞飞船的有效载荷大大增加。

每隔六七天，便有飞船登陆，又起飞，燃料加工厂生产速度已经拉到了极限，还是渐渐显出供不应求来。舰队采纳了千叶公主的建议，将向毕喜共和国提出租借跨突河对岸的平原西部与山地相接的地区的要求。此地面积大约五六百平方公里，最重要的是，那里将会生产出大量的优质煤，是解决目前能源极度紧张的最佳方案之一。

接着，钢铁厂和水泥厂，将接踵而起，许多物质材料先由毕喜共和国供给。内燃机，汽车，坦克，重型机械，将一件件生产出来。而后，时机成熟，在跨突河上游，曾经发生大规模泥石流而形成堰塞湖的地区，将修建一个水电站。同时，沼泽地将被打通与跨突河隔绝的山梁，排出积滞了亿万年的水，成为一个富饶的平原，一方良田沃土。再后，一座新兴的城市，将在跨突河与雪河的交汇处，即诺亚营地旧址上，逐渐地拔地而起。

对未来的憧憬，使每一颗地球人的心脏，都在幸福地跳动。

“将军，宴会什么时候举行，等着你的吩咐？”陈诚中校迎面走过来问。

徐豹忽然一愣。他挠了一下头，感觉好不习惯。

“徐豹将军怎么了？”克里微笑着问。

徐豹歉意地笑笑说：“一时里还没适应过来。”

“很快就会授衔的。”

“不是这个原因。按照习惯的军衔制，上校上边还有大校，准将，而今，跳跃太大了。”

“改变是为了适应新的情况。统一和简化军衔制，或者是达尔文主义在阿喜星上的验证吧。”

“哈哈。”

“嘿嘿嘿。”

签约仪式将在趵突河对岸草原上，克弥尔统帅的大营中进行。签约仪式完毕后，除留下部分人帮助诺亚营地进行生产建设外，毕喜大军的大部分将开拔回返毕西城。在签约地点，将会有一座和平纪念碑，矗立在绿草如茵的草原上。

而荒山孝郎将军，却提出了另外还要修建一座纪念碑的要求，在加和正夫上校率领的第一支登陆分队集体罹难的山洞前，修建一座死难烈士纪念碑，那将是一座方尖碑。

这样的要求，太空舰队当然不能拒绝。毕喜共和国也无法拒绝。

人人都在忙碌，唯有两人例外，那便是千叶公主和菅谷沙子小姐。菅谷沙子少尉已经脱去了迷彩戎装。她们俩都穿着宽松的服装，懒洋洋地沿着河边散步，身后不远处，两个经过东条巴莫中校特意嘱咐过的侍卫，也不紧不慢跟着。

河对岸，经过多次雨水的冲洗，草原重新恢复了一片纯净的碧绿。在温暖的阳光下，小草滋滋的长着，活泼地摇着婀娜的细叶。草叶在喷射着清香。草原在起伏延伸，视景广阔。远远近近，好几个地方，一些离群散落的牛鹿，自由的停停行行，哼哼嗡嗡，时不时抬起头来，用前臂滑稽的摩擦着嘴。

“公主，有一件事情，还要请公主原谅。我曾经撒过一次谎。”

千叶公主脚步没有停下来，她说道：“那你说说看，是什么谎，我能原谅你么？”

“在基弗里中校去世的那一刻，我说了谎，那时候，我不知道自己是否有了孩子。我只是想给中校一个坚强的希望，一个活下去的惊喜。”

千叶公主稍停了一会儿，缓缓说道：“这事也让我郁闷了一阵子。时间太短了，要不，就是……呵呵，后来，我不去想这件事了。现在，你的话让我很开心。你做的是对的。”

“谢公主不罚。上帝是多么的仁慈，最终满足了我心底的愿望。”

千叶公主站住了。她指着天边几抹洁白的絮云，说：“快看啊，那朵白云是多么的纯洁啊，我想用它来做婴儿的衣服。”

这时候，千叶公主的一只手放在腹部，仿佛领察体会孩子在腹中的活动，菅谷沙子也抚摸着自己的肚子，开心地微笑起来。

2005-07-05 起稿

2007-11-13 初稿

2008-01-29 再稿

2017-05-06 出版稿